诗无邪

全国大学生「野草文学奖」获奖作品选（2017）

主　编　陈永华
副主编　张　伟　郭冬勇

西南交通大学出版社
·成都·

图书在版编目（CIP）数据

诗无邪：全国大学生"野草文学奖"获奖作品选. 2017 / 陈永华主编. —成都：西南交通大学出版社，2018.2

ISBN 978-7-5643-5942-3

Ⅰ. ①诗… Ⅱ. ①陈… Ⅲ. ①中国文学 – 当代文学 – 作品综合集 Ⅳ. ①I217.1

中国版本图书馆 CIP 数据核字（2017）第 317342 号

SHIWUXIE
QUANGUO DAXUESHENG YECAO WENXUEJIANG HUOJIANG ZUOPINXUAN（2017）

诗无邪
全国大学生"野草文学奖"获奖作品选（2017）
主编　陈永华

责任编辑	赵玉婷
封面设计	严春艳
出版发行	西南交通大学出版社 （四川省成都市二环路北一段 111 号 西南交通大学创新大厦 21 楼）
发行部电话	028-87600564　028-87600533
邮政编码	610031
网　　址	http://www.xnjdcbs.com
印　　刷	四川煤田地质制图印刷厂
成品尺寸	170 mm×230 mm
印　　张	21.25
字　　数	314 千
版　　次	2018 年 2 月第 1 版
印　　次	2018 年 2 月第 1 次
书　　号	ISBN 978-7-5643-5942-3
定　　价	85.00 元

图书如有印装质量问题　本社负责退换
版权所有　盗版必究　举报电话：028-87600562

本书编委会

主　　任：邬永飞　马丽娟
副 主 任：曹阜孝　孙德超　陈季林　张毅敏
编　　委：岳　文　王晓兵　陈永华　宋家瑶　马　钢
　　　　　王　琼　陈学敏　邓清海　杨　昭　夏　玲
　　　　　张　伟　郭冬勇　黄凤玲　杨梦媛　邱勇雷
　　　　　朱海燕　王太忠　马　丹
主　　编：陈永华
副 主 编：张　伟　郭冬勇
编　　辑：黄凤玲　杨梦媛　王太忠　朱海燕　马　丹

文学：漂移暂住在"诗—思"的门槛
——《诗无邪》序

云南大学文学院院长 博士生导师 教授　李森

以"诗无邪"为第五届全国大学生野草文学奖获奖作品选书名，器宇宏大，我很喜欢，也必需赞美。

"诗无邪"从"思无邪"演绎而来。《论语·为政》篇中孔子说："诗三百，一言以蔽之，曰：'思无邪。'"孔子也是借用《鲁颂·駉》篇"思无邪，思马斯徂"这个句子而引申言事。

"思"既可以理解为语气助词，也可以理解为动词或名词。因为，"思"，是观照、咏叹的第一道门槛，犹如"觉—悟"的开端，吐纳的起始。这个门槛里外，或许一边是炉火，一边是雪幕。向火的人能感受到温暖，是有雪幕四围的笼罩。人之"思"，在门槛上，两厢顾盼，开始立言。"立言"当然不是讲道理，而是自渡。伟大的文学从来不是为了讲道理的书写，而是自渡（度）的生命行吟。

"思"生发"诗"，"诗"生发"思"，和合为一，是名"诗—思"。"诗—思"是人文观照即般若观照的起点和终点，是个漂移着时空万象、妙灵空有的门槛。富有"诗—思"生命的人永远在这个漂移着的门槛上行吟顾盼，不在里面，也不在外面，因为生命若为绽放着的般若之花，则既不在里面，也不在外面，无里亦无外，只在这"如来如去"两厢顾盼的时刻停云暂住，聚散幻化。这是语言自我生成世界的决定。

于是，"诗—思"可以在诗意和观念生发之时，同构为一种生命意蕴的漂移迁流。

在此种生命意蕴中，"诗无邪"与"思无邪"相映照，相呼唤，恰似两颗心灵在咏叹、观照时彼此印证，又如广袤的野草和蹉跎的长天，同时在地平线上溶解，见为万卷霞光柴火，或为一色苍茫灰烬。

"思无邪"的原义，指高大壮美之骏马行于正道，不偏不倚。那么，"诗无邪"亦可言诗（美）之高蹈意蕴行于正道，不奸不邪。

伟大的文学，是不偏不倚、不妖不邪的文字般若，或文字菩提。

佛法讲文字般若、观照般若和实相般若。一般认为，文字般若是"渡"（度）的门槛，或是自救漂木；观照般若是心领神会的敞亮；实相般若，是真相（道体）的显明。但必需悟识到，三种般若既不是概念，也不是观念，更不是知识，否则会将佛哲理当"理性"误解。《金刚经》说："所谓佛法者，即非佛法。"又说："不应住色生心。不应住声香味触法生心。应无所住而生其心。"因之，就文学而言，观照般若和实相般若，也只有溶解于文字般若之中，才能生发出"诗—思"的隐秘诗意、有—无玄想。或者说，"诗—思"是语言"应无所住而生其心"的恍然妙有。空谷幽兰作为香草之美，不在于它会说道理，而在于自在、自性、直观的色声香味触法之暂住、开显而化有、且归无。芳草自身的隐喻多了，其直观单纯的芬芳修美就被弄脏了。

也就是说，文学作为语言艺术，是溶解概念和观念的——诗意之创造，在"诗—思"开显的明净时刻当戛然而止。人性和神性之相在此漂移的虚静镜像中暂住显明，才能赋得自然和生活的灿烂歌谣、孤绝流觞。暂住长了，就固化为概念或观念了。一个作品犹如一个人，道理太多，只会令人生厌。

说得极端点，诗意般若是反抗概念和观念的，这就是为什么佛陀讲法四十余年，还说自己什么也没有说过的缘由。伟大的文学作品自身，已经达到了圆融、自足和直观的澄明之境，已经是审美心灵自我生成的全部飘摇激荡和无住流溢，还需要讲道理吗。在作品中讲道理，把语言当作工具使用，当是执障者的行为。

不过，以概念和观念为支撑的理论逻辑构造，当然还是需要的，但那已经是另外一种创造。理论的逻辑构造，其本质（如果有的话），已经与作品无关。就像一个满腹道理的人，或与善有关，但与美无关。漂移暂住之美，是最高级的心灵气息，是芝兰芳蕙的雨润风标。只有这种美才能使人挣脱羁绊而脱壳飞翔。文学不是哲学，也不是社会学或人类学。

卡尔·雅思贝尔斯说过，教育本质上是自我教育。窃以为，自我教育的最高形式，是审美的自我教育，自我确立。审美教育有两个路径：欣赏美的路径和创造美的路径。生命"诗—思"漂移暂住在这两个路径上，其共同的生命呼吸力量源于反省或反省的时刻。为什么欣赏美和创造美只有在"反省"的"诗—思"绽放时刻才获得力量，才能开掘出路径，因为并没有恒常不变的美等待着人们去挖掘、去反映。美在"诗—思"生发时刻生发，作为一种生命气息在瞬间呼出或吸纳，它生发出某种节奏、形象，化生出某种形式，但没有生发出本体——没有这个东西。所谓美，如果生发出某种不存在的东西来，那是概念演绎、观念预设的结果。美遇到概念或观念，必然转身而去。

当代世界教育的最大弊端，即只重视围绕着概念和观念编码的理论教育，而不重视审美教育。甚至可以断言，在国际高等教育大风潮中，基于反省的审美教育几乎被抛弃了。西南联大的文学教育课程体系里，只有两门主干课贯穿四年，一门是习作课，一门是欣赏课。西南联大的成功，实际上是书院教育的成功。我们今天的文学教育只教知识，玩什么知识模块或美其名曰谱系，而放弃了习作（创作）和欣赏（审美），即放弃了审美教育的欣赏反省和创作反省两个路径。工具理性主义的知识教育模式在摧毁本真的人文教育——新式学院教育，摧毁了传统书院教育。

教育最可靠的方式，是陶冶，而非工业制造。陶冶是传统书院式的，而非当今学院式的。出于对当今世界教育积弊的反省，一些大学试图将传统书院式的教育引入大学，以改变新式学院教育的缺陷，比如香港中文大学、澳门大学和上海科技大学，还有北京师范大学的国际写作中心之建立亦然。但强大的知识灌输教育，已经变成了一个个奥特曼或巨无霸。奥特曼是科技制作的巨人，是个为买卖而制作的产品，它没有鲜活的肉体，也没有温润的灵魂，它只有机械动力。日本工业生产为孩子们制造的奥特曼，是反素朴生活世界的，因而是反人性的。

昭通学院地处边陲之边，却能举办全国性的大学生文学奖，并以此奖的作品甄选和颁发为学术平台，在大气磅礴的乌蒙山中，广揽天下贤士来朝，振铎鸣钟，弦歌雅奏，以一个持续的行动，呼唤审美陶冶的教育归来，这种气魄，着实令那些搞锦标主义学术、表格学术的大学校无地自容——因为这种以尊重学生天赋才能为出发点的教育活动，对上面、对所谓的学术评价体系而言，是不得分的。

第五届野草文学奖获首奖的西北民族大学博士生颜亮的组诗《牛羊

是草原上的善知识》，可谓当下汉语诗歌创作中的卓尔不群之作，组诗第一阕《善知识》如是自我吟诵：

  牛羊是草原上的善知识
  经幡是万物生长的班智达
  那些爱着的事物总是轮回
  在不过灰尘大的小千世界
  走过十二个月　走过执着抑或割舍
  一直在抵达胜义　却从未到达慈悲
  草原天亮以前　我们只是众生
  在各色建筑上添砖加瓦
  在一路迷执中增长计谋
  信仰的重量那么远
  总是经历所以善良结网的称重
  而我的草原　神灵却铺在金色的山坡上
  朴素的接受索求
  比如:天亮以后　这里丰满水草
  这里种满云朵　所有奥义的道场
  不曾增减　从未空无

  在"诗—思"初生诗意的门槛上，草原上的丰满万物漂移进来，善知识则漂移出去，彼此暂住、磨砺而慧通，倾情相顾。所有蕴涵着诗意文心的辞藻，比如"信仰"和"慈悲"，都参与了生命神性瞬间降临、般若人性瞬间敞亮的煜煜芝标之旅。

  我进入乌蒙山深处云游，在昭通学院发现了以西北民族大学颜亮、河南大学杨泽西、中央民族大学马林刚、云南大学柳燕等为代表的这批校园俊彦，希望审美反省能力仍然活着的人们，慷慨地发现他们的心灵锦绣，使他们纯粹而珍贵的文学创作与我们时代最高级的诗意人文之潮合流，浩荡入海。

2017 年 10 月 4 日中秋节　燕庐

目　录

上编：诗歌

颜亮（西北民族大学）：牛羊是草原上的善知识（组诗）　...002

杨泽西（河南大学民生学院）：孤山行（组诗）　...009

马林刚（中央民族大学）：贤　良　...016

宋逸（重庆交通职业学院）：长凉山挽歌（组诗）　...018

韩颖（临沂大学）：抱着孩子的女人（组诗）　...028

陈景涛（湖南大学）：小县城笔记（组诗）　...033

吴文星（赣南师范大学）：祖母的牙（组诗）　...039

任如意（云南师范大学）：城中村记（组诗）　...047

黄紫莹（华南女子职业学院）：古寺纪（组诗）　...051

廖如妍（复旦大学）：双城记（组诗）　...056

中编：散文

李司平（文山学院）：古道普洱北　...060

农荣思（云南大学滇池学院）：上　坟　...069

叶炜光（华中师范大学）：父亲的鱼竿　...078

王珊珊（昆明理工大学）：阳光下的风，花椒味　...086

祁十木（广西民族大学）：叙述死亡之谎　...094

胤卿（中国石油大学）：我的乡土父亲 ...100

李娜（苏州市职业大学）：梦　渡 ...108

下编：小说

郭大章（西南大学）：借尸还魂 ...116

粟辉龙（电子科技大学）：孟达的夏天 ...150

朱彦瑾（张家口学院）：马刀十字架 ...193

李柏荣（南通大学）：白杨树里的黄昏 ...202

柳燕（云南大学）：鱼 ...230

徐皎月（燕山大学）：晚　晚 ...265

丁蕾（北京师范大学）：留　仙 ...277

林瑶（中国戏曲学院）：木碗匠 ...300

吴文星（赣南师范大学）：一路向西 ...314

后　记 ...329

上编：诗歌

牛羊是草原上的善知识（组诗）

西北民族大学　颜亮

善知识

牛羊是草原上的善知识
经幡是万物生长的班智达
那些爱着的事物总是轮回
在不过灰尘大的小千世界
走过十二个月　走过执着抑或割舍
一直在抵达胜义　却从未到达慈悲
草原天亮以前　我们只是众生
在各色建筑上添砖加瓦
在一路迷执中增长计谋
信仰的重量那么远
总是经历所以善良结网的称重
而我的草原　神灵却铺在金色的山坡上
朴素的接受索求
比如：天亮以后　这里丰满水草
这里种满云朵　所有奥义的道场
不曾增减　从未空无

果　实

在草原腹地
唯一不能被伤害的果实——是刻满经文的嘛呢石
我和身披氆氇的僧人一样

用年轻的肺吐纳一草一木的来历
那些选择洁净的文字
染白庄严的神灵
每时每刻经过头顶
看顾圈养在天空下的生灵
我所在的高原
没有神秘　却布满桑烟的秘密
那些年　生长在浮生中央的我
在万水千山之外
忽然醒来　有无数个神经恭敬
迷恋喇嘛与经文　迷恋诵念与占卜
迷恋坛城一花一世界的菩提

草原歌手

草原上到处都是优质的歌手
他们的嗓子塞满了云朵与天空
他们是自己的万水千山　是自己的王
那些在光影中染裹的善舞灵魂
脚掌长着青草与格桑花
呼吸着自己和王的国
我曾无数次
怀揣着甜腻的梦
在一个叫草原的院子
误入一场露骨的风月
却终究像一只羊
被巨大的绿色捕获
光阴从我头顶飞过的时候
我已经度过了一个又一个无法声张的春天
我必须说出：我选择风马与卓玛

我埋在篝火旁的骨头
闪闪发光
渴望长出黄金的嗓子
占据草原的器官
和燃烧的花朵一起
粉碎我掷地有声的伤疤

香格里拉

香格里拉干净的云朵下
是熄灭的恩怨
是早起的牛羊和悠闲地家眷
所有虚度的时光和影子一起
消磨爬满山林的草木
假如在生命的三分之一处
在风月下转山转塔
偶遇可证的因缘
我想生锈的只是叫做钟表的器物
我曾在圈套中写下"燃灯 推磨 骨瘦如柴"
如今耀眼的一厢情愿
早已嗅到
生长的热爱无法离开我的一生

转　山

满山杜鹃已谢的时候
我在七百年后转经
在噶玛巴神泉处 处立 无泉可饮
一些素裹善念的身影
映在云朵 树木和石头上

我没有从佛经上来的名字
却也信誓旦旦
在转世石塔上 安置器物
渴望长出信仰的骨头
和建造来世的房屋
与牛羊家畜满山野花一起富足
我想 如果雪山融水依然成河
依然在我身边咳嗽出动静
我便不会是转山路上
最后的孤独

卓玛姑娘

我想念我的草原和我的卓玛姑娘
草原在的时候
我可以永远我的脊梁
可以放声哭
将痛苦写满植物的经脉
躲在巨大的影子下
经略风月 守护阿妈
草原的疆界不像城市充满辛酸
在坚硬的水泥地上
长不出马匹的食粮和我温柔的神情
一只鸟在钢筋混凝的世界是困兽
得不到浆果 于是纠结
该拿什么喂养灵魂巢穴中的鸟儿
该如何苦心经营被城市改写的天空
我密密麻麻的忧伤
是童年在草上熟读的经卷

是星星偷偷在八月的草场
撒下的大片格桑花

山　神

阿妈说拖拉的山是神
年轻的腮边是情郎的美酒
有着古怪的脾气　黑色的衣裳
我少年时　从大块大块的绿色中醒来
相信每个人都要饱经沧桑
于是念过多少经文
草地就有多少绿色
那些云朵下的福祉是转世的宿命
几经辗转
在离我越来越远的河流和雪山
我听见喇嘛在帮助一棵树
在草原上吝啬是一种罪孽
轮回从来是年青的山神
而我们是等待青草的牛羊
秩序纷繁却也从未错乱

佛祖的慈悲

占据我生命的是太阳　是湖泊
是洒落一地的牦牛和爬满羊群的山坡
如果我在佛祖的慈悲下
仓皇逃出城池
乐此不疲　转山寻水
只在格桑花烂漫的季节
远离嚣尘　采花折腰

那一世 我在上师座前
诵读经书 贝叶一角 嗅到过归属
生长的氆氇下有发呆的喇嘛 不语今生
佛说 有一些无法错过的华发
有一段隔世难离的尘缘
你不来她不朽 受难与幸福
一百年无法转身
一千次成就生灵

望一眼草原

我就是想回眸
望一眼草原无际的颜色
梦见轮回的草木江水
然后瑟缩在怀有洁癖的绚烂中 开采不尽
一方漂在天空下的牛羊 格外醒目
我想即使你纵身一跃
在城市也无比荒凉
阿妈年轻时候的容颜铺在山坡上
我苍老时的眼睛耕耘在石头里
走过多少巨大的冬天
才能攒下希望的骨头
安置在肋骨间 默然守护
城市拥有太多的奴隶
他是帝王 让你我爱上羊鞭
妈妈却说：其实要爱上简单的粮食
靠近神灵取暖
这才是一生真正的素描

唯一的情人

我拥有的草木山石是唯一的情人
我是过客 明月千里的牧场
奔子栏不远 角玛寺很近
如何致敬那些不死的江水
如何算计到达的长度
如果秋色三分 一分城市
一分草原 一分孤独
雨就是季节的犄角 每走一步
从此后世 再无争休
一场雪 一旦窃取时间的筹码
羊的眼睛 就会偷偷布阵 攻于心计
这个早晨 听一个女子讲一场不可原谅的遭遇
骨缝里生长出烟火
神赐的口信中说：只有一场燃烧 换来白茫茫的干净

孤山行（组诗）

河南大学民生学院　杨泽西

孤山行

不再谈论飞行术，因为我们熟悉到了陌生
你们走后，一只蝴蝶又回到了自己的蛹中
不可否认，螺杆开始拧入螺帽的事实
我的词语是逆时针的，灵魂缺乏轨道和出口

疲惫是一块刻了名字的石头
被照相机不断挤入人体臃肿的皮肤
我被"孤山"的"孤"字拉出体内潜藏已久的阴影
身体像颗刚启出的铆钉，钉入"断桥"的腹部

确定我是一个人吗？或者是肉体的单数
那么成千上万的游客都是一个人
从东走到西，又从西走到东
我仅仅是一个人在慢慢地消失，又重现

鱼刺仅仅是鱼身体里必要的肋骨
"孤山"只是为了引出身体里的另一个你

爱　情

"无非是在泡沫上打铁"
话毕，她在夕阳镀金的天空上

又刮下一层金子　夜晚
月亮已变成一块生锈的铁饼

我试图以诗歌淬火、敲打
她骨子里并非铁石心肠之人
桃花也曾在她的骨节里绽放
落花有意，流水却被人世改道

现实已忠于她的"顽冥政治"
爱情死于"彩礼"的非命
必须用下层建筑作为捆绑，最后
被红酒杯勒索，交出上层虚无的泡沫

正如你看到的，一只陀螺
在皮鞭的抽打下越陷越深
春天从一开始并非是一场颜色的阴谋
因我们最终都屈于肉体的严打和逼问

现代都市

香水伸出手指解开男人衬衣的扣子
高跟鞋把女人的心每天都抬高一厘米
发传单的小伙儿永远都会被扔进垃圾桶里
流浪歌手的六根琴弦像牢房里的六条铁柱

每一次坐地铁
我都感到有头颅被火车飞速砍下
有人在夜里快活
就有人在夜里即将死去

百货大楼是真正的暴君
给只关心皮肉的人类最腐朽的统治

打工仔们则摆地摊卖绿色盆栽
人间便暂且得以平衡

我理解所有活着的人
这城市太公平了
谁关心灵魂
谁就会被肉体杀死

清明晚贴

现在轮到你用喜鹊的喉咙，清洗
那些发黑的声部
蜘蛛网用锋利的切割线，捕获
昆虫的鼻子和日子的琐碎皮毛，气味
用焚烧植物尸体的烟雾祭祀你
灶台旁一条被狗啃过的腿骨
钻入你的皮肤。外公和姥姥死了
三年前油菜花已经埋过了你的头顶
昨天回家时途经的那场车祸
正以器官失踪和反动的形式撞击你
你感到前所未有的恐慌和恐惧
破碎的场景，抓取一小片完整的玻璃
修补你的面容
你带着自己的身体安全地回来了
可你的母亲却突然告诉你
二十五年前你就已经胎死腹中

生死疲劳

听到朋友姥姥去世的消息后
他立马往家里打电话，确保家人的无恙

他的敏感来源于他修炼已久的"迟钝"
比如去年他祖父脑出血的"一把刺刀"
扎了他好久,他才肯吐出一口鲜红的血液

他平静缓慢地给人讲述:
一个农民工坠楼而亡的死讯
一个乞丐冻死街头的新闻
一个山村一家七口一夜之间喝药自杀的消息
以及一个大学生跳楼自杀的事件
他的"迟钝"来源于整个时代的敏感

他知道,相比于说出"死"
"生"——
是个更加难以开口的词

我快要和父亲失去联系了

我不打电话给他,他也绝不打电话给我
当然,反过来也是
父亲此刻在福建的建筑工地上扎钢筋
试图能够捆住城市这颗不安的心脏
我比父亲更愚蠢
一直在纸上种字,试图能够种出春天

快要五十多岁的身体了
这把老骨头,却一年比一年抛得远
前年郑州,去年天津,今年福建
父亲的"狠"不光用在自己身上
高中时被他吊在梁上狠狠抽打
他却不曾心软半点

这些年我和父亲走得越来越远
以至于快要失去联系了
就在昨天晚上，我主动给他打电话
听他说建筑工地里的事情，电话那头
他的声音非常的疲惫和虚弱
却还坚持不停地和我说话
仿佛病床上临终的遗言

胸口碎大石

必定是胸口淤积了很大一块石头
无奈，才肯叫一把重锤狠狠地砸去
没事的时候，他就用一根一根的烟把肺染黑
染黑后就可以变成一块巨大的黑磁铁
就可以把女人冠心病铸成的铁
母亲脑中风铸成的铁
自己高血压铸成的铁
儿子结不起婚买不起房铸成的铁
全都吸到自己的胸口里去
这几块致命的金属
现在都沉积在了他的胸部
他面不改色，继续叫卖
继续把生活的黑与重往胸口里装
还能再加一块——
当他终于承受不住最后一块重量时
这位民间艺术高手，大喊一声
"砸！"——
父亲的胸口，一下子碎裂

农村尚有故乡之名

母亲去往山东,父亲去往广东
口音不除,只好沉默着上路
好在蛇皮袋已换成了美式皮箱
眼神和闲话一并被羞愧击落
鞭炮声遁回到纸筒里
春节返回到节气里守住它的灵位
拉二胡的大伯把弦子放回柜子
以免哀嚎在深夜里挂着琴弦上吊
爷爷有拐杖搀扶,不讹诈子女的不孝之过
该断奶的也已断奶,不责母亲乳房之过
村头的老光棍早已逼出了政府福利
哑巴二娘已会用手势用左手跟右手说话
都走吧,不必回头,不必落泪
不必硬要抒情,配临行之洁白无辜的雪
调剂心头大计量的毒
陷返程之路于不仁不义,你我都知道
农村尚有故乡之名,且只剩故乡之名

哭灵人

一次五百、六百,甚至更多
这是一个哭灵人在我们当地哭一次的价位
哭灵,在我们农村老家是一种特殊的职业
几乎哪家有丧事了都会找些哭灵人来
一群哭灵人一起大声地哭
那气势不亚于一场地震或海啸
我见过一次,但我不想再见第二次

因为你也会跟着哭，跟着伤心
仿佛棺材里躺的人就是你自己

不是谁都有本领当哭灵人的
哭灵者本人身体素质必须得好
其次才是感情充沛
我亲眼见过一个哭灵人当场哭昏过去
因为一哭就得连续哭两个小时以上
必须得流泪，必须得真实，哭声必须得大
你说，死的人和自己没有半点关系
他们怎么就哭得那么伤心，那么真实呢？

很简单：
把自己失去亲人的痛；失去恋人的痛
孩子上不起学的痛；自己看不起病的痛
愧对家人的痛；在外漂泊的痛……
生活赋予你所有的痛一并装进那口棺材里
用力地哭、撕心裂肺地哭
哭完这场，明天还有一场
一位哭灵人如是说

农　药

因姓"农"字
被列入农民世家的族谱
从生到死，伴随了整个农民的一生

作为毒，它被用在庄稼身上，杀死害虫
作为药，它在夜深人静时进入她的胃
结束了一个农民苦不堪言的一生

生时，常年背着农药在田里劳作
死后，又带着农药被种在了田里
农药自始至终都没有离开过农民的身体

当日子实在熬不过去时
就把农药当成药，把自己当作庄稼
埋到地里去，来生一定是个好收成
这是每个农民家庭都信奉的真理

贤　良

中央民族大学　　马林刚

姓马的母亲在喊你，我的回回，我的心肺。
————《西北偏北》

一

粮食计年，泥陶腌菜。生在旧时代的人，
围绕灶台和油灯度过一生。
她会给所有物品起一个名字，儿子、孙子、曾孙子
都放在其中，越卑贱的名儿越好养活。
她说众生平等，祈祷的重量等同于土地
好东西都生在土地里。
她却忘了——墓碑也是。

二

播种星空，喂养生灵。生来孤独的人

在鞠躬和叩首间,完成每一次庄严的朝拜。
给她一所院子,院子中央有树,天空有星星
女人一生的任务是喂养生灵和打扫屋子
或者点上一盏灯。大多数时候
我们可以在她怀里,父亲只能
站在地上,聆听教诲。

三

偏爱四月,偏爱马兰。母亲很少说话
只在黄昏里呼唤。把自己站成一座木桩
命运将她装点,与长天一色。
当时种子正在发芽,桃树正在开花
满地的拉拉缨像她,炊烟升起的时候
呼啦啦开出白色的花,璀璨——
如星星,如野火,如灯盏。

四

一枝花升上枝头。美丽的阿伊莎
我的姐姐,踮起脚尖嗅着人间的味道。
她永远只绣一双鞋垫,期盼北归的鸟
带来春天的消息。那些看不见的远方
用蓝色的词语填充,或者做一个
十八岁的媳妇,离开高房子。
那些美,因为隐忍——
都打暗处来。

长凉山挽歌(组诗)

重庆交通职业学院　宋逸

引：譬如三千大千世界，所有草木丛林，稻麻竹苇，山石微尘，一物一数，作一恒河。一恒河沙，一沙一界，一界之内，一尘一劫。一劫之内，所积尘数，尽充为劫。

临　世

靠山吃山，靠水吃水
一个山岗的名字，血和泪也可以画等号
一群人愣是和漫山冰冷的石头擦出了人间的烟火
在石头里开疆拓土，爱一个人，便爱其生生死死的命
搭建房屋，生儿育女，生下来的人
就长在石头里，一生都是石头的命
在石头里生根，发芽，一辈子也没见开花
他们的命就像石头一样硬，一样贱
山风的侵蚀经年月久。祭山神，拜观音
是期望神灵能早一些渡自己脱离苦海
他们都认为，敛土石成堆是一生最安稳的去处
无名无姓，道法自然，从哪里来回哪里去
好像在来这世上一遭之前，就有人告诉他们会有这样一天
于是终其一生都在等待，一生都在准备
每一天的存在都只为迎接这一天的到来
这一天终于来了，终于可以回老屋复命了
转身，宋家梁上就落满了石头和风

如果说要把这定义为一种逃离
那么我想以一个诗人的身份，在诗歌里
把本来属于他们的哀伤还给他们
把群山压抑多年的重量，尽可能轻盈地释放出来
使秘密公之于众。生活，已经亏欠他们太多了
时代的末端，总挂着危险和鬼脸
有人制造了危险，他们在违禁品里尝受了有害物质
一辈子，都过不去时代的安检之门
并一再成为人民群众胃中的钉子，和议论的标本
只在不幸的时候，才有幸为人所知
一代又一代，在世间所有的苦里，如同
雪飘的瞬间，不等开口，便作潦草，便已尘封

巫　风

生在这里的人和死在这里的人，没有区别
生下来要轻轻地，埋进去也要轻轻地
生时需要人接，死时需要人抬
一，二，三，四，五
金，木，水，火，土——
起——唢呐起，八仙起，端公舞，引魂，借道
问路山神，今生何憾，来生何往，偿不完的债，还有来生
撅寝地的锄头，一定要高过额头，再缓缓落下
遇石取整，唯恐这永世之榻类如人间，不得安宁
行丧的队伍踩着青面布鞋，从一片山岗迈向另一片山岗
活着的人穿青、裹白，给自己披麻戴孝
往往带着死在生，而死去的，又带着生在死
北坡上他们垂直的生命，拼命曳动使命的旗帜
翻土、种胡豆、小麦、谷子，翻起来的土盖在身上
这使他们，不经意就走向了时代的阴暗

把收来的粮食晒干，储进粮仓
在贫岁拨开尘土，用于维持生计
抖落的灰尘堵死了声道，沉默就找上了消亡
祖母常说自己是被泥巴掩到脖子的人
泥是行来不易，是大雪丢失精度，又遇上追捕和仓皇
在燕坨河寂灭的死水里循环、消耗，身后是两千米的落差
近秋的夜晚，月光极目，高过人间
他们在垂死之人的节日里焚烧秸秆
火光耀满山岗。他们把菜籽一粒粒排开
一端连着破房子，另一端，叫长凉山

众　生

那些大大小小的植物啊，上天留下来救命的粮仓
在一个又一个饥寒的日子里，青冈栎和它的橡子
因为生长在这里而成为救世主，任重而道远
它似乎更明白。在寒雪天里折磨自己苦难的身世
带着一身的树疙瘩，挣扎着支撑起几间破瓦房的温度
伐木丁丁，在雪上，一声比一声干净
像山窝老庙里的老僧在击打木鱼，清脆而扬长
土巴碗的橡子粉灰头土脸，苦涩立于舌尖的悬崖
春天迟滞了又迟滞——父亲赶夜从黑水祠回来
几十里山路上填满了雪，一脚踏进去半生都爬不出来
土地下放那年，他才是个十二岁的孩子，就知道
土地比命还重要。第二年涨山洪
一家人从嘴里抠出来种粮，埋在地里
被洪水冲得遍山都是，他披着背搭，拿着锄头
在暴雨里学做男人，像个持剑的破落骑士，在保护命的版图
却被绝望堵了回来，瘫在火坑旁，仰天痛哭——

人　牲

从死里熬出来的生啊，可是一个在生活里反复去死的人
命运又怎会那么轻易地放过他们。那个从贫瘠的子宫里
历尽艰辛才爬到世界的门口的人，嘴唇刚碰上
营养不良的乳房，在窖板上打了半个圈
就归去了，眼神还够不到村西头的紫土
每每提及，祖父一声不吭，有谁知道，看在眼里的死亡
竟会让一个拼死向生的人，在内心吃起了斋，念起了佛
仿佛是上天刻意安排他来人间历劫修行的
一生任劳任怨，他自己似乎也觉得真的会有那么一天
届时劫数已满，自然会有人前来度化他
丧父、家暴、孝子、贫穷、子女夭折、老来丧子
除了他自己，复杂的身份早已多到无从辨认
兄弟五人，两个弟弟右手端着煤油灯，进了炭窑就再没出来
哥哥掏乱葬岗的死人骨，嘴里含着半截野菜
就把一生留在了人间。父亲总说，他的一生
就是在人间埋人，埋最亲的人，埋最爱的人
直到把自己埋进去，才算完事。就是这样一个男人
一生只留过两次泪，一次是他母亲去世，顶替亡兄
在一个清晨跪遍了山坳里所有的人，守灵的第一晚
跪在灵前，一遍又一遍地给长明灯添油
无数次哽咽都始终保持着顶天立地的形象
另一次是祖母掉进地窖摔断了大腿，他在床边
死死地搂着她，那被他掖了大半生的痛苦和委屈
都在那一刻化作绝望的泪水流了下来，嘴里
不断重复：你要是走了，我也就不活了。
两个自幼丧父的人拼命抱紧对方，像两块
在生活的丹炉下煅烧得通红的木炭，眼前这个

支撑自己活下来的人,早就成了自己的全世界
那一生中最大的安慰啊,在上天面前竟如此脆弱
山里人的命就是一辈子自己跟自己较劲
一辈子得不到解脱,一双脚牢牢插在土里
为了生,再也誊不出多余的精力来做别的事

长 辞

从两港大道右转到浦东医院,那是他一生中走过最宽敞的路
他就快要飞起来了,他感到自己正在和身体分离
像他写过的信一样,躺在苍白的床单上
一个巨大的感叹号怎么也拉不直
在殡仪馆见到他时,他已经娴熟地将自己
封进信封,塞入邮筒,面部安详
仿佛这个从生下来就开始练习的动作
终于得到了完美发挥,终于令自己满意
大平头,旧中山装和廉价布鞋都是他生前用过的
永别堂前,一棵柏树在平原的风里兜售着它生命的绿意
送行的三个人,围着灵柩左绕三圈,右绕三圈
父亲说:他是故乡第一个以骨灰形式下葬的人
平原风大,下脚稳一点,每一步都要踩踏实。我就想起
1989年秋天,山风贴着土地飞行,一遍又一遍
收割着石皋弯的石头和苍茫,终于有人忍不住了
勒紧腰带,从地里钻出来,对着
贫瘠的土地和四周的大山宣布,要去外面闯一闯
像在有机土壤埋下一颗更大更有力的种子
东拼西凑,总算凑足了路费、干粮,把钱隐于鞋底
赶一夜山路,来到县城的火车站,登上火车
去一个比遥远更远的地方卖命
从此没有方向,只有远方

魂　归

两个农村的糙汉，为了活命，睡街头、车站
吃饭逃单，挨打，饿得实在难忍，偷本地人的鸡
被发现了躲在结冰的河里，一夜未敢出来
冒着高烧在砖厂干活，终于患上了的哮喘
便注定是一辈子的结果，注定没钱医治
同时也就注定了短命，注定不能完成他光荣的使命
再也不能把自己完整地交到长凉山手里
八千里路云和月，归我长凉山兮静悄悄
路祭，纸钱，鞭炮，老杠，去时人间鬼，归来天上人
一个在群山的压迫下从不敢用力呼吸的人
一个在命运的绳索上表演的人，压轴仪式终于得到了创新
骨灰盒入殓，棺材空空荡荡，像另一个人间
有人提议，在里面放些遗物，一同放进去的
还有早于他归来的信件。祖父偏执
把一切归因于他的不羁，拒绝他进堂屋
拒绝葬礼，拒绝流泪，拒绝了有关他的所有
这个在心底爱了他一生的男人
从那一天起，就在自己胸口砌了一座坟墓

沐　身

从部队退役后，在平原拥抱坚硬的海风
他生命的长度，从塔吊的平衡臂延伸至他的下半身
一朵耀眼的红花瞬间绽放，花瓣浸红半边落日
三十而立，才发现平原的黄昏更加漫长
没有一个医院愿意接手，鲜血漫延在苏州至南京的马路上
一条蜿蜒的曲线正一点一滴地丧失力度

堂兄弟从四面八方赶来，警笛催命的符咒在夜空
开成明亮的眼睛。那一夜，长凉山又向上攀登了一寸
噩耗传回，二祖母哭得死去活来
这个跟大山死磕了一辈子的女人
在命运面前强势了一辈子的女人
在丧夫后毅然做了男人的女人
再也扶不起那根撑天的柱子
命运的符号接连不断地落在她周围
把一个女人的脆弱，还原得无比精准
遗体运回长凉山，按照习俗，入殓须由自家男性长辈主持
祖父成了唯一人选，棺材原本是为二祖母预备的
又窄又短，僵硬而浮肿的身体只能放进去一半
经过本家人商议，决定用暴力把他塞进去
几双脚冰雹般下在他的身体上，风带着骨头碎裂的声音
在那段时间人世的上空，来来回回地吹
偶尔折断一根林子里的干树枝。可怜的人啊
生在大山的夹缝里，即使灵魂升天依然不肯放过他的肉身
抬棺的队伍由村里的老龄男人组成，大家一致决定
把他葬在屋后——他父亲的身旁，因为父子俩都去得早
下葬那天，树欲静而风不止，一儿一女跪在新坟前
还不知道什么是死亡，宽松的孝服落在祭台上
像他遗留在人间的责任。不知是谁说：
命运这东西一旦严肃起来，四辈人也没能耗尽它的苦。
紧接着，暴雨就由大茅坡爬上了城门

斋　戒

又一年春天，梨花伴随着一阵阵东风晾满晒坝
二祖母在四四方方的天花板上种下裂缝
泪水从三层楼高的地方掉落。她决心把自己

从生的战线上撤离，用最缺乏抗争的沉默来消耗自己
这个方法果然奏效，很快便用上了药物、拐杖……
后人也为她备好了寿木、老衣——
一个人生活、吃素，经常花费一个下午在同一个地方看落日
爬楼梯一步一歇，任由病魔摆布，大儿子带着她辗转了
四五个医院，也没找到病根。时令不及初春，临走前
大雪飘了一天一夜，也没掩住长凉山的荒凉
在医院摔东西、骂人，吵着闹着要回去
后人们拗不过这个一辈子都习惯自己做主的女人
包括死。回到家已是晚上，坐在火炉旁，让儿子准备后事
呢喃的语气，无所谓生，更无所谓死
其实在医院她就知道自己大限将至。翌日清晨，一小碗清粥
刚喂进一半，不等天亮全，就离开了这个
折磨她的人间，晨光熹微，大地在她脚边一寸一寸地展开
一个从小没爹没娘吃着百家饭长大的人
一辈子都没挣脱她那孤零零的命运

祭　祀

在大雾皋正对西方，列三牲，烧袱子火，恭请某某老大人收
凉风习习，勿使火灭。你且安去，人间尚有人照管
五道湾的生者正排队向破房子走去。七月的风
把河谷的潮湿带到山岗，镰刀向土地索取的弧度
似一张弯弓瞄准死亡，搭在弦上的都是最亲近的人
祖母在地里，拾掇那些提前迸落的豆粒，儿子葬在一旁
再旁边是老两口的墓地，朝向六座山的偏顶
最后落在远山的圆岭上。碑文一笔一画
都清楚地刻进了石头的骨髓，作为长凉山最深刻的事物
碑的右边不足四十个字，就把一个人的生卒和轨迹交付给历史
比起内容，宋体字更适合他们，方方正正，中规中矩

横撇竖捺间却又留下许多不可填补的裂隙——
祖父对死亡从很早就有自己的坚持，请石匠
在后山的石林割了一块粗糙的石板
一个只会写自己名字的人，举着凿子
俯身深思了大半个世纪，都没想出代表自己的墓志铭
这个权利最终还是交给了碑作坊，竖碑的同时
一个错字也被竖了起来，没人去纠缠那多出来的一笔
好似这本身就是一件荒唐的事，命运相通的人
不会去指正错误的错误，对人间生死都有不语而喻的态度
比如那个在老林把自己拆成一堆白骨的人
常年留守在绿阴潭，那是长凉山寒气最重的地方
寒气深入骨血，岁月终于把一生擅于精打细算的他
算成了一笔糊涂账，整日疯疯癫癫，死之前
把拐杖扔在了袁家沟。山里人举着火把
搜遍了附近的村庄田野和山林沟谷
整整三天，去的人都徒劳而归。像他自己一样
葬礼上，大家稀里糊涂地把他的衣物塞进棺材
埋进事先准备好的墓地，用山里最硬的石头
建起一座衣冠冢，一切从简，倒也死得轻巧
最终发现他残骸的是外村的一个哑巴
彼时已是年后开春，距离他失踪已经过去了大半年
一堆白骨唯一能证明他身份的，是蓝布中山装
口袋里的铜质烟斗，跟随他四十多年，外表磨得光滑锃亮
儿子上前整理那堆人骨的时候，怎么也拼不齐
一具完整的骨架。请骨入棺，一路叮当作响
招魂使嘶哑的喉咙把西山叫成落日嫣红的典礼
黄昏的天幃下，一群在人间列队的人，以生祭死
这些向死而生的人啊，见惯了生死之命的人啊，最擅长的
就是谈论死亡的方式：喝农药、上吊、跳崖、恶疾、矿难
溺水、失踪、诅咒、车祸、机械转动的齿轮……

正常与非正常——这些黑白的强音符号
不偏不倚地砸中长凉山裸露的心脏，像一口古老的梵钟
死亡把他们一次又一次地聚集到同一个地方
并注射给他们同样的穷苦决定同样的命。今年二十二岁
离开长凉山十七年，我对身份的概念含混不清
棱角尖锐的落叶仍然掉地，刺痛土壤的耳膜
他乡实在没有什么好祭奠的，只能给就近的铁轨烧几张纸
在黄昏目送一列远行的火车，直到汽笛惊醒黑夜

抱着孩子的女人（组诗）

临沂大学　韩颖

抱着孩子的女人

凌晨三点钟
地下通道里。抱着孩子的女人和衣而睡
从某种意义上讲
我们是一类人

我们都在体内饲养小兽
它们在最黑的时候
举着一朵玫瑰的芳香四处奔走

当她醒来。呼出潮湿星辰的绿
我知道
这个夜晚剩余的部分
正一点点耗尽神的丰盈

手

这是一双女人的手
我看见它时。它正在受伤的根茎上哭泣

她喊我
用充满褶皱的姿势
轻轻地喊我

关于一座移动的坟墓。我们闭口不谈
它可以是泥土，火焰和静的光辉
但更多时候。对于我们
他们是别的事物

在上升与降落之间。我们站着
拘谨且自持

于岁月炙热的流淌里
我缓慢地投入一枚冷太阳

谎　言

石榴终于熟了。它炸开的红被我穿在身上
一些鲜艳的事件开始暗下来：
首先是青花和心脏
然后是大片大片的铁锈

窗台上陈列着古老的谎言。是关于光明的
日子已经滑过竿头，我跻身时间的缝儿里
盯着路过的青菜和活鱼
一句话也没说

天黑了，母亲弯腰的时候
山上的那枚月亮以嫁娶的姿态谈论着我

栎　树

——一株栎树的悲哀慢于蓬草的悲哀
慢于岁月的纹理

"这株树里没有雄心,没有麻木的躯体"
已经很多年。古老的树冠仍滞留在它
自身的倾斜度里

一些稀疏的鸟鸣,疾行中的云以及
湿透泥土的气味
它们通过感觉的渠道一次次进入我
却从不提及我们共同的起源

当生活的利斧伐倒林木。万物葱茏
不可见
那些寄居在我体内多余的茎刺。它们的尖锐
正投身到另外的事物上

而它的视线仍锁住上空
像是一种抵抗——
当光亮取消万物
它的目光依旧悬在空中

乌有消耗着它的凝视

祈　祷

一座古钟出现
一声悠扬
剖开了夜晚的肺腑

寺宇,屋瓦和一些醒着的思想
它们静静置身于彼此的
深度里

当一双苍白之手

进入它垂直的黑暗内部
它的钟锤在内心悬停

万物无限的结合里
它独自进入一个短暂的
祈祷

让部分说话

让部分说话
让体内的乌鸦同局部的宁静重叠
摘下生锈的耳朵
声音被丢进易碎事件的年轮

来！撕开内蒙古的绿
看羊头骨的掉落和一些羞耻的皮毛
齐齐指向一个干瘪的乳房

水草疯狂的燃烧里
我知道有人正把羊类的温和安在我身上

太阳就要升起来
已变白的部分由炼金术支配
嘘！别说话
它的灵魂正变得笔挺

惩　罚

想起那个把手伸进暗流里的男人
我的心脏又一次走漏风声
二十年前，我的名字落在他和母亲中间

不说话就能把日子掐出水来

他出现的时候，我就在头脑里养活千军万马
小卒过河顶大车，连环马，象飞田
都是他教我的。
我咳嗽一次，他的生活就长出十种样子

时间的窖里，无论面向风还是背向风
腌渍都是躲不过的。
我跑赢万千同伴的那一刻，他就输了

他撕碎化验单的那天
我刚好站在门外。什么也没说
那天有大团大团的流火
升起的青烟像天空的胎记。古老而肮脏

时间还在惩罚粮食和他
水里的螺钉开始生锈，我的眼睛开始酸涩
影子跌倒在白昼里，说什么也扶不起来
只有墓碑静静站立，为我谢罪

小县城笔记（组诗）

湖南大学　陈景涛

一

起于青苹之末，也起于蜉蝣
拼命扇动的翅翼，无足轻重，冲击波
在高空接纳溃兵，渐渐演变为
一场暴躁的革命。由东向西扫荡
在横断山，被积雪的反光拦截
它们仍没做出稍微的减速
只是转了个方向，雷电郁积
冰晶脱离了固有的秩序，嚎叫着
赴死般一头扎向地面

降水与夜色，同时抵达了县城。趁着
月光正好，归乡人埋头钻进锁孔

二

咒语已经失传
喊魂术，更偏向完成形式
不熄灭的，不衰减的，是对永恒的奢望
只有极少部分人，传说中，
被白云引渡天国。滞留县城的
大多数，他们深陷于盆地的暖冬

在十字街主导的棋盘游戏里
寻找作弊的出世窄门
他们深信，错位了的灵魂
能被逼仄的轮廓，挤回肉体

侧身而过的瞬间，就会重获
高度一致的身与心

三

一直在枯萎。菖蒲，芦苇，凤眼莲
滨水植物的黄，由四周填满塘心
我从刚合龙的宗祠走出，向北方看
更惨的黄，挂在赶路的汉人脸上
"去国十年老尽少年心"，比脸瘦的
也必定比汉字瘦，可以被蹄铁踏平的
也必定会被春风催生，那些人背着手
铠甲上已是锈迹斑斓，等不到
期待的羽箭和毒药，一日复一日
在芦笙和包谷酒中酣醉
把《春秋》和《礼记》，埋入火塘
一本家谱，已被光阴偷换成《戍边记》

想对着那些远来客喊一声，可我
的云南舌头，发不出半点南京口音

四

骑驴的人收起鞭子，开车的丢了油门，
走路的，走一步就要歇一步
每一个，都是一支疲惫的游行队伍

背负着沉重的日光,走进西正街

外地和尚蹲在梧桐树梢,往叶子上写字
写"家书抵万金",也写"波罗僧揭谛"
诗句和经书,塞满了天上的邮筒
无法由人间的邮差,完成投递
小旅馆里,野郎中只露半张脸
开土方子,用枪药,治疗蔷薇花
的隐疾,也不收一分钱。西正街
默许了许多虚幻的营生,作为杂货郎
我常常挑着担子,从街头流窜到街尾
把昨晚高悬的星座,贩卖到下一夜

所有事发生在西正街的黄昏
所有人活一天是一天

五

县城通往万松山的路,全是蹄印和铜铃
我一路走,一路捡,迟迟没有抵达
夕阳几近被大地吞没
树枝,苔藓,青绿的松针
它们过于鲜活,无法燃烧
走夜路,还得靠内心的蜡烛。途经山溪
我不敢抄一口饮,怕水中的月光
一碰就碎,怕腰弯下去
就再也直不起来。我也不敢
轻易亮出白鹤的本性,每一粒松果中
都驻扎了秘密的弓弩手,对翅膀
充满偏见与敌意。月至中天

起风了，万松山的松涛旺盛起来
继续向前，白云寺已不远

我寄身于一架诗稿折成的纸飞机
穿梭在松涛里

六

要在县城之下，修一面悬崖
要足够高，可以托举着棚户区
抵到白云的乳房；要足够隐秘
躲得过肺炎病毒，躲得过地震的逡巡；
远离那些，令人迷失的高速公路
还要粗糙一点，让藤蔓容易爬
老鹰好搭窝。最重要的，必须
绝对虚无，推翻建筑学的定论
建在江水与雾气的接触面

崖底，都是翻滚的梦境，晴天散开
雨天合拢，阴天在风中粉碎

七

闪烁在空中的白，可以是芦花
可以是蜻蜓，也可以是时间
在寂静中消耗的余烬。我们一厢情愿
相信流逝的必然，承受一个县城
在概率上的所有可能，也习惯了
心灵的机械化，做道德上的简谐运动
哑了嗓子，退化了泪腺，铁了心
目光却越发犀利：在清晨

我们能看到已经远去的人
从水面上回来，散发着油菜花的香
由后门逃票过灞陵公园
分散到一个个建筑工地，在砖头水泥间
收割，播种，有序劳作。

有时候，白雾会填满街道
他们也会替我们流泪，替我们哭

八

用捕鱼的技艺，能从河水中获得什么？
一整个下午，我都在河边看他使劲
他伸直手臂甩钩，想从浮萍之下，钓出饱腹感
还想用网兜，捞一些干净的词汇
比如：涟漪。上游的工厂，吐一团烟雾
他就收出鱼线检查，鱼卵一出生
就在这条河老成白骨
金属的钩，也可能融化在水中
谁都明白，这已经不是一盘
传统意义的君子棋，道德上
无人能假扮旁观者，一边下赌注
一边表露，懦弱的弃子之心

出于本能，我们对流淌的液体心怀感激
也保留了，可耻的征服欲

九

一夜大雨，县城因此上浮几寸
阳光再度降临时，所有的耳朵

都被灌满蛙鸣。有太多事物
需要干燥，需要晒一晒。潮湿的《县志》
不能作证物，送呈时间的法庭
满地柏树枝，不能作为一种苍翠
象征庄严或者生命力。积水的倒影里
可耻的哑剧又在公演：断桥
过期农药，方向失控的挖掘机
接受了掌声和鲜花，却忘记谢幕。仅存的
拒绝观赏与被观赏的人，只能闭着眼
把耳朵贴紧手表，听时间溜走，听从前
存放在庙宇的钟声

纸上的县城，包括了许多错别字，最终
被我们重新折叠，烧成清明的灰

祖母的牙（组诗）

赣南师范大学 吴文星

祖母的牙

祖母的牙，稀疏、残缺、摇摇欲坠、锈迹斑斑
像那把被她用旧，豁了口的菜刀
窝在逼仄昏暗的角落闭口不言，或许她怕
一张嘴，就让人看出生活的破绽

祖母的牙，啃噬许多东西，野菜、米糠、树皮
多出的线头和冥顽不化的日子
据说，三年困难时期还吃过人肉，如今
仅剩的三颗半，她用来咀嚼年少时的回忆

祖母的牙，有的扔到了房顶，有的静静待在床底下
有的被什么磨平了还有的不翼而飞
"都咽到肚子里去了，吃不饱嘛"她说这句话的时候
爽朗的笑声几乎要把几颗碎牙吹下来

其实我们都清楚，是我们偷走了祖母的牙
以前是母亲、姨妈和舅舅，现在是我、表弟还有堂哥
是我们一起，把牙硬生生从祖母嘴里
一颗、一颗，掰了下来

那些寂寞的牙床，让我想起这些年故乡那些死于
慢性病的老屋，几场暴雨、一场秋霜

似乎就要把它们连根拔起，销毁一切
它们曾经存在过的证据

可是谁又能收回，那些年在一张皓齿白牙的嘴里
长大的童谣、哑谜、鬼怪故事和不厌其烦的叮咛
它们曾陪伴少年一个又一个光怪陆离的梦境
在祖母已经对这个世界失去灵感的时候

即使三颗半的牙，祖母仍然刷得郑重其事
像对待一项精密的工程，横平竖直，琐碎地
近乎享受，在儿女们各自纷飞的时候
她忙着抽下身来，照顾词不达意的生活

我繁琐絮叨的记录，不过一个旁观者的自怜
而祖母早已深谙时光的把戏，无暇顾及厨房以外
此刻野风浸湿油菜花的新衣，润物细无声
祖母在前面坦露心房，笑成永恒

喊 风

风继续吹，在番瓜叶和破斗笠之间
古铜色的脸颊，沟壑纵横，流淌成河
跳跃的盐酸跟着风走了，或者
一头栽进脚下的砖红壤，浸透一生
风是祖父喊来的，他的咒语，通常是一声"呜哎"
祖母会喊惊，她喊的是魂灵
祖父除了喊风，大概只会喊叫了
此刻，祖父停止了侍弄他的番瓜垄
他拄着他的锄头，头顶斗笠，衣袂飘飘
活像一个剑士，隐居的高手
我说祖父能喊风，绝没有诓你

只要祖父一声令下
风就会从一个村子刮向另一个村子
马不停蹄地来到祖父身边
仿佛风是那些被他圈养的家畜
他一定是偷了风婆婆的袋子藏起来了
祖父在村子里呼风唤雨，可他并不是一个剑士
他没有武功秘籍，腰椎病、风湿痛、老寒腿倒是常年陪伴着他
他也从未归隐，一亩三分地便是他的江湖
仗剑走天涯只是我一厢情愿的梦
风雨无阻，带月荷锄归才是他的生活
他最惬意的时刻，是我站在他身边
一起享受喊来的风带来的片刻清凉
他任凭风打在他枯树皮一般的脸上
风掀翻了他的破斗笠，吹出了他的老
他头发雪白、黢黑枯瘦、皮肤松弛、青筋虬结
活像一尾风干的鱼
搁浅在他最近常有的梦境里
许多年来终究没有畅游过近在咫尺的海
祖父矗立在旷野里，被四面八方的风困住
许多年，他畏畏缩缩、如履薄冰
过分谨慎得像个茫然的孩子
他不吹风扇不用空调，不信任任何不请自来的风
他总感到不安全，不自在
几次伸向旋钮或遥控器的手又颤巍巍缩回来
那些惨白的机身，张大嘴巴黑洞洞的出风口让他害怕
保不准吹出来一阵妖风，就让自己闪了腰

天空的另一种形式

那些盘根错节堆叠起来的田地，在故乡

唤做梯田，水平如镜，云朵时常在那飘飞
我行走在它脚下，像头顶着一片天空
一块躺在地上的天空
偷走了祖父的一生、父亲的一生
现在，我成了那个最渴望逃离天空的人

攀登天梯，站到天空的顶端
父亲是它们的管理者，春天
他牵着黄牛，带上犁耙和锄头
在一架战车上执手扬鞭、任意驰骋
挖出来的战壕，深过额头上的皱纹
我坐在天空边缘，伸手去抓一朵缥缈的云

肥沃的天空，喂养了村庄的前世今生
父亲珍视它，胜过爱惜他的皮肤
为了多分一厘，父亲三兄弟反目成仇
天空分给大伯、二伯和父亲
又传给哥哥，一分再分
每个人的天空日渐狭小，布满阴霾

多年来，为了摆脱荒芜的天空
我常在夜里练习飞翔，扑哧、扑哧……
如今我终于在另一片天空扎下根来
转身回望，父亲那片已经塌陷的天空
时不时的，会有许多星星砸落下来
让我情不自禁地，怀疑起脚下的路来

腐烂的季节

刚买的蘑菇、豆角、西红柿，没几天
都烂在厨房的阴暗角落，发霉、生蛆

这个夏天，昼夜紧锣密鼓、来回奔走
山坡上青草波涌，发丝向外疯长
跟在衰老后面

火车和太阳一路向南
从北回归线，跌落在南方湿闷的空气里
夏至之后的日子，我整日躲在房间
回忆旅途、虚构故事
等待一个高温预警的日子
让风和棉絮云，发酵
从村子的这头，漫过那头

身体和灵魂都在烈日下，贴地行走
关乎一种原始秩序的信仰
生长和腐败的距离，小于一朵云的变幻
我试着在秋天到来之前，保存一片新绿

其实也只有乡土知道
从地里来的，还得回地里去

祖父的流浪

三月，蛇和虫子爬出蛰伏一冬的洞穴
那天是惊蛰天
那一天
祖父离开了他固守八十七年的村子

春雷打搅了所有人的梦，唯独
留下一位老人的
那一天
祖父开始了他的流浪

那个下午，阳光和煦
祖父在他的老式杉木床上
睡了个很长很长的午觉
知道祖父即将远行，舅舅们
给他穿上了干净整洁的新衣

祖母流下了离别的眼泪
可母亲说
我们要把祖父种回地里
一如他曾经种下的那些
麦子、杨树、菖蒲草……

我兴奋地目送着祖父离开，就像
二十三年前他迎接我的降临那般
我知道祖父会变成一粒种子
风一吹
就圆了他年少时远游的梦

我的指甲里面怎么会有泥

我的指甲肉里粘上了一点指甲油
母亲以为是我指甲缝里藏了泥垢
她伸过手来，要为我抠掉
我为她的无知感到好笑
骄傲地宣称
我的指甲里面怎么会有泥
骄傲的目光徐徐下落
刚好撞见
母亲来不及瑟瑟往回收
布满泥污的手

我常在黄昏时分感到孤独

太阳收走了我的影子
星空还在路上
我等的那个人徘徊不断
诗和酒渐生凉意
千万个村庄掩上了柴门
在这逢魔时刻
我该躲进谁的梦乡

黑夜等待入侵

十五时四十八分二十九秒之后
黑夜按捺不住,降临
我熄灭灯火,藏好榔头,假装睡着
等待着暗处的入侵
萤火虫畏畏缩缩,是他们侦查的哨兵
野猫学婴叫,诱惑我落入陷阱
无非是想让我束手就擒,夜晚如果澄明
白昼又何必煞费苦心
等待,一声啼鸣,骑着潮水涌过
猝不及防地,叫他们留下满地尸体

风雨过后,我重新关好门窗

黎明的路越来越难走
天空耍着性子,不肯放出一片云彩
村子,整个夏天都闭着嘴不说话
我渐渐喜欢上黑暗

就像喜欢寂寞和思考
我支颐呆望窗台的时候
落山风偷偷把炊烟带走
风雨过后,我重新关好门窗
以赶赴盛宴的欣然
等待一个牧羊人,打我身旁走过

城中村记（组诗）

云南师范大学　　任如意

城中村印象

城中村快速腐烂，霓虹和油烟在夜里媾和
待拆的楼房偷偷加层，一夜垒高
钢筋撑不直中年男人的腰
他斜眼偷瞄，鬼鬼祟祟，目光猥琐而逼仄
女人的身体廉价，感情廉价
小发廊，劣质塑料广告牌，弹簧床一碰就响
有人坐等暴富，有人胆战心惊
算盘在暗地里噼啪作响。至亲反目不算大事
感情渺小如硬币，易掉进下水道
我在城中村的屋顶看星星
被夜色反复翻折，像翻一条煎锅里的咸鱼。因油温过高
第一次闻见了烟火的味道，呛人、难言

不眠的夜

灯光朦胧。露天KTV跑调
楼下的夫妻吵架，伸手打翻水杯
女人尖叫，继而呜咽
酒友猜拳、碰杯。油烟青云直上，窥见
小学生在趴在高脚凳上睡着。迷迷糊糊中和牌
哈欠把灯火一一摁熄，麻将才胡乱地摊在桌面

天色微亮，看得出他们脸上的输赢
醉汉被风吹得晃晃悠悠
沾染辣椒和油的废弃塑料袋、一次性饭盒遍地
也在风中——晃晃悠悠

菜　市

下班的人群蜂拥，向一个躺倒在地的铁皮怪兽
冲锋。掏出它凌晨吞下的食物
肠道迂回，引导着菜市的走向
小贩吆喝。讨价还价，母鸡和苍蝇扯破喉咙
草鱼跳出低矮的水泥池。求死？逃生？
猪肉贴在案板上说情话，菜刀比父母之命绝情
而蔬菜，一天有一天的价格。像女人
一年有一年的样貌
逆龄都是现金换来的空头支票
巧舌销售多半貌美，瑕疵是产品尚未用完
皮肤排毒的幌子永远适用，恢复期永远漫长

异乡人

蛇皮行李袋拖家带口入侵，外地方言混乱
低价出租屋，为抢公共厕所争吵
紫茎的飞机草一夜长满城中村，包括
有土壤的缝隙
小摊临街坐下，喇叭的叫卖声在傍晚嘶哑
她推一辆塞着孩子、蜂炉和土豆的三轮车谋生
孩子邋遢，歪着脑袋吃鼻涕
捡到掩在灰尘里的宝藏，往嘴里塞
"小杂种，给我吐掉！"女人大吼

气急败坏,要拧男孩的嘴巴
他快速吞咽,像渴驴饮水
顾客使其幸免。尔后
他巴巴地,等下一个吃零食的孩子路过

局

城中村的馅饼很多,陷阱也很多
一张图纸,一个陀螺,摆下赌局
大把钞票来来去去,花了人眼
民工心存侥幸,拿当天的工资下注
硕大的耳垂似乎没给他福气
只输不赢、输多赢少,才是大概率事件
江湖把戏多烂熟于心
还是抵不住异想天开的虚妄
他懊恼,甚至握起了拳头
赢钱的围观者适时安抚,愿赌服输

*
"人心很坏,黑才能吃黑
你是清清白白的人儿啊——莫生妄念。"

拆 迁

蜘蛛在城市中织网,一环、二环
三环……
城市得了感冒,高烧焦灼喉咙
雨水不似酒精,能给伤口消炎
庸医下令,要拔掉病患的牙

挖掘机冰冷,列队开进来,挖掉硬骨头的血肉

再碾碎它的骨头
外地口音和来时相似，潮水般涌去
暴发户早早抽身，花天酒地。
钢丝上的试法者，一个个掉落
有人跟上，有人退后

偷偷加层的楼房从中折断，像
争夺家产的兄弟关系破裂
霓虹熄灭。一切都沾染了烟火的味道

古寺纪（组诗）

华南女子职业学院　　黄紫莹

访文殊寺

行于山中，我是一粒
读破山水的魂

在路上，忽而扯一下白云，忽而披一层
坐镇山巅的钟声，
声声出尘
让动静怀有章法

小师父们也二八年纪，慧根早结
时以木鱼起卦
几本经书，化于浪涛席卷
大雄宝殿
目光相遇时，仿佛读到了皆大欢喜
也有
当头棒喝

藏身纪

现在，我获得了这样的特权——
与四时作知己
每日，环抱白象塔，从佛号中

构筑群岛
饮水，念咒，打坐
现在，我有过目不忘的天赋
置于氤氲雾气之中
风之手抚过　锡杖一点点矮下去
但乾坤袋
撬开的秘密却一天天垒高
回荡清凉如风
哦，这多么神奇
现在，我坐在你身边，泛着刀刃般的光
一边写诗
一边练习明亮，
看着你一点一点抱紧我
把我
缩小在你里面

古木寺

给古木戴上绿帽子
也许更好

聚贤寺

一笔春风吹过
它纤细，专注。贫瘠的芬芳四散
大雪封山。这样的寺，四通八达
是首石山的眼睛
摸过的墙壁，能由白变黑

虽久无影子到访
或香火掉落在地上，声震南北

却有

澎湃的声响 隐匿归林

有日上三竿的那种缓慢的光芒

最好还这样吧

小师傅们

春耕秋收，周而复始。让洞还是那些洞

寂静还是那些寂静

对

清凉不得有误

致小师傅

木鱼我敲过，经咒我念过，穗大饱粒的祈愿也曾许过

还跟着你的簸箕去过南坪。手臂一阵

悠扬的起落。除去打坐和涅槃

我基本上已展露僧人的容颜。但想想

你我之间也大相径庭。

有炉火烈烈，闷雷般响过

比如，那一夜

草铺上。你粒粒金色的话语

第一，入秋了。凉，不宜在山上久留

第二，袈裟那么短

只够住一片涟漪的声响

第三，人间再广阔也不过光阴二字

忏悔录

暗，走进宝寺。任由一声闷雷响过

夜路漫漫，无有尽头

很静，静得
只听得见
经咒出入。重新造一场震颤的势

很空，空的。
只看见一条肉眼无法探访的路
和无止的风
它们什么也不想，在深陷的虚空中，
越走远远。
让自己正在遗失

我坐下来，坐到一片寂静之中
忏悔。时间永无终极

山间春雨

春雨，都是
母亲
每一滴，都带着春色
投奔低处
一层层探访，
一层层，产生巨大而瞬间
即逝的欣悦

感谢春雨
她一直让清凉活在人间的碑上
帮我把
根，把全身的重量留住

一切在成倍地发生

天空撬开窗外的雨

带着自己全身的灰蓝
穿过宝殿的颈部

它望见一堆困境中的豹。
从集车厢出来，走动，身份模糊不清
她们在这
古寺的骨髓中旅行。不休憩

以跑，以冷漠的语句
说风很小。斩不断一条春风
和生死的两头
说这话的时候，那些目光奇异而低沉
远处的池塘轻微地摇晃。

这一天前所未有地漫长
天地如此蓬松
衰弱和疲倦
一切在成倍地发生。

双城记（组诗）

复旦大学　廖如妍

一

实不相瞒，我的故乡盛产青皮月亮。
每年夏天，我们只喝它泡的水，
苦涩的青草香气是它风干的遗产。
当这种作物奋力结籽的时候，
孩子们在睡梦里，指甲疯长。

二

我们对溪流有着相似的记忆和了解，
那里长满了板鸭们喜欢的水草。
几度指认幼时落水的地点，
我们已实属幸运：
难道坠落时，你可以料到
二十几岁，我们仍能对坐
分食一条翘嘴巴鱼吗？

三

每一个小孩在牙齿没出齐前
都很了解溪水蒸蛋这种口食。
二十一岁时，我在别处

和一些炖蛋爱好者夜间进食。
我品尝着嵌在娇嫩蛋羹中的蛤蜊，
旋至而来的酸涩展示了它们受难的过程。
我咀嚼着它们，像是在咀嚼
一个成年男子坚忍的感情。

四

每个季节都有可以讨论的吃食，
用语言，我们尝试回溯熟悉的味道。
姑娘可爱，河虾多汁。
两颗操持相同口音的喉头，
在稀释了的酒精中趋向互补。

五

竹鞭在土层中编织成笼，
裹住整座山头。
常绿的野林里，麂子的鸣叫也醒来了。
一切都在悄悄蓄势，春天。
这绝望的肉欲。

中编：散文

古道普洱北

文山学院　李司平

从普洱驱车向北，至振太。真正意义上，这算不上远行，仅仅只是回归。我的衣胞地，云之南，普洱北，振太乡。现在已由"乡"改为"镇"，这无关痛痒。纵天地广袤，四野花香，我只爱我的振太乡。

茶马古镇

天空连接大地，云低垂，时光带走流水。

我和我振太那些未命名的山脉一同睡去。我在这儿呱呱坠地，我是它们的儿子，它们涌出哺育我的奶水，给予我极速奔跑的勇气。霭霭的山色是我的被，给我我所能感知温暖的一切。南高原的星空本心所指，让我要脚踏实地才会看到月亮的升起。片片的土掌房拴住月亮或者月亮牵扯出片片的土掌房。和月亮相依相偎，我就沉沉地踏实睡去。

我还要在春天等待，等待澜沧江的水远道而来。我的乡亲们就站在田埂上倚着锄头，向云朵挥手。

振太具体定位，云之南，普洱北，无量山间南北纵横八十里的河谷坝子。两岸延绵纵横的山脉，将云海披在肩头向南匍匐，落地生根。景泰大河就赤着脚自北向南而来，横贯全境，带来流水，带走时光。这时有雨水骤然而落，茶叶、稻谷，玉米在此大面积聚集，高粱就红了，牛羊栖息在山坡。百分之百以盈利为目的的行商在此聚集，说着百分百的纯正方言，口干舌燥之时要吃浓茶或者喝烈酒。按着属相排列，走市赶集。古道上响起马帮的驼铃声，走"缅临"（缅甸和临沧）的马帮归来了，从振太带出普洱，带回来呦，盐巴还有洋火。

南高原的古道，古道上走来的古镇，并非虚得其名。而今的振太人，大多是行商的后裔，喜欢南高原的风调雨顺并在此播种发芽，不在说那些古道上来的各种方言，统一口径——"迈迈塞！克滕特酸要吃米干"！

振太三万人口，有两万便是从道上下来的。其中一万人从商，行商坐贾皆有。一万人安于自得，耕田种地。三万人口一万商的振太，商性也成为一种本性、天性。将茶叶换成玉米，将玉米换成茶叶，茶叶换成其他，这种关系并不矛盾，也不冲突。这是我能想到表达振太人本能商性的最好表述，而且具有广泛性，涵盖普遍的振太人。当然，这是我站在普遍性振太人的立场而言。若是商邦的立场，将玉米换成茶叶，走古道，北上川藏，西进临沧，将茶叶变换银两。

土生土长的振太人呐喊："振太是云南商邦的鼻祖！"

我从来不表示否认，甚至想过引经据典来论证这句让我的家乡人引以为豪的论断。后来放弃，因为记录实在少之又少。古称南蛮异域之地，落后野蛮为历史本地特色。有记载的也就是罪臣流放自生自灭之地，匪人流亡之所。

讲述一个地区的历史绝对要讲究客观性，真实存在性。要物证、要人证，要有记载。振太真的很小，无量山下的一个小镇，没有记载，以至于翻开史书却找不到它更多的前世过往。只有大部口耳相传民歌过山调子，世代相传的故事和传说。振太兴隆沈家就是从古道上一路磕磕绊绊来到云南的，具体的考证也只是一本残缺不全的族谱，还有就是一代一代沈家人传下来的迁徙路上的歌谣：

> 宁充口外三千三，不去云南碧鸡关。
> 柳树湾来高石坎，南京城下上官船。
> 直航洞庭到武陵，由此长途越山岭。
> 秋雨绵绵夜郎道，冬雾茫茫路难行。
> 胜境金马碧鸡关，春风不到彩云南。
> 未见铁柱立白岸，过此就到点苍山。
> 娘娘叫狗狗不听，博南难度渡兰津。
> 金鸡金齿永昌坝，万里戍途已到家。

辩证法事实观有时可经不住认真。茶马古道在振太依旧存在，驼铃声也在，不过化为了鸟鸣。南起石大富难搭桥，经紫马街，北上杨家村，过大莱山，继续北上。

"茶马古道"现在以四种不同的方式隐于振太的山，振太的川。"茶"，山农依旧栽，依旧卖。"马"，逐渐在日子里沦陷，失落在柴油机的轰鸣中。"古"，千年的山，万年的土，百年的镇，雕龙画栋，怎可一字完整拿捏。"道"，古道依在，朱颜未改，还是旧山河，不过走进新时代。人啊！一代一代，从历史的另一端沿着古道走来。

古道　难搭桥

天空连接大地，云低垂，时光带走流水。

曾经商贾穿行的古道难搭桥，在两峭壁之间高高在上，孤零零矗立成文物。多了如我这般寻古觅迹自称文化工作之人以及忙里偷闲到此一游之人。还有更多的杂草、野花与我构成依旧繁忙之景。有共同不能言说之处，都不是为了以难搭桥为渡再沿古道远行的人。传说中的南屋已不在，留几块石头埋在土里露出头，作为古道南屋存在的重要物证。

难搭桥，本名"南达桥"，是茶马古道上重要的交通桥梁。取名"南达桥"，有过桥之后沿着古道向南，通达南边一切贸易之处之意。振太人喜欢因实取意，取名"难搭桥"。仅"难搭"二字，便可说明建桥的艰难。两岸是几近垂直的石崖峭壁，下面是奔腾而过的南达河，要在此建桥，其艰难程度可想而知。南达桥，南达桥，难搭桥。我知道你的体温和由来。石大富，是该桥的建造者。曾几何时，一帮扔下锄头和算盘的人，打算在离地九丈多高的峭壁间造一座石拱桥。现在想想，是多么的不可救药。不过他们做到了，年月日，南达桥完工。宽一丈，长三丈，于九丈之高，畅通古道。

许多年后的今天，石大富所在的村子改名为"石大富村"，目的只有一个，不能忘。

那些隐匿在时光里的传说一直就留存在民间，且不论真假，才能娓娓道来。还是难搭桥，不过是桥下的潭。南达河流砾崩石，深幽奇险。传说过去河里有一条白龙施善嫉恶，遇到谁家红白事便借给锅、碗、瓢、盆等金银器皿。不过用完后必须清洗干净还给它。如若谁家用完后没有洗干净，它就会发怒，搅得河水昼夜翻腾，让人畜不得安宁。河中有一个高而滑的石坎，与石桥对峙，河水从高坎倾泻而下，形如瀑布，纷纷扬扬。传说这高坎半腰间横着一股碗口粗的大藤子，连接在南搭桥的两岸。高坎下的鱼想跳上坎去，跃到藤上被藤子轻轻一弹便上去了。后来有个木匠外出做工，夜宿南搭桥瓦屋中，夜里忽听屋外有劈木声，便将手斧甩了出去，劈木声立即就停了。天亮出屋观看，见地上斑斑血迹，那斧正好劈在大树藤上。木匠提起斧子将树藤连根斩断并扔到河里让它流走了。从此，一潭不容二龙，鱼跨不过龙门。至今，我坚信白龙的存在，它掌管风雨阴晴，庇佑众民。

南达河奔腾的流水便从它脊背上过，它抬头，下雨了。"风调雨顺，早去早回，匪患熄，民生净……"，这是多少赶马人从这儿过时都会作的祷辞。"回来啰！回来啰！鸡叫天亮回来啰！南达北通桥在这儿，回来啰……"，曾几何时，母亲立在桥头一遍一遍地吟唱，为那些魂丢古道的丈夫、儿子，招魂。

必须坚定不移地相信难搭桥下有白龙，龙为神灵。有愿就对它唱，你认真唱，它便仔细听。

最后一个马锅头

天空连接大地，云低垂，时光带走流水。

自交通后，世上再无赶马人。南高原茶马古道的历史，论其厚重感，当是有一批批的赶马人埋下的骨头咔咔作响。否则，与荒山野径无异。一群因极度贫困而走投无路的人结党成队，坚信一身子的力气能够创造价值，于是组成马帮。一群人拥护出认路且有威信的人，此人便是马锅头，一群人性命的信任者、寄托者。把脑袋挂在裤腰带上，保持对马锅头的高度信任，走长路到远方。目的绝对单纯，把东家的货送到远方，再把远方的货运回来，换取微薄的行脚钱。

振太的马帮当讲，因为它将一个小镇驼来。据振太本土的文史学者访问乡里后绘制出振太马帮的生命历程，振太的马帮始于清朝末年，到了民国年间骡马运输业非常鼎盛，前后延续近一个世纪。振太耄耋之年的赶马人尚廷才回忆，他在振太最大的马帮里行了十四年的脚。民国初年，振太有影响的马帮有四五十队之多，其中最大的马帮是振太李、吴、王、姜几个家族联合组建的马帮，共有一百四五十把，九百多匹驮马，赶马伙计上百人，每把马队配两个赶马人，还有当困人，马帮出发时候犹如一条神龙不见头尾，唯有锣声呼声应和着赶马调在南高原的高山峡谷中回响。

振太的马帮便颠着驼铃，踩上云端去。沿着风，要北上，景东、巍山、迪庆、西藏，跨过雪山口，到德干高原去。要南下，景谷、普洱、澜沧，过老挝，下南洋去。北边有匪患，西进吧！别北上了，过澜沧江，至临沧，过境即缅甸。

行走于茶马古道的最后一个马锅头杨春林还健在，居振太文平村。他是绝对的贫下中农，绝对与富贵无关的人，所以不必受到土匪的待遇，不会去构造一个莫须有的赶马路上的宝藏。谁都知道赶马人穷，比谁都穷。我在写《一碗普洱》一书时曾经登门拜访过他。他一辈子所要受的大起大落都在上半生行走的大山大川中跌宕过了，现在只剩下平和、安稳。年岁是最好的总结，他很平淡地讲述那个谁都知道的激荡不休的年代还有危机四伏的赶马路。他的讲述和总结都很简洁，有的我只能意会。

赶马，就是花上三个月到半年的时间赶着马走完一条路，然后返回，仅此而已。作家扎戈也在作品《最后一个马锅头》中描述过走马帮的日常生态，在此引用以证走马帮的真实艰辛，"马锅头在人们眼里很威武不屈，可实际他们的马背生活是单调无味的，马道上充满着艰辛和死亡，前途未卜，险象环生，走在马道上每时每刻不得不小心翼翼，如履薄冰。杨春林的马帮和其他马帮一样无一例外都被土匪抢劫、被野兽袭击过。在里崴杨梅树丫口杨春林的马帮遭遇过土匪持枪抢劫，当时杨春林组织赶马人英勇反击，穷追猛打。在那场抢劫与反击中杨春林手下的一个赶马人不幸魂飞天外，客死在了杨梅树丫口。赶马人魂丢杨梅树丫口，叹惜之后，马锅头无法选择，一切还得继续。选择了马帮，辛酸也好，欢乐也罢，都已不再需要任何理由，让命运自由安排去了。

当然，走夷方的赶马人也有赶马路上的消遣方式，一路疯狂地抽着水烟筒来排遣赶马路上的长路遥遥和寂寞空虚。南高原的山歌情调自然也不甘寂寞，在年轻赶马人的不断歌唱下不断被充实丰富。调子多半肉麻酸溜，给干巴、枯槁的赶马路增添一番情趣。振太马帮西出缅甸时候过佤邦，就有当地情窦初开的佤族姑娘对着年轻的赶马人这么唱：

> 我是夷方好姑娘。
> 若是哥哥不嫌弃，
> 我嫁哥哥作婆娘。
> 是穷是有跟定你，
> 生儿育女守你房。

歇下骡马，年轻的赶马人应着，回唱：

> 若妹嫁到我家来，
> 大物小事你安排。
> 哥哥赶马赚花钱，
> 香胭脂粉买回来。

唱归唱，想归想。激情燃烧热血沸腾的年轻赶马人终会从理想中回归理智，黯然。吆马启程，路还很长。年长的老马锅头咕噜咕噜抽着水烟筒，鼻子喷出烟："赶马人的情情爱爱，纯属咸鸡巴扯淡！爱骡子爱马吧！"

继续唱山歌吧！在南高原起伏的山峦中，高一声，低一声，浅吟或者深唱。赶马路还很长，绝对不能允许负气出走或是中途私奔。目的地，夷方，西进或者北上，南下或者东出。深一脚，浅一脚，上坡又下坡。

我们相信生与死之间不存在太大的隔阂，死不过只是告别肉体凡胎移居别处生活。有着丰富情感的我们找得出充足的理由来证明生是永恒，死是生的方式。所以振太人一直坚定不移的认为振太的马帮至今还活在茶马古道上，早些年为活人运货，这些年为死人运魂。只不过活人看不到。作家兰有容站在难搭桥这么为先辈感叹道："难搭桥，对于那些走过去的马哥们，那是奈何桥。"我们不敢忘记，我们选择在难搭桥招魂。马帮早已远去，驼铃绝响。往振太出发的陈旧石板路在赶马人逐渐故去后，在南高原的秋风里，逐渐失去体温。落叶，叶落了就把它埋没。我们所记得的难搭桥，在风雨中矗立成文物。石大富、杨家村、东紫马、西太和，剩下的只有赶马人空荡荡的老宅。我登上难搭桥保持高高在上，对着桥下的南达河幽长的河谷声嘶力竭地一通乱叫。悠长的南达河谷会有回音，会有马帮的驼铃声从两岸的石壁中悠远而来，还有随之而来的赶马人的吆喝和赶马调。

"啪！"赶马鞭抽响，撕开天空还有风。古道中，古道旁，那些冤死的、吊死的、饿死的、死去的，活着的。众小鬼，闻声而逃。

古道上最后一个土匪

天空连接大地，云低垂，时光带走流水。

我们在无比寂寞的时候一往情深、坚定不移地迷信于传说。出没于茶马古道的最后一个土匪于前年孤独地死去。出于人道主义，要掩埋。薄棺材，旧寿衣，无人扶灵，草草掩埋。

没有人为他招魂，因为土匪在做匪时已经把魂丢在在古道上。没有人恐惧，没有任何理由让他们去恐惧那个被从六六年批斗到七六年的人，况且是个死人。

所有人都知道那个老死的土匪，藏着一笔落草时积攒下的宝藏。下葬后第二天人们心照不宣把他的茅屋翻了个底朝天，只有破棉絮，破被单。焚。

茶马古道最后一个土匪在世上最后的东西就是孤零零的一堆坟，还有已经沦为人们饭后谈资的莫须有宝藏。

从最后一个土匪开始叙述，我所要说的茶马古道上的匪事，绝不是血雨腥风杀人如麻。匪，不过是人一种极端性的活法。对那些岁月年代里的人和事，先抛除现有价值观，不去评判对与错。

振太从茶马古道上走来，成就三万人口一万商的小镇。人口职业分布有农民、山民、赤脚医生、商人。土匪，绝对是人口分布中的异类，违反社会道德和伦理的存在。南丝绸之路茶马古道通商之始，土匪这一行当便作为马帮的对立面而出现。上文说到的难搭桥自然也少不了土匪的光临，轮番接管。有土匪洞为证，位于难搭桥附近的山崖石洞内。石洞仅可藏人，不可为证，基本上可以排除有压寨夫人的可能。难搭桥的土匪和桥下的白龙一般，是怪力乱神的存在。一群从道上下来走投无路的人相聚，斩鸡头喝血酒，落草为寇。还有一群鄙视劳动创造价值而背叛劳动游手好闲的人决定合伙剪径。自我说服，获得一条路的合理产权，然后理所当然的收取过路费（也可称暴力掠夺）。没有产权的有效界定，路自然容易易主。而在这个产权归属问题上，容易滋生赶马人和土匪的抗争。

赶马路上土匪和马帮是无比矛盾的。一方坦然走投无路占道夺财的合理性，另一方表示同情，但是拒绝无理要求。谁都懂得要讲道理，但是道理是基于良好的沟通之上的。"道"已被匪占，有理说不清。振太的马帮和这伙土匪注定有一场战斗。匪败，尽墨。下一批土匪接管，再一批土匪接管。不过皆惧振太的马帮，惧怕马帮的火药枪。于是对立双方统一心照不宣的约定产生，以三棱尖拴马桩为记，振太的马帮绝对不碰。施暴者和被施暴者因为暴力而角色翻转，更多的只为了在茶马古道上和谐相处，各行其道。不求暴力的肇事者悔过，反省，也不强求被暴力的马帮一再退步，忍让。

那个年月，晚上脱了鞋上床，不敢确定第二天起床还能不能把鞋穿上。脑袋塞在裤腰带上，一切都是无奈，都不必相互勉强。

回到古道的最后一个死去的土匪，我看到他时已是垂暮的岁数，黑瘦、佝偻、矮小。我看绝对不是土匪，更像一个风烛残年颤颤巍巍孤苦伶仃的老头，但众口一致说他是。他是最后一批接管难搭桥土匪中最后一个结党山林的走投无路之人。他入伙第四天就变天了，新社会来了，剿匪。匪，都杀。他十四岁，活。

于是，那些死去的土匪生前留下的匪患，埋下的祸根，种下的血债都必须让他来还。因为他活着,因为他是最后一个土匪,理所应当他应该有一份落草之财。

亡,藏于茶马古道旁。这回我看他真正像一个土匪了,他可以占据有利地形,剪径留财。

不过,古道荒了,在他坟头还未长出草之前就荒了。

上 坟

云南大学滇池学院　农荣思

一

往年总是迨至上坟我就出村了,一去忘返。没能在家上坟,我恓恓惶惶,总觉得对不起祖宗,祖宗在深山被荒草掩埋,子孙们不去上坟不知道,无处认祖归宗,而在心中,也渐渐地数典忘祖了。一般来说,总要先上坟,才能出门,这样祖宗才会保佑,遇事能平安,心里才安定。

今年能在离家之前赶上,恨不得把全部的祖坟和附近沾亲带故的新坟旧墓都扫荡干净。

如今,上坟就像亲戚几家上山聚会一样,到祖宗坟前聚会,然后总结往年的得失,规划来年的生计,大抵如此。当然了,这必须是一个天朗气清的日子,若逢下雨天,那也可以在众多亲戚中的任何一家祠堂供奉。但只要不下雨,总得到墓地去,这算是一种习俗和信仰。

家族坟墓在村子对面的松树林,林中穿插一条蜿蜒的土公路,没通公路之前,剥鸡洗菜和人喝的水都是我爸、大伯、四伯、六叔轮流从山谷的小溪中挑上山去,现在通公路了,就用车拉去,到了坟墓下面,再扛上去,省了好多力气和时间。

我这一辈的人都大了,逐渐参与和接替爸爸那一辈的叔伯们的扫墓任务。那天是我开着摩托车载着四伯和六叔先去山上扫墓,爸爸和大伯他们那代的、我同堂的兄弟姐妹和下一代的侄子侄女等,都在后面抬东西。路上四伯跟我说:"我们这一辈的人都老得差不多了,以后就靠你们在逢年过节时问候祖先,为祖先修坟扫墓了。"六叔接着说:"你又常年在外,我怕你忘了祖先。"他们叫我一起去扫墓,没有别的原因,也算不得理由，那是最纯粹的道理，就是让我去认亲，不光是地上的人要认，地下的人也要认，活着在地上找亲人，死后也在黄泉路上做个伴。我也就跟着去了，我们先去我爷爷的墓地，也就是四伯和六叔在内的六个孩子的生父墓地，因为吃饭就在那里。这个墓地算是我比较熟悉的，小时候经常来上，而且，隔代不久。还有很多祖宗的墓地年代都太久远了，连我在世的奶奶都喊不出名字，只是一代延续一代，扫下去，问起住墓主人的身世，无人知晓，都只说是祖先。

扫完了这个地方的坟墓，我们从松树林走到公路，又从公路下面的山茶岗走去麻栗坡，早上的浓雾太重，湿润黄土，一路下坡，也因长年不在黄土路上行走，我腿脚僵直，摔了好几次，黄土粘着裤子，膝盖摔得擦破了皮，隐隐作痛，四伯年五十多岁了，走路还比我稳当，他走在前面，时不时回头照望我，看到我那样子，就调侃我说："哎呀，肯定是哑巴想你了，盼着你去给他整修房子呢。"我脱口问说："我们现在是要去扫二伯的坟墓吗？"六叔笑说："是啊，你都忘了吗？下面只有哑巴的坟了嘛。"我苦笑说："一时间想不起来了。"我背上不知是冒了热汗还是冷汗，反正都浸湿了衣服，乡间流传着一句话，说：耳朵红热，是有人在想你，眼皮惊跳，是要出事情，走路常跌倒，是有人在盼你。这些预言似的说辞，我出去外面很少听到，也就渐渐地不当回事了。走在在山林中，我的脚抖得更厉害了，现在想来，与其说是二伯的幽灵在召唤我，不如说是土地对我的惩罚，是我背叛了这一方的水土，远走他乡。

二伯去世那年夏天，我才刚上大学，在昆明做暑假兼职，妈妈特地打电话告诉我二伯去世的消息，叫我回家去，其实我知道，我回不回去都可以，妈妈只是找了个借口喊我回家。之前的每个暑假我都会回去的，但直到后来大学三年了每个暑假我都没回过一次家，总在外面有忙不完的事。那时我不太清楚二伯下葬的地方，后来通过妈妈告诉我的和过年时回村听村里人偶尔提到的关于二伯的事情，我大概知道了。

可是走在外面太久了，关于村子的陈年往事总被遗忘，回到村里，目睹一切似是而非的事物，记忆像孩子，或者说是儿时的记忆慢慢地被唤醒。

二

  二伯的坟墓是安在我姥爷那一辈种植的一片麻栗树中，二伯他安静地躺在低矮的土堆里，土堆长着杂乱的飞机草、茅草和荆棘，还被山上的野老鼠和放养的牛羊破坏得千疮百孔，一块未经雕琢的青石残碑长满了青苔，倒卧土堆前，坟墓的派头是墓主人身份和地位的体现，从这荒凉的景象中，便可窥视二伯凌乱的一生。

  二伯一生未娶，无妻无子无家，死时没有人为他披麻戴孝，也就不要请人做法事，不需停柩守夜三五七天，甚至死之时都没有一个全尸、一副棺材。二伯是一辈子游荡在村里的人，他自始至终都没有踏到村子以外的一片树林、一条河流、一田水稻和一块荒地，但他又没有固定的居所，土地庙、电站的桥洞、村子对面的山洞，都可以是二伯的藏身之所，总也逃离不出村子的围栏，人们只知道二伯在村里，见到的时候知道活着，见不到也就不知道死活，太久见不到了，就会猜想，二伯可能死了。所以发现二伯终于死了的时候，人们才幡然醒悟，好久没有见到哑巴了。自然地，人们都不知道二伯具体的死亡时间，关于死因也众说纷纭，有人说是饿死的，有人说是病死的，有人说是土地公带走的，莫衷一是，但可以明确地知道二伯的死亡地点，就在村里的土地庙。

  不知道从哪天起，整个村子蔓延着一股浓重的尸臭味，起初人们也不在意，毕竟家禽走兽的尸骸也常常遍布村中。后来，人们发现异味源于土地庙，联想到住于庙中的二伯，自然就知道二伯死于庙中了。二伯尸体腐坏严重，还被野狗撕裂得七零八落，大伯、二伯爸爸、六叔料理后事的时候，只能象征性地捡几块没有被啃干净的骨头用草席裹住，请风水先生看一块地方潦潦草草地下葬。

  有时我在想，上大学那会儿，我总爱说"男儿要当死于边野，以马革裹尸还葬耳"，也总爱问同学说：信不信我能扬名立万。人家说信，我就要他发誓说他信，人家说不信，我也要他发誓说他不信，人家半信半疑，我也要问他为什么不全信或是全信，其实，我做到了，人家自然就会信，做不到人家当然不会信。他们信不信对我都没多大关系，我只会是想说，我不甘心，不甘心默默无闻地活着。

默默无闻也罢，赫赫有名也好，千年腐朽的松树，一日开落的槿花，说来最后都是虚空一场，是不是该去仇恨岁月的无情呢。

太阳高升在清澈无云的天空，晒干了路边枯草上的雾水，人迹罕至、落叶飘零的道路也不再那么滑润，偶有几个深深浅浅的牛马蹄印还积攒着一点雨水，初春的大地还是一副欲醒还睡的样子，枝头不见新绿，落叶依旧枯黄，就像农民青黄不接的季节。扫完哑巴二伯的墓地，我们原路返回，一路上的话题还是围绕哑巴二伯的生前旧事展开。

三

听四伯说，二伯原来不是哑巴，他三个月就长牙齿，一岁后就开始说话，他学东西特别快，什么东西看一眼就会做，什么话听到了就会说，父母都很看重他。可是呢，那个粮食少而孩子多的年代，饥荒是常有的事情，爷爷带着十二岁的大伯去做农活，奶奶身怀六甲，她肚子里正是我爸，她就在家教习七岁的三姑做女红。而九岁的二伯则带着四岁半的四伯在村子去玩，那一天，他们玩了一整天，到傍晚才回来。回来以后，二伯嘴巴就合不拢，并向右边倾斜，不断流口水，也莫名其妙地哑了。村中传闻说，二伯会说话太早，还在土地庙前边撒尿边漫骂土地公，才被土地公扇了一嘴巴，让他不能说话，他父母怎么都不信聪明伶俐的二伯会那么做，但怎么盘问他都不会再回答了，他只会瞪着双眼干流泪，试图用双手的动作解释。无奈之下，父母才问年幼的四伯，四伯吱咋地说："我们去山上玩，饿了吃野果，吃完了他就不说话了。"至于吃什么野果，在四伯狭小的不成熟的记忆里，是不会知道的，父母模糊地知道，二伯是食物中毒导致哑巴。

哑巴的称号就从那天晚上长起来，长达平凡的一生，后来没人再记得哑巴二伯的真名叫什么，也无人过问。

路上，我问四伯："为什么二伯不在你们任何一个兄弟家住呢？。"三伯叹息到："哑巴是个好吃懒做的人，叫他干活他不愿意，连守牛都不乐意，家里没有多一双手做事，但多一张嘴吃饭，是吃不消的，哑巴他也不安分，不想住在家里，总想跑出去。"六叔也说道："你说村里的其他哑巴，傍着亲戚家，安安分分、勤勤恳恳地做事，不仅顶了好多事，还有一口饭吃，哪像我们的哑巴。"听到这里，我也只能叹息，过去的几十年中，农村家庭过得很凄惨，孩子众多，多一张嘴，多一份负担，自然谁都不愿意养哑巴二伯，后来农村状况逐渐地好了，但二伯过惯了荒野生活，也懒散习惯了，断不会在村中安分干活。我仔细想想，或许二伯也像我一样，不甘心在这偏僻落后的村子里度过一生，想逃离却又无处可逃，兜兜转转还是在原地，后来就落落洒洒，无作无为了。

四

人随着年龄的增长，走过的地方越大，做过的事情越多，心里背负的包袱越多，脑子里装的杂念也越多。关于二伯的记忆，发轫的地方可能是在村子里的砖窑，当时正是我家砖头出窑的时候，全村的人都来帮忙，一排排的大人们如蚂蚁搬家似地把砖窑里的砖挑到外面，堆垒成整齐的长条形的几排，而小孩则在窑边的芭蕉树下玩乐。在帮忙的大人中，就有哑巴二伯，他干起活来，特别卖力，他一个人，埋头苦干，不像其他人，总是三三两两的边干活边拉家常，路有多长，话就有多长。也因为这样，在通讯落后的时代，村中发生的一切红白喜事，奇闻异事，风流韵事，不出三五天，就流传于村里的田间地头，茶余饭后。工作的时候，从某种情况来说，说话算是一种伪装的休息，就像抽根烟休息一样，不过说话是女人之间，而抽烟是男人堆里。说话休息，这于哑巴，是毫无关系的，但哑巴是抽烟的，到午饭了，村里的人都回家去吃饭，砖窑只剩下我父母还有大伯等几个人，还有几个没回家的孩子，十岁上下，跟我差不多年纪，此外，就是哑巴二伯，他在砖堆边，抽着毛烟，不懂事的我路过他旁边的时候，见他戴着一个破旧的灰黑色鸭嘴帽，一身我爸爸穿过的旧衣裳，浑身都是旧的，只有脚上的那一双解放鞋是新的，便取笑他。他看我走过来，便咿呀咿呀地说着不成文的话，一只手拿着烟斗抽着，一只手给我比划着，似乎要告诉我什么，我只好笑，大声骂道："哑巴……哑巴……哈哈……。"尖细的声音很快招来其他的小伙伴，一起加入我的笑骂声中，这时我发现，哑巴的消瘦而黝黑的脸上像死灰般无色，收起烟斗，枯坐着，看我，小眼睛像深渊般幽深。同时，父亲听到我的声音，他面目狰狞地从砖堆冲过来，在孩群中拧着我的耳朵到一旁，之后一巴掌重重地打在我的脸上，孩子们见状四散，我不明所以地大声哭泣，拔腿就跑去砖堆找妈妈，妈妈抚摸着我红中带紫地半边脸，转头看过去正在和哑巴二伯艰难沟通的父亲，又转过来看怀中的我，略带怒色地对我说："小孩子要懂礼貌，那是二伯，以后要叫二伯，不能骂他，要尊敬他，知道吗？"我似懂非懂地哭了一下午。记忆中，那是爸爸第一次打我，打得我痛了整个童年。

　　后来长大了，到乡上去读初中，每个周末才回家一次，跟家里人要生活费，还要背大米去学校，抛开血缘关系，那就像每个星期，回来讨饭一次，而这正是哑巴二伯做的事情。那时候哑巴二伯搬出了土地庙，到村里对面的山洞住，那个山洞形状像狼张口嗷叫的样子，便叫狼牙洞，他似乎每个周末都要回村子里讨饭一次，在村里碰到他的人们会说："狼来了，狼来了……。"他回村里来，并没有偷鸡摸狗，也没有拐卖小孩，也不是拿着一个破碗挨家挨户地求施舍，他会背着竹篾编成的簸箕、箩筐、筷笼、凉席等到亲戚家里换大米、豌豆、黄豆、玉米、油盐等，哑巴二伯虽然不会说话，但为人聪颖，跟他父亲学了编制竹具的手艺，并且把这门手艺推向顶峰，他做的竹具不仅带有创新性，更普遍实用，而且带有艺术性，更美观耐看，哑巴二伯正是靠着这个手艺艰难生活。他来我家，都很凑巧，我大多都在家，如果妈妈也在的话，她会吩咐我拿个清洗干净的尿素袋去米仓里装大米，并叮嘱我多打点，之后妈妈还叫我在二伯送给我们的竹编小桌子上摆放碗筷，叫二伯吃完饭再走，但二伯有自己的脾气，他给我们留下几个箩筐后，提着剩下的竹编家具和我装好的一袋大米就出我家门了，到其他亲戚家去拿家具换食物。

　　初二年那年暑假，我右腿膝关节处的腘窝长了一个巨大的疖子，红肿得厉害，走路不便，蜗居家里，父母和大哥如村里的人一样，都去忙农事，早出晚归。村中的中午，猪吃饱了睡觉，狗随主人出村，整个村子空空荡荡，安安静静，我在家反而像是被遗弃的孩子，每天都忍受着浓烈的疼痛和无尽的孤独。不知道那天是阴天还是雨天，二伯鬼使神差似的大中午到我家来，我穿着半截裤，倚坐在家门的门板，右腿直伸门槛，左脚弓着，手里拿着本小说在看。二伯进门时轻悄地跨过我的腿，到屋子拿个板凳坐到我对面的门板，伸直右脚，跟我的右脚平行，他穿的还是解放鞋，不过鞋尖破了洞，头上带了新的黄色草帽，一副要去干农活的装扮，他一边望着我，嘴里咿咿呀呀地像婴儿学语，一边用双手指着我的腿和他的腿。我大概知道他的意思了，顿时我感动不已，我对他微笑着，他见到我笑也跟着咧开嘴巴笑。之后每天中午他都会来，我们两大闲人没有共同语言，就算有也无法沟通，坐不太久他也就走了，去向不明。

这个疖子长得快两个星期了，没有求医问药，只是用家里酿的酒精浓度较高的白酒涂抹伤口，家人都忙于农活，无暇顾及我。疖子的部位隐蔽，我看不见，但从小就爱长疖子的我，大概也久病成医了，我抚摸伤口，感觉已经是黄白色的脓包了，用力一挤就会流脓，但我自己不方便，也不敢下手，我需要一个人，我想到了哑巴二伯，需要他的时候，他还是出现了，还是在中午，他却不用我多说，长满老茧的熏黑的双手触碰我的伤口，我没感觉到疼反而更舒服，一股豆浆就沿着我的小腿流下来，积在我拖鞋的后脚跟，之后溢流到地上。哑巴二伯，他只是不会说话而已，他心里比谁都明白。

到县城里上高中，有时一个月回家一次，有时候，一个学期才回家，想见大伯就没那么容易了。大伯也去桥洞了，隔村子两重山的地方，有个水电站，心思灵活的四伯在电站里谋到一份差活，二伯就到水电站旁边的桥洞去安身，离村子远了，人们就很少见到他，他的行踪就更没人知道了，我不知道他是怎么活下去的，现代人如果远离人群，远离尘嚣，远离繁华，委身去住一个桥洞，大多都死活不愿的，也不懂该怎么活下去。

也许他也不知道如何过下去，我高考完回家，去村边的一棵大榕树乘凉时，偶遇他，他刚从桥洞回来，路过这里。这次碰到他，才发现不戴帽子，他头发全白了，汗水湉湉地从他的白发流到粗糙的额头，流到病态的双颊，流到黄土下。身子也像书页翻久了会弯曲，有褶皱，挂着一跟芦苇，摇摇晃晃地走着到我跟前，我知道他迁移到哪里都过得不好。他见到我还是咿呀个不停，一手不停地摆动作，我觉得他是在告诉我：他不是来乘凉的！

上大学了，在气候舒适的昆明，基本都是一年到头才回家过年，过完年就出去。而二伯似乎不过春节，每到春节总不见他，因为春节那几天，家家户户都关门闭户，他无法串门，不凑热闹，就远离村子。我也就再没见过他，没想再见却人鬼殊途。

　　成长即是离去，离去是为了成长，从妈妈的肚子离去，降临这个世界，慢慢地长大，带着一腔热血离开父母的怀抱，离开家和家乡的温暖和安定，离开学校的单纯和天真，，走向社会去生存，找一个能立足的地方，这一过程都只能由自己一个人完成，别人无法替代，可谓是独自去成长，但有时又是因为他人，我们才变得成熟，就像女人至少要经历一个男人才会成熟。而归来即衰老，"未老莫还乡"，还乡不一定是衣锦，但一定是衰老，离去得太久了，慢慢地老了，在准备离开这个世界的时候刚好能还乡，才知道落叶总是要归根的。

　　对于现在的我来说，横亘在离去与归来之间是父母那一代的悠长白发，村中绵长的水泥路和新生代孩子颀长的身躯，一座座青草离离的荒坟……这些都一一地，或在我熟悉的记忆里陌生，或在我茁壮的繁荣里枯萎，或在我衰老的年岁里长大。

　　亦因此，我每到年底都特别想回家又不想回家，总想永远地离开又一直想回来，故乡就像一杯热水，喝着怕烫嘴，不喝会焦渴，于是，只有等时间让它冷却，可是，不仅冷却了故乡，也衰老了自己。

五

　　从麻栗坡到公路，这短暂的路程，就把哑巴二伯四十多岁的人生说完了。我们坐在公路边的松树下歇息了会，看到一辆摩托车正在往我们这条公路开来，二伯和六叔都说那是三姑，三姑嫁去邻村，每次到扫墓都会回来，但每次回来都比上一次更老一点。好几年了她都是走路来的，最近几年才是她孙子用摩托车送来。

　　这些年来，哑巴二伯就像世世代代守护这个村，守护这一片贫瘠、落后却又安静、平和的土地的，死去的或是渐渐老去的人们一样，逐渐地被淡忘和消失在人们的口耳中。青年一辈的人们，没再提起二伯，新一辈的孩子们不知道他。他没有丰功伟绩供后人膜拜和景仰，甚至还没有子女为他修墓立碑，他就像一季的蒲公英飘过故乡，短暂的一生也就被一抔黄土全部掩葬。

我时常怀念那个无声无息地死去的哑巴二伯，在很大程度上，也在怀念那些像哑巴一样默默无闻的乡亲们。

而这些年来，对我而言，是孤独的、无奈的，同时又是自找的、活该的，虽然不断地写作、投稿，但直到现在，才笔触故乡。故乡实在是心中最杂芜的地方，不知道如何落笔才能成章。明天，我又要离开家乡，继续我奔波劳累的生活，我深深感到："去家千里兮，生无所归而死无以为坟。"在外面生时没有归宿，死后可能也没有坟墓，在生与死之间，在归来和离去之间，只有我心安处——故乡。

但同时，每个人的心里都有一个梦幻般的故乡，少小离家老大回的人，在离去与归来之间，在生与死之间，总是越老越陌生，这就是乡愁……

一生要走过很多地方，但最终还是要回故乡，人就像水一样，热烈成气，零落为雨，冷落成冰，平淡是水，循环往复，起始亦是终。

父亲的鱼竿

华中师范大学　叶炜光

一

　　一支鱼竿静静地侧靠在墙角，陈旧的外表诉说着岁月的故事，依旧坚挺的身躯彰显着光阴的积淀，那是父亲的鱼竿，是父亲最珍爱的工具。

　　自我出生以来，这支鱼竿就已经出现在家中。我很好奇鱼竿的由来，便向父亲询问其中的缘由，父亲却用他那粗糙且强壮的手掌摸摸我的头，憨笑着对我说，这支鱼竿就是因为我才有的，论年龄算的话它还是大我几个月的"哥哥"呢。父亲的话把我弄得一头雾水，让我忍不住继续追问下去。原来当年母亲怀着我的时候，由于家里条件拮据，母亲的营养状况不是很好，身体逐渐消瘦，父亲自然觉得心里难受，可又实在想不出什么法子，只能坐在门前的池塘边干着急。突然，一阵清风拂过，载着一片树叶轻轻地落到水面上，泛起一层浅浅的涟漪，瞬间吸引了水中的几个黑影在叶片底下试探嬉戏，看着眼前的景象，一个念头马上在父亲脑中闪现——钓鱼。欣喜之余，问题也随之而来，家里根本就没有鱼竿。不过父亲是一个倔强的人，遇到问题从来都是迎难而上，绝不服输，没有鱼竿，就自己做。

　　听母亲说，当时父亲还带着年轻人特有的一股狂热，二话不说，就投入到自己认定的工作中。父亲首先在屋后的竹林中精心挑选了一根肥瘦合适的竹子，砍断之后再用小刀修净杂枝，直到拿在手里完全没有刺痛的感觉。为了让竹竿易于保存不变形，父亲还专门从门前的草垛中揪出一撮干稻草，在一旁的空地升起一堆火，然后把竹竿放在火苗上来回抽动旋转，等到竹竿的水分充分蒸发，竹竿表面也从先前的碧绿变成了黄绿色，尽管父亲的脸在炭火的炙烤下变得通红，头发上也覆盖上一层银灰色的灰烬，但也掩盖不住他洋溢在嘴角的喜悦。

接着，父亲从抽屉里找到一根母亲专用的缝衣针，同时点上一根蜡烛，烛火苗尖释放的黑色丝状烟雾不时让父亲的咽喉发出几声厚重的咳嗽，父亲用镊子夹着缝衣针在黄色的火焰上灼烧，不一会儿缝衣针就变得通红透亮，趁着这个时候，父亲赶紧拿着另外一把钳子把缝衣针折弯，直到缝衣针完全变成鱼钩的形状。由于太过兴奋，父亲的手不小心接触到烧红的铁针，皮肤上被烙出一条细长的黑印，可父亲却毫不在乎，只是用嘴嘬了嘬伤口，憨笑一声，便继续自己的工作，只留下母亲在一旁心疼。之后，父亲又来到隔壁大伯家里。邻家大伯一向以捕鱼为生，因此家里保存着大量的细丝线，以便修补破损的渔网。父亲向大伯要了大约三米长的细丝线，用来连接鱼钩和竹竿，后来又不知道从什么地方找来一小块白色泡沫，系在细丝中间，当做浮标，一支简陋的鱼竿就这样成型了。看着自己辛苦一整天制作的成品，父亲很是兴奋，他一只手握住鱼竿的根部，另一只手则在鱼竿上慢慢游走，轻轻抚摸，眼神是那样专注陶醉，就好像在欣赏一件旷世珍宝一般。

母亲回忆起第一次和父亲钓鱼的情景依旧那么清晰。父亲做好鱼竿后，第二天便迫不及待地拉着母亲走到池塘边，由于担心母亲劳累，父亲特地搬来了两个小板凳，就这样，母亲靠在父亲肩上，一起等待着鱼儿上钩。当时正值盛夏，正午的太阳异常猛烈，似乎要把大地上的一切燃烧殆尽，庆幸的是，池塘边上生长着一圈巨大的白杨树，茂密的阔叶洒下一片惬意的树阴，阻挡着热浪来袭；从池塘水面上刮来的微风也送来难得的清凉，在这树影摇曳的岸边，携带着聒噪的蝉鸣声，催得人们只想入睡。泡沫做成的浮标在水面上摇摆不定，时而随波露出水面，时而又被涌入水里，说时迟，那时快，浮标突然一下子沉入水底，钓线也被绷得笔直，父亲从手中的竹竿中明显感觉到来自另一端的挣扎，带着激动和惊喜，父亲终于钓上了第一条鱼。晚饭的时候，母亲用这条鱼烹制了一锅鲜美的鱼汤，父亲却只是看着母亲吃，自己基本上没怎么动筷子，母亲也知道父亲的心思，便对父亲说，鱼汤要两个人一起喝才有味道，这才让父亲畅快地品尝起鱼汤。

从那时候起，钓鱼就成了父亲最钟爱的消遣活动，只要一有闲暇，他就会拿起那根自制的鱼竿，到池塘边去垂钓。就像母亲说的那样，钓鱼对于父亲来说，已经不再只是为了满足温饱，其中更多的是享受，是一个男人难得的休憩。母亲还说，父亲为了改善家里的生活条件，就算有再多的苦和累，他也都独自承受，也许在父亲心里，幸福的生活就像隐藏在河水中的鱼儿，只有通过耐心守候，才能收获美味。对于鱼竿，父亲是格外珍视的；对于未来的美好生活，父亲亦是无限憧憬的。说这话时，我隐约看见母亲眼角闪现的泪光，于是帮母亲轻轻拭去泪水，让母亲不要伤心，母亲却"扑哧"一声笑了，接着用她那充满慈爱的手掌慢慢抚过我的脑袋，告诉我说，流眼泪并不是伤心，而是因为幸福。由于当时年少无知，我并不能理解这句话的含义，直到现在，我才体味到这滴眼泪包含的浓浓情意。

二

　　在父亲的熏陶下，我也开始享受钓鱼的乐趣，特别是有父亲陪伴的时候，这种乐趣就会无限放大。在我眼中，父亲绝对是一个钓鱼能手，每次钓鱼之前，父亲就会抓几把糯米放在碗里，用白酒浸泡一整晚，等到第二天的时候，糯米就会充斥着浓烈的酒香，芬芳醉人，别说是鱼儿了，就是人闻到这股味道，也会忍不住去偷尝两口。除了这些以外，当然还少不了主要的诱饵，那就是红色的小蚯蚓。在我眼中，父亲似乎有一种预知能力，每次都能在潮湿的泥土中，一铁锹下去，就能翻挖出好多蠕动的红蚯蚓，尽管看上去不太讨人喜欢，可父亲却说，这些小虫子是鱼儿的最爱。就这样，我和父亲分别拿着鱼竿，带着小木凳和小木桶，在小黄狗的尾随下，向钓鱼的地方快乐进发。

　　相比于家门前的那口鱼塘，父亲显然更喜欢去野外的河流中钓鱼，父亲说，这里的鱼都是野生的，吃起来才是鱼真正的味道，虽然我一直没觉得有什么区别，却也在不知不觉中对野鱼产生了一种独特的向往。野钓的地方距离家里也不是很远，徒步二十分钟就可以到达，那是一块还未开垦的荒地，野草在阳光的照耀下朝着四周疯狂蔓延，有些甚至已经没过我的腰部；散乱生长的大树是我们最喜爱的风景，巨大的树冠在清风的吹拂下上下攒动，投下来一片浓厚的黑影，清爽怡人；昏黄的夹杂着大量泥土的河水在慢慢流淌，尽管并不清澈，却也多了一份神秘，让人对里面的生物多了一些憧憬。父亲和我分别找到一处阴凉的地方，我学着父亲的样子在杂草丛中整理出一块空地，放好木凳，开始准备钓鱼饵料。

父亲首先把经过白酒浸泡的糯米洒在即将垂钓的区域，用来吸引周边的鱼儿，接着便抓出一条蚯蚓，用食指和大拇指捏住蚯蚓的一端，另一只手拿着鱼钩，眼睛紧紧地盯着手里的活儿，全神贯注，一切动作都在这一刻被放慢，父亲找准机会，把鱼钩从蚯蚓的一头刺入，接着慢慢地顺着鱼钩的形状贯穿蚯蚓的身体，只留下蚯蚓的末端仍然在挣扎扭动。做好了这些工作，父亲就把鱼钩远远地甩到刚才撒过糯米的地方，此时这里已经是暗潮涌动，一大群鱼儿在水里面争抢食物，弄得水面不断翻动起波浪。不用一会儿，就有鱼儿忍不住诱惑上钩了，父亲小心翼翼地把鱼儿拉上岸，轻轻把鱼钩从鱼嘴中取出，好像生怕把鱼儿弄疼了似的，取下鱼钩之后，父亲马上把鱼儿装进盛着河水的木桶中，静静地欣赏鱼儿游动的姿态，脸上流露出难以掩饰的微笑。短暂欣赏之后，父亲便马上投入到下一次的准备工作中，尽管我极力模仿父亲钓鱼的步骤，可鱼儿还是迟迟不肯上钩，我不明白为什么，便向父亲询问其中的原因，可父亲只是说，我用的心还不够。

还没到正午，小木桶里就已经被活泼的鱼儿给占领了，而此时，父亲对钓鱼的感觉似乎也发生了变化，他不再像之前那样频繁地更换饵料，只是握着鱼竿，另一只手撑着下巴，望着水面，抑或者微微闭上眼睛，陷入沉思。有时候父亲可能真的睡着了，撑着下巴的手臂从大腿上滑落，整个身子向前打了一个趔趄，差点摔倒在地上，可父亲只是挠挠头，又转动着脑袋望了望四周，又看了看前方的浮标，便若无其事地再次小憩。好几次我都仔细地观察父亲睡觉的模样，在微风的吹拂下，树叶在父亲脸上投下斑驳的阴影，或明或暗，摇摆不定，而父亲的眉头即使在睡梦中也还是像往常一样微微蹙起，那是作为一个男人特有的担当；父亲的肩膀依旧坚挺，可是就是这坚实的臂膀，不知道承受了多少的重量，才让这个家的生活越来越好。

等到午饭的时候，母亲就会提着竹篮来到这里，为我们送来美味的饭菜。母亲找到一块大石头，把竹篮放在旁边，又轻轻吹走落在石块上的灰尘，把竹篮中的饭菜一一摆放好，便呼唤着我和父亲过来吃饭。尽管菜肴不算珍贵，都是从自家菜园采摘的茄子青菜之类的，但不知道为什么，每次一家人围坐在石块旁边吃饭，就觉得饭菜特别可口，我想，也许是母亲具有某种魔法，才让这些普通的食材焕发出无穷的魅力。吃过午饭以后，母亲就在父亲旁边坐下，一面夸赞父亲今天的收获，一面想着晚上应该如何处理这些活鱼，在母亲的陪伴下，父亲之前紧蹙的眉头也逐渐舒展开来，尽管黝黑的皮肤上还在淌着油腻的汗水，但依然掩盖不住父亲心中的欢欣。而我也从来不觉得无聊，跟着活泼的小黄狗，在草丛中追逐嬉闹，偶尔摔了一跤，也只是拍拍尘土，笑一笑，继续奔跑在杂草丛中。

等到太阳斜照，一天的垂钓活动也就宣告结束。看着木桶中满满的丰收，父亲也觉得特别自豪，夕阳在天际晕开了一片火红的云霞，把我们每个人的身影拉得老长老长，晚风也不知道从什么方向吹来，吹得人们心情格外畅快，父亲拿着渔具，母亲提着菜篮，我和小黄狗绕着他们嬉戏玩耍，大家的欢笑声和小狗清亮的吠叫声交汇在一起，融合成一幅幸福的画卷。母亲最拿手的就是做鲜鱼汤，在经过足够火候的熬煮之后，一锅清水变成了乳白色的浓郁汤汁，无需添加太多佐料，只要在起锅的时候撒上一层鲜绿的葱花，便能得到最纯粹的味道。直到在外求学多年，尝遍了家乡以外的鱼汤，我才体会到当初父亲所说的，鱼儿真正的味道，那是一种除了鲜甜，还包含着浓浓乡情的家的味道。

三

在我十岁那年，父亲经熟人介绍去了外地工作，从此以后鱼塘边便少了父亲垂钓的身影。听母亲说，父亲在城里的一处建筑工地做事，因为包工头是同乡，所以也算有个照应，可话虽这么说，母亲的脸上难免流露出对父亲的丝丝牵挂。当时的我，对于建筑工这份工作并没有太多的认识，但我却清楚地知道，那是一份极其忙碌且辛苦的工作。一年之中，只有在春节期间，父亲才能跟随着归家的人流，拖着沉重的红白蓝三色交错的行李袋回到家中，而回到家的第一件事，就是躺在床上睡上一整天。母亲总爱坐在床头欣赏父亲熟睡的模样，时不时用手轻轻拨开散乱搭在父亲前额的头发，又或者是让手贴着盖在父亲身上的棉被，让它随着父亲呼吸的节奏上下浮动，这是属于他们的时刻，房间里除了父亲洪亮的鼾声，便只有母亲洋溢在心中的笑声了。

相聚的时光虽然充满欢乐，但也因此显得更加短暂。还没到正月十五，建筑工地那边便会催促父亲返工，尽管一家人有很多的不舍，但父亲的责任不允许他做过多的停留，每次车站分别的时候，父亲并不会说太多留恋的话，只是让母亲好好照顾自己和我，然后就头也不回地走进客运站。而母亲也显得很平静，她没有流眼泪，只是微笑着挥动着她那粗糙的手掌，目送父亲进站，直到父亲扛着行李袋的背影完全消失在视线里。我问母亲，难道她和父亲不觉得伤心吗？母亲却看着远去的客车说，伤心是必然的，但是新的一年，她看到了新的希望。我想，在父亲心里，应该有着和母亲一样的希望吧！

高考过后，我来到父亲所在的城市上大学，于是，父母的思念，便又被一支鱼竿紧紧相连……

那是九月开学的时候，在我去学校的前一天晚上，母亲就会像父亲那样，用白酒把糯米浸泡一晚，用来做第二天钓鱼的饵料。第二天，远方的天际才刚刚泛白，母亲就到屋后的潮土里挖红蚯蚓。准备工作做好之后，母亲便拿起父亲的鱼竿，朝着父亲经常垂钓的河边走去。我跟在母亲身后，伴随着母亲急切的催促声，我还没来得及欣赏乡村的晨景，就已经来到了目的地。我很能体谅母亲当时的心情，她知道通往城里的客车会在十二点半准时离开，她只想用节约出来的时间多钓几条鱼，好让我给父亲带过去。母亲钓鱼的功夫也十分娴熟，撒糯米、穿饵、甩钩、拉线、收鱼，一连串动作不断重复，相比于父亲的悠闲，母亲则多了几分利索。大约到十点钟左右，母亲觉得钓的鱼差不多了，便又会催促我匆匆赶回家。

　　回到家中，母亲先是熟练地把刚才钓的小鲫鱼处理好，然后切好葱姜蒜，生火煎鱼。炽热的火苗在锅底跳跃，锅内的清油开始翻滚，母亲把鲫鱼一条条摆入锅中，鲫鱼与热油接触的一刹那，伴随着"滋滋"的声音，鲫鱼浓厚的香气瞬间充满整个厨房，待鲫鱼煎至两面金黄，母亲就会放入姜蒜，加水炖煮，等到起锅的时候再撒上一层葱花，母亲拿手的煎香鲫鱼便做成了。之后，母亲还会再煎炒一碗晒得半干的鱼块，那是母亲在空闲时间钓的草鱼，经过腌制和暴晒之后做成的"糍粑鱼"。等到鱼冷却得差不多了，母亲就会小心翼翼地把鱼分装在两个保鲜盒中，然后把保鲜盒装在结实的塑料袋里，叮嘱我到工地之后，先把鱼热一热，再给父亲吃。

　　从小镇到城里将近三个小时的车程。我坐在车上，把头靠在车窗上，任凭眼前的景物向后退去。现在是水稻成熟的时节，道路两旁的稻田还是青黄色，只要再过十天，这里就会换上满目金黄，那时也将是母亲忙碌的日子。手中的菜肴透过保鲜盒散发着余温，一份在别人看来简单的煎鱼，即将穿越百里路途，载着母亲深深的思念，送到父亲手中。这仿佛是两人之间的约定，不需要过多的言语，也无需太多的修饰，当初父亲为了母亲制作鱼竿，如今母亲又用这支鱼竿钓鱼，为远在他乡的父亲烹制家乡的味道，夫妻俩的情意，通过这支不起眼的鱼竿不断传递，逐渐升华。想到这里，暑假在家的一幕幕又浮现在眼前，每次钓鱼之后，母亲都会用毛巾仔细擦拭父亲的鱼竿，她知道，父亲年末回家的时候，一定会拿着这支鱼竿去河边钓鱼，她希望到时候能够看到展露在父亲脸上的笑容。

　　来到父亲忙碌的工地，已经是傍晚五点钟光景。斜照的夕阳为工地披上了一层微红的轻纱，劳作掀起的尘土弥漫在空气中，似乎要把一切都凝固其中，轰鸣的机车和搅拌机让人们难以用语言交流，汉子们光着膀子做着手里的活儿，或搬运砖块，或切割木材，他们顾不上淌在黝黑皮肤上的黏腻的汗水，也顾不上因为汗水而粘在身上的灰尘……父亲见到我，沾满细沙的脸上露出会心的笑容，接着便用他那温柔的目光，示意我去一旁的宿舍先坐会儿。在简陋的民工宿舍里，我把母亲做好的煎鱼在灶火上热了一番，过了一会儿，父亲便拖着疲惫的身体来到宿舍，闻到充盈在宿舍的饭菜香，父亲迫不及待地大快朵颐，一边吃一边夸赞家乡的鱼肥硕鲜美和母亲的厨艺高超。每次，父亲都会问我，这是妈妈用我那根鱼竿钓的吧？虽然我的回答每次都一样，但只要听见我说是，父亲的眼神就会洋溢出深深的满足，这是一支鱼竿所带来的神奇变化……

如今，鱼竿表面已经被磨得光滑油亮，尽管家中的条件足以负担起购买一支新鱼竿，但父亲始终没有考虑过，我知道，父亲是舍不得，舍不得鱼竿中承载的属于一家人的温馨时光。

阳光下的风，花椒味

昆明理工大学　王珊珊

一

青绿的田埂上，一缕缕风吹来，拂过她额头上的汗珠。炎热的八月，吹来的风也是混着热气的。

炽热的阳光下，风吹过这片山地，在一棵棵花椒树间乱窜。然后，充盈着清香的花椒味，沿着山上的那条长满烂漫山花的小路，风俯冲着，想要跃到两座大山间的小溪中，洗褪满身的热气和浓郁的花椒味。

风经过的地方，洋溢着青花椒的清香。就连那平时散发着浓郁刺鼻香味的，粉红的、雪白的、淡紫的野花，此刻似乎也陶醉于花椒味的清香，忘记了炫耀自己的香味。

她，一名大学生，暑假便从大城市的学校回到偏远山村的老家，陪着年迈的奶奶。缝赶集的日子，她会牵着奶奶长满老茧的手，下山去集市里买一些小菜、水果，买几斤新鲜的猪肉。

每次路过一户户人家时，村里的大婶们总会热情的问候她，邀请她去家里歇气喝水。她永远记得小山村的这些大叔大婶，她还年幼的时候，家里比现在还贫困。当她从其他人家门前路过时，和蔼的大婶们会给她一个煮玉米、一个煮洋芋或一碗水。

这些人在山村里生活了一辈子，以种地为生，一直保持着最原始最淳朴的待人的热情。一些来过小山村的外地人，回到大城市说，"那些山里人没文化真傻，我从他家门前经过，他们就邀请我去他家歇口气，还把家里仅有的食物拿出来给我吃，居然还不收我的钱。"天旱的那几年，农作物没有收成，村里人就互相分享粮食。她上小学的时候，交不起学费,村里人就东凑一点西凑一点,供她上学。

小山村的人们,像一家人一样。他们日起而作,日落而息,把一片片荒地种上了花椒树,整个山村成了花椒香的世界。

二

八月的暑气扑来,是摘花椒的时候了。

这天早晨,天一亮,她就起床了。生火做饭后,她轻声嘱咐奶奶,"奶奶,我去大梁子摘花椒啦!今天太阳火辣,您就不要上山了。您不用担心,我已经带了吃的东西,太阳落山前一定回家。"然后,背上那个爷爷曾背了几十年的旧竹背篓,向着大梁子的花椒地出发。背上的竹背篓,听奶奶说,是爷爷年轻时,用砍下来的竹子亲手编成的。

她从奶奶家所在的那只山,顺着山路下山。快到山脚的时候,就隐隐约约听见山谷里传来清脆的流水声。她每往前走几步,熟悉的"哗啦哗啦"声就更清晰一些,她的心里像是装了一只小鹿,扑通扑通跳个不停。又向前行走了几分钟,一条清澈流动的小溪映入她的眼帘。她在小溪边的一块大石头上坐了一会儿,倾听着溪水的流逝。那些年,爷爷牵着她走过的小路,如今长满了翠绿的灌木。

她歇了几分钟后,开始爬"大梁子"。

三

山寨里两座大山遥遥相望,对面的那座大山,名叫"大梁子"。大梁子的半山腰上,至今还长着几棵花椒树。

那是很多年前,她还上小学的时候,父母长期外出打工,多年不曾归家。爷爷读过几年书,算是村子里的"文化人",知道知识的重要性。在那个重男轻女的年代,为了供她读书,爷爷爬了三个多小时的山路,在"大梁子"的半山腰,种下了十多棵花椒幼苗。

自那以后,爷爷经常去照看这些花椒树,希望这些花椒树长大后,摘下来的花椒可以卖一个好价钱。但由于花椒地在半山腰上，没有充足的水分，有一些花椒树还是死去了。每年暑夏，爷爷起床后，都会拖着不灵便的腿脚，去大梁子摘花椒。中午，奶奶就一手牵着小小的她，一手提着竹篮装着的煮玉米、煮洋芋，给爷爷送午饭。

她和奶奶沿着山间那条小路，头顶酷热的日光，多么希望下一场大雨。可是吧，如果下雨，花椒被雨淋过就卖不出好价钱，家里的钱就不够供她读书……

走了一会儿，奶奶坐在小路旁的山石上歇息，她高兴地采摘路边活泼的野花，把野花绑在自己的头绳上。

多少次，她走到一半就不想再继续爬山了。但是奶奶总是充满希望地对她说，"等你爷爷把花椒摘完，我带你下山去赶集，把花椒卖了，就有钱供你读书了。你好好读书，以后考上大学，就可以去找你爸妈了。"她于是笑着问奶奶，"为什么别的小孩都有爹妈，我没有？"奶奶说，"你爸和你妈去大城市打工了，等他们赚了钱，就开车回来带你去大城市上学。"她突然哭了，"我才不去找我爸妈，我就要跟着爷爷奶奶。"奶奶只好跟她说，"今天吃完晚饭，你爷爷带你去看车好不好？"她听到要带她去看车，再想到爷爷还没有吃饭，又开始拉着奶奶的手，兴奋地一步一步向着花椒地走。

还离花椒地有一段距离，忽然，一阵风吹来，夹杂着清香的花椒味。她欢呼，"奶奶，你闻到我们地里的花椒了吗？我们终于爬到花椒地啦！"是啊，这是大梁子的花椒独有的香味。

四

晚饭后，爷爷虽然在花椒地里忙了一天，仍然不厌其烦地背着她去看车。

他们走出院子后，穿过了一片花椒地，下了一个坡，然后走进了一片长满狗尾巴草的荒地。狗尾巴草长得很茂盛，都长得比她高了。

放眼望去，一棵棵草随着夏风摇曳，在黄昏暖和的阳光下，草穗闪烁着金黄色的光芒。若是换作别人,恐怕找不到狗尾巴草地的入口。这条小路原先还是狗尾巴草疯长,后来爷爷为了带小孙女去看车,用镰刀把这一路的草割平了。

穿过这一片狗尾巴草,他们终于来到了一块玉米地。

这是山村里,陈家的玉米地,前几年,还有人来翻土、播种、浇水、收割。后来呀,陈家年轻力壮的人都走出山村去城里打工了。只剩下年老多病的陈老爷爷独自一人在家,他的子女们也会定期给他寄来一些钱,可就是几年不曾见到他们的人影。这些,都是她听老一辈人谈起的。

五

玉米地的附近,也被其他人家种上了很多花椒树。风呼呼的吹过,翻腾着热浪,花椒味越来越浓,然后渐渐散去。

她坐在玉米地的田埂边,等着大货车的出现。而爷爷经常看着山脚盘旋的山路,似是在感叹着什么。

他们去到玉米地的时候,太阳还在大梁子正上方呢!她嘟起小嘴问,"爷爷,你都从大梁子回来了,太阳怎么还不回家呢?""太阳在等你先回家。"

太阳慢慢地藏进了大梁子的花椒地,夏天的蝉叫得让人心烦。一群黑漆漆的蚊子围着他们"嗡嗡嗡",天开始黑了,可还没有一辆车经过。爷爷说,"天快黑了,今天不会有货车从这条路上经过了,我们回家吧!明天,我又带你来看大货车。"她装作没听见,依旧注视着群山间那条蜿蜒的山路。被蚊虫叮了,她只是用小手抓被叮的地方,很快红肿起了一个小包。

远处的山,变得模糊起来,山上的几户人家,点起了摇摇欲坠的油灯。周围的一切,在月光下,朦朦胧胧,只有风中的花椒味还是那样清爽。她虽有困意,却还不想回家。不知什么时候她睡着了,爷爷就背着她,借着皎洁的月光,踩着澄澈的月华,沿着小路回家了。

她一直记得,奶奶说过,爸爸妈妈在外地挣到了钱,就会开着车回老家来看她。自那以后,她总是央求爷爷带她去看车。她总觉得,每次有车从家乡的大山路经过，可能就是父母回家了。即使父母不开着车回来，他们有一天也会从某一辆车上走下来吧！

然而，由于小山村太过偏远，路是土路，特别陡，几天才会有一辆大货车从这儿经过。可小小的她，总是乐此不疲地拽着爷爷去看车。爷爷奶奶都说，她长得和她爸一个模样，但她长到了六岁，还没见过父母哩！

这样的夏天，持续了五年，从未间断。

六

九月，开学的月份，奶奶牵着她的小手，带她去山村里唯一的一所很远的小学报名。

每天，天蒙蒙亮时，奶奶就给她背上亲手缝的斜挎书包，送她去上学。时间久了，她认识路了，奶奶就送她到半山腰，让她跟随年长的同村的小孩一起去学校。

她于是斜挎着奶奶用麻布缝的书包，高高兴兴地沿着小路下山。她回头时，看见奶奶还站在半山腰的一丛竹林下，仿佛一塑慈祥的雕像。她们顺着山间的小路，走到了大路上。然后，沿着大路，向着破旧的学校走去。走了一段时间，她回过头，却发现奶奶还在竹林下看着她。奶奶的身影越来越小，越来越模糊。她从不知道，奶奶是站到什么时候才回家的。

放学后，她沿着回家的路走了一段时间，翻过一座小山，就看见远处那座山的半山腰，竹林下有个熟悉的身影。她走近才知道，是奶奶做好饭后，来接她回家。她从不知道，奶奶是什么时候就开始在竹林下等她的。

后来啊，爷爷的身体越来越差，病逝于他居住了一辈子的老土房。她终于走出了山村，最后考上了大城市的学校。

爷爷一辈子生活在山村，如今，他的坟头长满了青草，可以远远地遥望对面大梁子半山腰的花椒地。坟的周围，种满了花椒树，风吹过，携着花椒味，在爷爷的坟头起舞。不时，一片翠绿色的花椒叶落到坟前，不舍得离去。

这一切，仿佛还是昨天，她还是那个天真无邪的山村野孩子。

七

一路上弥漫的野花香，没有吸引她，她沉浸在幼时的世界里。

回忆着，回忆着，太阳从东方的山头升到了正空，她也不知不觉地从小溪边爬到了大梁子半山腰的花椒地。

她开始用心地摘树上的青花椒，偶尔被花椒刺扎到了手，她也没有停下来。这些花椒，倾注了爷爷多年的心血，她爱大梁子这片青绿的花椒。

大概下午三点的时候，她看见早晨走过的那条小路上，奶奶一手提着竹篮，一手拄着拐棍，向花椒地走来。虽然隔着一段距离，她看不清，但她猜测这个人就是奶奶。她的眼泪忍不住大颗大颗地顺着脸颊滚下，落在了被花椒刺扎伤的手上，伤口变得火辣辣地疼。她并不在意手上的疼痛，目光一直跟随着奶奶行走。原本不是很远的一段路，奶奶却走几步就停下来歇一口气。她不禁想，这么远的山路，奶奶是什么时候从家里出发的？

终于，奶奶到了大梁子的花椒地，把篮子里的煮鸡蛋和白开水拿给她。奶奶说，她怕孙女饿着，特意来给她送吃的。若是小时候吧，奶奶给她送吃的，她吃得可开心了；可如今，她二十岁了，一边吃着奶奶千辛万苦送来的煮鸡蛋，一边在心里暗自流泪，几次哽咽着说不出话来……奶奶要帮忙摘花椒，她拗不过奶奶，只能同意她摘矮处的花椒。

太阳快下山了，她背着满满的一背篓花椒，左手提着一篮花椒，右手牵着奶奶，一同回家了。

八

这个暑假，多少个黄昏，大梁子的云霞披上了彩衣。

她总是想起，十多年前，爷爷会在这个时间点，背她去玉米地看大货车。

放假回家的第一天，她也兴致勃勃地去玉米地。可当年的小路消失了，变成了另一条更宽的路；那一片狗尾巴草地被人种上了蔬菜，水灵灵的。玉米地再也没有了玉米地应有的模样，只有几座矮坟，坟头的野草在风中疯狂摇摆，想要挣脱这贫瘠的、狭小的坟头黄土地。

她站在玉米地的田埂边，看着群山间的公路，隔一段时间就有一辆面包车经过。山下的人家，很多土房都改成了瓦房，村人却不改旧时的淳朴热情。

她走出山村后，每次回家，遇到村子里的乡亲们，都会非常热情地赠送他们一些从城里带回来的食物。

但凡从奶奶家附近路过的人，她都会热情地问候她们，邀请她们来家里歇气喝水。尤其是那些经过奶奶家门前的小孩子，她会分给他们一些水果糖。

山村里唯一的那一所小学，被重新修建了好几次，不再像以前那么破旧了。她会经常去学校里给小学生们上课，作为小山村鲜有的大学生，她能去义务支教，学校是很欢迎的。

祥和美丽的小山村，每一份淳朴热情，每一颗乐于助人的心，在她眼中，都是家乡不可分割的一部分。

尽管周围的环境变了，她想，小山村的淳朴和善良，那是永远不会变的！

九

九月，家乡的花椒摘完了，她把花椒淘洗干净，再晒干后，背到集市卖了。然后，把卖花椒的钱全部硬塞给奶奶，嘱咐奶奶定期买一些水果、蔬菜和鲜肉。

离开家乡的那天早晨，柔和的太阳光，照在奶奶的一丝丝白发上，她多么希望时间静止在这一祥和的世界中。

下山的那条山路上，她走在前面，奶奶拄着拐棍跟在后面。到了一片竹林，奶奶便叮嘱她，在外面读书要学会照顾自己；早晚的天气凉，要多穿些衣服。然后，奶奶就站在那片竹林下，看着她离开。

她不敢回头，她怕奶奶看到她泪流满面的样子，低声哽咽。她知道，奶奶会在那儿看着她离开，才会回家。她下山后，走到公路边等车，大概半小时后，终于等来了一辆面包车。

上车前，她看见竹林下，奶奶拄着拐棍，像一塑慈祥的雕像，一直望着她所在的这个方向。车辆向着远方行驶，透过车窗，她望着远处半山腰的竹林下，那一塑雕像越来越小，最后消失不见。

阳光下，风吹过，一股清香的花椒味拂过。小山村慢慢远去，花椒味渐渐淡去……

叙述死亡之谎

广西民族大学　祁十木

清晨的黑牛奶我们傍晚喝
我们中午早上喝我们夜里喝
　　　　　　——保罗·策兰《死亡赋格》

死亡是最大的谎言，或者说它说了最大的谎言。我不质疑它的存在，却担忧着它对人类所说的谎。尽管我不清楚我是不是身处它庞大的谎言体系中，但我还是忧虑，以一只萤火虫的样子忧虑，叙述死亡所说的谎言。

我年轻、富有朝气，活得健康，久不久还感受到所谓的快乐。学业、家庭、爱情，从某种程度上来说，也接近完美。所以，我似乎不该想这么阴冷的问题，也不该不知不觉地被死亡的真面目侵蚀。但它还是这样无情而强势地来到，慢慢爬上我的每根神经。每想一次，全身就颤抖一次；每面对一次，灵魂就又多一层重量。久久无法自拔。

许是因为信仰宗教，许是因为崇尚自由与美丽，我对它越逃离就越临近。在这种临近与排斥的撕裂中，我努力地释怀，尝试解释。我知道只有对死亡这种美的暴力认真思考，对它隐藏在自我当中的魅力努力挖掘，才是我对生命真正的负责。

我不恐惧。以我所信仰的宗教去试图解释它，以人性的美与丑去解释它。对我而言，死亡不是终结，而是到彼岸世界的过渡。我始终作为死亡多种诠释者中的一个，朦胧而可悲的认知，自言自语地解释它的谎言。我想既然清楚地想过怎样活着，那也要公平地去想死亡，谦恭而敬畏，珍惜且忧虑。之后，像明天就要死亡一样活着。

一、猫的坟

  初中的时候，写过一篇名为《猫的坟》的作文。现在想来写得异常幼稚，但它总会因为一些特殊、复杂的联系而从我的回忆中升起。
  文章缘于我看到我家对面的房顶上死了一只猫，直到它腐烂发出恶臭也没有人来埋葬它。我清晰记得我当时的那种心境，面对镜子当中的自己泪流满面，仿佛我就是那只猫一样。是恐惧还是心疼，不得而知，只记得自己哭了好久。
  后来，我忘了这件事。年龄慢慢增长，也渐渐可悲地成熟，不再那么"幼稚"的记得许多事。它腐烂成了什么样？又去了哪里？我一无所知。
  但一切冥冥中都是注定的。那件事后不久，我养了一只猫，一只完全不同的猫。是要试图冲刷掉那种面对死亡的腐烂的恐惧，还是怎样？我不敢说出确定的答案，如果真是那样，真是不道德的行为。
  我养了这只猫五年，从尚未睁开眼睛一直养到身材臃肿。但此刻我所自责的是，我的笔触没有给自己写下谶言，却在我的猫身上一语成谶。
  当我背对故乡，踏上求学之路，面对着许多的艰辛，我选择记录却从不抱怨，唯独担心着家人是否平安、故乡风雪是否如故。可我终将逃不过那份自责的来临。接到母亲的电话，说猫病死的那天，我的手抖得像风中的竹子。我把生活的这座城市从东走到西，循环路途，同时思念。再一次落泪，还是因为一只猫，跟当年一模一样。
  我想过退出所有的社交软件，以此祭奠。或许有人说我矫情，但只有我懂得那些一个人写作的深夜，它无言的陪伴有多重要。我反复对自己说：你要知恩图报，它没了，听懂你说话的就没了，没必要多说话。这样的想法持续了好久，可不知不觉间竟然也消失了。毕竟这世上悲伤的事太多，多了就容易麻木，悲伤不过来，也悲伤不了多久。
  可一年多来，我还是没有忘记它。没有写下一篇诔文，却时刻思考着它带来的深意。由于身边一个活物的离去，我第一次深切地接触了死亡，我真正沉痛临近那死亡带给我的无法逃脱的沉重。而这初始的认知和迷惘，却是动物给我的，说来也有些许讽刺。但话又说回来，人也不就是两条腿行走的动物吗？

那死亡缓慢在我面前打开那些景观，降临于我身体之上的一次次轻薄，使我更加透视死亡之谎，同时把自己植入绝对的、复杂的忧虑与明晰中……

二、我死了

写下这三个字的时候，我感觉背后或者头顶有双眼睛在看着我。实际上，我常常陷于这种场景，所以我除了睡觉外几乎不敢闭眼，即使在睡觉时我也觉得有一种可以马上睁开眼的能力，这是因为我怕那双眼睛突然出现，关闭我的眼睛。

我不懂这是不是一种缺乏安全感的表现，但我知道我很感恩，这种不闭眼的能力，让我更加看得清自己（而我处在生命当中）。

当然这也不仅仅是标题党的喧嚣，这是我真正感受过的。前不久，哥哥匆匆打来电话（可怜我现在总是依赖这物件），他说：哈鲁无常了。这句话听完，我愣在了校园的小径上，直到他一边着急的"喂、喂，你没事吧"，一边把电话挂下。可以说，这句话极具宗教式的神秘。哈鲁是阿拉伯语，这是回族人给自己取的阿语名字，谓之"经名"，包含着某种认同与崇敬。而"无常"二字，却是佛教与伊斯兰教同时使用的一个名词，但两者却有本质的不同，伊斯兰教常用此词来指代死亡。"无"和"常"二字的组合，隐喻着死亡深处所包含的虚妄与无奈。但我那时没有想这么多，我只知道我的"经名"也叫哈鲁，我只知道无常说的是死亡。

那刻我真的感觉有东西扼住我的喉咙，说你死了，你已经死了，你怎么还有气息。我不懂是不是只因为一个名词相似而惧怕，也不懂是不是因太多沉重的宗教词汇压迫而颤抖，我竟然濒临这种崩溃的边缘。尽管后来知道是一个跟我同名的堂兄去世，但我还是一直困于其中，取不出来自己。我现在想，那应该是我又深入了它，深入那"你要死了的恐慌"之后而存留的刻骨铭心。

我无法准确描述那种感觉，仿佛是一只幼小无力的蚂蚁，一不小心就要面临灰飞烟灭，而且不知缘由也不知何时何地，这该是人世最残忍的事。我始终恐慌，我不信许多人说的不怕死，真的不会惧怕那种"蚂蚁"式的感受吗？

就这样，我那晚做了一个巨大的梦，梦里有自己的一生。而我没有看到我死之前，只看到裹尸布袭来之后的场景。我听到，那句熟悉的言辞，哈鲁无常了。我大喊，我不去、我不去，可是没有人听得到我的话。我乞求着，你们洗我的身子慢些吧，我疼；我阻止着，抬我的人也慢些，我看看双亲，看看家乡。再往后，黄土朝着脸倾泻下来，窒息中我醒来了。背上的汗湿了床单，眼角的泪湿了枕头。我呆坐着，许久、许久……我试图问自己，你不是都懂吗？你不是都不怕吗？你不是诗人吗？竟然一句答案也没想到，傻傻坐着又沉沉地睡过去，这次没做任何梦。再醒后我仿若又活了一次，看着照在栏杆上慵懒的阳光，泡了一壶茶，在那里读济慈——"我在黑暗里谛听着：已经多少次/几乎堕入死神安谧的爱情……"。心无旁骛，独自欢愉、庆幸。

我庆幸我还活着，庆幸在我活着时能对那死亡之谎有些许认知，这样我就不必在它真正来临时，像梦里那么恐慌。经历这事后，带着微笑与不变的忧虑，我对它的思忖又深入不少，可没有再因忧虑而消极，只有更多的敬畏与珍惜。怜惜世人仍然迷失于雾霾一样的死亡谎言背后，但这时我却为雾霾后的人保存着希冀，犹如我对死亡之谎保持着深入的生命式的拥抱的欲望。

三、公　墓

对于回族人来说，公墓可以说是一个特殊的存在，甚至可以归为一种情结。每户回族人，平均下来可能一周就要去一次公墓，甚至更多。这对于大多数人，可能是无法想象的。墓地，那么偏远，那么阴森，平均一周去一次？即便是我这样传统回族家庭长大的孩子，刚开始也是对这事满怀疑虑。

但对于回族丧葬的过程，我还是能够清晰地说出。每次有回族同胞去世，家里人先是会给他洗净全身，接着会有相识或者不认识的回族兄弟探望。然后在晌午礼拜后，会在清真寺举行祷告仪式，称之为"者那则"。接着众人抬着亡人到公墓区，放入早已挖好的坟坑当中。然后阿訇

（穆斯林主持宗教事务的人员）诵经，人们在静听，结束后向着墓地大声说一句"色俩目"（问候的话）后，就安然离去。没有眼泪，没有喊叫，没有鞭炮，更没有墓碑。只有肃静，只有朴素，只有无声的哭泣与不舍，还有对死亡真正的敬畏与勇敢的平静。

　　开始时我也无法理解，因为电视中看过要是有人死了，家里人总会哭得死去活来，但回族的葬礼上缺乏那种破裂式的眼泪。偶尔见着几次，许是亡人的女儿或者爱人，虽然哭得很伤心，但那眼泪好像也不同于寻常。就我观察，那眼泪没有声音，从脸颊一直流进嘴里，苦涩、疼痛，但他们还是默不作声。

　　我试图去了解这其中的道理，后来我明白我无需寻找，因为我本身就具有这种特质。他们在复杂的生存中，始终保持着那种朴素的特质，在沉默中书写着一个民族对于死亡的认知。这也就是张承志先生写出那句话的缘由："19世纪末的人物左宗棠更不能理解：为什么在他的大规模的军威皇法前，挑战的尽是些褴褛的、菜色的人。"我不把这种对死亡谎言无情的拆穿，归结为一个地区的强悍，我觉得这其中肯定有某种特殊的精神力量作为支撑，这力量不是一个地区所能承担起来的。

　　站在故乡的公墓上，我脚下睡着的不仅是死去的祖父，还有那些对人世、对自由、对人类解放做过贡献的回族先民们。而我此时没有任何立场，作为一个几近懦弱的孩子，我继承的唯有那种伟大的死亡观念，那种蔑视死亡之谎的勇气。昂首在祖国的大地上，我看到这些悲壮而又富有生机的灵魂，注入为世人忧虑的心灵，注入我迫切拆穿死亡之谎的内心。我感谢这些流淌于骨髓深处的力量，使我拥有正视死亡的魄力。

　　写到此处，我回想起这些思考的艰涩，不免又陷入一种无垠的晦暗当中。我在谈什么呢？当我谈论死亡，甚至说它是最大的谎言的时候，我又在说什么呢？我是否藏起了一些隐秘的想法，如同一个老头藏起已故老伴的红头绳。又或者我只是企图揭示存在，希望着那奢侈的改变，可以从我们各自的世界中央开启。

　　也许有人相信那是终点，但这死究竟是不是呢？我不敢断定。但是与其苟且，何不好好站立活着。驾驶向死而生的伟大，碾碎那些虚无缥缈的懦弱。我挣扎着，经由自己小小的存在，升华出某种独特的深意。

它不华丽,却饱含深情与爱意,对于我自己、对于我们生活的人世和土地都是一样的。

　　我用冗长的篇幅,几近崩塌地叙述着死亡之谎,企图用其反面的光映射出我们所需的钥匙——生存之匙。但面对这浩瀚的人海,冗长似乎也太简短。我面临不安、不安、不安,无以复加的不安。从这种意义上说,我还是希望自己是蚂蚁、萤火虫,照亮一丝光芒就好,愿望存在着就好。

　　当我要结束的时候,我想象这是一篇遗嘱,那该有多神圣。我残余下一些简单的词句,高举逝去的理想主义,因为自由与梦而鼓起勇气,因为怜悯与悲哀而勇于承担。

　　可我是否过多地责备了死亡,责备它那残酷的谎言,让浮沉于人世的万物继续陷入虚假当中。但似乎忘了,也有可能是我们自己假借死亡之口说了谎,即使看清,也在固执地延续。

　　还是选择原谅吧,我总习惯原谅。无论谁是谎言编造者,都原谅。我们只要看到那苦涩的黑牛奶,怀抱敬畏、勇敢而努力地活着,那些虚妄、迷醉的死亡之谎便会不攻自破,谁也不会再说"这样活着舒服,哪来的死?"。

　　此刻,想到那些许许多多的裹尸布,我第一次觉得那是天空的颜色。

我的乡土父亲

中国石油大学（华东）　胤卿

　　一把辛酸泪，满纸肺腑言，谨以此文献给我的乡土父亲。父亲啊，父亲，您总是用您粗糙不堪的双手，为我驱散了阴霾，让我踏破灰色的绝望，心中充满金色的希望，聆听前进的召唤；用您并不伟岸的身躯为我擎起一片蔚蓝的天空，让我昂着头，挺着胸迎接太阳的灿烂辉煌，享受着和风的抚慰，甘露的滋润，脸上洋溢起花般的笑靥。父亲啊，父亲，我拿什么来偿还您呢？女儿只有拿起笔，用最朴实的文字，把三十年辛酸苦涩的泪水，三十年的欣喜幸福的珠花，三十年的点点滴滴、寸寸光阴，三十年的只言片语汇集成文，打包成礼，送到您的面前，女儿希望您笑啊！

——题记

　　2017年3月，在写博士毕业论文的时候，我想了很多很多……

　　现在，即将博士毕业的我，看着窗外的唐岛湾畔，聆听风声海语，品味静谧时光。回首这三十年来，走过的路，并非不想去缅怀，而是不敢去追忆，我怕流泪。但我想把内心的只言片语，一股脑地全敲出来。我的内心如同打翻了五味瓶，酸、甜、苦、辣、咸，样样俱全，中间流过多少的辛酸泪，又有几人能知晓呢？

　　我知道，有一个人始终是知道的……

　　我的父亲是个地道的北方农村汉子，文化水平不高，也不善于表达自己的情感，平日的生活中，再苦再难，也都不会向家人吐露心声。我出生在鲁西南一个偏僻的村庄，我出生的时候，家乡还没有通电，经济发展非常滞后，一到阴雨天道路泥泞，出行都是问题。听我娘说，我出生的那晚，父亲非常高兴，虽然我是他第二个孩子，但他仍然因为我的出生，高兴了很长时间。

在我们那儿的方言中，称呼父亲为"大大"，称呼母亲为"娘"，小的时候，少不懂事的我看到城里的孩子都像电视上一样用现代的标准用语，称呼"爸爸妈妈"，非常嫌弃带着浓重乡土味道的"大大"和娘的称呼。但随着我慢慢地长大，身边的人都慢慢地跟上时代，摒弃了这种乡土称谓，我却越来越喜欢这浓重的乡土称呼，直到现在，我们兄妹也依然称呼我的父亲为"大大"，喊我的母亲为"娘"。这里有父母的味道，这有家的味道，这是属于自己回忆的味道。恐怕在我们这一代人之后，这种古老的乡土称谓就成为历史了吧，慢慢地淹没在历史长河中。

我从小学到初中，都是老师眼里的好孩子、父亲眼里的乖孩子，抱回家一张张的奖状，但是所有的荣誉光环从高中时代开始暗淡。

2002年的初秋，我记得那是一个阳光明媚的早晨，我的父亲，一位本本分分、地地道道的农民，将他一直以为很出息，而且将来也一定会有出息的女儿，送进了县里的重点高中，因为这里的老师常说的一句话就是："踏进了这所高中的大门，就等于一条腿踏进了重点大学的门。"

我不知道有多少人相信这句话，但我的父亲是相信的，我相信他是相信的。老父亲的脸上一直洋溢着幸福灿烂的笑容，时不时地咧开干裂的嘴唇，露出已经被劣质的香烟熏得黄黄的牙齿。不，这时的父亲还不老，应该是四十岁，算得上年富力强。皮肤黝黑，一双整天在地里为家人刨食而变得粗糙不堪的双手，不自在地搓来搓去，当把我的住宿安排妥当以后，父亲带着我找到我的班级，41级6班。我的教室，是在一座苍老的、颤颤巍巍的教学楼里，二楼楼梯口。恰巧，我的班主任老师就在教室里，我那肚子里没有多少墨水的父亲，笨拙地和老师打了打招呼，对老师说："我闺女小，还请老师以后多多照顾，不听话了，该咋说就咋说，只要能好好学习就成。"班主任看了看我的成绩，不耐烦地点了点头，眼睛里并没有散发出光芒，不能怪老师，我的成绩并不靠前。

父亲要走了，留下一句话，好好学，考个好大学。我也朝父亲狠狠地点了点头。

三年后，2005年的高考成绩，告诉了我的父亲：他的女儿，他一直认为很有出息，将来肯定会有出息的女儿，没有履行她的诺言，没有给她的父亲，带来三年前种植的希望之树的果实，她落榜了。当我的父亲听说有些学生，高考落榜后，想不开自杀，他着急地告诉他的女儿，没事，你还小，还有希望，再来一次。

他的女儿，我，当然不会选择自杀，只是选择了在一个家里没有人的上午，烧了我所有的日记，几本厚厚的日记。因为对文科的爱好，使得我厌烦理科的学习，高考的理科综合考得一塌糊涂。所以，我恨，一页一页地撕扯着几年的点点滴滴，一页一页地烧尽我三年的悔恨，烧尽我三年的青春，烧尽我三年的梦。熊熊的火光，燃起了父亲对我的期望，火光照亮了我脸上的泪珠，照亮了我对父亲的旦旦誓言，我暗暗地下定决心，我一定好好地学习，不再让您失望了，父亲。

我真的高估了自己的能力，2006年的高考，几分的差距又将我挡在了希望的门外。当电话那头的成绩说出来时，手里记分数的笔，被我狠狠地摔了出去，弹得很高很高，当它落地的时候，已经粉身碎骨了，我嚎啕大哭。

我又让您失望了，父亲。

不是很出名的一所高中，给我打电话，说给我钱，让我去复读。父亲说，要不你再试一次，就差一点点了。此时，我万念俱灰，我告诉父亲，不想复读了，让我走吧，我没有那个金刚钻。父亲叹了口气答应了，放我走了。我随随便便填了一个学校，选了一个直到录取通知书下来的时候，才知道的专业。

2006年，又是一个明媚的初秋，父亲换上了干干净净的衣服，整整齐齐的西装，挎着一个文件包，体体面面的，因为，他要送他的女儿去外地上大学了，不能给女儿丢人。虽然是一所名不经传的学校；虽然，他的女儿读的是专科，但他还是来了，一路风尘仆仆，因为他女儿读的毕竟是大学，不管怎样，他有个女儿是大学生了。

油城，一个城乡消费差距特别大的地方，父亲不想多待，早晨到的，要坐晚上的火车赶回家。中午，父女两个人在学校破旧的二餐厅，吃了几个包子，韭菜鸡蛋馅的，是他女儿最爱吃的馅。饭后，父亲在我的宿舍，待了一会，就要回去了，这一走，可能半年就不会再见了，从小到大，首次离家。父亲匆匆忙忙跳上一辆挤得满满的公交车，挥了挥手，远去了。当公交车消失在我的视线里时，我的眼泪就哗哗地流下来了，被吹落在 2006 年残碎的梦里，挥洒在新一段征途的希望里。

老天爷毕竟还是眷顾了我，大三初期，中石化和我签约了。当时我问父亲，我去不去？父亲说，国企，是你理想的工作，你想去就去吧。我说地方很远，坐车得两天，父亲说，不怕，我送你去。我很踏实。

2008 年，3+2 专升本考试。我没给父亲打招呼，我选择了最后一条可以登上破碎之梦的道路。依然平平静静地学，安安静静地考，可没有了以前的激情，只是不想让自己有所遗憾，垂死的挣扎而已。考试的日期，对父亲没有说过，只是不经意地给母亲说了一次。当我考试完，给母亲打电话时，母亲说，寻思着你这两天考试，你爸昨天干活的时候，冷不丁地说了句，"闺女今天考试嘞"。一句很朴实的话，触动了我内心的弦，我以为父亲不知道，以为父亲对我不再抱有期望，他竟然还记得，记得他女儿考试的日子。

过年，家里来了客人，父亲喝醉了。对他的亲朋好友说，我闺女这次肯定能考上，只要考上，不去国企工作，我再穷，我也会交上违约金，让她给我上学去，考研究生，考博士，考博士后，我不信，我闺女不行，我们家的坟头就冒不了青烟。听这话时，我心里酸溜溜的，泪珠在眼里打了几个转转，强忍住没有掉下来。我轻轻地扯了扯父亲的衣袖，"父亲，我不一定能考上。"高中四年的低谷期，无情地挫了我的锐气，磨掉了我曾高傲的心气，使我，丧失了自信，没有了底气。

这一年，天竟真的顺了我的愿，圆了父亲的梦。我考上了，父亲默默地把三千块的违约金交到我的手上，说："咱不去工作了，上学去，咱再穷，也不能没了诚信，把钱给人家。"那一天，我郑重地对父亲说，这钱算我借您的，我将来一定还，我发誓，我给您考个研究生回来，我要让您笑，开开心心地笑。

2009 年，好像还是，初秋，依然阳光明媚。父亲带着我那贤惠的、心里只有丈夫、孩子的母亲，把我送进了我的第二个大学的校门。这次，父亲脸上的笑容开了花，岁月在他脸上刻下的一道道深深地痕迹，竟奇迹般舒展开了。这次的入学报到，我没让父亲、母亲操劳，因为我已经已不是小孩了，成人了。父亲满怀欣喜地带着母亲参观我新大学的校园，两个人，在学校，互相拍照留念。当母亲拿出他俩的照片让我看时，我吃了一惊，一辈子朴实的父亲、母亲，竟然会想起来拍照。原来，父亲一直懊悔三年前，没有在我第一个大学里，好好地转转，好好地看看，以后都没有机会了。所以，这次，他要把这里的风景，全都装进心里，印在脑海里，留着以后慢慢地回忆，细细地品味。

本科这两年的学习，我没有松懈。有一次，是2010年11月16号的早晨六点的时候，我记得真真的，我一脚刚踏出宿舍大楼，就晕倒在了路旁，路人把我扶进宿舍管理室，刚醒过来的我，没有立即返回自己的宿舍，而是回到了图书馆，回到了我为梦想而战斗的革命根据地，一坐就是一上午，好像什么事都没有发生。只不过，走路的时候，是一瘸一拐的，因为我摔伤了脚踝。而这一切，我能强忍住疼痛、强忍住泪水的动力源泉就是，我有一个誓言，一个必须履行的誓言：我答应了父亲，我要给他考个研究生回去，我希望我的老父亲笑哩……

2011年1月16日下午，考研结束的那天，我静静地走出了考场，仰天长叹一声，然后掏出手机，第一个拨通了家里的电话，说，我考完了，我对母亲说："我不想让你们失望过度，所以也不要抱太大希望。等成绩吧。"母亲笑了笑，说："闺女，放心吧，你一定能考上的，你父亲说了，你一定能考上。"他们有满满的希望，足足的把握。

2011年2月22号晚上，成绩揭晓，385分，第七名。父亲笑了、母亲笑了、我却哭了。历经九年艰辛蜿蜒的历程，我终于实现了我的誓言，我的梦终于圆了，没让父亲失望，父亲终于笑了，笑得那么舒心。

那晚，我没有睡。因为我在追忆，我这几年走过的路，曲曲折折；父亲也没有睡，因为父亲笑了一夜，乐的是他一直认为很有出息的女儿，终于出息了。第二天，我就踏上了返校的路，父亲为我放了一大挂鞭炮，噼里啪啦，放出来了全家人的欣喜、满院子的喜气。老父亲依然咧着干裂的嘴唇，露出两排烟熏的发黄的牙齿，乐乐呵呵地送走了我。

2011年7月9号，在我离开母校的第七天，我踏上了读研的征途。这次，我是多么的希望父亲能来，不是为送我，而是我希望父亲能好好地欣赏一下我的这所新学校，因为它的景色更美，三面靠山，南环唐岛湾畔。父亲一直希望去海边，吹吹海风，听听波涛汹涌、海浪翻滚的声音，他老人家喜欢着海呢。这一天，他却来不了，因为他正在建筑工地上，顶着炎炎的日头，为别人筑家巢。他说："女儿大了，懂事了，我老了，啥也不懂了，去了，给闺女丢人呢。再说，用不了几年，老闺女就得出嫁了，我得赶紧给闺女挣嫁妆钱，好把我闺女风风光光地嫁出去。"

我无言以对，泪流两行，收拾行装，独自上路。带着父亲的笑容，怀着满满的希望，编织着美好的梦，勾画着未来的宏伟蓝图，踏着自信的步伐，跨进了中国石油大学（华东）的大门，开始了我的研究生生涯。

而这一脚踏进去，我也不曾想到竟然一直到2017年，从硕士研究生转变为博士研究生。在硕士博士求学生涯中，我徜徉在膜蛋白的海洋，几幕辗转，满地颓唐。想起辛劳过往，多少次在实验台旁垂泪哀伤；多少次，在共聚焦里徘徊，在AKTA旁惆怅？我也曾徘徊迷茫，失去了航向不知所措；也曾因感觉辜负了父亲期望而感慨悲凉。但是我始终知道只有走过崎岖，才能得知巅峰的绚丽；花朵经过风雨，才能盛开到荼蘼；贝壳穿过潮汐，裹住砂砾，才能孕育珍珠的传奇。幸好，我坚持到底，我做到了！

因为在内心深处始终有一个声音在向我呐喊，"你能行的，一定坚持住"。我身后有父亲啊。父亲，像山一样巍峨，让我依靠，让我驻足歇息；像海一样宽阔，包容、抚慰我，给我灌以生命的养料，让我茁壮成长。当我被日晒时，为我遮挡刺眼灼热的阳光；当我被风吹时，父亲挺起并不挺拔的身体，为我屏蔽掉夹带着沙砾的狂风；当我被雨淋时，父亲用他的一双粗糙不堪的双手为我撑起一把伞，为我挡雨，他却全身湿透；当我寒冷时，父亲把我搂在怀里，让我贴近他热乎乎的胸膛，用体温温暖我冰凉的身体，我渐渐暖和，可他的身体，却慢慢地凉去。

父亲在我定婚宴席上当众对我的婆家人说："我不在乎彩礼，也不要彩礼，但是我只有一个条件，就是我的闺女嫁过去之后，你们不能让她受委屈。"这就我朴实的农村老父亲，对儿女，没有奢华的物质要求，只要能给她幸福快乐的日子，这对于他就是最好的礼物！

可能是上天注定吧，我的孩子和我父亲的生日是同一天，父亲高兴得逢人就说，我外孙女和我同一天生日哩，我想这是我能给父亲最好的心理安慰和精神慰藉吧。养儿方知父母恩，自从我成为一个母亲，就越来越明白父母对孩子那种无私的爱。即使你长大变老，但在他们的眼里，你永远都是孩子。

今年年初的时候，我的腰一直疼，后经检查是得了腰椎间盘突出，这让父亲心疼坏了，他坚持认为我是劳累过度、营养不良所导致。他也没有过度指责我的丈夫，而是心传口授教给我的丈夫怎么做有营养合我口味的饭菜，来给我补身体，怎么熬鸡汤，怎么炖排骨，就连简单的西红柿鸡蛋汤，父亲都教给他详细的做法步骤。每个人做出的饭都有不同的口味，可是父亲知道我喜欢什么口味，因为他养育我三十年了。

距离1987年，整整三十年了，父亲五十五岁了，年过半百，一直以来，都想为父亲写点什么，但我没有资本，每次提起笔，沉思良久，最终还是慢慢地放了下来。因为这十五年，我几乎一直让父亲失望着。

三十年，使父亲从年富力壮的"小伙"，慢慢地变成一个头发花白的"小老头"，黝黑的脸膛，越发的黑亮。岁月无情地在他脸上刻下了一道道的沟壑，染白了他两鬓的发，曾经炯炯有神的双目已经变得混浊、暗黄，没了光彩。他的脊梁不再那么笔直，腰板不再那么挺直，身板也没那么结实了，整天地咳嗽。

可唯一没变的是对我满满的关怀，满满的希望，依然是沉甸甸的。

而把父亲变成这样的罪魁祸首，是我，是我催化了父亲的衰老。我今年三十岁，是我用了三十年的时间，压榨父亲的血汗，侵蚀父亲的身体，窃取父亲的健康。是我，确确实实的，都是我干的。没了我的寄生，父亲的生活不会如此。

三十年了，这三十年，我从人生低谷，一步步向上攀爬。这条路，荆棘遍布，扎得我浑身是伤；枯藤，盘根错节，一次次地将我绊倒在地，青一块紫一块，浑身的瘀伤；可我不哭，因为这一路，有父亲的陪伴，有父亲默默在前为我披荆斩棘，用一块块的碎石为我铺平道路，免得扎伤了我小小的脚丫，将残酷的环境对我的伤害程度，降到最低，最低。可父亲您也受了那么多的伤，鲜血直流，可您却从不言语，从不抱怨，叫一声的疼，喊一声的累。您只会咧着您干裂的嘴唇，呵呵地笑着，抹掉额头一直往下滴的汗水，说一句，我没事。

父亲啊，父亲，您总是用您粗糙不堪的双手，为我驱散了阴霾，让我踏破灰色的绝望，心中充满金色的希望，聆听前进的召唤；用您并不伟岸的身躯为我擎起一片蔚蓝的天空，让我昂着头，挺着胸迎接太阳的灿烂辉煌，享受着和风的抚慰，甘露的滋润，脸上洋溢起花般的笑靥。

父亲啊，父亲，我拿什么来偿还您呢？女儿只有拿起笔，用最朴实的字，把三十年辛酸苦涩的泪水，三十年的欣喜幸福的泪花，三十年的点点滴滴、寸寸光阴，三十年的只言片语汇集成文，打包成礼，送到您的面前，女儿希望您笑哩！

过年的时候，我将自己以前写作的诗词歌赋读给我的父亲母亲听，两位老人竟然乐了一个假期。有一次我进入我房间的时候，看到父亲手里正拿着我的诗集，细细读着我的文章，他很不好意思地看了看我，脸"唰"的一下就红了，很扭捏地走出了房门。那一刻，我的心在颤动，但那是幸福音符的跳动……

注释：

本文结稿于 2017 年 4 月 19 号中国石油大学（华东）逸夫楼 549，出身于农门，寒窗苦读二十三载，临近博士毕业感慨良多，要感谢的人很多，感谢父母、老师、同学、朋友、家人等。但这里面最先感谢的就是生我养我的父母，没有他们的支持，我不可能戴上博士生的帽子。所以谨以此文献给我的父亲。父亲没有文化，但是我现在成了他最大的自豪，因为他培养出一个博士生。对于自己而言，自从 2003 年弃文从理，硕博求学阶段从事科研工作，看文献、做实验占据了大量的时间，荒废多年的文学创作，也是在挤牙缝的间隙中完成，但愿毕业后，能重新拾起笔杆子，写好自己的文章，活动活动锈迹斑斑的脑袋。

梦 渡

苏州市职业大学　李 娜

冬夜的雨是一只孤寂的兽，失了绿意和绛唇，结一张阑珊的网来入梦。

大书镇

生命最初的形状，只是一抔黄土。勤劳的建设者勾勒出轮廓，红砖作骨，水泥化肤，青瓦盖顶，混上烈日的汗水和恰逢的霖霖，在满心的喜悦里开了门户的眼，吐出家常的烟火气。

大书镇的得名缘何而来，早遗失在鸡鸣鸟叫里。老人说是开掘的时候发现古书而得名，因而此地具有灵秀之气，能拜得文曲星下凡。中年人宣扬知识育人，学识为先，以此名勉励后辈。青年人倒是不寻根问底，他们年幼时早已听了无数的传说佳话，收获了茶余饭后的唏嘘谈资，这些版本随着成长被添补充实，继续流传下去，和血脉交融在一起。

入镇的路没有刻意修建，只是将荒草除掉，露出光秃秃黄土，和桥洞相连。桥洞长约十米，天晴时尚有光，若遇到阴天，则漆黑一片，稍有动静便引得回音千迭，是孩子之间鬼事的发源地和流传之所。出了桥洞前面便是市集，大集的时候手作的编物、自家散养的鸡蛋、喷香流油的烧鸡、琳琅满目的花头绳和靓衣服不胜枚举。竹蜻蜓、布老虎、铁皮青蛙，每每引得小孩子驻足流连，除了大人带领外，这是她们唯一愿意穿过桥洞的理由。

集市摆摊的商贩多了，后去的人便把自家摊子挪到桥洞里去，久而久之，这地方自成了天然的买卖之所，冬暖夏凉，可避日头雨雪，往日里可怖的桥洞，一跃成了大书镇独有的特色，便利了家家户户。

固定的摊贩存在久了，伴随着糖葫芦和糖面人长大的孩子也拔出一截了，响亮的叫卖声再次给大书镇增添了流动的色彩。大梁车子刚兴起的时候，拐弯避人时清脆的打铃声和锃亮有力的前杠都别具一番魅力，从外地来大书镇的中年汉子也凭着家传手作薄荷糖的工艺和叮叮当当的打铃声以及那一句句气息充沛的"卖——薄——荷——糖——嘞——"很快俘获了男女老少的口味。薄荷糖是长片状的，厚约一厘米，香甜辛辣，饭后掰块薄荷糖清嘴去味，困意上头了来一块提神醒脑，绵长有力的味道直冲天灵盖，让人大呼痛快。汉子的性格也如薄荷糖般，实诚豪爽，遇见孩子送一块，新老顾客多称几两，图的就是自己手艺得到认可的快乐。

再往后，卖老豆腐的妇人也加入了走街串巷的行列，一粒粒豆子在她的手下被赋予了崭新的生命，点浆、胀浆、摊布、浇制、收袋、压榨，一丝一毫都容不得马虎，每份豆腐都沾了漏夜的月色和天蒙蒙亮的心意，豆香清洌，口感紧致。家常里往往切上一整块，横竖各三刀，另一边石臼里捣好蒜泥、混上陈醋和酱油调一蒜碟，沾满了热腾腾豆汁的豆腐和蒜泥碰撞在一起，就打开了晌午饭的味蕾。

从高处看，大书镇是呈对称状的，它的中轴线自桥洞起，至无名坡止，有九龙河与中轴线平行，其中一条支流慢慢悠悠环镇而过，钻进了镇的另一边，可谓是随性之至。

烟火气永远是萦绕在大书镇上的独特气息。中轴线上的店铺如雨后春笋般开张起来，老面馒头、现磨的小麦玉米煎饼、有滋有味的凉菜店、精研甚久的果木烧烤、早点铺子，以及深受孩子喜爱的三两家小卖部，和大书镇一起自成天地，晃晃悠悠地把岁月推进。

九龙河

在大书镇尚未出现的时候，九龙河已经被岁月日夜不休地打磨。酷暑的日头将它的脸晒得发烫，寒冬雨雪把它的心冻成秤砣，它被大自然的造物者捧在手心端详，用刀锋凛洌雕刻出回路，用满怀欣赏将它推向远方。可它仍旧心不死，愣生生切出自己的肋骨，抛去了大书镇的方向。

九龙河身旁伫立着无名坡，坡呈椭圆状，沟壑纵横，爬到顶端需要转过无数圈，踩过无数草，绕过一个树林。坡的两侧有稀稀落落的石壁，石壁坚固，上有弹孔，据说当年抗战时曾以此处为据，伏击过敌人。而坡底却是中空，从高处望去，会产生眩晕之感，仿佛不经意就会坠入深渊。

饶是如此，无名坡与九龙河的相连，仍然为大书镇带来得天独厚的优势。夏季里水性好的男人、跃跃欲试的小孩子，赤条条地钻进水里，如浪里白条，溅起一连串的水花。比试水性速度，互相追逐嬉戏已经是烈日的必备节目，运气好了摸上条大鱼，就在众人嵌羡的目光里凯旋，到了傍晚，烟囱里就传出来了鱼汤的鲜气。

九龙河的支流则是女人们的天堂。河水从九龙河分流，绕过无名坡，再穿过曲折的小巷，到源头已是清清浅浅。支道的碎石被河水冲刷得光滑圆润，触手生凉，赤脚的姑娘们抱着衣服在青石上浣洗，或者双臂打开保持平衡，摇摇晃晃地踩着石子玩耍。

对于大书镇的男女老少来讲，九龙河就像久未谋面的故人，虽有着经年的风霜，但仍旧秉持着一颗赤子之心，如细雨春风般荡涤过每个人的心头。

善人桥

没有人知道这座桥存在了多久，功德碑的志记早已模糊不清，它的历史也只能从名字中窥测一二。

善人桥是时代沧桑的缩影。青砖的裂纹如同岁月皲裂的手，拨过桥下蜿蜒的碧波。桥体散发出沉重的呼吸，往事密密列列，在雾气里庄严持重，伴随过一路的人事变迁。

岁月绵长，连生死也无谓，在恒久的屹立里，它也铭记过濒河的窗棂里那双动人的眼。一月的子时她换上了红色的裙裙，送走了九盏红色的河灯，她的痴心长长，妄念也长长，河灯漂过了远方。二月的荒鸡更深露重，她的发髻盘过了几重，身段袅袅，山水迢迢，音信也杳杳。三月的平旦烽火不断，她的针脚也不断，绣起了整夜阑珊。四月的日出她摘下了簪珠，抛向山谷，磨墨铺纸，如泣如诉，一个人写一部史书。五月的辰时她燃起了炉火，好似万物祥和，酿酒，耕作，岁月成蹉跎。六月的隅中牧笛声声，一盅清酒，云光天影，离别太匆匆。七月的日中烈阳当空，八月日跌把脸庞染红，九月的华发平添了忧愁，她在十月的日入埋下了泪水，十一月的黄昏把希冀打碎，十二月，十二月，十二月的人定驿站梅花也枯萎。

她纵身跃入了流水。

九龙河的水是生生不息，水上的百姓靠水吃水，水下的亡魂日夜游荡。善人桥不能言语，无法动作，只能连接起生死的两岸，继续做寡言的愚者。

这些故事，大书镇的人们都无从得知，不变的是日复一日的生活。待到天地间亮堂一些时，炊烟便恣意升腾起来。老妪用井水净了把脸，便把灶台的火烧了起来，待油热了，一把葱花下锅，煸出香味，手擀的面条在滚沸的水里冒出热气，浇头一铺，一碗葱油面的香气便开启了全新的一天。

朴实的百姓、嬉闹的孩童、圈养的牲畜，无一不在这片土地上得以凭借。人类本性的需求和情感的建设，随着这片沃土日益饱满深沉，直至连结在一起。人情终究滋生。

而桥只是看着，循着未竟的孤沿，在荒芜里生出一丝灵性。

大　　院

大书镇的门户多是四合院式的。木质的门槛、漆黑的大门，以及门上的铜环俱是年代感的代表。每逢春节，必得请了德高望重的长老的笔墨，用正丹纸书了"民安国泰逢盛世，风调雨顺颂华年"，在除夕的清晨张贴在门上，取个一年的好意头。而门口则高高地贴了"出门见喜"，然后打发孩子在院落里四处糊了"酉"字、小福字，以期年年有余，福临家门。

进了大门则是整齐地堆了打好的蜂窝煤以及煤球炉，炉子和水壶已被经年的炙烤熏成焦黑色，火钩、扫帚、矬子倚在墙角，随时等待人的取用。

石榴树是正对着大门的，石榴红透的时候，果实也会探到墙外，引得路人来看。每到这时，阿婆便会将果摘下来，选些大而红的，吩咐孩子给邻居送去尝鲜，邻里也会薅了自家院子里种的青菜作为回礼，一来二往间，关系也密切起来。

天井里则是一派绿意盎然。无花果、李树、杏树各自为界，草儿喂了兔子，花儿的汁液则被孩子们用来染指甲。靠近水井的香椿最受喜爱，嫩芽发出来的时候，便被主妇踩着梯子掐下来，或是从妇人那里买了豆腐，切成碎块和香椿拌在一起，尝个季节的鲜味，或是打了豆渣，在灶台里熬了一锅小豆腐，或是封在瓮里腌咸菜，不拘哪种吃法，都勾得人直咽唾液。

灶房里的陈设长年不变，自家榨的花生油、陶瓷罐里封的盐巴、簸箕里堆的小青菜，随着风箱呼啦啦地响，犒劳了一家人的胃。

堂屋里则正正当当地摆了八仙桌，木匠手打的板凳随着年岁的使用而越发光亮，椅套、被子、床单都是女人们空闲时间的产物，一针一线都是生活的柔情。有一张藤椅那是最开心不过的，小孩子也学着老爷爷的样子，眯着眼睛躺在阳光下，身上被日头烘得暖洋洋的，不知不觉就睡着了。

出　梦

我从芜杂的睡梦里起身，窗外树影婆娑，天地寂寥，冷风似一记掌掴，将冬夜推得料料峭峭。

来不及披衣了，我的灵魂从天灵盖向上飞升，脱离开苍老的躯壳，脱离开皱褶滋生的皮肤，在万籁俱寂的深夜里四处游走。

记忆里的大书镇早已换了新衣。中轴线的碎石子路被柏油沥青的马路填得平坦严实，两侧鳞次栉比的店铺早萧条下去，老面馒头热腾腾的香气闻不见了，那一口小麦玉米的煎饼也只有老一辈的人还惦记着滋味，早餐店也不开张了，比巴掌大的萝卜丝包子和熬得黏稠的粥也寻不见了，只剩卖凉菜的女人推着三轮车，在寒冷的风里等着第一笔生意。

一排排的四合院被推倒，那高墙墨门、生机盎然的天井、炊烟缭绕的灶房、浸了油渍的八仙桌，都在滚滚的车轮里颓坍下去，被无声地搅成碎片。

　　九龙河的肋骨也折了，旧日里恣意奔腾到源头的清流，早变成了垃圾填埋处，沿途是腐烂腥臭的味道，被火烧过的老屋黑黢黢地伫在河边，玻璃碎裂了，只剩焦黑的窗棂在风里吱呀作响。这里便也成了鬼事的发源地和可怖之处，在新的孩子之间流传不休。

　　仍然傲立在风霜雨雪里的，还是那座善人桥，桥洞早荒芜了，成了野草的天堂，市集也没落下去，曾经的铁皮青蛙生锈了，被扔在某个角落，布老虎也发不出声响，灰尘吞噬了它，也终会吞噬一切。

　　历史终将会淘汰落后者，破损后被滚滚车轮碾过，我的魂魄从年少的天井里泅渡到梦醒时刻，只为再看一眼往日的路，若经历的人都如逝水东流，那谁又能铭记往事的诗篇，将峥嵘岁月述与后来者同听？

下编：小说

借尸还魂

西南大学　郭大章

一

这是今年冬天的第一场雪。

大片大片的雪花在空中放肆地飞舞，疯了似的。何庆林抬头看了一眼白茫茫的天，紧了紧身上的棉袄，在心里骂了句，"狗日的钟成富，你可真会挑日子，这么冷的天不在被窝里陪老婆睡觉，把老子喊出来遭这洋罪。"嘀咕完，何庆林便一头钻进了路旁的一个小饭馆，那是他和钟成富约好的见面地点。

进到里面，何庆林看见钟成富已经在包间里等他，面前的桌子上煮着一锅羊肉，正腾腾的冒着热气。何庆林哈了口气，在钟成富对面坐下，倒了杯酒说："来来来，哥俩先喝一杯解解寒。"几杯黄汤一灌，何庆林觉得周身变得暖和起来，问钟成富："有生意来了？"钟成富点点头说："嗯，董主任来电话了，让我们先搞这个数过去。"说完用左手比了个OK状。何庆林问："什么时候要？"钟成富说："越早越好。"何庆林想了想说："你有目标没？"钟成富说："有那么一两个。"何庆林说："那我们今晚再去踩踩点。"

风雪中，何庆林和钟成富一前一后离开了小饭馆。

二

何庆林本是一个货车司机，靠着跑长途货运维持生计，一次偶然的机会认识了钟成富，硬生生被钟成富说服做起了这个买卖。那是几年前的一个下午，何庆林接到一个电话，说是要租用他的车拉点儿货到外地，叫他凌晨两点把车开到某某村口的那棵大槐树下装货。何庆林虽然有点将信将疑，觉得这么晚了还装什么货，但他还是按照要求把车开到了对方指定的地点。

那是一个漆黑的夜晚，四周荒芜得让何庆林觉得有点莫名的紧张。何庆林点燃一根烟，斜靠在驾驶室的座位上，正准备掏出电话来，猛然间发现外面有一个黑影正在敲他的车窗，冷不丁吓了一跳。何庆林摇下车窗，还未来得及开口，那黑影倒先说话了，"何师傅吧，我是昨天下午给你打电话的那个，我姓钟，你可以叫我钟哥。"说完顺手递给何庆林一根烟。何庆林连连摆手说："抽起的抽起的。"

何庆林打开车门下来说，"钟哥，你的货呢？"那个叫钟哥的便朝后努了努嘴。何庆林顺着后面看去，什么都看不见。钟哥说："何师傅，你把货厢打开，帮我把货抬上去一下。"说完便向车后面走去。何庆林跟了过去，打开货厢门，看见路旁放着一个大概一米多长的长方形木箱。钟哥说："何师傅，来帮我把货抬一下。"何庆林走过去，抬起木箱，觉得死沉死沉的，便看了钟哥一眼。钟哥朝着何庆林笑了笑说，"来来来，何师傅加把劲儿。"木箱抬上去以后，何庆林问："钟哥，就这么点儿货？"钟哥说："那肯定不止了，我们还得去镇上拉些杂货。"说完便钻进了驾驶室。

何庆林本想问钟哥那木箱子里装的是什么，但想了想还是没开口。开车去镇里的路上，钟哥告诉何庆林，说他在外面做了点小生意，这次合作得好的话，以后可以一起干。何庆林连声说，谢谢钟哥。

这个钟哥便是钟成富，而那个木箱子里面装的，则是钟成富盗来的一具刚刚下葬的尸体。

何庆林和钟成富到镇上装了一车杂货，把那个木箱埋在了车厢的最底层，便向着目的地出发而去。一路上，两人聊得很是投机，有种他乡遇故知的感觉。何庆林也得知钟哥叫钟成富，走南闯北，见过不少大世面，更显得殷勤了，不断地给钟成富装烟。

十来个小时以后，何庆林和钟成富来到了邻省的一个县城。钟成富对何庆林说："何师傅，我们先去县城休息一下，晚上再去送货。"何庆林说："一切听钟哥安排。"钟成富哈哈地笑着说："跑了这么久也累了，待会儿搞完饭，钟哥带你去放松放松怎么样？"何庆林看了钟成富一眼，没有立即回答。何庆林当然知道钟成富口中的放松放松是指什么了，便说："谢谢钟哥美意，待会儿看吧。"钟成富说："没事儿，就当交个朋友，今天钟哥请客，保准让兄弟玩儿得舒服。"说完用手抹了一下嘴巴，一副满足的样子。

在馆子用完餐，钟成富剔着牙说："走走走，跟哥哥去放松一下。"何庆林说："钟哥，我就不去了，你自己去吧，我去车里睡个觉等你，下次兄弟再陪你去怎么样。"钟成富拉着何庆林说："莫鸡巴啰嗦，今天哥哥我请客。"何庆林拗不过，便跟着钟成富去了。

这是一个藏在小巷子里的足浴会所，外面装修得一般，但进来以后却完全是另一番天地。何庆林还没回过神来，已经有接待小姐朝他们走了过来，"两位大哥是洗脚，还是做按摩啊？"钟成富一脸坏笑说："怎么个洗法，怎么个按法呢？"接待小姐抿嘴一笑说："大哥想怎么洗就怎么洗，想怎么按就怎么按。"说完，便把何庆林他们带进了里间的一个包房。

何庆林对钟成富说："钟哥，我今天确实不想要，要不我在外面等你吧。"钟成富看了何庆林一眼，说："那你洗个脚吧，素的。"说完便掉头朝一个服务小姐说："给我这位兄弟安排洗个脚，记住得叫技术好的漂亮妹妹来哟。"钟成富拍了拍何庆林的肩膀说："那哥哥今天就不管你了喔。"何庆林笑笑说："钟哥你耍好。"

何庆林开着车到达城郊殡仪馆的时候，天差不多已经黑尽了。直到现在，何庆林才知道这车货原来是给殡仪馆拉的，虽说有点不舒服，但事已至此，也只能这样了。车刚一停稳，何庆林便看见钟成富打开车门朝着一个站在水泥台阶上的中年男子小跑过去，从口袋里摸出烟，点头哈腰地递过去。中年男子接过烟，才一衔在嘴里，钟成富立刻摸出打火机替他点燃。何庆林看见两人叽叽喳喳不知道说了什么，便往这边走来。

何庆林在钟成富的示意下刚把货厢打开，便有几个搬运工过来卸货了。中年男子站着看了一会儿，便朝一间亮着灯的办公室走去。钟成富朝何庆林挥了挥手，意即叫他过来。待何庆林到得近前，钟成富朝他挤了下眼睛，便跟着中年男子过去了。何庆林不明所以，只得跟了过去。

这是一间稍显简陋的办公室，里面的陈设也颇为陈旧，正中一张长方形办公桌，油漆业已脱落大半，靠墙是一排铁皮制的柜子，杂乱地放着一些文件，门口摆着一个破沙发，很多地方已经呈明显的凹陷状。

何庆林跟着钟成富来到办公室门口，看见中年男子正坐在办公桌前，两脚交叉着放在办公桌上，一手端着茶杯，一手夹着钟成富刚刚为他点上的香烟。钟成富搓着手，朝中年男子笑笑，"董主任，您交代的事我已经替您办好了。"那个叫董主任的中年男子朝门口的沙发努了努嘴，示意钟成富坐下。

钟成富用半截屁股端坐在沙发边缘，眼睛直勾勾地盯着中年男子，等着他示下。中年男子隔着桌子扔过来两根烟，钟成富忙伸手接住，顺势递给何庆林一根。中年男子开口说："钟师傅，这次办得不错，下次有需要我会通知你的，平时你也机灵着点，多给我留意留意货源。"钟成富一个劲儿地点头，嘴里说着多谢董主任信任。中年男子说："今天就这样，辛苦费我会按老规矩打到你账户上的，晚点我们去宵个夜怎么样？"钟成富连连摆手说："多谢董主任，宵夜就算了，我们还得连夜赶回去呢，您有什么事，直接给我电话就是了。"中年男子说："也好，天色也晚了，你们路上小心点。"钟成富说："要得要得，我们一定小心。"说完便拉着何庆林倒退着出门而去。

开车回去的路上，何庆林问钟成富："钟哥，刚才那个董主任是什么人啊，我看你对他毕恭毕敬的。"钟成富说："兄弟，不瞒你说，那可是个大人物，县政府综治办主任，也是我们的财神爷。"何庆林一脸不解，财神爷？钟成富笑笑，"你以后就知道了。"何庆林说："钟哥真有你的，竟然和当官的都打上交道了，以后得多帮助帮助兄弟啊。"钟成富说："你如果愿意，以后就跟着钟哥干，有你的钱赚，比你这开货车可强多了。"何庆林说："谢钟哥。"

三

离开的时候，钟成富对何庆林说："兄弟俩这次合作不错，你把我电话存一下，下次有生意了我会再叫兄弟。"何庆林说："要得，多谢钟哥照顾。"

到家的时候，天还没亮透，何庆林轻手轻脚地摸到床前，钻进被窝，一股暖流顿时传遍全身。妻子说:"回来了?"何庆林说:"回来了,这次还比较顺利,没怎么耽搁,你醒了啊,我还以为你没醒呢。"妻子说:"咋可能呢,从你进门的那一刻,我就醒了。"何庆林嬉皮笑脸地说:"是不是没我在你身边,你睡不着啊。"妻子说:"去你的。"何庆林挪了挪身子,从后面抱住妻子,嘿嘿地笑着。妻子知道何庆林想干什么,说:"在外面折腾了这么多天,你不累啊。"何庆林说:"累,怎么不累呢,但一看见你,我就精神百倍。"说完,何庆林继续往妻子那边贴了过去。见妻子没反对,何庆林更得劲儿了,直奔主题。床咯吱响了一声,妻子一紧张,便伸手打了何庆林一下,说:"你小声点,莫把娃儿弄醒了。"何庆林顿了一下,朝隔壁张望了一眼,轻声说:"天这么早,醒不了的",说完又继续呼哧呼哧地喘起了粗气。完事后,何庆林平躺在床上,右手搂着妻子,迷迷糊糊地睡了过去。

何庆林睁开双眼,天色已大亮,阳光穿过屋顶的空隙照射进来,照得整个屋子亮堂堂的。何庆林听见厨房里传来锅碗碰撞的声音,知道是妻子在弄早饭,便披了件衣服起来。何庆林来到厨房,看见妻子正在灶台上炒菜,便问:"何建和何茜呢?"妻子说:"上学去了,都走了半个小时了。"何庆林哦了一声,不再说话。妻子说:"学校又在催交费了,你抽个时间去一趟。"何庆林说:"国家不是说不收费了吗?怎么又叫交钱?"妻子说:"那是何茜和何建,何宁他们得交钱,说是为了高考有个好成绩,周末得在学校补课。"何庆林随口骂了一句:"操,补个锤子课,补来补去还不是那个球样,现在读个书咋那么球贵。"但骂归骂,何庆林还是应承道:"等会儿就去,你把卡取给我就是了。"

从学校回来,何庆林像霜打的茄子,萎靡不振。妻子问:"怎么了?"何庆林说:"现在的学校也太黑了,我辛辛苦苦跑了这么多天的车,一下子就被榨干了。"妻子说:"莫着急,钱没得了再找便是,咱娃的前途重要。"何庆林说:"锤子个前途。"妻子说:"你在学校见着宁儿了?"何庆林说:"见着了。"妻子问:"咋样?"何庆林说:"咋样?还能咋样?又给我考倒数第几,打扮得像个小杂皮一样,老子看见就来气,还前途,我看他的前途都遭狗啃了。"何庆林说完,妻子好半天没吭声。

黄昏时分,何庆林的二儿子何建和小女儿何茜从学校放学回来,看见何庆林在家，叫了一声爸，便拖了根凳子在院子里做作业。何庆林蹲在屋檐脚抽烟，妻子则在厨房弄晚饭。做了一会儿作业，二儿子何建对何庆林说："爸，老师叫明天带两百块钱去。"何庆林刚听见这个钱字，便像中了邪一样，站起来说："啥？又要带钱去干啥？"二儿子何建说，学校要开运动会，拿来买校服。何庆林把烟蒂一丢，用脚狠狠地踩了两下，说："开锤子个运动会，买锤子个校服，没得校服还不能跑步了？"二儿子何建说，是老师叫买的。何庆林气呼呼地说："晓得了，做你的作业，明天拿给你。"何建不再说话，勾着头在凳子上不断地写着。

晚饭后，妻子对何庆林说："今晚咱去看看咱妈吧，我最近听爹说，咱妈又在咳血了。"何庆林抬眼看了一眼妻子："又在咳血了？上次不是说治好了吗？"妻子说："我也不知道怎么回事，你出车的这几天，好像又发作了。"何庆林说："好，我们待会儿就去。"

何庆林的爹妈和何庆林住在一个村子里，相隔不过几里路，翻过一个山头，再穿过一片竹林就到了。到家的时候，何庆林看见屋里黑漆漆的，心里咯噔一下，抬腿便冲了过去。房门是虚掩着的，何庆林推开房门一脚踏了进去，大声叫着："爹，我回来了"，但半天没听见回音。何庆林急了，提高嗓门大喊，爹爹爹。不一会儿，从里屋传来一个声音，"庆林回来了？"听到声音，何庆林悬着的心才放下，几步来到里屋，打开灯，看见爹妈正躺在床上。何庆林说："你们有事无事把灯关起干嘛呀，黑洞洞的，看也看不见。"他爹说："没得什么事，你妈身体又不好，我们便睡了，开起灯浪费钱呢。"何庆林急了："开个灯浪费得了几个钱嘛。"他爹说："几个钱不是钱啊。"他爹这么一问，还真把何庆林给问住了，何庆林没有回答，转而问："咱妈身体最近怎么样，我听秀英说又在咳血了。"他爹说："是啊，最近又开始咳血了，而且胸口还痛得厉害。"何庆林急了，"那咋不给我说呢？"他爹说："我过去的时候，秀英说你出车去了，我估摸着等你回来再给你说，再说你妈这病又不是一天两天了，急也没用。"何庆林说："那也得看啊。"

正说着，他妈支撑着从床上坐了起来，说："庆林来了啊。"何庆林说："妈，你醒了啊，感觉怎么样？"他妈："这几天又开始咳血了，咳起痛。"何庆林说："那你赶紧躺下休息，我明天来接你去医院看看，看医生怎么说。"何庆林说:"爹你等会儿收拾收拾,我们明天去县城。"妻子秀英也说:"爹妈你们不要有负担,我和庆林明天来接你们,医生看看就好了。"他爹说:"行。"何庆林说:"那我和秀英就先回去了,明天一早来接你们。"

第二天一早,何庆林就和妻子秀英来接爹妈去了县医院,挂了专家号进行检查。诊室里,医生对何庆林说:"你妈这病是老肺病了,得长期治疗,不然有转化成肺癌的危险。"何庆林一听,吓了一大跳,赶紧拉着医生的手说:"医生你帮帮忙,一定得治好我妈,只要治得好我妈,钱不是问题。"医生说:"小伙子你莫急,我先开点药给你,拿回去养段时间再看。"说完,便开了一个药单给何庆林,叫他去划价买药。何庆林拿着药单来到收费处,把药单递给护士,收费的护士在电脑上鼓捣了几下,对何庆林说:"先生您好,六千三百块。"何庆林一听,差点没把他那双眼睛鼓得掉到地上,凑到窗口问:"啥?多少钱?"护士又说了一遍:"先生您好,一共六千三百块。"何庆林这回确定自己没听错,有一会儿竟没回过神来。待得里面的护士又催他的时候,何庆林这才想起该缴钱了,摸摸自己的裤子口袋,说:"我身上没带那么多现金。"护士说:"我们这儿可以刷卡。"何庆林犹豫了一下说:"卡在我妻子那里,我等会儿再来买。"护士把药单退还给了何庆林,喊道下一位。何庆林像丢了魂一般,离开了收费处,找妻子秀英去了。

走廊尽头,妻子秀英的反应和何庆林一样,嘴巴张得老大,说:"啥?怎么这么贵?这药是金子做的吗?"何庆林没说话。秀英说:"怎么办?还有三个娃要上学呢。"何庆林沉默了一阵,开口说:"还能怎么办嘛,再贵也得买啊。"秀英说:"那娃咋办?"何庆林一咬牙:"咋办?我怎么知道咋办,先买药,钱我再来想办法。"秀英不再说话,从里面的衣服口袋里摸出卡来递给了何庆林。

回到家,何庆林叮嘱他爹要按时熬药,说咱妈的病过不了多久就会好的。晚饭后,妻子秀英在厨房洗碗,二儿子何建和小女儿何茜在院子里做作业,何庆林看着这一对儿女,又抬眼看了看爹妈的方向,蹲在屋檐脚,只一个劲儿地抽烟,一根接着一根。何庆林抽了一会儿,站起身,来到里屋,拿出手机,拨通了电话。

"钟哥啊，你好你好，我是何庆林呐，对对对，就是前几天给你拖货的那个，您想起来了啊。兄弟我最近遇到点儿困难，想起钟哥说有生意介绍给我做，故而冒昧给钟哥打个电话。什么？电话里不方便说啊，要得要得，我们约个时间详谈。我保证听钟哥的，钟哥喊我干嘛我就干嘛，哪个龟儿子反水，反水了天打雷劈。不敢？我何庆林没有什么不敢的。谢谢钟哥看得起我，哪能由钟哥出血呢，时间地点由钟哥说，兄弟我请客。好好好，两天后等钟哥电话，谢谢钟哥了哟。"

四

　　邻镇一个酒店的包间里，钟成富和何庆林喝得正欢，两人都有点微熏。何庆林举起酒杯说："谢谢钟哥看得起兄弟，兄弟先干为敬。"说完便一口喝了个底朝天。钟成富说："兄弟说哪里话，哥们儿两兄弟有缘，俗话说有缘千里来相会嘛，跟着钟哥干，保管你吃香的喝辣的。"何庆林说："钟哥真有本事，以后就靠钟哥照应了。"钟成富看着何庆林："兄弟，你知道哥哥上次找你拖的是什么货吗？"何庆林不解何意，说："不知道，但钟哥的货肯定是好东西。"钟成富喝了一杯酒，嘿嘿地干笑了几声，凑近何庆林耳边耳语了一句。

　　"啥？尸——"还未等何庆林说完，钟成富已经用手捂住了何庆林的嘴，而何庆林早已吓得酒杯里的酒全洒到了地上。钟成富说："你小声点儿。"捂着何庆林嘴的手却仍然没有放开，直到何庆林冷静下来，朝他点了点头。钟成富看着何庆林，眼里露出一丝凶光，"你敢不敢？"何庆林没回答钟成富，拿着酒杯的手，兀自抖个不停。钟成富没说话，两眼紧紧盯着何庆林，盯得何庆林头皮一阵一阵发麻。钟成富说："我不勉强兄弟，你自己可得考虑好，但哥哥可告诉你，这活路搞得，一年松松活活搞个十几万没问题，手脚麻利点，除了天知地知你知我知之外，鬼大爷都不知道。"何庆林没说话，连续喝了三大杯酒，然后红着脸看着钟成富说："搞。"钟成富哈哈大笑，端起酒杯和何庆林碰了一下，说："这才是好兄弟嘛。"

　　钟成富说："这事儿得搞隐蔽点，你哪个都不能说，半个字都不许透露，就像没事儿一样，平时我们各搞各的，你各人跑你的货车，有生意的时候，我自然会叫你。"何庆林点头称是。钟成富说："下次我就正式把你介绍给董主任了，好好干，哥哥不会亏待你。"何庆林说："谢谢钟哥。"

酒足饭饱之后，何庆林和钟成富约定了一个大致的会合时间，便各自回家去了。何庆林哪里知道，这顿饭以后，他便走上了一条不归路，而且他到死都不会明白，钟成富压根就不是看得起他，而是看上了他的货车，方便来给他运送尸体。

回到家，何庆林倒头便睡，不管妻子秀英怎么问他，就是不说话。好在第二天起床后，何庆林又像个没事人一样，日子照常过得和往常一样。

半个月后的一个下午，何庆林接到钟成富的电话，说是有生意来了，叫他晚上把车开到约定的地点。那是一个偏僻的小镇，在镇上的一家旅馆，何庆林见到了钟成富。钟成富说："我们先睡一觉，等到下半夜再行动。"何庆林说："好，一切听钟哥安排。"

半夜一点过的时候，钟成富叫醒了何庆林，丢给他一套黑色的衣裤。何庆林正准备换，却被钟成富阻止了，说到车上了再换，以免引起注意。何庆林便拿个塑料口袋一裹，提着跟钟成富出门而去。钟成富带着何庆林来到一个小巷子里，那里停着一辆面包车。何庆林朝四周看了看，漆黑一片，一个鬼影子都没得。钟成富说："你待会儿开着你的货车跟着我的车走，到了地方我自会叫你停下来，衣服到了下车的时候再换，动作尽量小点儿。"何庆林说："知道了，钟哥。"说完，两人便钻进了面包车。

来到何庆林停货车的地方，钟成富叫何庆林下车，再次叮嘱了何庆林几句，叫他小心，如果路上有人发现，这次行动就取消。何庆林开着货车跟在钟成富的面包车后面，越走越偏，路也越来越难走，外面更是了无人烟。不一会儿，前面的面包车停了下来，钟成富从驾驶室里出来，径直来到何庆林的车旁，说："你就在这儿把车掉个头，停住，然后上我的车。"何庆林一一照做，然后钻进了钟成富的面包车。

何庆林打量着车里，除了前排的座位还在，后面的座位全被拆除了，车厢里放置着一些铁锹和深色布袋之类的东西，靠窗还有几个长方形的木箱。看见这木箱，何庆林心里咯噔一下，突然想起了上次帮钟成富搬上自己货车的木箱来，竟莫名地竟打了个寒颤，原来那里面装的竟然是钟成富刚刚盗来的尸体。何庆林看了钟成富一眼，钟成富没理他，自顾自地开着车。何庆林在心里骂了一句，操你祖宗的钟成富，原来老早就把我拉下水了。

不一会儿，钟成富把车停在了路边，叫何庆林下车，打开车门拿出两把铁锹和两个黑色布袋来，给了何庆林一把铁锹和一个布袋，一转身便钻进了茫茫黑夜。何庆林跟在后面，心里一阵阵地紧张，深一脚浅一脚地走得趔趔趄趄。钟成富回头看了何庆林一眼说，"莫紧张，都有第一次。"何庆林说："不紧张不紧张，就是路有点不平。"

大约十几分钟之后，钟成富小声说："前面就是坟地了，我们动作得麻利点，时间不多，放心搞，这块坟地我起码来踩过三次点，从来没得人来，那些牛日的孝子贤孙们，把死去的先人埋在这儿以后，大多出去打工了，没得个一年半载是不会回来的，我们今天运气好，这儿刚埋了几个死去不到十天的老人，新鲜货，能卖个好价钱。"何庆林听得心里一阵一阵的发麻，但还是麻起胆子说了句："钟哥真厉害。"钟成富说："厉害个球，以后这活路就得是你的了，现在不说了，等会儿我再教你该怎么做。"

何庆林跟着钟成富来到一所坟前停了下来。这是一所刚埋不久的坟，土还是新的，坟上和四周还残存着一些未烧尽的花圈骨架和一些衣物布料。何庆林看着这些东西，紧张得不知所措，拿着个铲子站在那一动不动。钟成富小声骂道："你傻站在那儿干嘛，赶紧搞。"说完便拿起铁锹开始刨土。何庆林无奈之下，牙齿一咬，双手放开铁锹，合在一起朝坟堆作了个揖，便跟着钟成富开始刨土。不知何故，才刨得没几下，何庆林便觉得热得不行，汗水顺着脊背往下淌，不一会儿便弄湿了衣服。

土越刨越深，隐约可以看见裸露着的棺材盖了，何庆林的心都揪成了一堆，呼吸也变得急促起来。何庆林看了一眼钟成富，弓着腰在那刨得起劲儿，完全像个没事儿人一样。棺材盖完全裸露出来了，何庆林看见棺材盖那翘起的头部，还缠着一大朵纸做的白花，但已被泥土弄得东倒西歪了。钟成富叫何庆林，过来帮忙，得先把棺材盖撬开。何庆林愣了一下，还是拿着铁锹和钟成富合力把紧闭的棺材盖撬开了一条缝。钟成富扔掉铁锹，叫何庆林把棺材盖抬起来。在抬棺材盖的时候，何庆林紧张得不行，嘴里默默念着一些连他自己都不知道的话语。

棺材盖抬起来了，何庆林朝棺材里一看，紧张的心反而变得放松下来。棺材里面躺着一个慈祥的老太太，身上穿着崭新的白色的寿衣，安详地睡在棺材里，好似还面带笑容。老太太的身边放着一些金银首饰，看样子都是老太太身前用过的，儿孙们想叫老太太到阴间去继续使用，故而一起埋在了地下。钟成富笑了笑，说了句："没想到今天还有意外收获。"说完便把那些金银首饰往布口袋里面装，一双沾满泥土的手甚至还弄脏了老太太的白色寿衣。何庆林默默看着这一切，心里像针刺一般难受，那一刻，他甚至开始动摇，不想干了，觉得这完全是断子绝孙的勾当，死后会下地狱的。但何庆林想到自己的三个儿女和病中的母亲，便咬咬牙把这种念头驱赶了出去。

钟成富叫何庆林把尸体装到黑色布袋里面去，何庆林一边装一边默默地念叨，"对不住了老人家，我也是没得办法，您老人家以后可莫来找我。"何庆林在钟成富的示意下，把扎紧的布袋丢在一边，过来把棺材盖好，然后用土重新把坟垒起来，把那些散落在四周的花圈骨架重新丢在坟上面，做成最初的样子。何庆林看了看重新垒好的坟，如果不仔细的话，还真看不出这坟被动过。何庆林看了钟成富一眼，心想钟成富这双手，不知道已经刨了多少坟了。

做完这一切，何庆林早已汗如雨下，何庆林自己都不知道，这到底是因为真得累，还是由于紧张的缘故。何庆林刚想松口气，钟成富却说："把尸体扛起走，我们还有两处坟得弄。"听钟成富这么一说，何庆林刚放下的心又悬了起来，但他什么也没说，走过去扛起地上装着尸体的黑布袋跟在钟成富后面，朝着下一个目标出发。

下一个坟地离这儿不远，不到二十分钟就到了，但这一路上，何庆林却觉得时间太长，而且走得异常艰难，身上的黑布袋像一座山一样压得他喘不过气来。在穿过一片小树林的时候，几只夜宿的鸟雀发出一阵沉闷的叫声，吓得何庆林差点把肩上的尸体扔到地上。钟成富转过身来看了何庆林一眼，说："先把货放在这个小树林里吧，待会儿回来再取。"何庆林便把肩上的黑布袋放下来，靠在一棵大树下面。

这处坟里埋的是一个精瘦的老头，瘦得只剩下皮包骨头了，以致于何庆林在扛起黑布袋的时候,甚至感觉到了骨头在硌他的肩膀。何庆林想,这老头要么就是生活过得极端困苦,要么就是身前害了什么病,不然怎么会瘦成这样?在阳间那么受罪,死了也算是一种解脱。但不成想,死后也不得安生,尸体还被偷走,现在还不晓得有个什么结局呢。

这样想着,何庆林和钟成富便来到了刚才放置老太太尸体的那个小树林,钟成富二话没说,扛起地上的尸体便走,何庆林不敢耽搁,紧跟在钟成富后面。何庆林和钟成富来到面包车旁,把尸体装进了早就准备好的特制木箱里,便上车离开了。面包车在黑夜里划出一道曲线,沿着颠簸的山路蜿蜒而去。何庆林好半天没说话,只呆滞地看着外面的茫茫黑夜。黑夜深不见底,像一个巨大的笼子,把何庆林和钟成富罩在了里面。过了一会儿,何庆林觉得方向不对,不是他停货车的地方,便问钟成富,钟哥,好像方向不对喔。钟成富说:"没错,我们还得去取最后一个货。"何庆林哦了一声,不再说话。

在打开最后一个棺材盖的时候,何庆林差点没叫出声来,怎么是个孩子?钟成富说:"孩子怎么了?孩子就不能死啊?这小妹仔就是活该,考试没考好,不敢回家,就他娘的跳湖自杀了,不就是一个烂考试吗?至于吗?现在读书有卵用,读出来也没得意思,还自杀?这不是摆明了成全我们嘛。"何庆林看着钟成富,说:"你怎么知道得这么详细?"钟成富说:"先搞,等会儿给你说。"

不知怎的,何庆林在扛起孩子尸体的时候,觉得轻飘飘的,好似肩上一点儿东西都没有,但用手一摸,孩子的尸体却又实实在在的在肩上。走着走着,何庆林不知何故竟突然想到了自己的女儿何茜,不由得出了一身冷汗。

坐上面包车的那一刻,何庆林突然觉得轻松了不少,也不像刚才那么紧张了,有事无事还和钟成富说着话。钟成富说:"过了今夜就好了,你的胆儿就破了,只要破了胆儿就好了,什么都有第一次嘛,就像当初你和你婆娘一样,还不是有第一次?"何庆林皱了皱眉,他觉得钟成富在这个时候说这个事儿,始终不是个味道。钟成富说:"看嘛,是不是很简单嘛,只要你肯搞,什么事儿都很简单。"何庆林说:"还得跟着钟哥多学。"钟成富得意起来:"那是,路还长,够得你学的。"钟成富接着说:

"你以后得学会踩点儿，生意好的时候，你还得单独行动，没事儿多出来转，就算是你在出车的途中也得多观察，特别是注意那些死了人的人户，摸清他们的埋葬地点和活动规律，多久祭拜一次，家族的势力大不大，好不好下手等等，不然搞不好我们得吃不了兜着走，当场就有可能被打死，所以工作一定得做细，细到行动的路线，撤退的方案，如遇紧急和突发状况，该往哪儿跑等，都要算计在内，只有这样，我们才万无一失，找钱嘛，找到了得有命花才行。"何庆林问："你就是在踩点儿的时候知道那个孩子是跳湖自杀的？"钟成富说："是嘞，不然别个会主动告诉你啊？"

面包车来到了何庆林停货车的地方，何庆林和钟成富便把三个木箱从面包车里抬到了何庆林的货车上，上面用一些早就准备好的杂物盖上，便开着车离开了。

第二天一早，何庆林按照钟成富的要求，把车开到了一个菜市场，接着就看见钟成富叫一群人把各种各样的蔬菜抬到货车厢里，把那三个木箱盖得严严实实，不管从哪个角度看，都看不出任何的破绽。做完这一切，钟成富说："走吧，兄弟，董主任还等起的呢。"何庆林问："这些菜拿来干嘛？"钟成富说："菜，当然拿来吃了，不然还能拿来干嘛？"何庆林一脸疑惑，就这也能吃？钟成富笑笑说："放心，你肯定是吃不到的，这些菜是拖给殡仪馆的，我们这叫一举两得。"何庆林不再说话，皱了皱眉，打开车门跳将上去。

路上，钟成富掏出电话，打着哈哈说："喂，董主任吗，托您的福，一切搞定，顺利得很，对对对，我们今晚到。"

五

县政府办公室里，董中华笑着给陈副县长装烟。陈副县长接过烟，说："董中华，你少给我打哈哈，今年的指标任务要是完不成，你我都没得好日子过。"董中华笑着说："都是属下的错，您放心，我董中华用人格担保，保证完成任务。"陈副县长说："保证个屁，这眼看就要到干部考核的日子了，你看看这指标完成了多少？还不到三分之二，你这工作是怎么做的？你这综治办主任还想不想当了？"董中华赔着笑说："您看您说哪里话，怎么不想当呢，我这不是在想办法吗？"陈副县长说："我不管你用什么办法，年底前，你得把这指标给我完成了。"董中华说："是是是，保证完成任务，完不成您就下我的课，怎么样？"陈副县长叹了口气说："唉，我这也是没办法啊，这国家的政策在这儿摆起，实行殡葬制度改革，上面分派给了我这么多指标，我能怎么办？我不可能去杀人噻？"董中华说："您就放一百二十个心，这件事儿包在我身上，完不成任务您拿我是问。"陈副县长说："我就靠你了哟，我晓得你龟儿子鬼点子多。"董中华说："哪里哪里，都是县长您领导有方。"陈副县长说："少拍马屁了，记得任务就行。"说完，离开了办公室。看见陈副县长离开，董中华骂了句，操！

董中华所在的县，是一个受传统观念影响比较深的县，大部分老百姓都信奉土葬，觉得死后只有葬在土里，才感觉到踏实，觉得这才是一个人死后的最终归属，被一把火烧了，老百姓接受不了，觉得这样死后的灵魂会不得安生，更有甚者，一些老人还认为火葬会不会很痛。其实不光是老百姓有这种意识，就是董中华他们这些县里管殡葬的干部，都有很大一部分人不愿意自家老人火葬，觉得土葬才是正途。所以自从推行殡葬制度改革以来，便遭到了老百姓极大的抵触，不光不配合，还多次阻挠执法，大有你若烧我人，我必要你命的狠劲儿。而县上每年又有火葬的指标，意即某年你必须完成火葬多少人的指标，不然就是工作不称职，不仅一年的奖金拿不到，评优评先进等等都实行一票否决，升迁更是无望，而刚好县里的殡葬事宜又属于董中华他们综治办管，上对陈副县长负责，这才有了陈副县长骂董中华的一幕出现。

故而骂归骂，这任务董中华还得想办法去完成，不然自己这日子还真不好过，而且估计以后这仕途也算是到头了。离开办公室以后，董中华埋着头走在大街上，他在想，这事儿到底该怎么解决呢？下乡去做老百姓的思想工作，基本没戏，不管怎么努力，都不可能做得通，前几个月自己属下小王的遭遇更是历历在目，而且自己也没有三头六臂，哪里跑得了那么多地方？

几个月前，董中华的综治办接到群众举报，说是某某乡某某村死了人，在大办宴席，准备土葬。董中华不敢大意，立即派出自己的属下小王下乡去处理这件事儿。小王带着几个工作人员便下了乡，来到办丧事的人家，好说歹说，又是宣传国家政策，又是威逼利诱，但招数用尽，对方就是不来气，丢给小王一句话，想要火化，没门儿。这小王也是年轻气盛，又仗着自己是国家工作人员，几句话不合，便和对方对峙了起来，说"今天这尸体我还就得拖走了"，还威胁对方说，"你这是在对抗政府，落在古时候则是砍头的大罪"。估计这些话把对方惹火了，当时十几个亲戚朋友就一拥而上，把小王他们几个人痛打了一顿，车也掀翻到路边的冬水田里面去了。要不是董中华接到线报，带着警察及时赶到，这小王不死也得丢掉半条命。就这样，小王还在医院里躺了半个月才能下床走路呢。警察去了也没得办法，穷乡僻壤的，山高皇帝远，而且也不可能为了这事儿就把人家关起来，最终只有眼睁睁看着老人土葬，真是一点儿办法也没有。上面追究得急了，也就大不了来交点儿罚款，土葬这事儿便不了了之，难不成还去土里把人家的尸体刨出来再火化一次？

　　董中华走着走着，竟在街上碰到了一个熟人，那还是他在乡下当村长的时候，黑道上的一个朋友。此人名叫黄震，道上都叫他黄疤子。黄疤子看见董中华一个人在街上愁眉苦脸地走着，便迎了上去："我道是谁呢，原来是董哥，怎么看起来病衰衰的，这不是你董哥的风格哟。"董中华抬头一看，见是黄疤子，便说："兄弟你有所不知啊，哥哥我最近遇到个难题，实在不知怎么弄，烦着呢。"黄疤子趁势而上，说："走走走，干脆找个地方，我请哥哥喝两盅，看哥哥有没有用得着兄弟的地方，兄弟也好给哥哥想想办法。"董中华一想，反正闲着也是闲着，喝喝酒解解闷也好，便和黄疤子一起来到了县城中心的一家酒店。

　　酒桌上，董中华把自己的困难说了，没想到黄疤子竟哈哈一笑，说："我的哥哥啊，你真是聪明一世糊涂一时，我还以为哥哥遇到什么大难题了呢，就这么点儿小事，压根儿就不值一提。"董中华眼睛一亮，兄弟有办法？黄疤子凑到董中华耳边说了几句，然后便问，哥哥觉得这法子怎么样？董中华眉头一皱，说："得不得出事儿哦？"黄疤子说："哥哥这官儿当得，把当年的锐气都当没了，哥哥放心，我找的人保管没问题，干了好几年了，一次事儿都没出过。"董中华问："那他得不得搞呢？"黄疤子说："搞，肯定搞，都他娘的是偷，偷什么不是偷呢，何况他本身干的就是盗墓的营生，有幸找到哥哥这个靠山，那是他八辈子修来的福气。"董中华想了想，说："那你几时把那位兄弟喊来我见见。"黄疤子说："包在兄弟我身上。"

几天后，董中华来到黄疤子早就预定好的酒店包间里，那里除了黄疤子以外，还有另一个男人。董中华打量着那个男人，大约三十多岁，虽然生得精瘦精瘦的，但一双眼睛却贼亮，一看就是个不好打整的主儿。董中华才一进来，黄疤子就站了起来，说："董哥来了啊，请坐请坐。"董中华顺势坐了下来。黄疤子说："董哥，这就是我给你介绍的那位兄弟。"说完便用手拍了拍那个男人的肩膀："兄弟，这就是我常跟你提起的董哥，董主任。"男人站起身来，端着酒杯一饮而尽，说："董哥好，初次见面，兄弟我敬你一杯。"董中华也端起酒喝了一杯，说："兄弟客气了，哥哥很高兴认识你，兄弟怎么称呼？"男人说："兄弟名叫钟成富。"

酒酣耳热之际，董中华朝着钟成富说："哥哥这事儿以后就有劳兄弟了。"钟成富借着酒劲儿拍着胸脯说："董哥看得起我，那是我钟成富的荣幸。"董中华说："好兄弟，来来，喝喝喝！"

六

何庆林和钟成富到达殡仪馆的时候，已经是晚上十点了，但何庆林还是一眼就看见了站在台阶上的董中华，依然和第一次见一样，深不可测。钟成富下车，过去和董主任说着话，何庆林继续倒着他的车。停好车后，何庆林看见钟成富和董主任还站在台阶上，钟成富还在朝他招手，便一路小跑过去。到得跟前，钟成富对董中华说："董主任，这就是我给你介绍的何庆林，办事儿踏实，很不错。"董中华一言不发，用他那双眼睛盯着何庆林。何庆林被他这一看，竟看得心里咯噔一下，有些紧张起来，心想，这董主任果然是个角色，名不虚传。何庆林缓缓劲儿，打着哈哈拿出烟来，上前恭敬地递给董中华，说："以后还得仰仗董主任多多关照。"董中华接过烟，别在耳朵上，嘴里嗯了一声，还是没说话。何庆林不知如何是好，站在那里像个僵尸一般。钟成富赶紧打圆场，说："董主任，您看这天也晚了，您等我们这么久，估计也饿了，我们找个地方整点宵夜暖暖身子？"董中华终于开口说话了："好吧，今晚有新兄弟见面，是该接个风。"何庆林听董中华这么一说，顿觉轻松不少。

　　酒足饭饱后，董中华跟着何庆林他们来到了下榻的酒店。钟成富说："我给董主任安排个妹儿洗个脚解解困？"董中华说："今晚脚就不洗了，我们改天再洗，现在去房间，给你们布置一下下阶段的任务。"钟成富说："好，一切听董主任安排。"

　　房间里，董中华对钟成富和何庆林说："这次你们这事儿办得不错，辛苦兄弟们了，改明儿我会把辛苦费打到卡上，你们哥俩再拿下去分。"钟成富笑着说："多谢董主任赏识，您有事儿尽管吩咐，我们保证办好。"董中华说："刚好我这儿有个事儿，你俩下去给我办好了，至于价格嘛，翻两倍，这个数，说完用右手比了个八。"何庆林眼睛一亮，正想说话，钟成富抢着说："您看您说哪里话，董主任的事就是我们哥俩的事，辛苦费嘛，董主任看着给就行了。"董中华笑着说："我就知道自家兄弟好说话，好好搞，董哥不会亏待你们的，价钱就是我刚才说的那个数。"钟成富说："多谢董主任照顾，您说吧，什么事儿？"董中华说："这次这事儿有点棘手，你们得去找一个年轻女娃儿的货，要漂亮，最关键的一点儿，还得是处女，我知道这事儿有点难办，但我相信你们有这个把握搞好，搞得好了，我再去帮你们争取点儿辛苦费，我们这儿有个矿老板，他那个败家子在外面和别个扯皮，被仇家一刀子给捅死了，他想给他那个败家子配个阴婚，便托人找到我，叫我想想办法，我想是熟人介绍的，便应承了下来。"

　　董中华才一说完，钟成富便一巴掌拍在自己大腿上，笑着说："真是天作之合，天作之合啊。"何庆林不明白钟成富什么意思，不解地看着钟成富，而那边，董中华也在看着钟成富，好似也不明白钟成富的意思。钟成富凑过去小声说，董主任，不瞒您说："这事儿就是老天爷有眼，特意安排的，我们这次弄来的三个货里面，刚好有一个十几岁的小女娃子，高中在校学生，才跳湖自杀的，长得乖得很，绝对的处女。"董中华一听，哈哈大笑，一巴掌便拍在了钟成富肩上，说："这是缘分呐，兄弟你真是个福将啊，走走走，洗脚去，哥哥今晚我请客。"说完便摸出手机，"喂，小王吗，今晚弄来的那个货暂时给我留到，有用，弄完之后，有空的话也过来放松一下。"

洗完脚回来，何庆林倒头便睡，钟成富问："兄弟你还去放松不？"何庆林说，不去了，累了。"钟成富说："真不去了？"何庆林说："不去了。"钟成富说："那你先休息，我还得去放点儿水出来，我这水库都储满了，不放点儿出来，睡不着瞌睡。"何庆林说："要得，那我先睡了，你要安逸。"钟成富打开房门，出门而去。

钟成富出去以后，何庆林一个人躺在床上，怎么也睡不着，他突然对董主任说的阴婚有了强烈的兴趣，以前都只是听说，自己还从来没见过，现在刚好遇到，心里便想着去看看究竟是怎么回事儿。何庆林琢磨着怎么给钟成富说，不知不觉便睡了过去，以致于钟成富什么时候回的房间他都不知道。

待钟成富起来之后，何庆林对他说出了自己的想法，却遭到钟成富一顿臭骂，说何庆林哪股神经发了，什么不看，偏想去看阴婚，有那精力还不如去搞盘小姐。何庆林没说话，钟成富想了想说："好好好，哥哥我帮你一把，给你问问。"说完便拿出电话，躲进了卫生间。

何庆林百无聊赖地看着电视，直到钟成富从卫生间里出来。钟成富说，我给你问了，董主任说可以，到时他带你去，还叫你机灵着点，别光顾着看热闹，多留意打听一些有用的消息。何庆林嘿嘿地笑着说："谢谢钟哥，谢谢董主任。"钟成富说："你一个人去哈，我可不去，我就在县城里等你，回来打我电话。"何庆林点头答应。

晚间，何庆林按照董中华的吩咐来到一个地下停车场，等了不到十分钟，何庆林便看见董中华和一个三十出头的年轻男子一起走了过来。来到跟前，董中华介绍说，这是我的属下兼兄弟小王，接着又跟小王介绍说，这是昨晚新结识的兄弟何庆林。何庆林还没来得及反应，那个叫小王的便摸出烟递了过来，何庆林只得赶紧弯腰伸手接住，说"谢谢王哥"。董中华说，"都是自家兄弟，不必客气"，说完便按亮了不远处一辆奥迪 A6 轿车，然后把车钥匙递给何庆林，说"庆林，你来开车"。董中华的这一举动大大出乎何庆林的意料，何庆林拿着车钥匙竟半天没缓过神来，站在原地一动不动。直到董中华说，"庆林，走噻"，何庆林才来到车旁。

上车之后，董中华叫何庆林把车先开到殡仪馆去装货，便和小王坐在后排有说有笑起来。何庆林握着方向盘，竟有点紧张，自己开了这么多年的车，却从来没开过这么豪华的小轿车，似乎有点兴奋过头，但不一会儿何庆林便稳定下来，开始享受着这车带给他的舒适感。

　　到殡仪馆以后，何庆林才发现，原来这车是用来装他和钟成富刚盗来的那个小女孩儿的尸体的。何庆林在董中华的吩咐下，打开后备箱，然后便看见两个工人把一个麻布口袋塞了进去。不知怎的，何庆林突然心生一种悲凉，不知是为这小女孩儿，还是为自己。

　　车行几十分钟后，何庆林他们便来到了城外不远处的一座别墅里。别墅里灯火辉煌，装修得异常豪华，可以说何庆林只有在电视上才看见过这样的房子。车才停稳，何庆林便看见一个西装革履的男子朝车子走来，然后紧紧握住董中华的手说，"董主任真是个守信用之人，哥哥我先行谢过，辛苦辛苦，请里面上座"。何庆林下车，跟着董中华来到了别墅里面。

　　才一进来，何庆林便被里面的排场吓了一大跳，各种张灯结彩，弄得跟真办喜事一样，就算是何庆林他们家乡最有钱的人家娶媳妇儿，也不见有这排场。董中华告诉何庆林，叫他自己到处走走，但别惹事，不该去的地方别去。

　　何庆林在大厅里转悠着，里面各种宾客来往穿梭，像没事儿一般，好似他们真的在参加一场真正的婚礼。大厅的前方，设有一个主席台，应该是拜堂的地方，但却用一块大红布遮挡着，红布上贴有两个大喜字，看不见里面是什么东西。

　　几十分钟之后，大厅里响起了礼乐，一个身着道袍的道士手持一根挂满画符的小竹竿走上前来，举着画符小竹竿在空中一阵乱舞，口中念念有词，激动处甚至须发皆张，说吉时已到，准备给新人完婚。接着，从厅堂后便闪出十几个锣鼓师傅，好一阵敲锣打鼓。在一阵锣鼓声中，何庆林看见一个妇人背着一个年轻女子走了出来，年轻女子身着大红袍子，打扮得妖娆多姿，除了脸色有些苍白以外，怎么看都是一个大美女。何庆林定睛一看，吓了一跳，这年轻女子正是自己和钟成富刚盗来的小女孩儿的尸体。何庆林站在原地动也不动，紧张地看着眼前这一切。

堂上的大红帷幕逐渐升起，何庆林这才看见，在红布的背后，原来停放着一具崭新的棺材。当棺材完全呈现在何庆林眼前的时候，持画符的道士竟在棺材前跳起了巫术来，好一阵乱舞。然后，道士来到棺材前，又是画符又是念咒的，身边的四个学徒随着道士的指示来到棺材边，道士口里喊一声，起，四个学徒便合力打开了棺材。

此时，何庆林环视了一下四周，众宾客鸦雀无声。

在道士的咒语中，四个学徒从棺材里抬出一具男尸来。男尸着大红新郎装，看上去显得年轻帅气，微胖，脸上没有一点儿血色。何庆林想，这便是那个被人捅死的老板的败家子了，这小兔崽子真有福气，死都死了，还能娶上这么一个年轻漂亮的小媳妇儿。

在道士的一系列法事中，两具尸体完了婚，被道士安放到了红布背后早准备好了的那具棺材中，然后，八个年轻力壮的男子便抬着这具棺材出门而去，何庆林也随着一众宾客跟了出去。棺材被抬上了早已准备好的车里面，而何庆林也随之上了其中一辆车，跟着出城而去。一路上，锣鼓喧天，鞭炮齐鸣，车队朝着山里开去。

何庆林隐约知道，这算得上是阴婚里面的开棺葬，意即把男方的棺材打开，尸体经过洗涮处理，穿大红袍，最后和女子合葬在一口棺材里面，仪式比较复杂，但为后代祈福的效果却是要好很多。

车队在一块墓地停了下来，想必是到达目的地了，何庆林便下得车来。棺材也从车上抬了下来，道士在墓地上做了好一阵法事，大约有一个小时左右，才把棺材送进土里掩埋。何庆林这次没过去看，一个人躲在角落里抽烟，他想，死都死球了，法事做得再好，也没什么卵用，媳妇儿再漂亮，也球看不见了。

何庆林在道士做法事期间，在墓地转了转，他想看看这里还有没有新埋的坟，估摸着有机会也许能寻得个把货源。何庆林围着墓地转了一圈，但似乎没什么收获，这里除了这败家子的坟以外，不见有什么新坟。

何庆林跟着车队回到了别墅里，宾客们还在那里继续吃喝玩乐。不一会儿，董中华打来了电话，叫何庆林回去。何庆林出得别墅来，奥迪车已经等在了门口，而先前那个西装革履的男子正在和董中华握着手。

回到宾馆，何庆林发现钟成富不在房里，嘴角一笑，没想到钟成富这么一把年纪了，精力居然还这么旺盛，竟然又出去了，换成是自己，肯定来不起了。何庆林来到卫生间，准备洗个澡了便睡。正洗之间，钟成富回来了，说："兄弟，今晚跟着董主任去开了眼界嘛？"何庆林说："也没啥看头，还不如你在这里来得舒坦。"钟成富哈哈一笑，说："哥哥老早就叫你不要去，你偏要去，没球得意思嘛。"何庆林说："是是，钟哥有先见之明。"等何庆林洗完澡出来，钟成富已在床上打起了鼾。

第二天起来，何庆林看见外面阳光大好，整个人也变得格外有精神。

七

董中华正坐在办公室准备喝茶，电话铃突然响了起来。董中华才拿起听筒，里面便传来小王的声音，"董主任，我有件事儿想当面向你汇报"。董中华说，"那你来我办公室吧"，说完便挂断了电话。不一会儿，门外便响起了敲门声。

小王进得办公室来，便自己拿了个纸杯子，在饮水机上倒了杯水，然后一屁股坐到了董中华的办公桌对面。董中华看着小王，喝了口茶说，"莫急，好好说"。小王双手趴在桌子上，凑近董中华说："董主任，有个事儿得您做主。"董中华没说话，他在等小王说。果然，小王停了一会儿便接着说："我们今天下乡检查工作，遇到一个新状况，杨家寨那边今天才死了个老人，八十多了，肺癌晚期，几个儿子都在外面打工，挣了几个钱，他们想把老父亲土葬，我们接到消息便马不停蹄地赶了过去，给他们讲国家和县里的政策，请他们配合工作，还好，那几个儿子毕竟是在外面见过世面的，比较讲道理，没和我们吵闹，但不管我们怎么说，他们还是想为老人土葬，说老人这辈子不容易，老伴儿死得早，就靠他一把屎一把尿把他们几个拉扯长大，咽气前最后一个愿望就是死后能完整的埋到土里，请我们通融一下，说是只要让他们土葬，什么代价都愿意出，我这儿拿不定主意，也不敢擅自决定，这才开车赶回来请您做主，对了，这一千块钱就是他们几个孝敬您的。"小王说完，从裤兜里掏出一个信封，恭恭敬敬地放到董中华面前。

董中华把信封推给小王，说："这是人家孝敬你的，你给我干嘛，各人拿到。"小王不敢动。董中华说："叫你拿到就拿到，如果不好意思，等会儿请兄弟们出去喝杯酒便是了。"小王这才又把信封拿回来揣进了裤兜。小王见董中华没说话，又不敢问，坐在那有点儿不知所措，便一个劲儿地玩纸杯子。董中华闭上眼，倒在椅子上，好几分钟一动不动。过了好一会儿，董中华突然睁开眼对小王说："你去把他们几兄弟里能主事的叫一个来，就说我要见他。"小王得到董中华的命令，从座位上蹦了起来，转身出门而去。

跟小王来见董中华的是几兄弟中的大哥，看上去斯斯文文的，颇有点儿知识分子的味道。落座后，小王介绍说："这是我们主任，你有事儿得和他谈。"大哥便起身敬酒，说董主任好。董中华说："你们几兄弟的事，小王已经给我汇报了，这年头，像你们这样的孝子已经不多了。"大哥抱拳道："董主任过奖了，这是我们做小辈的责任。"董中华接过话头说："你在外面见过不少世面，也知道我们国家现在的政策，都提倡火葬，我们这些给国家打工的，也只是奉命行事而已。"大哥端起酒杯说："这我都知道，我也是没得办法，这才请董主任网开一面，帮着我们小老百姓想想办法。"董主任说："你是不知道啊，我们这里都是有火化指标的，如果完不成指标，我这位置也坐不踏实啊，得下课。"大哥说："理解理解，但董主任是个能人，一定可以帮我们想到办法的，需要我们几兄弟怎么配合，请您开口，我们一定配合。"董中华端起酒杯一饮而尽，说："我看你也是个明白事理之人，既然你把话都说到这个份儿上了，我就帮你一回，但你一切都得听我的安排。"大哥站起身说："谢谢董主任成全，大恩不言谢，我先干为敬。"

董中华说："这事儿嘛，主要就是火化的指标问题，在陈县长那里我不好交代，现在是火化一个算一个指标，我们又做不了假，这个有点棘手，而且乡亲们都盯着，晓得你屋头死了人，如果我们不火化，以后这工作我们就没法做了，但，也不是完全没办法，就看你愿意出血了不？"大哥心领神会，说："董主任尽管开口，我们兄弟几个全听董主任的。董中华用手比了个二字，对大哥说怎么样，有问题没？"大哥说："没问题，只要董主任把事儿给办成，到时再孝敬董主任及各位哥哥。"董中华端起酒杯说："兄弟果然直爽，那就这么办。大哥说，一切听董主任吩咐。"

董中华轻声说："我去道上托兄弟伙给你找具尸体来，你找个车来运回去，然后我们再去你家把尸体运走火化，这样，我们既完成了火化的指标，你也能完成你父亲的心愿，还可以瞒过乡亲们，可谓一举两得。"大哥听得面露喜色，说："董主任真乃当世高人，兄弟我敬你，所有费用，我们兄弟全包了，以谢董主任的大恩大德。"董中华说："客气客气。大哥说，那我现在就回去准备。"董中华说："一切小心行事，小王会和你联系的。"大哥说："多谢董主任。"

开车回去的路上，小王说："还是董哥厉害，这样的点子也想得出来，小的们真正是再修炼几十年都赶不上董哥。"董中华说："我给你们说过多少次了，遇事要多动脑子，多想办法，你们就是不听。"小王嘿嘿笑着说："我们的脑袋哪有董哥的好用呢？"董中华哈哈一笑："就你小子会说奉承话。"小王说："董哥这招真乃是一石二鸟，不，应该是一石三鸟啊，不仅火化指标完成了，年底的奖金到手，还节约了从钟成富他们那里买货的钱，最主要的是大哥那里还存起的，高，实在是高。"董中华说："好好开你的车。"

几个月之后，年关将至，天出奇的冷，眼看就要大雪将临。董中华烤着火，百无聊赖的看着报纸。小王推门进来，说："今年也是奇了，好多年没这么冷过了。"董中华说："是啊，照这么冷下去，不冷死几个人，老天爷是不会收场的。"小王嘿嘿一笑，说："已经有三个了。"董中华说："工作都做通了吗？他们都愿意买指标不？"小王笑着说："哪能不愿意呢？那是一万个愿意啊，还都把我们当恩人呢。"董中华说："那好，我来给钟成富和何庆林说。"小王说："那几户人家我来安排。"董中华说："万事小心，莫出纰漏。"小王说："董哥放心。"说完出门而去。

董中华来到窗边，掏出了电话。

此时，窗外竟飘飘洒洒地下起了今年冬天的第一场雪。

八

到了和钟成富约定的时间，何庆林紧了紧身上的棉袄，正准备出门。妻子秀英说：这么大的雪也要出去吗？何庆林说："得办法啊，有生意来了,不得不做啊,没事儿,我穿得多,暖和着呢。"妻子秀英说:"你路上小心点。"何庆林说:"知道了。"说完便带上房门一脚踏进了风雪中。

到了地方以后,钟成富早在那里等着了。何庆林一眼就看见了钟成富的面包车,径直拉开车门坐了上去。何庆林问:"我这儿暂时还没得目标,怎么办?"钟成富说:"最后一个目标我已经找到了,离这儿几十公里外的李家坡,才死没得几天,这几天正在做法事超度亡魂,我们先去那里等着,一埋下去我们就动手。"何庆林说:"这样不合适吧?"钟成富说:"这不是没办法吗?董主任那边要得急,加上这么大的雪,鬼大爷才会出来,放心,没得问题。"何庆林不再说话,看着外面飘飞的大雪发呆。钟成富一踩油门,面包车便蹿了出去,扬起一路雪花。

到了李家坡之后,何庆林才发现自己的担心完全是多余的。李家坡属于那种隐藏在森林里面的小村落,总共只有十几家人户,有的地方甚至都不通公路,车都去不了,只能靠两只脚走。钟成富把车停在路旁的一片丛林里,便和何庆林带着必备的工具下车步行,朝着李家坡走去。钟成富和何庆林不敢靠得太近,便在坡上找了处洞穴栖身,远远地观察着那户办丧事的人家。山里格外的冷,何庆林搓着双手,蜷缩在生起的火堆旁,嘴里哈着热气说:"这破天太冷了,老子干完这票得好好休息一阵了。"钟成富说:"瞧你那熊样,干完这票,哥给你找个妹儿暖和暖和,到时让你热得全身冒汗。"何庆林说:"你自己留着吧,我可没得你精力那么好。"

何庆林跑到洞口,朝办丧事的那户人家张望,孝子贤孙坐了一大院子,影影绰绰的,几盏昏黄的灯光在雪夜里摇摆,阴冷冷的。几个道士先生围坐在棺材前的火盆旁,卖力地吹吹打打,为死者的灵魂送行。何庆林心里想着,莫紧到吹了,死都死了,再怎么卖命吹也吹不活了。正这样想着,何庆林看见那些围坐着的道士先生站了起来,围着棺材开始转圈,手脚一阵乱舞,而下面跪倒的子孙则又开始了新一轮的嚎啕大哭。何庆林知道,这是一场法事的高潮部分了,称之为打绕棺,即为亡灵开路,助其顺利升天,是亲人们跟亡灵的最后一次辞别。

看到这儿,何庆林精神便来了,他知道,这是意味着将要出殡了,自己再也不用在这鬼山洞里挨饿受冻了。果不其然,几个小时之后,何庆林便看见七八个青壮年拿着棍棒和绳索去抬棺材了，抬起之后，一行几十人便跟着前面的道士先生，一路吹吹打打出门而去。

何庆林叫醒钟成富，说："出殡了，我们要不要跟上去？钟成富说，当然跟了，不跟我们怎么搞？"两人便离开山洞，从另一条路上远远地跟了过去。跟了大概几十分钟以后，何庆林看见前面的出丧队伍在一处密林里停了下来，道士先生一阵祭拜之后，几个青年小伙子便拿着铁锹开始掘坟地，不一会儿，一个长方形的土坑便掘出来了。众人七手八脚地把棺材放了进去，然后埋上土堆，一阵祭拜以后，便把一些纸糊的房子及钱币等东西，连同老人身前用过的一些物什一起焚烧在坟的周围。做完这一切，一行人便离开坟地，留下一所孤零零的新坟，在风雪中裸露着。

从此，老人便一个人长眠于此，开启他的另一个世界的生活。不，还长眠不了，几个小时之后，他还会被重新刨出来，高价卖到一个或许他这辈子都没去过的地方，然后被送进火炉，烧成一把灰，抛洒在外乡的土地上。

钟成富对何庆林说："干。"何庆林说："还是再等一会儿，等他们走远了再弄哟。"钟成富说："干吧，听我的，速战速决，没问题。"何庆林说："那我先去放放风？"钟成富说："你今天是怎么了？这大半夜的，放什么风？"何庆林说："我这不是以防万一嘛。"钟成富没理何庆林，早已甩开膀子刨起了坟。何庆林无奈，只得也拿起铁锹，埋着头开始刨土。大雪仍在下着，那些新刨出来的土散落在雪地里，把坟地四周弄得黑一块白一块，但不久便又被落下的雪花儿覆盖住了，只露出一点儿黑色。

不一会儿，刚刚才埋进去的那副黑色的棺材便暴露在了何庆林和钟成富眼前，似乎还留有余温，大片大片的雪花儿落在上面，倏忽间便化了。何庆林和钟成富合力打开了棺材盖，一瞬间，一张枯干的老人的脸便呈现在了他们面前，颧骨突出，两眼微睁，一动不动地看着何庆林和钟成富。何庆林心里一个咯噔，差点尿了裤子，而钟成富也傻了一般，拿着铁锹站在棺材前，兀自在那喘息不止。

何庆林退了两步，看着钟成富，语无伦次地说："有鬼，有鬼，诈尸，诈尸了。"钟成富冷冷地看着何庆林吼道："有锤子个鬼，莫他娘的咋咋忽忽的，赶紧过来搞。"何庆林定了定神，扇了自己一个耳光，确信自己还有意识，便来到棺材前。何庆林不敢看老人的眼睛，双手合十，对天作了个揖，便俯身下去抬老人的尸体。何庆林双手才一触碰到老人的身子，便触电似的放了下来。看着钟成富说："怎么是软的，而且还有温度，难道？"

何庆林发现钟成富同时也在看着他，似乎也发现了什么异样。但一瞬间，何庆林便看见钟成富眼里竟露出一种奇异的光，充满着杀气。何庆林看见钟成富一转身便拖起了雪地上的铁锨，还没等他反应过来，便一铁锨朝着棺材里的老人头上砸去，发出嘭的一声沉闷的声响，像极了乡村里苞谷泡炸裂的声音。何庆林看见有一丝血从老人的头顶流了出来，殷红殷红的，带着浓烈的腥味。

何庆林傻傻地站在原地，张大着嘴看着钟成富。钟成富把铁锨一扔，喊道，看什么看，拿口袋赶紧装起走人。何庆林好一阵子才缓过劲儿来，这才扯起口袋把老人的尸体装了进去，扔到了一边的雪地上。何庆林和钟成富拿着铁锨，把刨开的坟，又用混合着雪的泥土填上，扛起尸体匆匆离开了坟地。

雪，越下越大，不一会儿，那片刚被何庆林他们刨开的坟地，又原原本本的覆盖在皑皑白雪下，雪白雪白的，看不出任何破绽。

面包车早已开出了许久，但何庆林那悬着的心，依然没有放下，他坐在副驾驶上，满脑子都是老人那微睁的双眼，和头顶流下来的带着腥味的血。

董中华对何庆林他们这次提供货源的及时很满意，特意多给了两千块钱作为嘉奖。从殡仪馆出来的路上，何庆林破天荒地主动提出来，说他想去洗脚城放松放松。钟成富哈哈一笑，说这次来荤的还是素的？何庆林冷冷地说，荤的。钟成富说："这才对嘛，走，哥哥带你去打打牙祭，保证兄弟你满意。"何庆林两眼无光，一言不发。

醒来的时候，何庆林发现自己躺在洗脚城的床上，一丝不挂，而钟成富则在一旁看着电视。看见何庆林醒来，钟成富坏笑着说："看不出来嘛，兄弟，你昨晚那战斗力厉害啊，搞得人家小妹儿都不想做你的生意了，哈哈哈。"何庆林没搭理钟成富，爬起来穿好裤子，冷冷地说了句，什么时候走，便走进了卫生间。一股浑浊的尿液哗哗地射进小便池里，何庆林禁不住打了一个寒颤。

九

不知道为什么，这次送货回来以后，何庆林便一直提不起精神，整天萎靡不振的，像霜打的茄子。妻子秀英催他去医院检查一下，何庆林也不去，只整天地窝在床上睡觉。在昏睡了两天两夜之后，何庆林这才觉得有了点阳气。何庆林突然间想起了什么事，问妻子秀英："咱妈那复查结果出来了没有？"妻子秀英说："我正想跟你说这个事儿呢，结果你一睡就睡了两天，我琢磨着等你睡醒了再跟你说。"何庆林说："我现在醒了，可以说了噻。"妻子秀英说："医院叫昨天去拿结果，我没去，你今天抽空去一趟县医院吧。"何庆林说："好，我吃完早饭便去。"

何庆林这几年跟着钟成富盗卖尸体，赚了不少的钱，而且三个孩子也大了，大儿子何宁高中毕业没考上大学，和几个同学一路，到广东打工去了，二儿子何建正在读高中，成绩也不咋的，估计也是走他哥的老路，混个高中毕业又出去打工，只有小女儿何茜，成绩却出奇的好，经常在年级前几名，给何庆林挣足了面子。至于何庆林他妈，前几年查出患了老肺病，断断续续地用药养着，没出什么大问题，但也不见好转，依然整天地咳咳吐吐，可这半个月以来，病却明显加重了，不但咳血，还经常喊痛。何庆林在这次盗尸前，和妻子秀英把他妈弄到县医院去复查，结果还没出来，便被钟成富一个电话叫走了。这次回来，突然想起这事儿，三下两下刨完早饭，便开车上路了。

到了县医院，何庆林把车停好，便去找医生，上得楼来，看病的早已排了一长串的队，都挤到了楼梯口，何庆林嘴里骂了一句："操，怎么现在医院比赶场还热闹。"苦等了好几个小时，何庆林终于见到了医生，医生看了何庆林一眼，说："做好心理准备，你妈那是肺癌晚期，治不了了。"何庆林一听，差点晕倒在地，但还是强忍着问："医生，大概还有多久？"医生说："不到半年。"

何庆林默默地出了医院，拿着化验单来到停车场，坐在驾驶室里发呆。好几个小时之后，何庆林开着车，驶上了回家的路。何庆林把诊断结果给妻子秀英说了，夫妻俩沉默无语，良久，还是妻子秀英打破沉默，说："我们去看看咱妈吧。"

　　黑漆漆的木屋里，何庆林说："妈，最近咳得厉害不？"何庆林他妈说："老样子了，只是现在咳起比原来稍微痛点儿，没事儿，庆林呐，你生意那么累，多在家休息，我有你爹陪着，不碍事儿的。"何庆林强忍眼泪，说："我今天去了趟县医院，医生说你没事儿，过几个月就好了。"何庆林他妈说："我这病我自个儿晓得，你骗不了我，你莫去花那些冤枉钱了，把钱存起，建儿和茜儿读书还要用呢。"何庆林说："妈你莫担心，我现在有钱，最近几年生意不错，钱比较好挣呢，你一定要听医生的，按时喝药，我今天从县医院给你拿了几个月的药来，你要记得喝。"何庆林他妈说："要得，妈记住了，我儿孝顺。"何庆林再也没忍得住，背过身去擦了擦眼泪。

　　接下来的这半年时间里，何庆林拼了命地赚钱，和钟成富又接了几单生意，他得给他妈提供最好的药，尽量延长他妈的生命。但，这一天终究还是不可抵挡地到来了。那是一个阴雨绵绵的傍晚，何庆林去给他妈送饭，进得屋里，却怎么喊都喊不答应了，一探鼻息，已然走了多时。何庆林手里的碗哐当一声掉到了地上，哇地一声便放声大哭起来。

　　何庆林找来了当地最有名的道士先生，在家里摆设了灵堂，足足给他妈做了七天的法事，然后买了山上一块风水宝地，风光大葬。做完这一切，何庆林像是被抽空了灵魂，疲惫不堪，经常一个人坐在家里的院子发呆，半天不说一句话。妻子秀英也不敢去理他，任由何庆林一根接一根地抽烟。

　　某一天夜里，何庆林突然大叫一声，从床上跳了起来，翻身便准备下床。妻子秀英吓了一大跳，拉住何庆林问，怎么了。何庆林也不回答，穿上鞋子便发疯似地朝门口跑去。妻子秀英光着身子便追了出来，但哪里还有何庆林的踪影。

　　夜色中，何庆林疯了一般奔跑，溅起满裤脚的泥土。何庆林不敢停歇，沿着坑坑洼洼的山路狂奔，嘴里喘着粗气。前面不远处就是母亲的坟了，何庆林开始紧张起来，他真希望他的担心是多余的。何庆林来到坟前，借着手机的亮光，仔细观察着跟前的坟，看看有无被人动过的痕迹。何庆林围着坟走了一圈，才走到坟的背面，他的心便紧张得一阵痉挛，凭着他这么多年盗坟的直觉，何庆林知道，眼前的坟已经被人动过了。何庆林嗷的一声，一个趔趄便扑倒在了坟上。

何庆林感觉自己的心已经绞成了一团，疼得他直冒冷汗，但他仍然心存一点希望，希望自己的直觉是错的。何庆林开始疯狂地刨土，越刨越松，眼看就要看见埋在地下的棺材了。何庆林越来越紧张，双手开始发抖，而跪在泥土里的双腿，也在不自觉地颤抖。黑黑的棺材从松软的泥土里露出了一角，何庆林丢掉树枝，赤着双手扒拉着覆盖在棺材上的泥土，不一会儿，大半个棺材盖便出现了在何庆林眼前。何庆林颤抖着拿出手机，照亮了棺材，然后用右手轻轻推了一下棺材盖。在推的时候，何庆林的心早已提到了嗓子眼，他希望他这轻轻地一推，棺材盖是死的，这样的话，那么他的判断就是错的，棺材没被人动过，要是轻轻一推就动了的话，那么棺材盖绝对就被人动过了手脚，也即意味着自己的担心变成了现实。何庆林的手才碰到棺材盖的时候，压根就不敢用力，过了几秒钟，何庆林微闭双目，嘴角动了一下，扶着棺材盖的右手一使劲儿，便听见咔的一声，棺材盖朝着用力的方向动了一下。何庆林内心大骇，扔掉手机便把棺材盖抬起了一条缝，脑袋凑过去一看，里面哪里还有什么尸体，只见一块白布皱巴巴地铺在棺材里面，上面还布满着星星点点的泥土。

何庆林一屁股便跌坐在泥土中，茫然不知所措，傻了一般。坐了一阵以后，何庆林从地上爬了起来，把棺材又轻轻地盖上，然后把周围弄散的泥土，重新埋到了棺材上，做成一个坟堆的样子。做完这一切，何庆林便失魂落魄地朝家里走去。

回到家，妻子秀英一把抱住何庆林，哭着问："庆林你怎么了，你可吓死我了。"何庆林一动不动，任由妻子抱着，一个字不说。妻子哭了一阵子以后，何庆林用手拍拍妻子的背，说："没事儿了，我只是想咱妈了，去坡上看看。"妻子秀英有点不太相信，看着何庆林说："真的没事儿？"何庆林说："真的没事儿了，咱们睡吧。"妻子秀英说："那我去给你热水洗脚。"何庆林嗯了一声。

天亮以后，何庆林对妻子秀英说："咱妈那坟有点松了，我去垒垒。"说完，便取了锄头朝山上走去。妻子秀英说："早点回来。何庆林答应了一声，消失了在小路的尽头。"垒完坟，何庆林跪在坟前，磕了三个头，在心里默念着说，"儿子我对不起您，作了孽，害得您死后都不得安身，请您原谅我，您放心，我会想办法把您老人家找回来的。"焚完香之后，何庆林便返身回家了。

晚饭后，何庆林对妻子秀英说："我明天得出门一趟。"妻子秀英说："咱妈才走，你就不能在家多歇几天再出去？"何庆林说："我有点急事需要去处理，处理完我就回来。"妻子秀英见何庆林心意已决，便不再阻拦。

十

何庆林盯着钟成富："钟哥，你最近可去过我老家？"钟成富没明白何庆林什么意思，说："你又没请我，我去你老家干嘛？"何庆林说：事儿，随便问问。"钟成富说："兄弟遇到什么事儿了？"何庆林说："真没什么事儿，有事我还不对钟哥说吗？"钟成富说："不许骗钟哥。"何庆林说："哪个舅子骗你。"

喝了一阵以后，何庆林借着酒劲儿，问："钟哥，你说干咱们这行的，道上还多不多？我怎么觉着现在这钱是越来越难挣了呢？"钟成富说："我也不是很清楚，但我在想，既然我们能搞，别人肯定也能搞吧，管球他的，咱们各走各的路，井水不犯河水。"何庆林说："同行是冤家啊，几时要是让我碰见，弄死他个舅子的。"钟成富说："兄弟你喝多了。"何庆林说："断咱们的财路，不该弄吗？"钟成富说："该弄该弄，莫喝了，回去休息，过几天还有活路要做。"何庆林问："什么活路？"钟成富说："什么活路，你说还有什么活路？"

何庆林回家以后，连续好几天都没出门，晚上经常做恶梦，梦见自己以前偷的那些尸体在后面追自己，血淋淋的，而不管自己怎么跑，都跑不动，直至吓醒。妻子秀英说："要不要去看看医生？"何庆林说："没事儿，只是做梦而已，过几天就好了。"躺在床上，何庆林怎么都睡不着，满脑子都是一些棺材和尸体的画面，以前做的一幕幕放电影式的在头脑中呈现,无论怎么努力都挥之不去。何庆林想,是不是报应到了?但何庆林是不相信因果报应一说的,他认为那都是弱者自己骗自己,自己做不了的事,全部寄托给上苍,哪有什么上苍呢?

妻子秀英依然整天地碌着,勤勤恳恳,何庆林看着妻子,想,这辈子能找到她,真是自己的福气。想着想着,何庆林便担心起来,担心自己哪一天东窗事发,怎么对得起妻子啊。还有那三个孩子,以后的日子怎么过呢。何庆林想,再做几单生意,等赚够了何茜上大学的钱之后,就收手不做了,继续老老实实开自己的货车,虽然穷点,但这样的日子过得更踏实。

何庆林对妻子秀英说:"赶明儿我去学校看看何茜那孩子呢,顺便找老师了解一下成绩。"妻子秀英说:"今儿太阳从西边出来了啊,以前开家长会,你是打死都不去学校,今儿怎么了,竟然想去学校?"何庆林嘿嘿笑着说:"这太阳嘛,偶尔还是会从西边出来一回的。"

何庆林从学校回来的路上,钟成富的电话便打来了,说是有活干了,叫他明天过去。何庆林迟疑了一会儿,还是答应了,说老地方见。

面包车上,何庆林问钟成富,这次怎么走这么远?钟成富说:"我也没得办法啊,董主任特意交办的,再远也得做啊,那可是咱的财神爷。"何庆林不再说话,靠在座位上打盹。颠簸几个小时以后,面包车停在了一个陌生的小镇上,钟成富对何庆林说:"各行其是,机灵着点儿,现在我们去踩踩点儿,晚上再行动。"

这一片坟地,杂草丛生,有的甚至可以淹没膝盖,在离坟地几百米的地方,是一个大约住着十几户人家的小村子,在坟地都隐约能听见村里的狗叫。坟地靠近山脚,不通公路,得走好长一段山路才到得了公路。坟地里有一所新坟,何庆林一看就知道才埋没得几天,坟上的花圈都还未烧完。

何庆林问钟成富:"你这次找的货,怎么会离村子这么近?"钟成富说,有货都不错了,别挑三拣四的,等会儿弄的时候小心点就是了。

好不容易在旅店里面熬到晚间,钟成富看看时间,又打开窗帘看了看外面,觉得行动时机成熟了,便对何庆林说,走。两人便一前一后离开了旅店,朝坟地走去。来到坟地的时候,何庆林看见不远处的村子里隐约还有灯光，便对钟成富说，要不然再等一会儿吧。钟成富说，等会儿还得赶夜路，等不了了，搞的时候轻点声。说完便拿起铁锹，从新坟的后面开始刨起了土。何庆林无奈，只得跟着干。

驾轻就熟，两人不一会儿便看见了裸露在泥土中的棺材，但不知怎的，何庆林却突然开始犹豫起来，仿佛瞬间着了魔一样，直到钟成富踢了他一脚，才缓过劲儿来。棺材盖缓缓打开了，里面躺着一个面带笑容的慈祥的老奶奶，温柔地面对着何庆林，像极了自己业已过世的母亲。何庆林内心一震，手上一滑，棺材盖咣当一声便掉到了棺材上，弄出的声音吓得钟成富站立不稳，差点儿一个趔趄摔倒在地。钟成富怒了，质问何庆林，你今晚怎么了，想找死吗？何庆林没回答钟成富，兀自在那呆着，傻了一般。钟成富看何庆林有点儿不对劲，也不管他，自顾自地挪开了棺材盖，用口袋装了尸体，拖到一旁的地上放着。然后，钟成富开始用铁锹铲土埋坟，他叫了何庆林一声，何庆林依然傻在那里，没有搭理他，这让钟成富十分窝火。钟成富吼道，"何庆林，你个杂种，你疯了吗？过来给老子帮忙。"何庆林依然没动，突然，何庆林的两只眼睛瞪得滚圆，中了魔障一样，十分骇人，朝着钟成富吼道："这个尸体不能动。"

黑夜里，钟成富像看鬼魂一样看着何庆林："你疯了吗？吼什么吼？想死啊。"钟成富没理何庆林，又接着俯下身子开始用铁锹铲土埋坟。何庆林朝着弯着腰的钟成富走了过去，拽了钟成富的衣角一下，又吼了一声，"老子说了这个尸体不能动。"何庆林这一拽，差点没把钟成富拽倒，钟成富俯身往前一冲，下意识地起身反手就是一铁锹朝何庆林挥来，正好不偏不倚的击中了何庆林的太阳穴。钟成富这把铁锹，经常刨坟，早已锋利无比，成股的鲜血呲的一下就从何庆林的脑袋一侧喷了出来。这一下既出乎何庆林的意料，又出乎钟成富的意料，钟成富竟突然呆在了那里。何庆林用手摸了一下自己的太阳穴，然后用舌尖舔了一下自己的手，嘴大大地张着，怒目圆睁，像要把钟成富生吞了一样。钟成富连声说："兄弟，我不是故意的。"但钟成富还没来得及说完，何庆林早已拖起放在地上的他自己的铁锹，劈头盖脸的朝钟成富砸来。钟成富大骇，赶紧躲开，正欲辩解，却看见何庆林又发了疯似地朝自己扑来。

坟地里，何庆林和钟成富打成一团，铁锹相撞的声音尖利刺耳，而不远处的地上，里面装着那具还未来得及弄走的尸体的袋子，正冷冷地看着眼前发生的这一切。良久，坟地里突然安静下来，钟成富满身是血地看了倒在地上的何庆林一眼，丢下手里的铁锹，失魂落魄地朝不远处的小路跑去。何庆林躺在坟地里，一动不动，一股一股的血正从他的身上和脑袋上流出，何庆林看了遥远的夜空一眼，他似乎看见了他的三个孩子，又似乎看见了正在院坝等他回家的妻子秀英，还似乎看见了那些他曾经偷走过的一具一具的尸体。何庆林感觉到累了，想喊，但张大了嘴却发不出声，想爬起来，但却用不上力，算了，就在这坟地里安安稳稳地睡上一觉吧，明天再回家，这样想着，何庆林缓缓地闭上了自己的眼睛。

十一

何庆林的妻子秀英接到警察电话的时候，正背着一背篓木炭从山坡上回来，挂断电话，秀英背篓里的木炭洒满一地。

殡仪馆里，妻子秀英看了何庆林最后一眼，何庆林躺在一张铺着雪白床单的铁架子床上，面带笑容。看见何庆林的那一刻，妻子秀英哇的一声便哭了出来，身体朝着地上滑去。等妻子秀英好不容易醒来，当地的警察却告诉她，说她的丈夫何庆林，伙同盗墓贼钟成富以及官员董中华一起，涉嫌偷盗和倒卖下葬的尸体，已触犯我国刑法，但因起了内讧，被同伙钟成富打死，现已不再追究其刑事责任，现在请她来，只是核实一下何庆林的身份。妻子秀英听到这儿，又一次瘫倒在了地上。

几个小时后，秀英从殡仪馆工作人员的手里接过了何庆林的骨灰，骨灰装在一个精致的木盒子里，盒子看起来很小，但秀英却在接过来的那一瞬，手竟然往下沉了一下，差点把骨灰洒落在地。秀英抱着何庆林的骨灰盒，缓缓走出了殡仪馆，朝着家的方向走去。一路上，秀英都死死抱着何庆林的骨灰盒，不敢松开，她担心自己一松手，何庆林就离她而去，再也不会回来了。

天空阴沉沉的，似要塌陷下来，秀英就这样默默地走着，走得步履蹒跚。不一会儿，天空竟下起了小雨，前方的路面看上去显得雾蒙蒙的，看不清方向，秀英依然无动于衷，目光呆滞地朝前走着。雨越下越大，雨点落在路旁的冬水田里，把田里的泥水砸得坑坑洼洼。秀英在雨中缓缓地走着，雨水顺着头发滴落到路上，混着路面的泥水消失在脚下。

走着走着，雨中的秀英突然倒了下去，手中的骨灰盒掉落地上，盒子里的骨灰泼洒出来，散落了一地，瞬间便被雨水冲散了，混进了路上的泥水里，朝着四面八方流去。秀英跪倒在雨中拼命哭喊着，用手去捧那些散落在泥水中的何庆林的骨灰，但手里全是一些泥水和雨水的混合物，哪里还有半点儿骨灰的影子呢？秀英哭着把那些泥水一个劲儿地往骨灰盒里装，然后，抱着满是泥浆的骨灰盒，站在雨中的路上。

秀英想回家，可在这大雨滂沱的天幕下，却找不到了家的方向。

孟达的夏天

电子科技大学　粟辉龙

一

水往南流，马车往北走。孟达坐在马车上，自然也往北走。孟达怀里的收音机正唱着一首歌。

爸爸，
哎！
太阳出来月亮回家了吗？
对啦！
星星出来月亮去哪里了？
在天上！
我怎么找也找不到它？
它回家了！
太阳月亮星星就是吉祥的一家……

孟达这样走了不知多少个夏天了，山依旧青，花依旧艳，庄稼依旧肥，那水的腿脚从没停止捣腾，精气神叫个好啊！而孟达的头发却不再浓黑了，无端闪些灰白出来，好像哪里藏着岁月的暗箭，防不胜防，待发现射出来，日子已死去一大把了，胳膊腿顺带也不大利索了。孟达瞪着那些忽隐忽现的"剑锋"，好像听见门口旋转的风说：面板上的擀面杖——一辈子当条老光棍吧！

这个夏天孟达确实有点不想走了，窝在河坎的石屋里，日子也会像门前的水一样流走的。孟达这样想着，却不由自主套上马车，装上拦河网、圈网、挂子、胶皮船、船摆、水叉等打渔用的，又装上塑料布、木头、绳子、棉被、狍皮褥子之类搭窝棚用的，然后到菜园挖些菜秧子，带点菜籽，再装些茶米油盐、锅碗瓢盆、剩干粮、酱坛子，车快装满了，石屋子差不多就空了。最后，孟达关好门，喊了声"白毛"，赶着马车出发了。孟达从不上锁，石屋离村三四里，村里有下地的人走累了歇歇脚，遇着风雨遮蔽一下，到菜园摘根黄瓜、揪个柿子，解解渴，挺方便的，摘黄瓜、柿子的时候顺便也把肆意生长的野草拔了；也有谈恋爱的男女夜里去相拥着数星星，一直数到天亮；有偷情的把炕都快睡塌了。孟达入秋回来，看到炕上的窝窝，就知道一个夏天，石屋子里不知又撒出了多少种子，那些种子或多或少都顺着女人的尿液种到房后墙根了，那里骚气冲天！他嘿嘿笑两声，将没吞完的唾沫"噗"一声吐到墙根，神情倒比撒种的还惬意。

　　孟达在沿着那条叫格尼河的支流游走之前，要去村里的小卖店买一大塑料壶酒，五十斤的，沉甸甸地杵在马的屁股后，压得红马直甩尾巴。孟达的马车吱吱呀呀往村外走了，村里人就知道，孟达要秋天才回来。他们有的说孟达的日子不是人过的日子，也有的说孟达的日子是人过的日子。走到河边没路的时候，孟达就踏上大路，走一截，再绕向河边，一直向北，走过一村又一村。白毛跑不动了，伸出红舌头，大口大口地喘气，不时抖抖身上的白毛。孟达一个呼哨，白影子蹿到孟达盘着的腿弯里，坐下了。红马很不满意白毛享受这个待遇，它打了个响鼻，把一朵莲花云吹开了，展露的花蕊就要一口把孟达高举的鞭子吞吃了。

　　水像一群顽皮的孩子，跳着脚往南奔跑，孟达这样一路走着，像是去找他们的母亲。如果真找到了，孟达真想问问，怎么把他生这么丑，丑得就算他是一条鱼，可能也改变不了打光棍的命运，没有哪条鱼愿意嫁给比老头鱼还丑的鱼的。既然生这么丑，为啥不再生一条丑的老太婆鱼赔给他。孟达的母亲是个大屁股女人，胯宽，怀着孟达时，腆着肚子下河洗衣服，鱼来咬她的脚，她痒，晃脚赶鱼，屁股一滑，跌坐河里，孟达就从她胯下顺着宽大的裤管蹽溜河里了，还和鱼一起游呢！看起来好像是河生了孟达，而孟达的母亲只管在河里捞起个胖小子来。

　　孟达确实太丑了，越长越丑，额头高凸，眼窝深陷，鼻子硕大，下巴短小，一张疙里疙瘩的黑麻脸，像烧焦了的玉米棒。又弓腰扛背，读了书的孩子偷偷叫他人猿。孟达不仅丑，命也硬，长到二十岁，身边就没一个亲人了，孤苦伶仃地生活着……他想父母，想了父母想女人，想了女人想孩子。他只能想想而已，没有女人愿意生个丑孩子，就连寡妇都看不上他，他送了鱼送虾，又送野鸡，也是猴子捞月——白费劲，人家不愿意，甚至有人说，看见他就起鸡皮疙瘩。

现在，他不想父母了，他仍然想女人，想孩子，按他现在的年龄，快五十岁，该想孙子了，想得要命！他早就不种地了，地卖了，只种菜园子。后来，又把房子卖了，在河坎盖了间石屋，夏天打渔，冬天打猎，现在不让打野鸡了，就套兔子，抓麻雀，卖些酒钱。陪伴他的，是风是雨是云是水是日月星辰，以及鲫鱼鲶鱼狗鱼沙包鱼柳根鱼……还有可以喘气的白毛和红马。少有人声，日子就像水一样，从门前，从水边的窝棚前，哗啦哗啦流过去了。

二

太阳往西去了，孟达勒住缰绳，发现马屁股在发抖，它确实累了。孟达拍拍白毛，白毛跳下马车。孟达跟着下车，伸伸腿脚，抚摸着马鬃。马眨巴着大双眼皮，泪汪汪的很是委屈。

"哥们儿！"孟达说，"别抱屈了，说起来你比我命好，你在马场不是还找了马子，如今马驹子都满地跑了！"

红马抬头深深看了孟达一眼，抬腿用深浅不一的蹄子印赞许了孟达说的话。

孟达决定就在这片开阔地搭窝棚，来度过这个夏天。这离家起码百十里了。比起前些年，算是走得最远的一次。孟达向北望，水面越来越阔，水流越来越稳。孟达一眼看出，向南十几米，是下拦河网的好地方。水面不宽，水流急，水不深。孟达又向四周看了看，河对岸是山，太阳还剩下一棵大白杨那么高，只是看不到，躲在混沌一片的灰云彩后面了。背后不远处是一大片草甸子，很肥，他还是第一次看到这么肥的草甸子，那草绿得扎眼。在肥草中央，有个水泡子，看起来像草甸子的一只水灵灵的眼睛。离马车不远的前方有条路，没有车辙的地方长满了茂盛的野草，这条路应该通东边那个看起来房子像砖块一样的镇子。他知道，镇子叫阎家堡，如果想卖鱼了，驾起马走上个把小时差不多就到了。再往前，他看到一片茂密的柳林，茂密得成了一堵厚实的墙，遮掩了河的腰身，不知道是婀娜还是丰满，让人无限遐想。他想收拾利落后去看看，顺便看看有没有鸟窝，那些发情的鸟少不了去那儿幽会的。

孟达卸了马车，卷了根旱烟抽后，才起身搭窝棚，阳光将他的大鼻头晒成了酱紫色。他抡起大锤楔木桩，咚咚的声响被山弹回来，往草甸子上滚，压得嫩草直弯腰。他瞥见红马和白毛都在河里喝水。白毛长得很美，通体雪白，个头娇小，有时候他觉得它不是一条狗而是一只白狐，他喝醉了酒，经常把它看成身穿白裙的仙女。有时他搂着它睡觉，感觉就像搂着女人一样。

"你他娘的，咋不变个女人？"孟达常常从睡梦中醒来，用一双粗糙的大手揉白毛。白毛翘起尾巴来回甩，柔滑的毛拂过孟达宽阔的胸膛，孟达惬意地哼哼，仿佛那是一双女人的手。

孟达的窝棚搭好了，比石屋小不了多少，略矮，坐东朝西，用塑料布和木檩围成。靠南一张木板床，床上方一口天窗，靠北摆着锅碗瓢盆大酒壶，地中央放了张炕桌，桌上会一直摆着酱碗、咸菜和陶瓷酒杯。那酒杯在孟达不吃饭时就倒扣着，好比乖巧懂事任劳任怨的贤妇。窝棚外搭了个敞篷，可躲避正午热辣的阳光。

孟达用铁锹在旁边刨了一小块荒地，栽上菜秧子，再浇上水，天已完全黑了。待他就着咸菜喝了酒，啃了个硬馒头，躺在狍皮褥子上，一手推开天窗，满天的星星就伴着月光砸进来了。剩下的活只等明日再做。孟达高声唱着腾格尔的歌，唱完了又唱邓丽君的，唱完邓丽君的就唱《吉祥三宝》，他忽儿当爸爸，忽儿当妈妈，忽儿变成了孩子。这是他唱得最多的一首歌。孟达的歌声戛然而止，山野间只剩下黑夜，无边无际延伸着。他伏在暗夜里一动不动，像一条孤独的潜伏在静水里的黑鲶鱼。他无论如何也没想到，这个夏天，是那么的不同寻常！

三

孟达被鸟吵醒了，看看表，快八点了，怪不得鸟起来闹呢？身体到底一年不如一年，在以前，三点天亮，到八点，已遛上好几趟鱼了。幸好没来得及下拦河网，不然，倒穴不被鱼撑破才怪！

孟达顺手拧开收音机，听早间新闻。孟达起身把收音机立在窝棚外，准备在河坎搭砌锅台。他先到河滩搬了几块大石头回来，又用铁锹挖了个方方正正的坑，然后把石头垫进去，锅台很快就搭好了。晚上临睡前，他会用雨布将锅台遮压住，这样，不管下多大的雨，灶坑都是干爽的。

孟达拾了干柴坐在灶边烧火做饭，听见收音机说一个男子杀妻杀儿后潜逃，孟达就抹了把大鼻头，吼了句"烧包啊你"！

白毛仰脖叫了几声，红马也打了个响鼻，孟达就说得更起劲了。

"你们说他是不是烧包？他有老婆孩子，不谢天谢地，打都舍不得，还、还……"孟达无论如何也说不出"杀"字，嘶嘶了半天，涨得脸上的麻疙瘩红紫红紫的，脖子一哽，哽咽回去了。

白毛舔孟达的脖子，红马尾巴一翘，甩出一串粪球。

孟达吃了早饭，开始干活。先下拦河网，拦河网不好下，是力气活，不过只要下上了，一个夏天只管遛鱼就是了，就算有大马哈鱼、狗鱼来了，想过这条河，也得乖乖往里钻。当然，现在大马哈鱼、狗鱼还有媳妇鱼，像被漩涡卷进无底洞，全不见了！以前，在家门前河里捞的媳妇鱼，不知道是珍贵的鲈鱼，因为它除了脑袋大，没啥肉，就都喂鹅了。

"可惜，可惜呀！"

孟达用一个上午下了拦河网，下午扛着胶皮船去水泡子下了几片挂子，插了二十几个圈网，又割了些苦房草苫在窝棚上，收拾收拾，天就黑了。

孟达站在窝棚前抽烟。月亮从东边升起，很大很亮很圆。孟达一直站到月挂中天，星星闹起来，才钻进窝棚。他推开天窗，心想，月亮是星星的娘，要是他们能变成女人和孩子一起从天窗稀里哗啦漏下来，砸在他怀里，该多好啊！

日子就这样不紧不慢地过了两个月……

四

孟达想着想着进入了梦乡。不知过了多久，孟达被白毛叫醒了。迷迷糊糊的孟达听到一种声音，不是蛙鸣，不是虫叫，也不是地蝲蛄爬草科，是什么呢？咕噜咕噜……

"鱼！"孟达一跃而起，"老天，大鱼！"

孟达赤脚冲进月色里，三下五除二褪掉汗衫，跑到河边，纵身一跃，钻进水里。他朝水花翻滚的地方游去。

孟达拽了个人上来。他不敢想象，再晚一步，这条"大鱼"就入拦河网了，也就等于进了死穴。

孟达水性极好，洪灾年，在水里救过很多人，唯独没救过女人。孟达拖着她往岸上游的时候，根本没想到是个女人。

孟达是在抢救女人的时候知道她是个女人的。孟达把女人放在河滩，一把撕开女人的衣服，月亮就告诉他这是个女人了。

孟达把女人背到窝棚，放到狍皮褥子上，闭眼给女人脱裤子，他脱不下女人紧绷的牛仔裤，索性睁开眼，睁开眼也脱不下，他就从裤腰上解下了剖鱼刀。他终于把女人光溜溜地扔在狍皮褥子上，心已经跳到了嗓子眼了！他一把扯过被子，用力一拉，那条能刺破人眼的白晃晃的身子不见了。

孟达懵了，甚至有些傻了！他坐在地上，呆呆地望着天窗，望了很久仍然怀疑是在做梦，是梦见天窗漏了个女人下来！

一阵风从天窗吹来，孟达打了个冷战。河边的夜风即使在盛夏，也凉得牙齿打颤，何况孟达刚下了河，穿着湿漉漉的裤衩，还光着膀子。

孟达胡乱抓了条裤子，换下湿裤衩，又将甩落门外的汗衫捡了回来穿上。他回到窝棚，猫着腰转了几圈，最后点亮了马灯。

孟达提着马灯小心翼翼靠近女人，发现女人嘴唇还紫着，一颗心就提起来。他把手靠近女人鼻子，感到有微弱的气息，又放下心来，只要是女人就好看，何况他看见了女人那一身像细鳞鱼那么白的肉。

孟达后悔了，刚刚怎么没好好摸摸，那么白的肉在手里是啥感觉？好像滑溜溜的，像鲶鱼吧？不对，像泥鳅？对！鲶鱼软塌塌的，泥鳅又滑又结实。

想到这，孟达突然觉得下身弹了一下，好像那里安装了弹簧，被谁一扯弦，给绷直了。即使看不见，孟达也感觉自己的脸烫得像个火炉子，呼啦呼啦往外冒火。他将一口唾液刚刚吞进肚子，舌头下又立即积满了，从嘴角往外流，他把喉结都吞疼了。

孟达颤颤地把手伸向被子里，触到狍皮褥子了，又缩回来。想了想，又探过去。他想摸那两个让他眼球差点爆炸的"兔子"，他尖着指头想脱掉她的胸罩，不晓得如何下手，就闭着眼用剖鱼刀给豁开了，又往下拽湿衣服，拽不下来，睁眼一使劲，那两个"兔子"就跳起来，差点撞破他的胸膛。

想，太想了，想得要命！

终于，孟达一咬牙，将手拽了回来，额头的汗珠顺势滚下，跌落在一束月光里，摔得粉碎。他挂好马灯，冲出窝棚，像矫捷的花豹蹿向河边，噗噗噗往脸上撩水，惊得白毛以为又有人跳河了，竖起耳朵奔到岸边看。

孟达来到木桩前，捋红马的鬃。

"还是你老哥好福气啊！做马比做人好，不用穿裤子勒紧裤裆！"孟达说。

孟达静静站在月色里，闻到一股特殊的气味。不是鱼的腥味，不是土的湿气，也不是草的清香，更不是马粪臭，是女人的味！从窝棚的天窗里咕嘟咕嘟冒出来，风一卷，空气里到处都是女人味了。就像鱼汤里的一滴香油，用筷子一搅合，满碗皆鲜。

孟达正大口大口呼吸着新鲜空气，白毛又叫了。白毛朝通往阎家堡的那条路叫，孟达就着月光望过去，没看到什么，却听到断断续续的哭喊。

"小孩儿，是个小孩儿！"孟达说着喊了声"走"，话音未落，白毛已往前跑去，孟达紧紧跟随。

孟达在肥草边看到了那个男孩，大约六七岁，他往前爬，哭着喊妈。

"大爷，你看见我妈了吗？"孟达俯身，孩子猛然抓住孟达的胳膊急切地问。

孟达最见不得小孩哭，听到小孩哭，他的心就碎成了刮落的鱼鳞，一片片哗啦哗啦往下掉。

"看见了，看见了！"孟达连声答应。孟达抱起孩子，孩子一声惨叫。孩子的膝盖受伤了。

"我妈在哪？"

"屋里呢！"

孟达也不知道女人是不是孩子的妈，估摸着差不多。这么多年，窝棚除了羊倌牛倌偶尔来晃晃，没人来过。

"谁打你了？"孟达背起孩子问。

"追我妈，摔石头上了。我怕她不要我了。"孩子哭得身子一耸一耸的。

"咦，你怎么认识我妈呢？"孩子突然止住抽咽。

孟达没作声，只快步把孩子背回窝棚。孟达刚踏进窝棚，孩子就挣下来，连滚带爬奔向床前，挤歪了饭桌子。孩子凄惨惨地喊了声妈，哭声就在窝棚里炸开了，痛得孟达心一抽一抽地疼。心想，莫非这女人孩子受人欺负了？那家里的男人干啥吃的？要不就是家里男人欺负的，新闻还说有男人杀妻儿的！这烧包男人啊，怎么舍得……

孟达一时手足无措，他安抚着孩子瘦小的脊背，连说不怕不怕。孩子仍是哭。孟达起身在窝棚里转起圈来，良久，他愣愣地望着天窗，心里不大明白，怎么又漏了个孩子进来，难道月亮和星星真变成女人孩子了？

孩子拼命摇着女人，问她是不是以后睡这个被窝，再不回家了。女人就被晃醒了，女人耳朵还听不见，她悠悠睁开眼，看到一口黑黝黝的天窗，以为到了阴曹地府。等醒悟过来，耳朵才开窍了，儿子的声音灌进去，她的眼泪就止不住了。

"小虎，妈妈对不住你，妈妈再也不寻死了，妈妈跳下去就后悔了，那水呛得我啊……"女人说到这，突然"啊"地一声大叫，她看到了猫腰在马灯下的孟达，以为遇见了鬼。孟达站在马灯下的样子，是有点吓人，眼睛直勾勾地，凹陷的眼窝，却睁得铜铃大。

女人很快明白了。"大、大哥"女人说着起身滚下床，顺着眩晕的劲，跪在地上，等发现自己一丝不挂，已像一条被搁浅的鱼，光溜溜地摊在那了。孟达被这突如其来的一幕惊得站不稳，猛然向后一退，饭桌上的酱碗、咸菜碟、酒杯叮叮当当滚在一起。孟达管不了那么多，他不能让女人给他跪着，膝盖一弯，顺势跪下来，想去相扶，又不能相扶，两只大手悬在空中，炸煞着，眼睛也不知该看向何方，不停地眨着，女人那白得刺眼的身子就在眼前忽闪个不停。

孩子毕竟是孩子，他快乐地笑起来，"妈妈，你怎么打个光腚呢？"女人的双手慌乱地扯了几把，扯到狍皮褥子，裹在身上。

小虎哎哟一声，他笑的时候碰到了膝盖。女人见小虎膝盖上的血，眼泪又出来了。"哪知道你跟着？妈妈以为你跟几步就会回去了。天，那么远，你……"女人低声啜泣着。

孟达将炸煞的双手扶在孩子小虎的身上，他把孩子抱起来，感觉脚底发飘，像踩着棉花。孟达把小虎安顿在蒲草团子上，说忍着忍着啊，把一口酒喷在孩子膝盖上，小虎尖叫声未落，孟达已去灶里抓了把草灰，均匀地往伤口上撒。撒着撒着，天就放亮了。

孟达穿上水衩去起鱼了，他安排母子俩好好睡上一觉，不管什么事都等太阳出来再说。

五

这个早上，孟达没拧开收音机。他觉得有很多事要做。

孟达来到镇上，把马车拴在电线杆上。镇子很热闹，一大早已是人来人往，孟达把鱼摆在路边。孟达知道，他的鱼是土鱼，一直很吃香，而且，他不大计较价格。一个人，有几块钱就能养活。可今天他想多卖点钱，他脑子里一直被两根线牵着，一个是女人，一个是孩子。尽管她们不属于他，很可能马上就会离开他，可他仍然愿意为她们做任何事，哪怕是买一针一线。他从来没置办过女人和孩子的东西，心里一想起就很舒坦。

没几分钟，鱼贩子围上来，尽管孟达提高了价格，鱼贩子仍将他的鱼一扫而光，有人附在他耳边悄悄说："再来卖鱼就找我，给高价！"

卖了鱼，孟达走在街上，想着窝棚里那母子说不定就住在这镇上，他抬头看那些小洋楼，也许，哪一间就是她们的家。想到这，他生怕娘俩跑回来似的，加快了脚步。他来到卖女人衣服的铺子，脸涨得像热腾腾的猪肝。他说买衣服裤子，店里的胖女人问他要哪件？他还说买衣服裤子。胖女人没好气地问多大岁数穿，多高，男的穿还是女的穿？他说三十多岁，女人穿的，比你瘦，比你高，比你腰细。胖女人就气呼呼地甩了两件给他，收了他二百五十块钱。

孟达不在乎多少钱，他抱着衣裤，手微微颤抖，似乎被吱喳作响的透明塑料袋烫了。孟达又买了七零八碎的东西，匆匆就上路了。

孟达赶着马车回来，有十点了。天上的云像被谁召集了似的，一朵叠一朵，从天边涌来，棉花堆一般，悬在空中，好像要给窝棚穿上洁白的棉衣。

女人正在草甸子收晾晒的衣裤。她裹着狍皮，站在云朵下，雪白的双臂擎着衣衫，齐肩的黑发随风飘扬。孟达突然有点后悔给女人买了衣裳。他惊讶女人是怎样把那张兽皮穿得如此恰到好处，当遮的都遮住了，她真好看。孟达想了想刚刚在镇上卖衣服的胖女人，推翻了他以前的看法，不是每个女人都好看。

孟达跳下马车，吆喝小虎，小虎从水边攀上岸，看样子膝盖不疼了，走路蹦蹦跳跳的。女人将衣裤搭在肩上，赤脚走过来，叫了声"大哥"，头低下去，脸就红了。

孟达递给小虎一大塑料袋好吃的，还有水枪、汽车等好玩的。孟达觉得小虎长得不像他妈，他妈眼睛大似葡萄，小虎眼睛眯如月牙。

"干爸，"小虎喊了一声，"你真好！"

见孟达愣着，小虎补充道："我妈妈让我这样叫的，说她的命是你救的。"

孟达咧嘴笑了，他一笑，下巴向上收，更短了。

"干爸，你长得真好玩。"小虎说。

女人嗔怪地望了小虎一眼，责怪他要懂礼貌。孟达急慌慌地说没事，没事，我稀罕孩子。

小虎拿着水枪跑去河边了。

孟达把新衣服递给女人，嗫嚅着说："也不知合不合身。"

女人连忙双手接住，一番千恩万谢，说那衣裳缝缝能对付穿上，只是没找到针线，大哥想得太周到了，肯定花了不少钱。孟达又急慌慌地说没事，没事，我稀罕……后面的就咽回来了，紧接着说早上鱼起得多，卖给了鱼贩子，顺便就在街上买了。

女人换好衣服出来，拴马的孟达大鼻头泛起了潮红。上衣是白色的，小翻领，也不知是啥料，轻飘飘地像纱一样，女人不知太阳洞穿了她。

窝棚没镜子，孟达成了女人的镜子。

"大哥眼水真好，像比着买的。"女人说。

"你那个……"孟达拍了马屁股一下，马引着长长的绳索吃草了。"那个……我没买……"

"什么？"女人好奇地望着孟达。

孟达不知如何解释，就用双手在胸前做了个托起的手势。"那个，我用刀豁、豁开的。"说着孟达突然想起什么，从裤兜掏出一盒针线递给女人。

"缝上，穿。"孟达说。

女人噗嗤笑了，这一笑，连太阳都跟着眨了下眼，好像没见过那么生动美丽的花。云朵突然遮住了太阳，女人收住笑，轻锁着眉，拿起针线回窝棚了。

孟达开始忙活生火做饭。孟达跳到河边，腿脚利索。他从鱼篓倒出几条活蹦乱跳的鲫鱼，对小虎说特意留下熬汤，给你妈妈补身子。

小虎大呼："大鲫鱼瓜子，干爸比亲爸好！"

"你亲爸可没干爸长这么好玩。"孟达说，

孟达问小虎几岁了，小虎伸出一大一小两个拇指。说，六。

孟达说，你也可以叫我爷爷。

小虎摇摇头，你又没拄拐棍。再说，奶奶在哪？

孟达笑没了下巴。

孟达和小虎说笑着，女人出来了，孟达发现她的纱衣依旧透明，只是不像刚刚透出的是肉白，现在，除了肉白，还有一抹淡淡的水粉挂在胸前，像两朵奔放的大芍药。

孟达坐在河滩剖鱼，女人一边烧火一边让小虎去捡些柴回来。小虎很痛快地答应了，一挥手，白毛就跟了去。孟达说这小子真精灵，狗都听他的了。

女人揍了把柴后，下到河滩，坐在鹅卵石上，问了孟达一些家事，这才给孟达讲起事情的来龙去脉。

女人说她叫萨仁，蒙古族的，自小没父母，住在叔婶家，和汉族人一起生活长大，师范毕业后，分配到阎家堡教书，嫁给了当地的男人。

"他挺帅，人家都说我俩天生一对，我在镇上教书，他是银行的会计，孩子爷爷奶奶在关里。说实在的，他对我确实挺好，我们的感情也很好。生下小虎以后，生活就变了。镇里有些人见到小虎，说长得不像他，像吴大刚。吴大刚小眼睛，是镇上捣腾水泥的，挨着我们家不远，一开始他没在意，后来听得多了，有一天喝得醉醺醺的，追问我是不是和吴大刚有一腿，我给了他一耳光，我和吴大刚连话都没说过。他见我很生气，他心里一直犯嘀咕，有时抱着孩子玩着玩着，见孩子笑得眼睛眯成一条缝，就赶紧扔下不管了，孩子哭得上气不接下气，他也不管，还使劲踹门。日子过得很痛苦，我很多次想过死，以死来证明自己的清白，可每当看到孩子那么小，忍不下心。前几年好点了，孩子越来越招人稀罕，他也舍不得把他想成别人的。我以为以后的生活会好了，心里暗自高兴。前段时间，他去外地出差，电话打得勤，说想我想孩子快想疯了。我说放暑假了，我和孩子在家，更想你，孩子天天嚷着要爸爸买汽车玩。他说他车票买了，恨不得马上到家。事也碰巧，灶台上掉了一块瓷砖，我想买点水泥补补。一点点水泥，吴大刚坚决不收钱，拉扯了半天也没收。等我拎着水泥从吴大刚店里出来，正好碰到他。他在吴大刚店门口下车，可能已经站了一会儿了。回到家他就开始发疯，把买的玩具都砸了，让我去吴大刚家，不要再回来了。我气极了，想着这样下去，日子没法过了，我大叫着让他带儿子去做亲子鉴定吧！我再也不回来了！我跑出来，越想越气，觉得人活着没啥意思，不安生，一天到头被疑神疑鬼……"

"孟大哥！"，叫萨仁的女人继续说，"真的，之前除了他，没男人碰过我。"

孟达的剖鱼刀掉了，他张开沾满鱼鳞的双手。心想，那是多么幸福的一双手啊！但他却像个犯错的孩子，两手不知所措地揉搓着，在灿烂的阳光里，扑簌簌下起了鱼鳞雨。

"我……我可没……没……"孟达突然用力甩甩手上残留的鱼鳞。

"我知道！"萨仁打断了满脸通红的孟达。

"你知道？"孟达瞪大了眼睛。

"知道！看你的样子我就知道。"萨仁笑盈盈地望着孟达。

"吃了饭，我送你回你们镇上。"孟达低声说。

萨仁望着对岸的青山，摇摇头。

"不!"萨仁说,"不回去。"

"他会着急的。"

"让他急,如果他还着急的话。他就该好好想想了。"萨仁望着那片茂盛的柳条,伤心地低下了头。

"这里条件差,河风凉。"

"我喜欢这里!"萨仁抹抹眼角,攀上岸,重新点燃了柴火。"以前也经常来这里。"

"经常来这里?"

"是的!"

"来做什么?"

萨仁擎着柴火,没作声,孟达便没再问。

孟达将洗好的鱼递给萨仁,说熬一锅好汤吧!要是饿了,先吃点小虎口袋里的零食。

孟达采了些野菜回来,告诉萨仁用水烫了蘸酱吃。然后拿起镰刀往北走了。

正午的阳光射出无数根滚烫的针,扎在窝棚的天窗上,窝棚里成了烤箱。萨仁把饭桌搬到敞篷下,她翻遍了碗盘,找到了两个大碗,一个小碗,一个盘子,加上昨晚差点打碎的酱碗、咸菜碟、酒杯,桌子上摆得满满的。萨仁坐在桌边,远远看见孟达背着一捆柴禾往回走了,就把熬好的鱼汤往碗里盛,招呼小虎洗手吃饭。

孟达背着的不是柴火,是一捆柳条。柳条从肩膀卸到地上,柳梢奋力摇颤着。孟达将几根剥了皮削尖了头的柳条棍递给萨仁,说没有多余的筷子。

"那么好的柳条,割了可惜了。"萨仁望着捆得圆滚滚的柳条幽幽地说。

"根没断,割了会发更多新柳,再说就这一捆,不碍事。"孟达呵呵一笑,"女人家心就是软,跟身上的肉皮子似的。"孟达说完,尴尬地空咳了几下。萨仁笑得有点苦。

"你们不回去,得编个篱笆。你娘俩睡床,我睡地铺,饭桌不搬进去了。"孟达说。

萨仁把"筷子"摆好,一边从锅里挑着面条,一边又喊了声小虎,声音像一只百灵悠然飞过，留下一串婉转的鸣叫，孟达就恍惚了，心就醉了！连梦里都没梦到这样的情景。他一个五大三粗的男人，此刻，多像一位丈夫、一位父亲、一家之主啊！

孟达痴痴地望着俊秀的萨仁，眼里不断闪现着一幅一幅完美的画卷，每张画都有三个人，在院坝，在锅台边，在田地里，在饭桌旁，在炕头上……

"好玩的干爸！"孟达被小虎拍屁股拍醒了。"你把我妈看化了！太阳看我妈，云彩来了，还闭闭眼呢，你眼珠红鲜鲜的，一动不动，我妈妈脸都烤红了，你可真好玩。"

孟达哦哦应着，"是，不看，没看……"

白毛围着桌边转，萨仁倒了些面条在白毛的钵里，白毛躲在一角埋头苦干。

孟达盘腿坐下，习惯性伸手摸酒壶，才想起酒壶在窝棚里，刚要起身去倒，发现酒杯已满了。孟达端起杯有滋有味地啜了一口，把一条鲫鱼夹在萨仁碗里，又夹了一条在自己碗里。说吃啊吃啊！这地方吃饭比在家吃饭香。小虎正撅着嘴，孟达就将一大块去刺的鱼肉塞到小虎嘴里了。很快，一条鱼仅剩下了骨刺，小虎嘴里塞满了肉，含糊不清地说着真香啊！香死了。孟达的酒杯也见底了。孟达说明天再去镇上跑一趟，卖了鱼，买些肉和菜什么的，四叶菜、柳蒿芽、山韭菜这些倒没啥，山里魂这东西，长得像蒜苗，辣，吃不惯的会犯迷糊。

萨仁说，是的，是的，是会犯迷糊呢！

豆粒大小的一粒阳光不知从哪几根草缝钻了进来，刚好照在萨仁额头，形成一颗圆圆的美人痣。

小虎终于将嘴里的鱼肉吞了下去，他汲溜汲溜连喝好几口奶白的鱼汤，抹着嘴说："干爸，你要是稀罕我妈，就像我一样，亲她一口，心里就好受了，我一想我妈了，就亲，要不心里才没得劲呢？"

孟达和萨仁忍不住哈哈大笑，小虎见两人笑得连饭都不吃了，挠挠脑袋，一本正经地说："真的呢！我爸也这么说。"小虎爬起来，迅速在萨仁嘴唇上亲了一口，发出"啾"的一声响，"看吧！就这样，来啊！"

萨仁搂着小虎，笑着捶打小虎的屁股，说傻孩子。小虎见孟达仍不作声，就问孟达是不是不稀罕他妈。孟达说稀罕，又说不稀罕，无奈，只傻呵呵地咧着嘴笑，笑得大鼻头红得发紫。

"到底稀不稀罕？"小虎站在孟达跟前质问。

孟达见小虎动了真格，给小虎解释说稀罕也不能亲。

小虎嘟哝着说，我说嘛！不稀罕你救她干啥。小虎又打破沙锅问到底，怎么就不能亲呢？

"我不是你爸。"孟达说。

"干爸也是爸，能亲！"小虎执拗地说。

孟达就借着酒劲站起来，俯身在萨仁那颗"美人痣"上亲了一口，吧——

小虎说大人的嘴就是大，亲人的时候像马放屁。萨仁笑得压弯了背后的青草。

孟达将小虎抱起来，抛到空中，小虎一会儿叫着到云彩里了，好玩死了；一会儿叫着不能再高了，再高就让老鹰叼走了。

小虎玩累了，孟达把狍皮拿出来铺在敞篷下，小虎惬意地躺下睡了，脸上抹了几缕黑，像个花猫。

孟达和萨仁夹篱笆。萨仁说，第一次看到在屋里夹篱笆，要不算了吧！命都是你给的，信你。孟达说不行。萨仁不递柳条给孟达，说真的不用篱笆。孟达说不行，说得很坚定。萨仁又把柳条递过去。

萨仁问孟达，就没有一个看得上的女人？孟达说女人都看不上他。萨仁说，怎么会？萨仁的语气很肯定。孟达反问，怎么不会？你不觉得我长得有点那个？萨仁说，男人长啥样都不丑。孟达赤着脸说，我咋他娘的没碰到。萨仁一手递柳条，另一只胳膊的衣袖触向孟达额头，将一串就要滚滚而下的汗珠吸了去。

"你准备住多久？"孟达问。

萨仁说不知道，权当那个萨仁死了。

"你要真想当一条鱼，就托生一条和我一样丑的。"孟达给萨仁讲他出生的故事。

孟达讲得很生动，他还从没给人说这些，尤其是一个女人。他讲着讲着会抬头看看萨仁，以证实他面前的确有个女人，很好看的女人。

"我也是河生的了。"萨仁听完,凄然一笑。

孟达说这河偏心眼,萨仁的笑明媚了。孟达反问:"河在哪生的你?"

"在柳树丛那边!"萨仁想了想说,说完低下了头。

孟达割柳条时发现那真是个好地方。一簇簇的柳条相互勾肩搭背,给矮花矮草遮阴,使他们不去羡慕太阳长得高,便贴着地皮,形成毛茸茸的花毯子。如果躺在花毯子上睡一觉,才叫美呢!穿过茂密的柳丛,有两湾呈圆形的静水,中间仅隔巴掌宽的黑色淤泥,如果下场雨,就会连成一片了。孟达就惊呆了,这河汉子多像昨晚令他心惊肉跳的两只"兔子"啊!

孟达的大鼻头红了,眼睛不由自主飘向萨仁胸前绽放的粉红。他想,她应该是站在第一个"兔子"那跳的,那连着河的身子,她才会被冲走。河的身子倒也像她,在那个地方瘦下来肥了乳房,活活像她的细腰啊!

"那……真带劲!"孟达目不转睛,"像……像你!"

萨仁递来的一把柳条,挡住了两朵"芍药花"。密密的篱笆留了个门,孟达让萨仁把那条豁开了裤腿的棕色裤子挂在门上当门帘。孟达去搂了些干草回来,铺在地上,上面盖了一层苫布,地铺就搭好了。萨仁过意不去,孟达说就算萨仁不在,他也是经常窝在地上睡的,白毛不喜欢木板床。况且夜里要起来遛鱼。

孟达这一刻也不歇息,叼着旱烟开始织网。以前他也常坐在木桩前织网,有时睡着了,时间和阳光漫不经心地从网眼漏走了。此刻,孟达飞速挥舞着线梭子,他舍不得睡觉,睡着了和死去一样,什么也不知道,还尽做些永远实现不了的梦。他想把这美好的时光织进网里,织成一大片,他担心这样的时候很快会消失,他得抓住这有女人和孩子的日子,扎扎实实过好每一秒。女人和孩子是上天赐予的,现在就坐在他身边,孩子还在睡,女人给孩子扇飞旋的瞎虻,扇着扇着,靠在饭桌上睡着了。女人和孩子没发出声音,他却听到了女人和孩子发出的所有声音,他把这些声音以及女人和孩子的梦都用那只像小火箭一样的飞梭织进网里,一扣一扣一扣。

六

圆月攀上头顶，撩开云层，和星星一起偷听窝棚里的人在说什么。白毛被主人撵了出来，心里很不是滋味，但它仍然像忠诚的卫士，卧在门口，有时看到地蜥蚰簌簌冲来，竟如猫一般伸出前掌将其按住，直到那坚硬的壳状物不再垂死挣扎，才重新卧下。白毛骄傲地瞥着红马，埋怨红马在夜里不是睡觉就是吃夜食，啥也不干。红马在主人需要它的时候，兢兢业业，勤勤恳恳，它问心无愧。红马抬起前蹄，刨起一颗粪球，有本事你白毛拉车试试！白毛不服气，又自知理亏，扭头以短促的"唔"将星星和月亮吼进云层，夜幕就深深地降临了。

小虎睡着了，他是在没解答完的问题中睡着的，他的问题多如星星。他问，星星会不会从天窗掉下来？如果掉下来，最好掉在他脑门，那样他就有三只眼睛了；他问，河里的水是不是鱼尿的尿？一直这么哗啦的流，听得他也想尿尿；他问，人如果吃草，鸡鸡是不是也会和马的一样大？他的太小了，像刚孵出的鸟崽子；他问，干爸为啥不像爸爸和妈妈那样睡一个被窝？看人家男云彩和女云彩都抱在一起睡觉……

孟达问他男云彩是啥样，女云彩是啥样？他说穿灰衣裳的是男云彩，白衣裳的是女云彩，穿灰白衣裳的是云彩崽。

孟达回答小虎的问题，一直咧着嘴，把脸上的麻坑挤成一簇盛开的"满天星"。直到小虎呢喃着入梦，孟达还没把下巴放下来。

"孟大哥？"萨仁轻叫了一声。

"噢。"孟达的身子轻轻颤抖，触电般麻酥酥的。

"屋里咋没蚊子呢？"

"看见旮旯那颗柿子秧了吗？"孟达压低声音，"那东西比艾蒿好使。"

孟达听见萨仁哦了两声，接着木床吱呀乱叫，他知道萨仁在翻身。

"孟大哥你真能干。睡吧！"萨仁打了个哈欠。

在暗夜里，孟达是一只猫头鹰，哪怕一只飞虫，也躲不过他的眼睛。于是，他背对篱笆，以防眼睛不由自主穿过缝隙，被美好的风景牵扯了心肝。

睡不着。

还是睡不着,也不想睡。身边有女人孩子,哪怕一辈子就这样躺着,也服气了,知足了。孟达大睁着双眼,用均匀而沉重的呼吸证明自己睡着了。

木床又响了,很轻。孟达看见萨仁蹑手蹑脚出去了。

白毛警觉地望着萨仁远去的背影,顾不上探头探脑的月亮,抖抖身子,正想呼叫主人,见主人出来了,就甩甩尾巴,俯身卧下。

萨仁去了柳树丛。夜里的柳树丛幽深静谧,似乎埋藏着一堆堆往事。萨仁跪在一块空地里,借着月光,抚摸着被割得整齐的矮桩,嘤嘤抽泣。

孟达不解,难道女人家为几根柳条也值得落泪?早知如此,他万万不会对这些柳条动刀。

"你……咋……"孟达站在萨仁背后,想伸手去扶,又觉得不妥,双手对捧着,摊在半空。

萨仁猛然回头,迅速抹掉了眼泪。

"看我!"萨仁苦笑,"又让你操心了。"

"我担心,你觉得水哗啦哗啦淌得好听,又想学鱼,我那拦河网装不下啊!哪想到你是哭这柳条,我……"孟达甩甩双手,"我再不割了。"

萨仁大哭,哭声像扬起的长鞭,将远山近柳都抽醒了,它们在月亮探寻的目光里微微震颤,兴许是山鼠在山间穿越,将树叶踩踏得沙沙作响。有鸟从柳丛扑喇喇飞起。孟达的心抖得厉害,他猛然上前,俯身将两只蒲扇般的大手盖在萨仁肩上。

"别哭,别哭……"

萨仁回转身,两只手臂攀上孟达的脖子,嗡嗡恸哭。孟达搂住怀里像兔子一样耸动的女人,搂紧了,搂得更紧了,他跪在草地上,将萨仁完全纳入怀中。他不知他的心是不是撞到了萨仁,他喃喃地重复着,"不哭,别哭……"

孟达仰着头,看到月亮正在抱着灰云和白云在天上穿行,他仍然怀疑他自己——一个年将五十岁的老光棍,会是八月的柿子——老来红,怀里竟抱着个女人,还是个知书达理、比很多女人都好看的女人!他简直是包子咧嘴——美出馅了!他不由自主摩挲着萨仁的背。他的指头被什么东西绊了一下,又绊了一下。等他想清楚那东西是什么,身体里就有股热流急火火地往外拱。

萨仁停止哭泣，慢慢抽身，抽不动，挣了挣，才挣脱。孟达跪在那，双臂还保持着之前的姿势。萨仁连说对不起，只把大哥当娘家人，却不记得大哥是个血气方刚的男人。

"挺好了，我已经……"孟达收回双臂，语无伦次地说，"啥都行，妹……妹子好就行。"

萨仁坐下，双臂环抱双膝，"小虎就是在这有的！"

"在这有的？"孟达晕乎乎地重复着这句话，重复了几遍，终于想明白了，大张着嘴，一屁股坐下了！

萨仁继续说："我们谈恋爱时经常来这，他骑着摩托车带我来。也是夏天，婚期前两天，我们来野炊，就在这吃饭，他采了一把山里魂。他不怕辣，我也不怕，我们把山里魂吃完了。我躺在地上说柳树倒过来了，他说云彩掉下来了，怕砸着我，就盖在我身上挡着。"萨仁顿了顿，"后来他美滋滋地说山里魂是好东西，柳条也是好东西，谁要把这柳条割了，我就和谁拼命。喊！"萨仁摇摇头。

孟达推算不出那个夏天他在下游的哪个地方，总之，在河边。或许那时他也在吃山里魂、喝酒，或许在织网、起鱼、听收音机……或许停泊岸边的塑料碗就是萨仁用过的，他还把碗洗了，做了那个夏天的酱碗。

萨仁继续说："有了小虎后，我们也来过。他不带小虎，把小虎放亲戚家，带我来这，他总要采一把山里魂。有一次，趁他快乐，我对他说小虎就是在这怀上的，再别疑神疑鬼了。不曾想他顿时没了兴致，他仍然在怀疑。这个夏天，我们还没来过，他不想再来了吧！"

"明天我送你们回去！"孟达忽然很懊恼。

"回去？"萨仁说，"变成这样子了，还怎么生活？"萨仁带着哭腔。

孟达拍着萨仁肩膀，他只想让这个可怜的女人停止哭泣。"说不定他后悔了，他想你们母子都想疯了，正像无头苍蝇一样，到处乱撞找你们，没有你们，他可能也像你一样想跳河了！你想想，这样也不能解决问题！"

萨仁又开始抽泣。

"要不我去镇上给他打电话，让他来接你们。别哭！"

孟达见萨仁突然抬起头，她的眼睛在月光下闪着莹光。"真的？真的吗？"萨仁的声音有些颤抖。

孟达见萨仁有了神采，他多希望看到萨仁像花一样的笑脸，他继续说："你不肯回去，不就是想让他来接你嘛！他可能一时没想到你会跑来这里，来这里跳河，以为你在哪躲起来了。"

萨仁激动地抓住孟达的手说，"孟大哥，你真好，你什么都想到了，什么都猜透了！"

萨仁望向天空，"在蒙语里，萨仁就是月亮，一定是月亮让我遇到孟达，遇见了这么好的人。"

"萨仁。"孟达低沉地说："他不来接，就不走吗？"

"不走。"萨仁因兴奋抬高了声音，"住在河边这么舒坦，哪也不想走。"萨仁说着，突然起身往窝棚跑去，边跑边说小虎醒了，要尿尿。

孟达即刻追上去，似乎有点追不上，那个地上奔跑的"月亮"会就此离他而去，再不见光影。

七

孟达穿着水衩呱嗒呱嗒回来，窝棚还没完全从夜里钻出来，灰头灰脑地蜷卧岸边，像一只捉不到水里的鱼儿而垂头丧气的老猫。孟达起的鱼不多，他把水筲放在马车旁，准备套车，萨仁就从窝棚出来了。

萨仁眼睛有些红肿，她把一张卷烟纸递给孟达。孟达接过一看就知道，是用烧过的木棍写的。那是一排极其工整的阿拉伯数字，1是1，7是7，绝不含糊。孟达先让萨仁拿着纸条，他得把水衩先脱了。他从沉重的水衩里解脱出来，萨仁把鞋递过来了，萨仁说水衩宽大得能装下两个孩子。等孟达收拾完毕，萨仁把纸条小心翼翼掖在孟达上衣口袋里，像个送丈夫远行的女人，孟达是这样感觉的。萨仁的小手伸进他的口袋里，掖好后，还轻轻地压了压。孟达突然后悔了，怎么要莫名其妙说那一番话，他真想像喝酒那样，把那些话召回，重新灌进肚子，死也不吐出来。

孟达赶着马车上路了，孟达挥舞的鞭子把阎家堡摇醒了，它们慢慢从晨曦中昂起头。孟达希望他眼睛一闭，那些"砖块"会被关在眼皮里，再出不来，可它们越来越清晰了。孟达觉得马车走得很吃力，好像车上有沉重的东西。他到处看，除了他和鱼，在没什么。也许，太阳出来了，阳光就是金子，压了车。

风带着晨露的气息，孟达想起窝棚以及窝棚周围让人心旌摇荡的女人味，那是萨仁带来的。他想起小虎，想起鱼的尿，他笑了，没声息地笑，那聪明伶俐的孩子，让人喜欢得恨不得使劲咬上一口。孟达想起了很多很多……

孟达想着想着，伸手从上衣口袋掏出那张纸条，用四根指头分离了那些阿拉伯数字。孟达伸手一扬，它们纷扬在空中，像飘飞的柳絮，被马车抛在后面。孟达扬起鞭子，马跑得轻快了，蹄子踩着金色的阳光，声音很动听，好像阳光真的铺了一地金子。

孟达把鱼包给了鱼贩子，这次他又抬高了价格，不想鱼贩子还是答应了。孟达买了笔和一些书本，买了些肉、蔬菜等，花里胡哨地装进马车。

快马加鞭的孟达远远看见萨仁在翘首张望，他知道她望的是他，盼的也是他，可她望他盼他等他都为他嘴里的那个他。

待孟达下车，萨仁即刻捧去一碗水，说这大热的天，辛苦了。"真他娘的会体贴人！"孟达幸福地在心里想着，将水一饮而尽，像一头饥渴的野牛。

"打了？"

"打了！"萨仁话音刚落，孟达就斩钉截铁地答道。

"说什么？"

"明儿个来接你。"

萨仁有些失望，为什么不是今天？他还忍得住吗？

"没说其他的吧？"萨仁倚着木桩。

"说那些没用的干啥？吓坏了他，你心疼。"孟达卸了马。

"我是说，他没说什么吗？"

"说了。以为你领孩子回老家了。"

萨仁想，或许他忙着上班，临时走不了吧！想到这，萨仁心情好多了。

"饿了吧？吃饭！"萨仁愉快地说。萨仁喊小虎，小虎两手着地，一窜一窜跳过来。孟达问他怎么这样走路，小虎说这样走得快，看那些蚂蚱吧！这样一蹦就没影了。孟达抱起小虎，将他放在马车上，小虎发现了漫画书,小虎在孟达脸上亲了好几口,亲得孟达将那满脑子翻飞的柳絮似的纸片挤出了脑袋。

孟达多喝了一杯酒。他直挺挺地仰躺着,小虎躺在他胳膊上,萨仁坐在旁边。他们享受着一大块云的影子带来的荫凉。有凉风阵阵吹过,河边的夏天凉爽得让人心醉。

"有没有草扎屁股?"小虎问。

"有!"

"那你放个屁,把他崩了。"

孟达开怀大笑,边笑边说:"你小子要是回家了,我还不得想疯啊?"大家都没说话,只听得流水哗啦哗啦流淌。

突然,孟达清清喉咙,唱起了歌:

蓝蓝的天上白云飘,
白云下面马儿跑。
挥动鞭儿响四方,
百鸟儿齐飞翔。
要是有人来问我,
这是什么地方?
我就骄傲地告诉他,
这是我的家乡……

孟达的歌声粗犷奔放,在山间激荡,在原野奔跑,踏着浪尖滚滚而去。

孟达唱完了,眼角有泪滑落。他想,那是刚刚笑出来的。

萨仁的掌声响起来,小虎的掌声跟着响起来。萨仁激动地说:"唱得太好了,太好了!"小虎说:"干爸的嗓子眼能放一个大鸡蛋,好粗!"

孟达让小虎唱歌,小虎说会唱《吉祥三宝》,孟达急切地吆喝着快唱。

合唱最后一句时,三人同时扭头相互望着。萨仁惊奇地发现孟达一句也没唱错。

白毛真的嫉妒了,它串通红马一起反抗,以示它们的存在。主人不为所动,红马不叫了,白毛也不叫了。它们定定地望着主人,他把女人和孩子都抱起来了!还转着圈圈。那么大力气,能拉车了!红马趴在地上，白毛相偎着躺下了。

"哪儿学的这歌？"萨仁站定，仍有些眩晕，她捂着头问。

孟达大口大口喘着粗气，指了指挂在敞篷下的收音机。

"一句都没唱错！"萨仁说。

"是呀！爸爸总是唱错，干爸好强！"躺在地上刚刚还喊迷糊的小虎爬起来说。

小虎起身，拉住孟达的衣角："干爸，和我们一起回家吧！"

孟达就想起了那些飞散的纸片，他回来的路上看见它们已七零八落，各奔东西。

孟达趔趄几步，甩掉小虎。"迷糊了，迷糊！"孟达躺在地上，片刻就响起了呼噜声。

萨仁将小虎哄睡，背对孟达坐下，把石子往水里扔。石子一颗颗掉进粼粼波光里。

"我会想你的！"萨仁说。孟达的呼噜声骤然停了。

"我和孩子都会想你的！"

孟达的呼噜声再次响起，像滚滚的雷声。

不知何时，一团团乌云聚集空中，云的影子越长越大，完全笼罩了大地。萨仁担心下雨，去拾干柴了。

孟达听到萨仁远去的脚步，抓起一把把沙石胡乱扬着，扬着扬着就扬到头上，大点的石子砸得他脑门蹦蹦作响。他翻了几个滚，滚下河坎，顺势滚进河里。

云黑压压的，越压越低。一阵凉风吹过，雷声打着滚跟来，豆大的雨点从空中刷刷掉下，河里开满了层出不穷的水花，被水一批批运往下游，好像在送它们回家。

萨仁抱着干柴跑了回来，不见孟达，急忙将敞篷下的小虎抱进窝棚，关上天窗。雨点敲在天窗上，犹如爆豆子一般。小虎醒来，兴奋得大叫，天上下豆子了！萨仁嘱咐小虎不要跑出去淋雨，她去给干爸送雨衣。

萨仁将仅有的一件雨衣擎在头顶，向柳丛奔去。她在水泡子附近捡柴，孟达不在那，她往下游看，看出多远也不见人影，那么肯定在上游。

萨仁找遍柳丛，没发现孟达，向远望，只有白花花的雨线，连绵不断。萨仁钻进柳丛,沿着河岸边走边喊。萨仁开始胡思乱想,想着想着,害怕了!突然脚下一滑,摔倒在地,瞬间,雨衣就成了水衣。

萨仁爬起来,衣服已湿透,她歇斯底里喊:"孟大哥!孟大哥!"孟达就从前方对岸的水里冒出来。萨仁一颗心落了地。

孟达又潜入水里,萨仁紧紧盯着雨花翻飞的水面。许久,不见孟达出来,萨仁喊了几声仍不见出来,又慌了。"出来!"萨仁几乎喊破了喉咙。孟达就从萨仁脚下拱起来。

萨仁生气了,"我不喜欢开这种玩笑!"

水淋淋的孟达突然扛起水淋淋的萨仁,钻进柳丛。孟达赤脚奔跑,萨仁像一条摇头摆尾的大活鱼,又踢又打。孟达嘴里一直喊着:"你不是想我吗?你不是想我吗?"

萨仁突然不再挣扎,她发现孟达只是扛着她在柳丛转圈。

孟达终于跑不动了,不曾想萨仁从他肩膀滑下,顺势横陈在地,白纱衣浸了雨贴在身上,遁了形。雨点在她身上活蹦乱跳,那两朵水灵灵的"粉芍药"哦!

"你要了我吧!"萨仁闭着眼。

孟达呆愣愣站着,一眼不眨。雨不断冲刷着他,他觉得雨灌进了他的身体,形成一股汹涌的暗流,几欲冲出,要将那条活生生的"鱼"吞没。他咬紧牙关,堵住了几近崩溃的堤坝。他就那么呆站着,雨还在下,把他从头到脚彻彻底底刷得干干净净。

良久,孟达伸出双手,把萨仁拎起来,扛在肩上,扛回了窝棚。

雨停了,一架彩虹出现,给柳丛披上了七彩霞衣。片刻,太阳像去哪串了个门,又轰轰烈烈回来了,万物复苏,鸟和青山比高低,蚂蚱向蝴蝶学跳舞,不管怎么学,舞姿都很僵硬。格尼河大大方方向前流淌,好像刚刚那场暴雨只是一场梦,什么也未曾发生。

萨仁又将兽皮裹在身上,不同的是裹在下身,格子衬衫拽掉的纽扣找不到了,她用针线把有扣眼的地方缝住,套在上身。

萨仁问孟达为何只带一套衣服来,孟达穿着大裤衩站在木桩边,指指四周,"谁看我?山?柳?花?水?那鱼就是蹦起来看我,还以为我也是鱼呢?衣服湿了就脱,干了再穿,不干就打光腚。"

孟达的皮肤在阳光下黝黑发亮，像黑胶皮。萨仁正出神地望着，突然大叫一声，捂住脸，呵呵笑起来。小虎不知从哪钻出来，一把扯掉孟达的大裤衩就跑，孟达急慌慌地提起来。

"好你个小兔崽子！"孟达笑哈哈地追上去，"看我怎么收拾你！"

小虎绕着圈子跑，轰起飞蛾、蚂蚱、蝴蝶东跳西舞，他吆喝着："哦……打光腚，大光腚，光着大腚……"

萨仁蹲在地上，捂着肚子，笑得站不起来了。

孟达终于逮住小虎，把他抛向空中，喊着喂大鹰喽！

萨仁渐渐收敛了笑，她捂着牵扯得发麻的腮帮子，想起有多久没这样笑了，或者是否从来没如此开怀过。这种简单、透明、纯朴的生活，紧紧攫住了她的心。她仰起头，眸子蒙上一层水雾，眼里的蓝天浸湿了。

孟达放下小虎，要去遛鱼，刚下过雨，鱼最容易钻挂子。

小虎要去，萨仁也要去。孟达拎起两只船桨，小虎要去一只，萨仁提着桶，他们向水泡子走去。白毛见状，几个箭步追上，气得红马将尾巴翘上了天。倾斜的夕阳，像一艘金色的巨船，仿佛要载着他们驶向金碧辉煌的地方。

小虎走在中间，指着地面并排行进的细长影子，说它们也是吉祥的一家。说着，他把船桨递给孟达，伸出两只手，把三只细脚伶仃长短不一的影子连在一起。

水泡子不大，似椭圆的大鹅蛋，水边长有茂密的水葱，微风搂着它们纤细的腰肢翩翩起舞，几只水鸭子倒不怕人，尽管绕着水葱自在地游，好像在为风带领舞蹈路线。胶皮船泊在岸上，是用绳子和木板将充气车胎勒系而成，小虎说，像个"8"。孟达躺在"8"上，怀里坐着小虎。

船尾的波纹，犹如鱼尾向水中蜿蜒而去。萨仁坐在岸上，抚摸白毛的头，斜阳将她的头发染成了金色。她望着碧波闪闪的水面，越发觉得孟达浑身都散发着让人目眩的光。她有些恍惚，船上坐的不是孟达，是他，而他似乎就是孟达。在那只小船上，他们变来变去，惹得她眼花缭乱。

孟达一边摆桨，一边用桨挑起浮漂，小虎就哇哇大叫，鱼，鱼，大鲫鱼！孟达嘱咐小虎只准看，不准乱动。小虎就抱着胳膊，乖乖用嘴来释放他的兴奋。

孟达沿着浮漂敛挂子，敛到头，沉甸甸地堆在小虎脚边，掉头回转。鱼在网里跳蹿，砸得船板蹦蹦响。小虎嚷着："天呐，爸，鱼咬我脚了！"

孟达双手一抖，桨下的波纹乱了阵脚。他抬头，岸上采山韭菜的萨仁正弯腰朝他们张望。她裹着兽皮的臀挡住了那抹斜阳。她像一头惹人怜爱的小鹿。

"你……叫我什么？"孟达颤颤地说。

"干爸呀！"小虎答道。

"你刚才……没那样叫！"

"一个字省事！"

"那你叫，再叫。"

"爸！"小虎脆脆地叫。"爸——"小虎又长长地喊。

这是孟达听到的最好听的声音了，那声音长了翅膀，在他头顶盘旋飞翔，久久回响。

"哎——"孟达激动地接应。他左右开弓奋力拨桨，船像一条肥大的黑鲶鱼，向岸边驶去。

窝棚前的空地上，孟达先摘了几条鱼甩给萨仁，让萨仁炖上。今天他太高兴了，得美美喝上一顿。

"儿子，看看这些鲫鱼。"孟达对蹲在旁边的小虎说，"多傻，使劲拱，把腮帮子都勒出血了。不过这是有能耐的鱼，像柳根、沙包、细鳞、白鲢啊就没能耐，挂住就挂住了，摘下来就死，鲫鱼还能放鱼篓里养着。爱吃蝲蛄不？明儿个爸领你捞蝲蛄……"

"明天我就走了。"小虎打断孟达。

孟达一愣，"哦，是啊！啊，是。"

青山把落日的余晖一口吞下去，天顿时就暗了。

八

一大早，太阳就耀武扬威站起来，对着窝棚，虎视眈眈。孟达把遛的大鱼养在鱼篓里，小鱼剖了，晾在柳条笆箩里。萨仁早早倚着木桩向东张望，望了好一会儿。萨仁给菜秧子浇水，不时抬头望望，一个人影都没有。她又去刷马，眼睛虽不在马身上，却还是把马刷得干净清爽。红马惬意地仰头嘶鸣，萨仁眼前仍是空荡荡的，只有太阳越走越近，越来越猛。

午饭后，孟达领小虎下河玩了。萨仁干脆坐在木桩上，死死盯着东方，任凭阳光的拳脚火辣辣地叠加在身上。萨仁听见孟达对小虎说，要教他游泳，还要带他骑马、抓鸟。

偶尔，孟达领着小虎湿淋淋地上岸。"嘿，萨仁啊！看这是什么？"孟达将一把山上采的芍药花魔术一般立在萨仁眼前。一会儿，他们再来，芍药变成了紫马莲，又变成了红百合。每次，孟达和小虎都让萨仁猜，萨仁总是猜不到。后来，萨仁不猜了，小虎就说："就知道你猜不到。"说着将一只被系着腿脚的山雀放在萨仁腿上。萨仁就捂着脸呜呜大哭起来，她不是被吓到的，她怨太阳，折磨了人，竟匆匆躲在山后去了。

小虎被山雀牵着，和白毛一起在草甸子疯跑。他俨然忘记，爸爸今天应该在东方出现。

孟达俯身抓住萨仁的手："萨仁啊，月亮，对不住啊！我……我把那张纸条撕了，我……"孟达说着噼里啪啦往脸上甩巴掌。萨仁慌忙抓住孟达的手，她定定地望着孟达："没打电话？"

孟达使劲点头。

萨仁眼睛一亮，随即又暗下去。"那他也该来看看，至少看看那片柳树。就算他跑回我叔婶哪里找，现在也该回来了。"萨仁的泪珠滚滚而下。

"我明天再去，我一定打，他……"

"算了！"萨仁将泪抹去，"可能他就没找我们！"

"我明天送你们回去。"孟达急切地说。

"不，不回去！我恨他恨他恨他，为什么？到底是为什么？我怎么知道为什么孩子不像他……"萨仁捶打着地面。孟达半跪着，用宽阔的臂膀将萨仁揽在怀里，像安抚一直受伤的小鹿。

"别闹，别让孩子听见，那小东西那么精。看，他这不还有个'爸'吗？"孟达扬扬头，以示存在。

萨仁果然不再闹腾，她把头伏在孟达宽阔的胸膛，任由孟达浑厚低沉的声音回旋耳畔，她闭上了眼睛。偶尔，她回过神来，孟达的声音顺势蹦进耳朵,她眨眨眼,又闭上。

后来,她听到孟达说儿子饿了,就踉跄着爬起来,烧火做饭了。

九

萨仁在门帘上撕了根布条,将头发高高挽在脑后。她迈出窝棚,转身向着朝阳,金色抖擞地迎接"呱嗒呱嗒"归来的孟达。孟达目不转睛望着萨仁充满朝气的脸,一时不知说什么好,想了半天,指着菜秧子让萨仁看,"还阳了,立立整整的。"萨仁满脸带笑,洁白的牙齿闪闪发亮,像含着一粒粒宝石。

萨仁接过孟达的水汆。"买两斤毛线,四根棒针,我给你织条毛裤秋天穿。"萨仁抖着手里的布单,"看你这日子过得,被里被面成铁打的了,像你一样黝黑铮亮。"萨仁用一根手指轻弹触在孟达的肩上,孟达揉揉麻酥酥的肩,挠着后脑勺,下巴就一点点收上去。

"傻笑啥?"萨仁一扭头,款款往河边走去。

孟达看看西边,山头没有太阳。

"太阳没从西边出来。"孟达粗声粗气吼了一嗓子。

水边传来萨仁咯咯咯的笑声,跟着浪花一起流淌。

孟达套好马车,车上装了这几天起的鱼,真不少,怎么也得卖个三五百。孟达哼着歌,扬起鞭子,正准备起身,远远望见一个人影。人影移动很快,渐渐变大……看清了,骑着摩托。孟达的鞭子掉了,他猛然回头,见萨仁坐在河流下游,正奋力搓洗。孟达后退几步,腿发软。他颤颤地向萨仁跑去,紧跑几步,刹住脚,转身朝窝棚跑去;跑几步,又刹住脚,再朝萨仁跑去。他的腿脚被飞速旋转的车轮撵得乱了分寸,就这样往返跑了几趟,才站定,一颗心提到了嗓子眼,大鼻头变成了黑色。

能怎样呢?把萨仁和小虎藏胳肢窝下?把她们眼睛蒙上?还是把嘴巴堵上?他恨不得一口将萨仁和小虎吞进肚子,隔着肚皮,再怎么也没人找得到!

孟达突然跌坐地上,眼睁睁看着车轮伴着突突突的马达疾驰而至,在他脚边杀了个回马枪,发出刺耳的尖叫声,像一把利剑插进夏天的胸膛，把墨绿的青山吓得簌簌颤抖，流水哑然噤声。

孟达的眼睛在那静止的、闪着白光的车轮上凝固了。

孟达恍惚听到萨仁跑来，脚步踉跄，踩得鹅卵石东翻西滚。她该怎样呢？哭？笑？又哭又笑？他们会怎样呢？抱在一起？转几个圈？她好像还没缓过劲吧！傻不愣瞪地站在那；一个小东西从窝棚闪出来了，还揉着眼睛吧，就知道他能听见，这么大的声音，那个小机灵鬼还能听不见？这会儿他应该叫爸才是。他肯定会叫的，马上就叫了，他的声音会飞，像拇指大小的翠鸟一样，呼扇呼扇的，能把世上所有的爸都听醉……

"叫你呢？你看谁？"孟达没听到小虎叫爸，听到一个男人的声音，听起来有些耳熟。

"叫我？叫我什么？"孟达抬起头，眼球散漫地游移，怎么也不肯聚光，他笼统地看着那个牛高马大的眼睛黑里咕咚的男人。

"叫你卖鱼，你还没睡醒吗？昨晚干啥坏事了？"男人摘下了黑里咕咚的墨镜。

孟达的眼睛就聚光了，越聚越亮。

"你这老家伙，别给我放电，吓人倒怪的。"男人说。

孟达一跃而起，"呃呀妈呀，你咋来了，你咋找这儿来了……天，你看你，也不说一声，整个突然袭击……这、这……心脏病都让你吓出来了！"

"你怕啥？我又不是鬼。人家饭馆等着要鱼，你这说来就来，说不来就不来的，我就只好来了！"男人说，"赶紧赶紧，我带秤了。"

孟达转头看见萨仁，又看看小虎，她们都傻呆呆的。孟达一挥手，"没你们的事，该干啥干啥去。"

"你老家伙。"鱼贩子叉着腰，看着萨仁的背影，"神仙日子啊！就你这驴脸，还娶那么个像大明星一样的媳妇儿，上辈子积德了！"

孟达附和，"是，积德，积德。"

孟达见鱼贩子还盯着萨仁看，"啪"，拍了一下他的肩，"看秤！"

鱼贩子把所有的鱼高价买走了，连孟达晒的鱼干也给强行买走了。他用网罩住悬垂后座铁架子上的两个水桶，骑上摩托，蹬起火，对孟达说："你'媳妇儿'忒面熟，我肯定在哪儿见过的！你老家伙，啧啧，福气……"

"快走吧你，鱼死了，你就亏大了。"孟达说。鱼贩子意犹未尽，又朝河边瞟瞟，才一冲油门，窜了，甩下一股黑油烟。

"明儿个再去买东西啊！"孟达冲着河边喊。

孟达以为萨仁不会回答，却听到萨仁回身喊："明儿个就明儿个吧！"那声音像一股凉悠悠的风，让满头大汗的孟达舒爽得伸了个长长的懒腰。

"儿子，骑马喽——"孟达喊完，小虎又从窝棚蹦出来了。

"我没光腚，穿着裤衩。"小虎叫道。

"那不和你一样！"萨仁大声说。

孟达嘿嘿笑，"小懒虫，去吃饭，你妈妈今早烙了油饼呢，一共六张，你妈妈吃了一张，我吃了四张，还想吃，想到儿子还没吃，就留着了。"孟达继续说，"还有啊！你得吃慢点，别像我，跟饿狼似的，噎得嗝嗝的。那油饼啊，太他娘的好吃了。"

小虎眯缝起小眼睛："是不是今天才吃饱？有劲说这么多话。"

"妈妈！"小虎喊，"你以后天天烙油饼。爸吃了饼才让我骑马，昨天我求他半天，他都不骑，非要采那些花。"

"听儿子的！"萨仁答道。

孟达咂咂嘴，"油饼真是好东西，金黄金黄的，儿子你拎起来，就是西边出来的太阳啊！"

小虎蠕动着油嘴，把豁口的油饼举起来。

"呃呀，被天狗咬了！"孟达说。

"不对，我妈妈说过，天狗吃的是月亮。"

"也吃西边升起的太阳！"

小虎就啊呜啊呜将油饼咬了一个又一个豁口，很快，一张油饼不见了。

"我想把山雀放了。"小虎抹抹油嘴。

"放了干啥？好不容易抓到的，你不是它干爸吗？它不爱和你玩吗？"

"爱。可是它还想和家里人在一起。它想回家了。"

"你给它盖的家不好吗？"

"好。它的家也好，还有亲爸。"

"儿子。"孟达催促，"快来，骑马了！"

孟达将飞奔而来的小虎抱上马背，"喂，晾衣服那个女的，骑马了——"

萨仁笑盈盈地走来，捋捋马鬃，纵身一跃，贴着小虎坐在马背上。

"没马蹬你也能自己上去？"孟达的大鼻头又变成了酱紫。

萨仁神气地扬起脖子。

"我妈妈小时候参加过赛马比赛，还得了奖呢！"小虎说。

孟达竖起大拇指，他一眼接一眼往萨仁脸上瞧，越看越好看，怎么也看不够。

孟达牵着马走向草甸子，然后他拍拍马头，"委屈你了，多担待点。"说完，将缰绳交给萨仁，翻身跃上马背。

白毛跟在后面直摇头，做一匹马可真不容易。可是，白毛却发现红马迎着灿烂的阳光，昂首阔步，响鼻阵阵，精气神好得很。它听见主人说："这家伙背上还没坐过女人和孩子，你看它得瑟的样。"紧接着，女人双腿一夹，脆生生喊了声"驾"！红马那四只蹄子就奔腾起来，踏得阳光四溅，主人就搂住了女人的腰。主人还唱起了歌：

马儿啊，你慢些走呀慢些走！
我要把这迷人的景色看个够，
……
月亮（祖国）啊，我爱你多彩的风姿！
我想看个够啊，总也看不够，总也看不够！
哎哎哎哎哎哎嗨哎哎哎！
月亮（祖国）啊，我爱你美妙的声音！
我想听个够，总也听不够！
哎哎哎哎哎哎嗨哎哎哎！

萨仁听见孟达改了歌词，轻拽缰绳，马慢下来。小虎急了，"快快使用双节棍，哼哼哈嘿！"小虎一下下用双腿夹着马背，马还是慢悠悠地走着。

小虎大嚷："爸，重唱，唱它快些跑。"

孟达就唱："马儿那，你快些跑呀快些跑！"萨仁双腿一夹，马又奔跑起来。

白毛吐着红舌头，哀怨地看了主人一眼，它不想再跟着他们绕圈子，实在跑不动了，干脆坐在地上。

下编：小说

　　萨仁再次勒了缰绳，"天太热，马受不了。"
　　马慢下来了，摇摆的臀部使孟达的手扭来拧去，萨仁的腰在他掌里像蜿蜒的水蛇。
　　"妈妈，爸咋还不来呢？"小虎望着远处的镇子。
　　"他忙。"萨仁说。
　　"我再不惹他生气了。"
　　"你没惹。"
　　"我惹了。我说他大眼珠子愣愣的吓人，他就把汽车砸了。"
　　萨仁揽住小虎，孟达伸出手臂，想老鸹子一样，揽住母子。
　　小虎欣喜地大叫，"妈妈，瞎目鼠！"好像，生气的爸爸被刚刚的一阵风吹走了。
　　萨仁掉转马头，朝窝棚走去。
　　"爸，老鹰！"小虎接着叫。
　　听起来，你妈是瞎目鼠，爸是老鹰。
　　"那我就要把瞎目鼠抓走喽！"孟达揽紧胳膊。他感觉萨仁的身体轻轻颤抖，像雏鸟展开翅膀。孟达揽得更紧了，仿佛生怕一松劲，怀里的鸟翅膀硬了就飞走了。
　　"抓呀！抓呀！老鹰来了！"孟达又向前伸伸胳膊，张牙舞爪舞动着手指，他的胸膛紧紧贴近萨仁的背。
　　小虎呀呀叫着。孟达听见萨仁倒抽一口气，紧接着一股热乎乎的气流从萨仁鼻孔吹出，飘到孟达脸上。孟达的心兀自跳了几下，他打了个激灵，松开手臂。嘴里却说，"天下火了，下火了，受不了！"
　　孟达让萨仁勒住马，下马去采山韭菜，说回去把冰在河里的肉剁了，晌午包韭菜饺子。萨仁下马抱下小虎，一起采。
　　孟达边采边说："要是没你们，我一个夏天都吃不上一顿饺子，擀面杖光溜溜地拿来再光溜溜拿回去。这个夏天哟，老光棍子得粘点面回去了！"
　　萨仁大笑："你是在说擀面杖还是说你？"
　　孟达想了想，脖子一梗，"我说两根光棍！"
　　"看你往哪跑！"小虎捂住一只蚂蚱，"不是我要吃你，是山雀。"
　　回到窝棚。小虎忙着喂鸟，孟达和萨仁忙活包饺子。孟达赤着上身，一会儿下河洗韭菜，一会儿上来剁肉馅，一会儿又跑去舀水，忙得不亦乐乎。白毛屁颠屁颠地跟着，它知道主人不会理它，自从女人和孩子来了，他就不理它了。可它还是忍不住跟着。孟达的下巴始终向上收着，大鼻头潮红。萨仁问他总那样笑累不累，他的下巴就收得更厉害了。

孟达从蛇皮口袋抽出擀面杖，来到敞篷下，坐在饭桌前，将萨仁团好的面团压在擀面杖下，呼啦呼啦擀开了。

"你看，这擀面杖想面团都想疯了！它这辈子能干啥？就是个擀，不让它擀，它都憋屈死了。"孟达说。

"你说话真有意思。"

"我多少年没说过这么多话了。也说，说给它、它还有它们听了。"孟达指着白毛和红马，又挥手在天地间划了一圈。

"你看啥都是活物，和你在一起真愉快！"

"这么说，我这条光棍这辈子还能擀着面？"

"能！哪块面跟了你哪块面享福。"

"要是你……你这块面呢？"

孟达见萨仁愣住，急忙补充，"我是说要是你先遇着我呢？"

"我愿意，让你擀！"

"假话！早吓跑了！不过，把我吓跑了也说不定。"孟达的大鼻头又变成酱紫了。

"你跑什么？"

"你那么好看，我哪里配得上？"

"你不丑。心里更美。"

"你这不骂我吗？我把号码都给撕了。"

"你是好人！"萨仁固执地说，"你真的挺好，哪都好，好就是好。"

萨仁又说："有缘分的人，应该把每天都过好。"

萨仁起身揉面，一口热气喷在孟达脸上，孟达突然僵住了，好像萨仁嘴里吐出的仙气，将他催眠了。

"你是不是天上派来的仙女？要不就是哪个山洞修炼成精的仙狐？是不是来逗我玩的？"孟达恍惚地说，"我怎么天天都像在做梦，这个夏天是怎么回事？"孟达起身去了河边，洗了把脸，回来说，"让天给热迷糊了，耳朵不好使！"

"你才是上天派来救我的。"萨仁说，"没想到，这地方突然冒出个窝棚。"

"我也没想到，水里冒出个女人，地上冒出个儿子。"

"我还冒出个干爸呢！"小虎扑在桌边，面团留下一排黑乎乎的五指印。"我饿了，肚子里好像有狗崽在叫。"

孟达放下擀面杖，去看锅里的水。

"煮饺子喽——"孟达喊。

山和水从没听过这样的话，它们问见多识广的白云。白云说这是冬天的声音，寒冬腊月的深夜，爆竹满天飞时，会有人这样叫喊。一时，天地间议论纷纷，它们议论，孟达是不是要在夏天，把四季都过完。

孟达和小虎吃饺子撑得肚皮圆鼓鼓的，躺在敞篷下，嘴里念叨着"歇会捞蜊蛄去"就睡去了。

萨仁的目光轻抚着孟达，发出一声轻叹。"我到底是心疼他？还是真的喜欢他？他真的是有些丑，我怎么就不觉得呢？"萨仁望向柳丛，少了一捆柳条，仍茂密得让人心跳。

孟达不清楚自己到了那里，只觉得有种软绵绵的东西沿着额头游走。他想睁开眼，睁不开，他想伸出手，抓住那东西，却浑身无力。那东西还在走，走到他嘴边了！痒，很痒，又有种说不出的感觉。咦，怎么待在嘴那儿不走了呢？滑溜溜的，湿乎乎的……

孟达一巴掌甩过去，什么也没打着。他睁开眼，坐起来对头顶的白毛说，"不是给你喂饺子了啊？你还舔我嘴。"

白毛正睡着，被主人惊醒，见主人冲着自己瞪眼睛，不明白发生了什么，只好耷拉着脑袋，假装主人训斥的是背后的红马。

"不是白毛。"

孟达听见声音，才发现，旁边坐着萨仁。

"那是谁？"

"是……是梦。"萨仁吞吞吐吐说。

"哦！你热吗？脸怎么那么红？"

"热。下河捞蜊蛄吧！"萨仁匆匆起来，背过身去。

孟达叫醒了小虎，听说下河了，小虎一听就翻起来了。萨仁拎了个水桶。

他们来到下游，水汩汩流淌，可见水底的石头，大小不一。孟达指着那些石头说："蝲蛄就在那些石头底下，咱们得像马尥蹶子那样踢那些石头，蝲蛄就出来了。"

小虎觉得不对，"错了吧！应该像狗那样刨。"

孟达挠挠头，"像驴抬蹄吧？"

孟达对萨仁和小虎说："你娘俩只管趟，我连趟带捞。"

萨仁把裤腿卷起，小虎脱得溜光，孟达穿着大裤衩。

孟达和萨仁牵着小虎往河里走，他们的腿脚阻挡了水流前进，使得水流攀上他们的大腿，翻起滚滚白浪。小虎站不稳，不时尖叫："啊，水咬我了，水舔我了！水的嘴巴可真大呀！"水的舌头好舒坦啊，滑溜溜的，湿乎乎的！"

萨仁脚底一滑，"噗通"坐在水里，水花四溅。一串串笑声腾空而起，扑了山一满怀。山问水干嘛要戏耍人家，水说那女人的腿像两条白鲶鱼，想带着一起走。

萨仁湿淋淋爬起来。小虎追问："妈妈，你裤衩湿了吗？"

孟达突然将水撩起，"有难同当，有难同当！"

一串串白亮白亮的水珠跳起来，一头扎进衣服、脖子、脸、头发……将他们泡了个透，只等太阳伸着舌头舔干。

"蝲蛄，蝲蛄！"小虎大叫。

孟达伸出像笊篱一样的大手，急速探进水里，萨仁的桶擎过来，蝲蛄就在盆里干瞪起鼓鼓的眼睛，伸着火红的钳子，张牙舞爪。

"爸，它不夹你吗？"小虎盯着孟达的说。

"爸还夹它呢，爸这是老虎夹！"孟达翻转着他的手。

"趟，继续趟。"

三人手牵手逆水而退，蝲蛄翻着花冒出来，孟达的手一次次探进河里。

水逐渐深了，萨仁把小虎抱上岸。小虎拎着一只被掰了钳子的蝲蛄回窝棚了，他要给他的山雀看蝲蛄吐白沫。

萨仁返回水里继续捞。水齐腰深了，萨仁有些害怕，孟达松开她去攥一只硕大的蝲蛄时，萨仁回头望着黑黝黝的水面，顿时胆战心惊。"孟大哥——"她惊叫,"别离开!"

孟达听到这叫声,心疼得恨不能立即飞去,将她揉成一团,揣在心口窝上,好好守护着,不让她受到一点惊吓。他迅速折回,扑腾起的水花遮掩着他,使他看起来像在披荆斩棘。他将萨仁扛在肩上,上了岸。

太阳快落山了。孟达要去下挂子了,鱼在傍晚最爱撞网。他对萨仁说:"拾些干柴吧!咱们晚上来烤鱼,烤蝲蛄。"

十

阎家堡潜伏在夜里,用几盏忽明忽暗的灯做眼睛,像几只蜷卧一起假寐的走兽。星星太多了,闹哄哄的,仿佛拥挤着看什么热闹。月亮不理会星星,似乎看透了一切,用爱怜的眼光打量着大地。

格尼河岸篝火正旺,窝棚在火光下闪着红光,像个满面通红的老汉。白毛变成了红毛,红马则远卧在草地,躲避那刺目的光。孟达穿着大裤衩,肩上搭着条毛巾,蹲在火堆旁,手里擎着几根木棍,木棍上穿着鱼、蝲蛄,他转动木棍,鱼和蝲蛄在火里翻转,发出滋滋的声响。他高凸的额头密布着汗珠,有些汗珠沿着他凹凸不平的脸前行,像在翻山越岭,终于爬到下巴,跌进了"悬崖"。没有汗珠攀上他那酱紫的鼻头。

"烤冒油了!"孟达说。

小虎跪在地上,把自己吃成了小花猫。"爸,你说自己还是说鱼啊?"小虎看见一只飞蛾扑进火堆,又说:"你也想吃烤鱼啊?笨蛋!在边上等着不行?急嘴子!"

"好香,好香!"萨仁的袖子挽得高高的,把一条鲫鱼啃得只剩下瘦骨嶙峋的骨刺。孟达叫着,"快点,快点,又杀眼睛了!"萨仁就伸开盘着的腿,起身撩起孟达肩上的毛巾,挽救了那些即将粉身碎骨的汗珠。她已经这样做了很多次了。

"你身体里藏着一条河吗?"萨仁嘻嘻笑着。

"那是说女人的。"孟达说。

"哟,你不像一根擀面杖呢!"萨仁打趣说。

"你们在说什么?"小虎指着火堆,"我要吃那个大蝲蛄。它的钳子里肯定有块又大又白又嫩的肉。"

"我要吃那条沙包,刺少,肉多。"萨仁也指着火堆,她的嘴唇被火烤得异常丰满。

"嘿,我这还供不上你娘俩了!儿子,给爸喂口酒。"孟达说。

小虎端起酒杯凑到孟达嘴边,孟达的嘴就成了一只鸟,"吱……"杯里的酒少了一截。

"你以为养老婆孩子那么好养啊?"萨仁端起酒杯,在小虎手里的杯子上碰了一下,啜一口。她有些醉意了。

"好养,十个也能养!"孟达说完,额头上挨了一个脑瓜崩。

"美得你!"

孟达喜滋滋地把蝲蛄递给小虎,穿着沙包的木棍给了萨仁。

"吃,吃,一大把都给你们吃。"孟达说着又把盆里腌渍好的鱼穿在木棍上。

孟达突然有些害怕,他怕天上的神仙看见了,嫉妒他这幸福美妙的日子,刮一阵乌风,将女人和孩子掠走。孟达刚想叫小虎和萨仁往他跟前坐坐,别离那么远,耳边就传来了歌声。

天边有一对双星,
那是我梦中的眼睛。
山中有一片晨雾,
那是你昨夜的柔情。
我要登上山顶,
去寻觅雾中的身影。
我要跨上骏马,
去追逐遥远的星星……

孟达的眼睛被火烤得发舞,他循着歌声望去,朦朦胧胧看到有人影子舞动。他使劲眨眨眼,看清是萨仁,萨仁一边唱歌,一边跳舞。孟达彻底看呆了!她会不会就是天上的仙女?她的身体像水一样缓缓流淌,她伸展的双臂,轻盈的腿脚,犹如一只展翅的天鹅。孟达觉得那只白天鹅飞到他身边来了,他想去拉,却又旋转着飞走了。

　　天边有一棵大树,
　　那是我心中的绿荫。
　　远方有一座高山,
　　那是你博大的胸襟。
　　……
　　我愿与你策马同行,
　　奔驰在草原的深处。
　　我愿与你展翅飞翔,
　　遨游在蓝天的穹谷。

　　萨仁突然换了欢快的歌曲,舞步也跟着快起来,孟达就觉得缓缓流淌的河水一瞬间就变成了熊熊燃烧的火焰……

　　等孟达感觉有人蒙住了他的眼睛,才知道小虎喊了很久了。小虎喊:"鱼糊了,鱼糊了!"孟达这才闻到一股刺鼻的焦味。他哪顾得管那些天天在手里摸索着的鱼,将满满一杯酒倒进嘴里,蹿起来,把萨仁拦腰抱起,转起圈圈,一边转,一边"嗷,嗷,嗷"叫着。白毛以为哪儿又来了只狗,兴奋得瞪眼四处张望,发现是主人,就悻悻低下了头。

　　孟达放下萨仁,才发现小虎翘着嘴巴,能挂油瓶子了。

　　"儿子,糊……就糊了,爸再给你烤!"孟达舌头不那么好用了。

　　小虎撅着嘴,"我的蚂蚱也糊了,山雀吃啥?你们就瞎蹦跶吧!"

　　孟达大笑,跳到草丛,抬脚在草上晃了一圈,俯身扑下去,两手各逮了一只蚂蚱。小虎就乐了,"你到底是不是人啊?我看你就是个大马猴。"

　　"哈哈,哈哈,哈哈哈……"孟达发出连串的笑声,引得本就毫无睡意的山水兴奋起来,山把孟达的笑声抛向空中,使它久久回响。水则吹响号角,将鱼抛出水面,格尼河的夜沸腾了。

　　孟达烤好了蚂蚱,萨仁怀里的小虎已经睡着了。萨仁把小虎抱去窝棚,出来时,手里攥着一把山里魂。

　　孟达惊讶地望着萨仁,萨仁说没有下酒菜了。

　　"哪来的?"

"我捡柴时采的。"

"那东西……"

萨仁用食指堵住孟达的嘴,"喝酒!"

孟达和萨仁对坐,萨仁斟满了酒。火熄了,微风吹来,炭火忽明忽暗。孟达点起一支烟,说今晚的月亮还是很亮呢!

"孟大哥,你听过狐狸报恩的故事吗?"萨仁讲,"有只狐狸掉下山崖,被猎人救了。猎人是个单身汉,狐狸就变成一幅画搁在猎人门口。猎人打猎回家,看到画上的女人很是美丽,拿回家贴在墙上。后来,他每次回来,都发现锅里热着喷香的饭菜,很是奇怪。有一天,他出门后又折回来,偷偷往门缝里瞧,却见画中女子走下来,给他烧火做饭,他推开门,女人想往画里逃,被他一把抱住了。"

萨仁讲完,端起酒杯和孟达喝酒,萨仁咬了一口山里魂,脆脆地嚼着。孟达将一根山里魂卷成一团,放在嘴里,像马吃草一般大口地嚼着。

"辣得舒坦!"孟达说。"那是故事,不是真的,"

"我想把它变成真的。"说着,萨仁把手里剩下的一截山里魂一口口咬在嘴里。

"你……你说什么?"孟达睁大了眼睛,他想他是醉了,耳朵犯毛病。

"我要嫁给你!"萨仁镇静地说。

"什么?你……他……"孟达语无伦次。

"我就是要嫁给你。"萨仁抬头定定地盯着孟达,"你稀罕小虎,你救了我,我要报恩,我要嫁给你。我知道,你能一辈子对我好,我宁愿不教书,我要和你打渔种地,让你做个真正的男人,幸福的男人,别的男人有的你也有。"

"你……我……我没打电话,是……是想多留你们待几天,我、我、我……"

"你配!"

孟达猛然起身,懊恼地别过头:"不配!"

"我喜欢和你在一起,想起要离开你,就像有人扯我的心……"

"你说醉话,你、你醉了,萨仁!"孟达跪在萨仁身边,摇着她的肩膀。

"我没醉!"萨仁扑进孟达怀里,"我真的没醉!"

"我……"孟达气喘吁吁,"我明天就送你们回去!"

萨仁把酒杯塞进孟达手里,"你看,你那天买了两个一样的杯子,不是想让我陪你喝酒吗?来,我们喝交杯酒。"萨仁挽起孟达的胳膊,将酒一饮而尽,又用另一只手将孟达的酒杯送到他唇边,倒进孟达嘴里。孟达瘫坐在地。

突然,孟达抓起身边的一只盆子,踉跄着奔向河边,再奔回来,将水泼在萨仁脸上。

"你醒醒,萨仁!"孟达醉醺醺地说。

萨仁一动不动,任凭水珠从脸上滑落。

"孟大哥,我……"萨仁爬起来,疯狂地奔跑。

萨仁跑到柳丛,跪在地上,呜呜哭泣。

"月亮啊,我的月亮。"孟达扶着萨仁的肩,"你住一天,就算报恩了,你看你的恩。"孟达拍拍心口,"你的恩都在我心里装着呢,我这辈子都忘不了!"

萨仁回转身,两只拳头跳动着敲在孟达肩上,"你这条大丑鱼大笨鱼大傻鱼,白捡的老婆孩子都不要,谁让你那么好那么好那么好……"

孟达啊,孟达,你不是一直想女人吗?想得要命啊!可是你怀里就是个宛如天仙的女人啊!她要向你报恩,当你的女人,她在你的怀里活蹦乱跳,像个惹人怜爱的小兔子,她在乞求当你的女人啊!你是怎么了?你装什么装?你不是一秒钟都没放下那个女人吗?你晚上闭着眼睛不是想人家屁股就是想人家奶子想人家的嘴,还想人家的腰啊腿啊脚趾头啊!你连人家脚趾盖都想了,你还装什么装?再说你把人家从水里捞起来,哪儿都让你看了,你装也是白装!人家要给你当媳妇儿,不蹦高高乐,还推什么推,推给谁呀?你这个没出息的老光棍!

想着想着,酒劲就慢慢上来了,眼前模糊,孟达睡去了。

十一

孟达醒来时,天已大亮,只是太阳还没冒出山头。孟达睁开眼,发现天空异常新鲜,连一丝云都没有。他实在不想醒来,可是怎么有那么多鸟？这家伙闹腾得，不怕把喉咙喊哑了吗？他想起画里的女人，那女人一直在他梦里，一会儿从画里出来，给他跳舞；一会儿又钻进去，静静地望着他，她对他说要报恩……

孟达忽地坐起，柳枝上高歌的鸟扑棱棱飞起一大群，吓了孟达一跳。孟达揉揉脑门，那儿有些疼，好像灌了铅，沉甸甸的，他想他昨晚酒喝得太多了，梦也太多了。孟达起身的时候，发现被子和狍皮褥子，他想，这是画里的女人给他铺盖的。他抱起被子和狍皮摇摇晃晃往窝棚走，看见一女人款款走来，她迈着轻盈的步子，在花花草草间跳跃，她怕踩疼了那些花吧！他现在才发现，那件白纱衣，很像蝴蝶的翅膀，她走在草地上，就是一只翩翩起舞的白蝶啊！

"白蝶"远远向他招手，"嗨，吃油饼喽——"

山山水水就愣住了，它们埋怨白云太懒，从来不知早起，不然是不是可以问问，这又是什么季节的声音，怎么如此动听？

那声音把孟达的天灵盖打开了，头里沉重的铅被倏然吸去，他忽觉神清气爽，得赶紧起鱼了！

"昨晚睡得好吧？"萨仁的小嘴像个铃铛，一张口就铃铃作响。

"梦……梦太多了……"孟达埋着头，为他的梦感到羞愧，大鼻头泛起潮红。

"嘻嘻……"萨仁接过被子，脸埋了进去。

孟达就迈着凌乱的脚步往河边走，"得赶紧起鱼，网快撑破了！今儿个还得去镇上呢！"说着，他已蹿出去很远，背后传来萨仁咯咯咯的笑声。

孟达遛了拦河网，又去水泡子起挂在，他背着沉甸甸的鱼篓往回走，朝阳就伴着"呱嗒呱嗒"的水袏声，有节奏地冉冉升起来，将他的影子抻得很远很远。

萨仁觉得早晨的太阳怎么晒都晒不够，她把饭桌搬到太阳地里，见孟达往回走，就将一摞热腾腾的油饼摆上。

孟达起鱼时忆起昨晚的事，当他发现所有一切都不是梦的时候，情不自禁打了个哆嗦。他想啊想啊，想了很多。他听着"呱嗒呱嗒"的声音，想那个女人，想和她有关的事。想着想着，他远远看见了女人，她正迎着朝阳向他张望，随即她开始忙碌，为他——一个老光棍，而忙碌！

他看着想着，想着看着，忽然就做了个决定：把那个要报恩的像仙女像白兔像蝴蝶的好看得不得了的声声说喜欢他的女人和女人那个聪明伶俐虎头虎脑让人看着就想咬一口的小眼睛孩子，一起带回石屋子，生活一辈子！

他看见了，那小家伙伸着懒腰出来了，仰着头，看鸟呢？他听见了，听见小家伙说："蓝天啊！你的脸今天洗得可真干净！"他就噗嗤一声笑了，恨不得立即咬上一口。

他终于走到窝棚了！他想去亲一下小家伙，还想告诉女人，他做的决定，他想她肯定会高兴的！他又想到身上的鱼腥，就走下河岸，把鱼篓浸在河里。他回到岸上，脱下水衩，女人接过去了。他用女人递过来的毛巾擦擦脸，看见女人和孩子都坐下了，她们面前各摆着一双碗筷，还有一双碗筷在阳光的照射下闪闪发光，那是他的，他又想亲亲那看着油饼流口水也要等他坐下的孩子，舍不得让孩子挨饿，就将幸福的屁股坐在那双碗筷面前，捋了捋袖子，准备吃了饭再亲。还有那女人，他要亲她的嘴，像刺玫花瓣一样的嘴……

他拿起筷子，夹住一张金黄的油饼，张开大嘴咬下去！

这时，远处传来摩托的马达声，油门轰得一声比一声大。

"这小王八羔子！"他有些气愤，"吃饭时来买鱼。"

"卖给他也得去镇上，今儿个要去买很多东西！"他说。

他发现女人和孩子都扭着身子朝东边望，阳光给她们的发丝镀上了一层金粉，好看极了！

"先吃饭，吃了再给他称鱼。"他又咬了口油饼。

孩子跑了起来，在叫爸，又发现蚂蚱了吗？

"儿子，吃了饭再抓蚂蚱！"

女人也起来了，她站立一会儿，也跑了。

他抬头，看见女人和孩子朝摩托跑去，背后拖着两条孤苦伶仃的影子。他忽然就明白了，头顶响起一声闷雷，一口油饼哽在喉咙，噎得他连连打嗝。

摩托上下来个男人，他看不见他的脸，但能看见他很高，很有型，穿着西装吧，肩膀笔挺笔挺的。

男人张开双臂，抱起孩子，女人扑上去，三条影子紧紧纠结在一起。他们都在大叫着什么……

孟达手里的油饼掉了，油饼破了个大窟窿！

孟达的眼睛直勾勾地看着那团纠结的影子，心拧成了麻花……

忽然，孟达发现一个影子跳出来，又一个影子跳出来，她们一起逆向他奔跑。他站起来，张开了双臂，像一只展翅的孤鹰……

十二

水往南流，马车往南走。孟达怀里的收音机不知在说什么，吱哩哇啦，信号不太好。

之前，孟达在这个寂寞的早晨，解开山雀腿上的鱼线，将它抛向空中。他又摸摸那些葳蕤的菜秧，他想它们要自己慢慢长大成熟，慢慢等待秋天的到来。

白毛幸福地坐在主人怀里，它想，好日子终于又回来了！昨晚主人唱歌的时候它就有这种感觉了，歌没听过，声音却很熟悉。"星星咋不像那颗星星哟，月亮也不是那个月亮，山哟还是那座山哟……"

孟达回头，这是他第三次回头了。那排光秃秃的柳篱笆变成了一条黑线，马车一拽，黑线晃了晃，不见了！

孟达将白毛赶下马车，把狍皮褥子揽在怀里。

鞭子跳起了独舞。

马刀十字架

张家口学院 朱彦瑾

刀寡妇没嫁过人，却被人喊了一辈子寡妇。三十岁那年，她一觉醒来，发现爹跪在炕尾，娘跪在炕头。她扯起被子蒙住脸，又拉开，忽地坐起说："是不是嫁出去就行？"母亲不说话，父亲咬着腮帮子发出一声"嗯"。她说那就起来吧，多大点事儿。

她让母亲给她做了红袄，自己从粪窑里翻出一把铮亮的马刀，把红袄余下的红布条系上刀柄，抱着马刀说我就嫁它了。

爹的巴掌扇来，她仰天倒下，马刀搂在怀里，尘土未沾。

一

见到刀寡妇之前，我先看到的是鬼。

那夜，感觉能黑出鬼来，这么想着，鬼就来了，这鬼也够脸皮厚的，不经念叨。起初，我在长城岭村的大街上，听着自己怪异的脚步声。村后突然有一刃火苗跳起，刚拢眼神，火苗忽地窜起半尺，是那种鬼火的阴绿，隐约还有鬼影飘忽。

阴绿的鬼火和黑色的鬼影一起晃。很快，火苗被夜吞没，鬼影似乎还在那里，眨着幽绿的眼。我辨别了一下上坡的路，向鬼爬去。

我住在长城岭村，只为探寻一桩历史奇案。抗战时期，八路军一个骑兵连长，在一个夜晚突然失踪。这位骑兵连长，是一位相貌英俊，在血战湘江、四渡赤水等战役中屡建奇功的传奇人物。抗战胜利后，有关人员查阅各方的档案，也没有找到一丝痕迹。成了当地一宗迷案。唯一可能和骑兵连长沾边的线索，是日军在长城岭制造过一桩惨案，有10名群众被残杀。据说，当年鬼子正在残杀群众时，有人喊过老红军来了，并开枪打死几个鬼子，鬼子去追这个人，余下的百姓才算活命。可这个人也一直是个谜。

　　出现鬼的这片黄土坡，过去掏满了窑洞，早在开放初期，村民就钻出窑洞，在平处建起房子，随着日子宽裕，灰黑的土坯房，逐渐消失在一片敞亮的砖瓦房里。昔日繁华的黄土坡，只剩一些废弃的窑洞，以及随意散落的菜窖。

　　那些或圆或瘪的窑洞，是一群独眼鬼，蹲在那里死盯着我。我躲着独眼鬼骇人的眼神，左躲右躲就迷失了方向。正犹豫，一息嘤嘤啜泣在荒野飘忽。我拔腿要跑，平地却冒出一个旋风，呼呼缠住我的腿，我的头皮一阵发紧。

　　抹开冷汗糊住的眼，发现还是耳朵有用，侧耳细辨，哭声还在高处。我躲开一个窑洞，蹲在地上喘息着。

　　"你个死鬼，我等了你七十年……"

　　我确信是人的声音，便顺着声音连走带爬，突觉不对，猛抬头，一截黢黑的物体杵在眼前，我吓了一个趔趄。

　　"你，你是谁？"对面声音苍老。

　　"我……你又是谁？"

　　"我是刀寡妇。"

　　我凑上去，是一个挂着拐杖的老人，老人个头很高。

　　"老奶奶，您住哪儿？为啥半夜上坡？"

　　"你是谁？"

　　"我是县里的，来咱村……"

　　"又是扶贫，烦死了，谁说我穷了？"老人嘴里骂骂咧咧。我上前搀扶，被老人一把推开。我不敢再扶，怕她因推我而滚下坡。

　　让开！老人呵斥着前边走了，我四处瞅瞅，没发现着火的痕迹，就慢慢跟在她身后，如果她摔倒，我好及时拉住。越走越感觉不对，她不是下坡往村里去，而是继续斜着往高爬。我正要问，前边出现一处院落，当院一棵老榆树，树下一个大碾盘，上面石磨、木杠齐全，套上毛驴就可以碾米。

　　正面是两孔窑洞，老人打开电灯时，我恍惚穿越回上世纪三十年代，一个北方农家。看着明晃晃的电灯泡，活在聊斋故事里的感觉反而更加强烈。老人看上去有八十岁,脸上历久的皱纹如现代的交通网,但脸色正常。老人眼神不友好,但椭圆的眼睛好看,年轻时的美貌若影若现。

"老奶奶,你一个人住在坡上?"

"咋地?你还看见鬼了?"

"您咋不去平处住?儿孙呢?外出打工了?村委会不管你的生活?"

"你比大队干部还能嘟嘟,快走吧,我不穷,不用你扶贫。"

窑洞的墙刷得净白,炕上铺着褐黄的苇席,后墙挂着一张年画,小童骑着一条胖鱼,看颜色有几十年了。年画下面是两节木柜,依稀辨得出上过红漆。灶台干净,旁边一个大瓦罐,储水用。瓦罐旁是个碗柜,上面摆着一个民用粗瓷盆,两个粗瓷碗。炕头迷糊着一只大黑猫。

我在地上转了一圈,发现瓷盆里的食物很特别,几个焦红薯一样的东西躺在那里。我们是山区小县,民间小吃应该都熟悉,这是啥呢?我拿起一个闻闻,有一丝土豆的味道。

"老奶奶,这是什么?"

"土豆糕。"

土豆糕我吃过,是把熟土豆和莜面参和在一起,搓韵实了,捏成圆的或扁的,放在油锅里炸,颜色金黄,味道香脆,绝不是这黑不溜秋的货。

我掰开,里外一个颜色,根本不是土豆,有明显草沫子,细闻,有庄稼秸秆的腐甜味儿。

"文化大革命"时期,村里吃大食堂,当地村民发明的"代食品",就是把土豆秧子磨成面,参一点玉米面,蒸着吃。吃的时间长了,有三种反应,一是下咽时嗓子疼,二是肚里憋着疼,三是便秘。

"老奶奶,这不会是大食堂时期的'代食品'吧?"

老人一把夺过"代食品":"小崽子,懂啥叫'代食品'?去去去,我要睡觉了。"

我闭眼睡到天亮,一向爱干净的我忘了洗脸,抬腿爬上村后的黄土坡。

坡上,和昨天一样的院落、碾盘、榆树、窑洞,炕上睡着的还是昨晚的老奶奶。

我没有喊醒老人,转身出来。两孔窑洞,被风雨冲刷多年,黄土成暗白色。窑顶搭了一溜流水檐,十几米的长檐下,疙疙瘩瘩沾满了一坨坨的泥巴，仔细一瞅，竟然吊着二十几个燕子窝。在椽子的缝隙里，还有十几个鸟窝，更多的是马蜂窝。还有一些大大小小的巢穴，说不清楚里边住着什么。

几十只山雀在院子、檐上吵闹，身边的几只跳来跳去，啄食地上的草籽，当我这个人是空气。我几步走进它们中间，它们一下激动起来，围着我飞来跳去一通乱骂。我这才发现，我的一双大脚，把一些草籽踩进土里。我急忙连声道歉，挪开双脚，捡起一根蒿草棍儿，把踩进土里的草籽划拉出来，然后退到一边，它们就又安静下来。

几声喜鹊喳喳，仰头有七个喜鹊窝吊在树冠里，老榆树就长在院子中间。仔细观察，只有一个喜鹊窝是新建的，其余的都是废弃的旧窝。

老人的"朋友"可真多！我走进窑里，老人还没醒。再次确定老人是活生生的人，我掉头冲下黄土坡。

我一直冲进村长家，换做战争年代，我一定是抢下村长的碗，用枪指着他的头咆哮："你的村民还在吃糠咽菜，你配做党员吗？你配做村长吗？看看你碗里的肉，你咋能吃得下？你，你还算人吗？"

村长的脸由红变白，转身从柜子里拿出一个银行卡，低头递到我手上："你说的那人我知道，她是刀寡妇。这是几十年来村里、乡里、县里，还有好心人给她的救济款，你去送给她吧，密码是6个0。"

我一把夺过银行卡，哼了一声，大步走出村长家，临了还摔了他家的门。

我步行五里，走到有小客车通过的乡级公路。我要去县城取钱，给老人置办生活用品。至于村长，没打算追究，自己还被自己的宽宏感动了一下。

我把银行卡插进自动取款机时，心里还在激动着，当显示余额为六位数时，我惊呆了。村长会滞留老人这么多钱？他哪来的胆子？如果是真的，那他咋会轻易把卡给我？我拨通村长的电话，村长在那边沉默了一下说："她是抗战时期的老党员，今年90岁了，当时是村妇救会主任。你说，能不管她吗？我刚当村长两年，之前的十几位村干部都做过刀寡妇的工作，她死活一分钱也不要，曾经有人做好白面大米让她吃，她就绝食。"

"那，那是为什么？"

"知道为什么，不就有办法了？"

"对不起！我不该骂你，但我想试试！"

二

我和村长背着大米白面、蔬菜鲜肉再次爬上黄土坡，老人不在窑里，村长说一定在扫墓。出院子往西约五十米，矗着一丈多高的大坟丘，坟前竟然立着一个高大的十字架，阳光下晃人眼。走到近前，才看清是墓碑上横绑着一把马刀，久历风雨，马刀锈迹斑驳。墓碑上写着：十人墓。

老人弯腰在那里打扫，原本很干净的地方，他还在那里一下一下地扫。村长不敢接老人气愤的目光，低头嗫嚅着："不，不是我的主意，我只是帮忙背菜。"

老人指着村长的鼻子："你没说我会绝食？"

"说了。"

老人又指着我的鼻子："你，你高高在上，听不懂老百姓的话。"

我一身冷汗："听得懂。"

"那你俩是现在背着东西下坡？还是我这老东西滚下坡？"

村长拽着我逃下黄土坡。

夜半，我再次仰望黄土坡，火苗始终没有出现，十人墓里埋的是被鬼子杀害的村民。村长说，墓里没有刀寡妇的亲人。半夜给这些冤魂烧纸，是担心冤魂夜里作祟？村长说，她从小就在那孔窑里住，十人墓在她20岁时有的，如果害怕，早该搬走了。

我再次走进老人的窑洞，满屋只有两双筷子两只碗，整天迷糊的大黑猫用的是一个白色小瓷碟。

老人盯着我，灰暗的眼睛射出威力，是在问我为啥还来？见我空着手，眉眼不是太难看。

"老奶奶，我今天是村委会派饭到你家，你吃什么，我就吃什么。"

"派饭？"老人睁大眼。随后有温馨从眼底升起："和过去的八路军那样派饭？"

"噢?啊！是是。"我从身上掏出100元钱，想想老人的脾气，又换成50元递过去，说这是今天的饭费。

老人笑盈盈地接过钱，又装回我的衣兜："还真是八路军的路数，你别寒碜我老太婆，一顿饭还要钱？我这就给你做。"

"我想吃您的土豆糕。"

"好喽！"

老人盛出的面，正是土豆秧子面，我就没说什么。我以为她会给我做白面，看来老人屋里的确没有大米白面。

"老奶奶，你旁边守着一个大坟堆不害怕？"

老人脸上的皱纹抽搐了一下："里边都是我的亲人。"

"能讲讲那天发生的事吗？"

"两个王八蛋搞破鞋。"

"给我讲讲好吗？"

老人不说话，胸口起伏着，有泪水在眼眶里偷偷躲藏。

山药糕端到炕上，老人用代食品面，捏出十几个活生生的动物。我数了数，有三只小猫，五只小狗，七只小鸡。虽然颜色灰楚楚的，但模样可爱。我拿起一只小狗把玩着，老人的世界里只有这种土狗，但模样最亲切。关于"代食品"的味道，我还是听父辈们嘴里形容过，我掰了一点，轻轻放进嘴里，试探着咬了一下，竟然不牙碜，但明显粗糙。我从窗口仅有的一块玻璃往院里瞅，窗子还是上个世纪初期的模样，一些卍字小格子，用麻纸糊着。我再看院里的碾盘，这些代食品是老人用碾盘自己磨的吗？我数着，整整嚼了七七四十九下，才小心翼翼地往下咽，嗓子好像有自我保护意识，迟迟不肯接纳，对牙齿的辛苦工作不大相信。我一闭眼，又一闭眼，还是没咽下去。眼睛再次睁开，有泪水涌出，老人在我的泪水中模糊起来……

老人看见，端起旁边的一杯水，喝到嘴里，咕咚一声，把她嘴里的土豆糕冲了下去。我发现老人也给我准备了一杯水，端起来学着喝了一口，土豆糕乖乖地下到肚子里。

本想多和老人待一会儿，可老人在我眼里一直模糊着，就惶惶逃离……

村里老人居多，但没有和刀寡妇年岁相当的。好容易找到三个八十岁以上的，有一个患脑血栓，说话含糊不清。一个耳朵听不清我喊什么。只有一个能大致估计我喊的内容。我趴在耳朵上喊了一上午，他断断续续给我讲了一段话，我又用一下午时间，拼接出一个故事，关于那把马

刀的故事:

"文化大革命"期间,一帮人扛着枪围住了刀寡妇的窑洞,要她交代当年给日本人当特务的罪行,他们认为,那次惨案是刀寡妇捣的鬼,理由是刀寡妇常年为十人墓扫墓,里边没有她的亲人,没有愧疚,扫哪门子墓,一个女人咋敢守着十个冤魂睡觉?

刀寡妇手持马刀立在院门:"你说老娘是特务,你开枪啊!"大家就把枪栓拉得哗哗响,把枪膛里的子弹退下又装上。刀寡妇眼都不眨。几个愣头青上去要抓她,刀寡妇挥起马刀,劈、刺、扫、挑像模像样,刀锋走过,寒气逼人,一帮人吓得连连后退,刀寡妇索性一声怒喝,把他们追下黄土坡……

三

我跑遍了当年平北根据地,依旧没有失踪连长的线索。目光不由得又投向了刀寡妇,于是又扑向长城岭。

刀寡妇病了。

我不敢挪动老人,从县里请来了医生。医生做了详细检查,避开老人说没什么大病。我明白,老人是油尽灯枯了。

老人白天也常迷糊,一次醒来,突然对我说:"想听十人墓的事儿吗?"我慌忙把腿盘好!

老人示意我把她扶起来,我把水杯送到她嘴边,她低头喝了一口水,歇了一下说:"我们这里有句民谣,'要找男人老鹰峰,要看女人长城岭'我们村出美女,唉……"

我去和村长求证老人讲的故事,村长找出一本县政协编的《文史资料》,翻开指着目录的一个标题:长城岭日军惨案纪实。我拿过书,没换姿势一口气把文章读完。

事件和老人说的相同:1940年冬,一个宁静的午夜,一声清脆的枪声,全村人浑身一激灵。

憨骡子,生性倔强,带着妻子和岳母跑。虽然仗着熟悉地形摸摸藏藏往外挪,但三个人目标大,再加上两个女人鞋没穿合适,走的响动就大，很快有几个鬼子喊叫着追来。

跑在前面的鬼子，追上跑在最后的岳母，鬼子脚步不停刺向老人，憨骡子转身扑向鬼子，斜里飞起一脚，在刺刀刺进岳母后背的瞬间，枪从鬼子的手里飞出。憨骡子紧跑几步，抓住地上的枪，他提枪刚直起腰，三把刺刀同时扎进他的身体。

憨骡子的拼命，使得妻子和岳母跑出一段路，被鬼子再次追上，憨骡子的反抗，使得鬼子下手更狠，一刀把岳母砍倒，妻子哭喊着返身去救，也被鬼子几刀刺死。鬼子杀死两个瘦弱的女人时，不会想到他们的罪恶，远远超越杀死两个妇人本身，她们的肚子里，还有两个快要出生的婴儿……

一家倒下三人，却死了五口。鲜血染红好大一片白雪，像一幅巨大的鬼画符。

鬼子在场院里截住一个小姑娘，鬼子刺她一刀，她没有倒下，破口大骂鬼子，鬼子再刺，小姑娘依旧骂声不止，直到刺了她14刀，她终于坚持不住疼死过去。

鬼子费尽力气，终于把一个老汉和三十多名妇女儿童，驱赶到场院上。四周有几垛玉米秆儿，一个扁嘴日军头目走近一堆玉米秆儿，抓起一把端详，玉米秆儿干燥而轻飘，扁嘴日军走到老汉跟前，用玉米秆儿轻拂他身上的尘土。老汉反绑着双手，慌得连连后退。

扁嘴日军一摆手，一个鬼子把玉米秆儿点燃。

扁嘴日军脸上的笑容与手里的火苗一起变大，然后用点着的玉米秆儿往老汉身上戳。老汉连连躲避，上来几把刺刀把他"定"在当中。

火，从他的棉袄底襟烧起。老汉满地打滚，棉衣着火滚不灭，但双手反绑的他除了滚也只剩滚了。他七岁的孙女哭叫着冲出人群，扑打爷爷身上的火，爷孙俩不小心滚在一起，孙女的棉袄也着了。

火苗从孙女前襟燃起，孙女跳起来拍打着，小手被灼痛，就学着爷爷在地上打滚，滚了几下，明火熄灭，孙女就又扑向爷爷。爷爷在烟熏火燎中睁不开眼睛，再次和孙女滚在一起。孙女身上又燃烧起几处火苗。

火苗烧着了孙女心爱的辫子。她的辫子有半尺长，每天早上，她都要花好长时间辫它。今天早上，她刚刚把娘染得红布偷偷剪下一小条，用来系辫子,还打了一个好看的蝴蝶结。

四周,围着一圈明晃晃的刺刀。远远望去,爷爷在场院一圈一圈地滚,如一颗火碌碡。孙女在场院里一圈一圈地跑,像一只火把在场院画着好看的圆。

突然,孙女辫子上的蝴蝶结着火了,烟雾里,一只美丽的火蝴蝶飞呀,飞呀——

突然一声枪响,扁嘴鬼子一头栽倒。鬼子们慌得四处张望,有人在远处喊:"老红军来了,老红军来了!"翻译官结巴着喊:"快走吧,老毛子来了",当时的鬼子,很害怕过去的老红军,他们叫老红军为"老毛子"。

鬼子顺着枪声追了下去……

四

我问村长:"引走鬼子的老红军是骑兵连长吗?"村长说,要不你还去问问刀寡妇?

老人一听我问那个引走鬼子的老红军,当即说不知道。我换了个话题:"您说鬼子为什么突然就进村烧杀了?"

老人脸色突然铁青:"都是那两个人搞破鞋,引来了鬼子。"

"谁?是汉奸?"

"两个王八蛋搞破鞋,鬼子追来,见人就杀。"老人气得浑身哆嗦,磕着上下不多的几颗牙,双手持续地痉挛。

我担心老人身体,没敢再往下问。

老人闭着眼睛一动不动,好长时间才说:"你也不要太记恨他们,也不要去告发他们,男的到现在也不知道烂在那块土里,女的用一生孤苦在赎罪。

"他,他们做错了什么?"

"唉!年轻,任性……女给男的捎信说,你敢离开根据地,一个月找我三次?男的就每个月来找她四次,结果被汉奸认为这里是根据地。"

鬼子来的那天晚上,他冲出屋子时,给她留下一把马刀……

白杨树里的黄昏

南通大学　李柏荣

一

　　小武与苏苏的再次相见，是在某个下午二十三楼的窗外。

　　隔着一扇透明的落地窗，他努力地把额头抵在刚刚擦完还略带湿气的玻璃上，瞪大了眼看向屋里不远处的床，那些被枕床单凌乱而随意地摆着，夕阳覆盖在床上，一个赤裸而略微崎岖的身影正背对他缓缓穿着内衣，一件一件。他觉得她身体的每一处都仿佛扭动在夕阳暗淡的浮尘里，但又好像停顿在自己身后巨大的逆光阴影中，呆笨着，凝滞着。看着这个背影，小武在一瞬间就想到了苏苏，可他却不知道自己为什么会这么清晰地回想起她的名字，也许是刚刚看到的那幅略泛红而又瘦弱的后背让他想起了一些好多年前的事情。如果她是她的话，虽然被夕阳照得暗红，但小武确信那曾经是一面雪白的背脊。

　　或许是风忽然大了些，小武吊着的绳子略微有了些飘荡，全神贯注贴着玻璃的他一惊，试图稳住身子，但身后夕阳照着，透过这层玻璃也透过他晃荡的身体，于是屋里本来巨大而寂静的影子就随着他的颤动而变得仓皇起来，扫过那些被枕杂乱的褶皱。等到小武稳住了身形，再抬头看时，屋里的人已经扯过薄被掩在身上，瑟缩在床角慌乱地看着他了。一瞬间，小武对上了她的脸，脑子里轰的一声。刚刚还徘徊在心里的那副面容和现在所看到的不自觉间就重合了起来。这让他的脑海里又突然回想起更多关于苏苏的事情，他确信那是苏苏无疑。

　　小武拽紧了绳子，满脸通红，喉咙发着哽，下意识地低头看了一眼，脚下二十三楼的高度让他浑身一颤，架起的工作台在上方看来简陋且狭小。他突然记起自己还是在天上吊着随风晃荡，不由得想起师傅说过的话，别低头看，命在绳上。于是他不敢再看脚下。而有了刚才的尴尬场面，他也不敢再抬头看玻璃窗里。就这样低斜着头，一下下地放着腰里的绳子，直到把自己放回到十六楼的工作台上。

苏苏怎么会在这里？记得小时候因为一场山洪，爹带着他们举家迁来那个闭塞的村子，小武刚来到这个偏僻的小地方时，苏苏和他家住对门，这一个每天怯生生躲在自家大门里向外看的小姑娘在一开始就给小武留下了很深的印象，扎着小辫子，上面还经常带着一朵牵牛花儿，脸蛋粉扑扑的，一笑起来嘴角就露出两个小酒窝，眼睛里像蕴了一汪清澈的水一样，叫人忍不住的怜爱起来。

小武从看到苏苏的第一眼开始就感到由衷的喜欢，等到两个孩子相熟，每天一起跑着玩的时候，总是会跑到村子口的白杨树下，苏苏还一口一个小武哥地叫，每天招呼着小武去她家尝一点好吃的，或是新摘的西红柿，或是刚打下来的青枣子。假如要叫小武说他喜欢苏苏哪里，他说不出来，尽管她不是多漂亮，但是有着农家女孩子简简单单的纯粹气息，人也乖巧。小武对她真的是说不出的喜欢。苏苏也对小武有着不舍的感情，就连他和许多年轻人出去打工走的那天，她还一直站在村口那棵白杨树下面，就这样静静眺望着小武，甚至在他走出很远的路以后，回头一看，村口还有一个小小的人影立在那里。

前两年家里托人给自己打电话的时候，那人告诉自己苏苏也来城里打工了，爹叫自己多照顾她一下。不巧那时自己丢了工作，正在到处奔波，而几个月里，苏苏也一直没有来找自己，他就没有分出精力去想这件事情。

直到不久后，村里人来电告诉小武说苏苏已经找好了工作，只是小武手里没有苏苏的联系方式，于是去看她的想法也迟迟没有实现。过了几个月，这件事也就渐渐地淡了下去，再想找苏苏也不知道去哪里找了。可现在小武没想到的是，竟然在这里看到了苏苏。

三四年不见，一转眼苏苏怎么就活在了这么贵气的地方？小武靠在台上杂乱地想着。记得出工的时候老板说，穷小子，这里的房子你们卖一辈子的力气也买不了一个巴掌，给人家搞砸了押上你的命都赔不起。

可明明是他一辈子命都抵不过万分之一的地方，苏苏竟然在这里住着，看样子还是自己家一样——这种有钱人住的地方，一般农村人怎么可能进得来？

小武突然觉得自己和苏苏好像已经不在一个世界了，只是过了五年不见，苏苏随便一站的地方就比得上他的几辈子。而他小武呢？如果不看身份证上的那行字，自己早就不记得今年是二十岁还是二十一岁了，来了这座城市三年，吃喝拉撒，躲风避雨，手里的积蓄依然还是那么一点。前前后后换过十来个活计，可没干几个月，那些老板总是能找到认为比他更好的。上一次——给菜市场搬东西的工作他好好干了两个月，可是不明不白就被一个十八九岁的毛头小子抢了工作。他问老板原因，老板反问他说，你读过多少东西？会念英语么？人家可是大学生，你这个穷卖力气的又是什么！

小武记得当时是一起被辞退的赵六把他劝了出去。晚上喝酒的时候他还对自己说了好多交心的话。可第二天早上一醒来，半醉半醒地来到菜市场，迷糊着以为自己还要来上班的小武，却看到赵六蹲在一堆白菜旁，和那个白净的小子称兄道弟地互相递着烟。

从那时起，小武有些不喜欢看见白菜了，更不喜欢看见赵六，可是凭他手里的资本，孤家寡人一个，在这个有钱人活得衣食不愁的城市里，唯一能管饱的除了自来水馒头也就是白菜咸菜了。该吃还得吃，而且还得拼着抢着吃。

小武经常躺在床上想起来以前赵六给自己开的玩笑——没了力气，讨饭都打不过这一片的丐帮兄弟。小武明白白菜和力气这件事，也渐渐明白了赵六和小年轻那件事。可他到现在都没明白白菜和书读得多少有什么关系。英语？他小武英文字母都不知道有几个也没见缺胳膊短腿，还不是照样搬东西？

风吹得冷，他靠在护栏上，心里突然闷得慌，也没犯烟瘾，可就是想抽上一根，吐两口气。小武从耳后摸出一根皱烟来，噙在嘴里刚要点，却发现浑身上下都摸不出一个火，干嚼了两口以后，不由得抽着脸骂了几句，向外啐了一口。最后还是把烟放回耳朵后面去了。

靠着栏杆，小武又抬头向着二十三楼的窗口看，看了片刻，又觉得仿佛苏苏也正在那个窗口看着他似的。赶紧把头低了下来。慢慢地想着，只是过了一会，又忍不住去看那里，一抬头才发现，那扇窗里亮起了灯，仰起脸看看周围，天也已经完全暗了下来。他忽然想起下班的时间好像早就过了，就伸手去按工作台的开关，准备把自己放下去。一按没反应，这才发现供电的人早就下班走了。他被工队一个人丢在了十六楼的外面。

小武对外喊了几嗓子，好久没人答应，其实本来也是，这种高档人住的地方，谁会有闲心管一个不认识的人？小武愣了一下，随后就是一阵气急败坏，他妈的，把你老子一个人扔在外面，你们回去睡他妈的觉，狗日的杂种。可骂着骂着，一身困意就爬上来。小武蜷在铁网的角落里，起先撑着不睡，可后来烟瘾也上来了，他就摸索着去取耳后的烟，手伸到一半，才想起身上没火这件事来。一气又把手放了下去，对着铁架子重重踢了一脚。

二

对于认识小武的人来说，他是怎样一个人呢？好多人说他胆小，尤其是在面对城里人时，看起来有些软气，甚至是有些傻气，永远是一副乡下刚来似的陌生样貌，也不敢当着面骂任何人。还有些人说他良善，总之，小武对于这个地方的一切似乎都是敬畏的，而且是无论如何都在敬畏着。他对老板唯唯诺诺，每每是把他换掉以后，他还陪着笑着跟人家结了工资，只有在走出工地后才焦躁着嘀咕两句难听的话。对于小武来说，他心里总是觉得这里的人都高贵着，至少比他要高贵，再说了，爹出门的时候再三告诉自己，城里不比乡下，惹到人了不是一顿赔罪就能解决的，而且听说城里人都有一帮社会关系，一个电话能叫来一群人。自己一个人孤身在外，还是夹着尾巴的好。

小武对爹的话深信不疑，另外，从刚进城的第一天起，在城口所见的一场斗殴就让他更加坚定了这个看法，更何况，爹就自己一个儿子，另外，自己也没有尾巴可夹。

小武喜欢这个地方吗？说不准，他喜欢看好多楼上霓虹灯亮着的光，从这边闪耀着流到那边，照在对面同样闪耀的大楼上再反射回来。他不止一次地想到几年前村里有人结婚的时候，门口的大红灯笼照在门前流过的那条河上，和傍晚一点点的夕阳混合着变动。现在每一次他看这些霓虹灯，就像当时看着那条河一样，看着看着却不自觉想起来那天看到的新娘子的脸，红扑扑的很漂亮。几年下来孩子也应该是有两三岁了吧。

可有的时候，小武又觉得这个地方让自己难受，自己拼了命地卖力气，一个子一个子地往回捞。渐渐地待了这么几年，这个地方依然没能留下自己的一点印记，不像在村里一样，一条路你走了几十遍就熟了，上面留下你的脚印是自己能看到的，被风吹糊了也没关系，反正还是要再走一辈子的，说不定将来死了还会埋在这条路下面。这座城市每一天里的每一条路都是陌生的，今天被工队派到这个小区，明天晚上又回到早晨刚刚租到手的破出租屋里，日子就在这种状态下一遍一遍地循环着，似乎永远都没有一个尽头。

可就算是这样，刚来的时候他在高楼顶上看着楼下路上的人来人往，也忽然有一秒会觉得自己好像是皇帝一样，有俯视一切的感觉，接受着根本不存在的朝见，人们穿着统一的黑西装到处涌动，就像是书里说过的文武百官，哪怕这些文武百官从来都不看他这个皇帝一眼，他依旧有一阵莫名的满足。

从看见苏苏的那天开始，小武觉得自己的生活突然不一样了，似乎哪里都有一双眼睛盯着。他着找了个事由，把擦玻璃的工作交给了工队里更胆大的老赵，自己转而去搅水泥。老赵也乐得去做，吊在外面擦玻璃虽然危险点，但是挣得要比搅水泥这类纯粹的力气活还多两百块钱。

老赵笑小武胆小而且有些不灵光，能赚多的活计偏偏从自己手里放掉。可是小武自己知道，他怕像那天一样看到苏苏。小武不由得想起前两年爹托人捎来的口信，叫他再挣一点以后就快些回来成家，来人还透了点口风告诉小武，家里有意思撮合他和苏苏，劝他回来的时候抽空去苏苏家里看看。偏偏当时自己又丢了工作，心里烦闷，满脑子想的都是赚钱，也就没放在心上。

可渐渐的，小武感觉到了自己的变化，他像往日一样站在楼顶，可是心里再也没有了那种当着一秒钟皇帝的感觉，他反倒觉得苏苏才变成了这里的皇帝，住着他几辈子都不可能买得起一块砖的宫殿，就像他那样在二十三楼一整面的落地窗前俯视着下面的人来人往，也包括他小武。这样想来，他小武似乎连那些忙碌的文武百官都比不上，他觉得自己只配当个小厮，呵，或许，当个太监也说不定？

　　这种悲哀的想法在小武脑袋里一出现就再也抹不掉了，回到出租屋里，小武躺在床上怎么也睡不着，心里一直翻腾着，那个住在对门的，小自己三岁的苏苏，小时候老是喜欢跟在自己后面笑的苏苏，那个自己喜欢的，本来或许能和自己成家的苏苏，一个来不及，怎么就突然变成了身份这么贵气的，自己永远都再也碰不到的苏苏了呢？同样是出了村子来这里赚钱，人家偏偏找到那么好的人成了家，而自己的出路还是在这些杂活上卖着力气。这些想法就像那些杂草根深蒂固的蔓子紧紧地缠绕在土里，让他的脑子越来越乱。

　　过了几个月，小武还在那个小区做事，可他再也没有见过苏苏。但小武老是怀疑那天，他认出了那是苏苏的时候，苏苏有没有也认出那是他来呢？纠结在这个问题上，好多个晚上小武的梦里，苏苏赤裸的背影都越来越清晰，小武看着她转过头来，两双眼睛在浑浊的夕阳里对视，在苏苏冷冷的眼神里，小武感觉到了无尽的奚落。

　　晚上，小武在床上翻来覆去，让下铺的老赵有些不耐烦，他看出小武有些什么心事，于是也开始跟着小武翻来覆去，小武不动他也不动，小武翻身他也翻身。过了几分钟，小武觉得不对，就说，老赵，你身上起虱子啦，睡不安生。老赵说，有也是从你身上掉下来的。小武觉得这句话有所指，又想到这几晚自己在床上的翻腾。就坐起来对老赵说，我实在是睡不着，老赵打着马虎眼说，你睡不着怪我呀？那老子混不好又去怪谁呀？

　　隔了一会儿，再听小武上面没了声音，老赵就扯了被子继续睡，可睡到刚刚迷糊，小武的上铺又翻腾了起来，隐隐约约还有着一阵阵的叹气声。老赵心里一烦，索性掀了被子，拉亮灯穿着短裤站起来，扒在床边拍拍小武，"别闷在心里了，有什么心事说说吧，我给你参谋参谋，能帮就帮。"小武瓮声闷在被子里，"述事没有，别管了老赵，下去睡你的去吧。"老赵一口气上来，对小武说："你他妈的就是作，有事情老是爱闷着，问又不说，有什么都是自己招的！该！"一扭头拉了灯又钻回下铺。

过了一会儿,听着小武的叹气少了一些,这才慢慢地睡着了。

三

冷,真冷。

小武在睡梦里就迷迷糊糊地只感觉浑身的寒冷,止不住地打颤,努力紧了紧被子,才发觉身上似乎是有些湿,他坐起来摇了摇头,看到床头不远处正对着他的小窗口玻璃碎了一地,门也大开着,穿堂风透过仅存的木框,从外面带进来一阵阵的雨,把出租屋灰黑色的水泥墙洇湿一大片,看起来更黑了不少,除此之外和墙一起洇湿的还有他和老赵的床铺。

小武一个激灵,一下子反应过来屋里恐怕是遭贼了,他一伸手探到床头墙角那儿的褥子下面,去摸那个卷起来的小红布包。

因为没有户口,也就开不了银行账户,所以他把自己挣的所有的零钱都换成了大张,全包在里面,压在床头。如果这个布包丢了,那小武这三年以来的劳力也就全部废了。

摸到了,布包还在,这让他安心不少。紧接着他开始大喊老赵,可屋里只剩下了自己空落落的声音,小武朝下一看,老赵的铺盖就像每天早上那样堆着,人也一如既往地走得早。他跳下床穿好衣服,穿裤子的时候却感觉不对,一摸口袋空空的,是自己昨天刚拿到的五十块钱没了,厚厚一沓。

他妈的,小武朝地上跺了一脚。刚想冲出去找人,又想到万一被房东看见自己的房子遭贼,搞得人尽皆知不要紧,房子肯定是说什么也不会再让自己住了。再说,如果去找警察,归根到底丢的也只有自己的五十块钱,这么小的财物警察肯定不会管。当下步子一收,胃里的虚火又冲上来,泛起一阵阵饿的感觉。

肚子紧着,手揣在空空的口袋里,小武心里挺不是滋味,他又想起自己现在的生活,好死不死地就这样赖活着,混一天是一天,还在为遭贼的五十块钱耿耿于怀。爹娘让自己成家立业的意思更是想都不敢想。相比之下,苏苏过得就那么好,五十块钱对人家算得了什么呢?

看着满屋子的狼藉,小武坐在老赵床上发着呆,又想起房东那张巴不得他们走的脸，窗子肯定是要赔的，门锁也要赔，只有等过了些时间，自己和老赵提着些东西去向房东求求情，能求她让自己和老赵多住两天。可小武又转念一想，不幸中的万幸是，自己的布包没有被拿走，也就略微冷静下来，长出了口气，心里念叨着，只是不知道老赵的钱怎么样了。

稍微收拾了一下，把小布包揣在身上，又找了根铁丝把门别住，没有惊动一个人，小武撑了把伞从房子里走出去，看见和从小窗里看见的一样的阴沉沉的天，云里偶尔轰隆隆地暗响，引来街边几只躲雨的野狗出神而又畏惧的仰望，满街的梧桐树都滴着水珠，被风吹得来来去去，打在各种东西上面发出不一样的声音。小武突然想到自己刚来这座城市时狼狈的样子，也是这样一个下雨天，当时自己连伞都没有，披着一块不合身的油布雨衣蹲在街边的店檐下面，仰着头看着远处的高楼，看了好久……他就这样想着想着，紧闭的嘴上却渐渐地有了一些笑意，今天早上的事情好像也暂时忘掉了一样，渐渐一脚深一脚浅地走到了工地上。

雨天是不用擦楼的，所以小武看到老赵就拄着铁锹站在沙子堆旁，沙堆上盖着几张红蓝相间的编织袋，沙堆脚下积了一滩水洼，一些雨落在里面，整个水洼轻轻地波动着。小武看着水洼，听着雨打在编织袋上的响动，注意到雨似乎是小了一些，他转而抬头看着老赵，发现老赵也在看着他。

小武不记得盯着老赵的脸端详过多少次了，老赵是他的合租户，从遇见老赵开始小武就对他说不出来的好奇。老赵说他今年四十三岁，可是如果从后面看，那一脑袋灰白的头发和偻着的腰，说他六十三也理所当然。偏偏就是这看上去萎缩的身躯，干起活来却龙精虎猛，而且老赵什么都能干，扛东西，筛沙子，搅水泥，上高吊，就连做大锅饭都来的了。

老赵来到这里快二十年了，要算来当初也是从一个愣头青摸爬滚打到现在，在小武眼里看来算是老资历。而最让小武出奇的是他的圆滑，在小武眼里，老赵不是什么忠厚老实的人，反而像一条老泥鳅，偷奸耍滑说不上，但不管是谁都能周旋得开，给足了对方面子，因此比起自己这些人来少吃了许多苦头。

跟着老赵住，有时也听他讲自己的事情，从年轻时来到这里，偶尔三年两年地不回去，就这样混到现在的年纪……可听着听着小武就有了些奇怪的念头，甚至有些害怕，害怕自己也许会和老赵似的在这里一直待上一辈子？然后也开始佝偻着，弯腰向这座城市讨上一口饭吃，吃着吃着就死在这里，被谁抬着烧了或是埋了。

一个人单独待着的时候，他也想，如果真有那么一天，最好是埋了，村里人都讲究一个入土为安，省得孤魂野鬼一样游荡。可是埋了以后呢，说不定又会有一条陌生的路铺在上面，就像村里面一样，只不过谁都在这条路上留不下痕迹，几年以后也许路拆了，上面又盖起楼来，嘿！活着的时候几辈子住不到楼上，死了倒是能埋进那下面！

"老赵，你过来下。"站进屋檐底，小武对着老赵抬手招呼着。干什么干什么？老赵把锹靠在一旁，趿拉着鞋走过来。"你的钱都放在哪里了？"小武问出这句话后看到老赵变了脸色，马上意识到自己似乎问得不对，拍了拍头又说，"你的钱怎么样了？""什么怎么样了？"老赵紧了紧裤腰带，偏着头问小武。小武四下看看，凑近了对老赵说："家里遭贼了。"

小武说了这句话以后，明显地看到老赵脸色缓和了一些，他对小武说："我的没事，不在屋子里。"老赵看到小武点点头，过了一阵，又像忽然想起来什么，拍拍他说："那你的呢？丢了多少？"小武挠挠头："没多少，五十。"老赵的神情完全缓和下来了，没事，也就几顿饭钱。找派出所没用，他们不管这个，人家管的都是丢几千几万的。说着他从内兜掏出两根烟，递给小武一根，噙在嘴里点着了，两个人一起看着檐外的天。

小武的烟吸完的时候，雨也差不多停了，云散得快，在远远的天上露出几块光缝来，老赵率先走出去，麻利地揭开沙堆上的防雨布，佝偻着背，一锹一锹地向车上铲着沙。留下小武一个人在檐下站着，他待了一会儿，随即把指间已经烧完的烟头向着眼前一处浑浊的水洼里丢进去，听着残火在水里熄灭时轻微的刺啦一声。眼睛仍然盯着远处那栋楼的二十三层。雨后的几线阳光照在那栋楼的上半部分，被一整面一整面的玻璃反射得有了些许白色，更是微微些刺眼。他眯着眼睛，抬头看着眼前的这些事物，心里突然起了一个大胆的念头：或许，他该去那户人家看看苏苏？

四

　　晚上回去的时候，小武和老赵凑了凑，用身上不多的钱买了些果子梨，用小塑料袋提着走进房东家里。小武的房东姓金，是个五十多的女人，年过半百却仍然强硬，因为画着有些浓的妆，所以经常被老赵向小武嘲笑是卖弄风情。在小武看来，她矮小干瘦但是极精明，对于拖租的人不会允许多住一天，因此她几乎对每一个租户的房租欠账都能信手拈来。

　　另外她催租的方式也极能打算，每到月底交房租的时候，经常是半夜，卖了一天力气的人们累得刚刚睡着，楼道里突然就传来震天的敲响，这个年过半百的女人会提着不知哪里弄来的一只铜锣对着那些拖租的挨家挨户地敲，交租，不住的现在就滚出去！结果每次都是鸡犬不宁，交租的和没交的都被吵醒。

　　有人一肚子的火气要冲她撒，却被老租客告诉附近派出所的所长是她侄子，曾经有几个闹事者因此被关了好几天。于是有火气的租客也就顾虑起来，充其量暗着骂两句，打开门抓紧交了租，求爷爷告奶奶地把她送走。

　　因为刚刚交了本月的租，所以小武的心微微定了定。房东一看到老赵提着的东西，又转头把小武上上下下地打量了一遍，眼睛一挑："啊呀，杀千刀的，能住住不能住走，又把屋子糟蹋了！"老赵点头哈腰地解释："金姐，昨天夜里有只野猫好死不死趴了窗在上面叫，也不知道有哪个龟儿子朝这里扔石头砸猫，把一面玻璃给碎了。你放心，多少钱我们赔，以后还要住的，咱还是街坊您说是不？"说着老赵掏出来三十块钱放在金姐手里，又抄起门边的扫帚为她扫着地。

　　小武看着她的小眼睛扫过自己，瞪圆了又眯起来，不过最后还是把钱揣起来，朝地上啐了一口唾沫："快滚回去，给我安生点，下辈子你爹娘能指望你们投个好胎？"老赵又一次点头哈腰，迅速地拽着小武走了出去。

　　回到出租屋，没等小武开口，老赵就撇着嘴，"贼？要是对那婆娘说是贼，她肯定要找那个派出所的侄儿来弄咱两个，吃干饭的最怕别人说他吃干饭，今天要是说了能有咱的好？"说着说着他起身关了窗，可玻璃上还留着一个漏风的洞。没事，忍忍，老赵回到床上坐下，过几天就要入夏了，有个洞省得开窗了。

　　他笑笑，小武也嘿嘿两声，笑着笑着，却又回想起刚才房东说的话，下辈子爹娘指望自己投个好胎。说起来，自从自己来了这地方。家也好久没有回去过了，最让他觉得不是滋味的，是爹托人给自己带的话，让自己早点回去成家立业。可说实在的，现在的自己，钱没攒多少，回去也是在村里丢人，况且如今苏苏已经找到了那么有钱的人家，就算回去，又和谁成家呢？人的命就是这么奇怪，当年自己满心欢喜来这里讨生活，觉得几年就能攒够钱回家。可是慢慢地就没有了这种想法，现在自己在这里是按着一天一天地活着，说不定哪一天老板就又辞掉自己，房东也把自己赶出去，到时候除了回村和继续在这里这样混着以外，又能去哪儿呢？

　　小武躺在床上，闭了眼又想起房东浓妆艳抹的脸来，她看着自己的表情是由衷的厌恶，仿佛能把自己里外里地看透。小武觉得自己也同样厌恶这个老女人，经历了刚才的破口大骂，现在甚至是有些恨了，要不是自己每个月还按时交着房租，她早就不会有这么多耐心看自己一眼，小武每次看她的眼睛，都能看出满满的下贱两个字，老赵和自己在她势利的眼里看来就好像是两只穷鬼，唯恐接近她一点就污了她的眼睛。像她这样的人就应该早点去死！小武越想越气，心里忽然蹦出来这么一句话。脚上一使劲，对着床框蹬了一脚。

　　哐！老赵敲敲小武的床板，"怎么了？生这么大气，看不过那个臭婆娘？"小武没有说话，老赵咳了两声紧接着又说，"就是这样的，人嘛，尤其是这种势利的老女人，有钱的正眼看，没钱的巴不得你滚多远，我们一来没钱，二来又动不过人家，只能忍着点，现在我们还住在这里，也算是仰仗人家，就少说点坏话吧。"

　　小武一翻身，对着下面说："老赵，你这么大人了，她骂你爹娘，你忍得了？""忍不了又怎么样，我爹娘早没了，我现在孤家寡人一个，都不知道他们葬在哪个山头"，老赵叹口气，"几年不回去，哪里还清楚这些，权当是自己一个人活着，混呗！干什么不是混？吃饱了一家子不饿，就是死在哪儿我都不多考虑。"

小武翻过身来，直直盯着眼前的天花板看，昏黄的灯下，这一块天花板有些烟熏火燎的样子，泛着黄黑，应该是之前在这儿住过的几个人抽烟熏的。他闭上眼，鼻子里好像渐渐闻到了那块地方散出的烟味，想想他也抽烟，和那些人一样，谁知道他们最后是为什么离开的呢？小武正出神，突然听到下铺传来老赵的一阵敲床声。

"别胡思乱想了，想也没用，再说这个年纪你想过的我都想过，我知道你烦心什么，二十几岁的小伙子，烦的无非就是几样东西。"老赵一副志得意满的样子，在下面对着小武说："明天晚上咱干脆去放松一下，你跟着我走，也学学他们城里人，先说好了你敢不敢？"

"有什么不敢的？"小武逞强着，"你告诉我放松什么？怎么个放松法？"但无论他再怎么问，老赵都闭着嘴，一句话也不透露了，只是打着哈哈，说到时候你就知道了。

五

月亮正圆，但是被满地的霓虹灯掩盖得黯然失色，夏天的征兆已经在这座城市的夜里显现出来，空气略微有些闷，几声蝈蝈叫从不知道哪个地方传出。小武跟在老赵身后，一步一步走过大街小巷，风吹在脸上有些温热气。他环顾四周，这是之前不认识的地方，他像是来到了一座新的城市。而这一段路对于老赵来说却是走得驾轻就熟。老赵带着他从巷子里走进更深的巷子里，拐了好几个弯，终于在一扇虚掩着的破旧大门前面停了下来。

咚，咚，咚。老赵敲了三下门，过了一会，从里面探出来一个女人的头来，浓妆艳抹，小武没看清，还以为出来的是房东。借着门口微弱的灯光仔细一看，才发现这女人要比房东年轻许多，就是妆化得一样浓重。小武大概猜到了老赵带她来的是什么地方，也就懂了老赵口中说的放松是什么意思，想想自己第一次被带到这种地方，不由得局促起来。

那女人看到是老赵，又看到了他背后高半个头的小武，对着老赵使使眼色，老赵笑笑说："熟人，放心。"女人又打量了小武好几眼，又朝着巷子口看看，耐不住老赵的催促，这才把门拉开了一个不大的口子，勉强能让一个人走进来。老赵带着小武挤进去，女人又马上把门关了起来。这样一来从外面看是看不出什么来的，可小武大气也喘不上一个，心里渐渐紧张起来，脚下也越发跟紧了老赵。

拨开帘子，屋里是暗红色的灯光，延伸出去的走廊两旁有一个个小房间，或是虚掩着，或是紧闭着。他觉得好像有什么声响，小武在走廊尽头昏暗地看着，模糊地听着，却真的闻到了一股香气，他以前从来没有闻到过的，从房子里的每个角落传来，虽然浓重得让他紧张，但是却让他的心越来越虚浮。他看向老赵，老赵正在朝着那女人说着什么，他听不清，脑袋越来越涨热，耳朵里也嗡嗡的，只看到女人笑着点头应答。转身走进来时的大房间。

成了，老赵拍拍他，嘴上是一种小武从来没有看过的笑，小武局促着，磕磕绊绊地问："老赵，你怎么带我来这种地方？"男人嘛，老赵走到旁边的椅子上坐下，点了根烟笑着对他说，"玩玩，二十多的小伙子，你在想什么我比你清楚多了，不就是那几样？等着，钱不花还叫钱？花在这种地方也不亏，"老赵继续说着。

小武沉默了，他对于即将到来的事情好奇着，躁动着，又隐隐觉得有些后悔，自己应该走的，那些钱花在这种地方让他感觉有些难受，背上也针扎一样的刺激，再说自己也没多少钱可以糟蹋，他想起爹的话来，混多混少是一码事，混好混坏又是另一码事，自己不能在这种地方图消遣。想好了，于是小武站起身来，刚刚要和老赵说自己要走，胳膊突然被一双手从后面绕了起来。

那是怎样的一双手啊，冰凉而纤细，柔软又细腻，可触摸在小武胳膊上，却完全是另一种感受，他感觉到一阵阵的滚烫，一股血似乎从被触摸到的地方一下子冲到了脑袋里。小武觉得浑身上下都开始麻了起来，昏暗的灯光下，他甚至都不敢回头看看背后那女人的长相。

后背的女人慢慢把手臂环了上来，他听见自己的心开始跳得越来越快，小武觉得他脑子里刚才所有的想法都在这个过程里被一点点撕碎，直到他清楚地听到那女人在自己耳朵旁边的一声呵气，这呵气声在小武听来，就像是一枚炸弹般，把他脑中盘桓的最后一点想法炸得灰飞烟灭。小武的脑子里轰的一声，再也管不了那么多了，什么钱多钱少，什么混好混坏，都去他的吧。他觉得自己的全身都处在一片迷蒙和混沌里，也不知道什么时候被挟着走进了那些屋子，只记得有几道暗红色的光晦暗地穿梭在那个房间幽香的黑暗里。小武迷糊着，意识旋转着，脑子里隐隐约约浮现出几个熟悉的轮廓，爹，娘，苏苏……

过了好久，一切都安静下来，小武躺在床上，忽然觉得有些后悔，想起那一天在二十三楼阳台上看见苏苏时的场景，然而这种感觉在脑海里只出现了一瞬，随即就被一阵阵紧接着袭来的困意吞没。

……

第二天，小武是被老赵推醒的，睡眼蒙眬中小武看见老赵那张脸上揶揄的笑容，想到昨天晚上的事情，脑子里还是木木的。他慢慢坐起来，感受到阳光有些刺眼地从窗帘缝隙照到他脸上，小武抬手遮在额上，眯着眼睛仰头看着老赵。

老赵把嘴一撇，"钱我可给你垫了啊，四百，你打算什么时候还我？"小武突然想起来还有这一茬，一下子不迷糊了，瞪大眼盯着老赵，压低了声音说，"四百，太黑了吧"。老赵也凑近了说，不黑了，这已经是熟人价了。小武的目光从老赵脸上移到他身后的门上，门紧紧关着。过了一会儿，他像是泄了气似的，对老赵软下来，"四百就四百吧，回去给你，以后再也不来了"。老赵也坐回椅子上，嘿嘿笑着，像是附和着小武，对对对，不来了不来了。

小武穿好衣服，和老赵一起从后门出去，经过走廊的时候，他看到昨晚那些虚掩着的门都紧闭起来了，唯一一扇窗户上的窗帘也拉着，整个房间幽暗而寂静，似乎一个人都没有，昨晚弥漫的那些虚浮的香气似乎也消散殆尽，取而代之的是略微有些潮湿的水汽。老赵告诉他，这里的女人都是这样，白天关门睡觉，晚上出来接待客人，皮肉生意嘛。

不知怎么地，小武忽然就想起昨天晚上那个女人，自己到现在也没能回忆清楚她的脸。不过在略微遗憾之余他又有些庆幸，这种关系的两个人，不认识或许反而是最好的，要是哪一天走在街上认出来了，那才叫真正的丢人。

走出后门，又绕过十几条七扭八拐的小巷。老赵和小武来到工地上，老赵四处转了转，看到今天工地上没什么属于他们两个的重活，就把事情交给他，顺带接过那四百块钱，转而向别人打了个招呼，自己先回去睡觉了。经过小武的时候，嘴里还略带调侃地感叹着自己身体老了之类的话，留下小武一个人待在工地上。

小武虽然清醒，但心里仍然泛着迷糊，不断回忆着昨天晚上发生的事情，他又开始觉得那就是一场梦，似乎现在一摸口袋，被老赵拿走的那四百块钱还原封不动地躺在那里。一摸，没有，小武又对着空空的口袋抓了抓，还是没有，他这才确信，自己的四百块钱确实是没了，他卖着力气干了十来天的报酬，都投进昨天晚上那个陌生而又热烈的美梦里去了。

六

虽然有了夜晚的征兆，但盛夏在这座城市里的降临仍然突如其来，热浪在一个夜晚间就充斥了大街小巷。小武已经重复经历了这样的三个夏天，而且马上就要迎来第四个。小武觉得夏天是没变多少，还是一样的热，但是他自己却和之前有些不一样了。

自从那天开始，小武几乎每天晚上都会想起那天的美梦，虽然花了四百块钱，但是从那天晚上开始，这个二十出头的农村小伙子深刻地认识到了自己生命里曾经缺少的部分，小武在心里固执的以为那就是一种爱，虽然不是爱情，但是是一种爱，是自己二十多年以来唯独缺少的东西，并由此再次回忆起了爹叫他回去成家的愿望。他不知道似乎什么时候，就在这短短的几天里，爹的愿望就忽然成了自己的愿望，而且这个愿望对他来说是如此莫名的迫切。

是时候找个人成家了，就当是为了爱，也圆了爹的念想。小武在心里想，可是当他脑海里一冒出这个想法，随之而来想到的就又是他和苏苏。小武觉得苏苏和他的交错就是老天对他开的最大的玩笑，要是自己赶在苏苏来这座城市之前就听了爹的意见回去成家，或许现在自己就能陪着苏苏，哪怕注定是当一个庄稼人，应该也会有值得快乐的地方。可当时的自己偏偏就没有回去，在最应该离开的时候选择了继续混下去。这一误，就误了两个人一辈子。

想到这里,小武突然有了一种强烈的渴望,哪怕是暂时不离开这里,自己也想再去看看苏苏。这个念头第一次在那个下雨天冒出来,但当时很快就被小武按了下去。可现在不知为什么,小武怎么也按捺不住这个想法了,小时候和苏苏在一起玩过的许多记忆都涌出来,似乎更加催促着小武去找到这个姑娘。

他对自己说,就当是去看妹妹,更是在苏苏成家以后,第一次也是最后一次装成一个体面人的样子见她一面,或许看到苏苏的那个下午,自己逆着光,苏苏没有看清楚那个擦玻璃的是自己呢?小武在凉棚下站着,望着远处的二十三层楼,夏天炽烈的阳光照在玻璃上,晃得他直眯眼,看着那扇玻璃窗,他慢慢地坚定了这个念头。

于是,在那个夏天的开始,工地上的人们都看到了这样一幅令人发笑的场面:一向不讲究的小武,罕见地遮掩住了背脊和胸膛。在闷热的天气里,穿着秋天才有的长袖棉衬衫与灯芯绒长裤,背后是一片花白的盐霜,小心地提着一小袋水果,赭红而黑的额头上不停地流着汗,引得他不间断地擦着,就这样促狭却又昂首阔步地走进了那栋居民楼里。

小武按亮了电梯,虽然坐得少,但是这东西他还是会用的。他按了二十三层,电梯上升的过程中他不停地喃喃自语,心里想着到时候应该怎么说话才显得不失体面,尤其是对那个男人,无论如何不能暴露自己对苏苏的喜欢,……好在电梯里只有他一个人,再也没有其他人听到他的这一番自言自语。

电梯门开了,小武一下子挺起胸来,掂了掂手里的水果袋,想好方位,朝着苏苏家里走去,来到那家门口,小武整了整衣领,对着防盗门轻轻地敲着。咚,咚,咚,小武等了一会儿,没等到动静,不由得手上加大了力度,又抬手敲了三下。屋里传来了一个男人不耐烦的声音,谁啊?物业的你们不会按门铃?大中午的乱敲什么?小武朝门边一看,这才注意到有个按钮。他试着去按,手伸到一半,面前那扇门开了,探出一个中年男人略微有些秃顶的脑袋来。

小武有些意外,他觉得就算是苏苏的男人来开门,也不应该是这个年纪,一瞬间他有些怀疑自己刚才莫非是按错了电梯,是不是把他送到了二十二层?门后的中年男人嘴里叼着一根牙签,"你找谁",那人不耐烦地问。

小武突然紧张起来,"我……我找苏苏,哦不是……我找刘晓苏……"面对着这个中年人,小武突然发现自己一路上不断重复着那些话来试图努力建立起来的一点点底气一下子就被轻而易举地打破了。他又恢复了在日常生活里面对城里人磕磕绊绊的语气。那中年人对小武很不耐烦,大声说道,"苏苏,什么苏苏,这里没有叫苏苏的,也没有叫刘晓苏的,不认识!"

小武一下子愣住了,怎么会没有呢?那天他明明亲眼看到苏苏就在这间屋子里。尽管眼前的中年男人黑着脸,但他还是堆起笑来,试探着问道,"大哥,肯定有的,你别开玩笑了,我是苏苏她哥。来看看她。"

哐的一声,门关上了,楼道里徘徊着一声巨响。小武吓了一跳,下意识地往后退了一步。一松手,那袋水果掉在地上四处滚落,发出几声闷响,他隐隐听见门后传来男人骂骂咧咧的声音。

小武弯下腰来,有点不知所措地捡着地上的果子,把它们一个个放回袋子里去,站起来,看看眼前的门户,又跑到楼道口看着楼层牌,又走回这扇门前。小武顾不上擦汗,心想楼层没错啊,但那个男人却偏偏说不认识苏苏。小武局促地站着,看男人的样子,再去敲门他肯定是要发火的,小武没有胆量和他吵起来,可在没见到苏苏之前,自己也不能就这样一走了之。他傻站在门口,脑子里正纠结着,身后的另一户门却吱呀一声开了,探出一个白头发老头来。

"你找谁?"可能是被那一声关门声惊了出来,老头把半个身子藏在门后面问,小武听到有人,马上转身朝着那人走过去,老头看到他向着自己走来,明显地把身子向门后缩了缩,小武也看到了老头的防备,于是向前走了几步就不好意思地停下来。他涨红了脸,尴尬地朝老头笑笑,说"大爷你放心,我就我打听个人,问完马上走"。老头仍然把着门,但是身子向外探了探,示意小武可以问了。

这户人家有个二十几的女孩子,大爷你知道么?小武指着那扇门。老头瞥了他一眼,没好气地说,什么女孩子,这里只有个四十来岁的单身汉,一年多了住在这里,我从来就没有见过什么女的。说完老头就缩回去,门一下子闭上了。

苏苏不在这里。小武提着一袋磕得有些缺口的果子从楼里走出来。他确信那天看到的就是苏苏，可是中年男人和老头的话又让他不得不信，这里确实没有一个叫苏苏的女孩子。他梦游般地回到了工地上，找了个地方脱下已经浸湿的衬衣晾在一旁，又梦游般地干完一天的工作。到了夜晚下班的时候，一个人失落着走回了出租屋。

一进门，老赵不在房里，不知道大晚上的去了哪儿。他没有在意，简单吃了点饭，擦了擦身子就躺在床上。想想最近发生的事情，慢慢觉得，从看见苏苏的那一天开始，他的生活仿佛就被什么看不见的东西改变了，说是命也好，还是其他的什么，总之，他与之前浑浑噩噩、什么都不想的自己似乎是有了一些区别。

小武现在才意识到，似乎从那一天开始，或明或暗，他的心里就时时刻刻出现着关于苏苏的事情，尽管他知道苏苏已经有了归宿，但心里好像还是抱着几分幻想似的，就连在那个夜晚，那一场热切的梦里，苏苏的脸也出现在了眼前无边的黑暗里。小武觉得，也许自己真的是爱上了苏苏，从小时候某一次的亲昵开始，一直到现在。那一天的偶遇只不过是让他又记起了这份差不多已经忘掉的感情而已。

苏苏，爱，成家……小武看着眼前天花板上那一块熏痕，把头枕在手上散漫地想着。突然，他心里像过了一道闪电似的闪过一个大胆的念头：如果，那天自己看到的是一个和苏苏很像很像的人，一切都是个巧合，自己的苏苏没有住在这里，而是回村去了呢？

小武怎么也睡不着了，这个想法在出现的一瞬间就占据了他全部的心思，以往苏苏的一颦一笑都在心里展现出来。他开始翻来覆去地想着这种可能性。思前想后，小武拍了板，就在这几天，自己无论如何也要回村子里看看了，如果苏苏在那里的话，自己就去和她爹娘提亲，筹备成家的事。

想到这里，小武踏实了许多，他有些觉得自己和苏苏的缘分还没有断。自己在这里虽然混得不怎么样，但是三年下来，终归攒了些钱，不多，也至少是一份家底，以后两个人好好过，也就有了不算坏的一辈子。将来再有个小子，自己老了以后里里外外照应着，这样的活法，挺美啦！

小武就这样想着，想着，迷迷糊糊地就快要睡过去，突然耳朵旁边炸起了一阵铜锣的声音，一下子把他从梦里拉了出来。

七

他打开门，门口站着房东——那个五十岁的，在他看来精明且干瘦的老女人，正提着那面铜锣，生气而厌恶地看着他，眉毛仿佛一个淡淡的影子，扭曲着，卸掉妆的脸透着蜡黄，暴露在楼道昏暗的灯光里。这一切在小武看来都要比平日里更好笑。

"爱住住不爱住趁早滚蛋"，房东劈头盖脸的又是这么一句，让小武有些摸不着头脑，他明明已经交了这个月的房租，实在是不知道这女人大晚上来敲锣的意思。

房东见小武呆在门口，嗓门又更大了几分，"你们也不看看自己是哪里来的穷鬼！啊？住着就安生不了，犯了贱学人家什么不好，学着去嫖，你们真以为自己有两个臭钱了是吧？现在让派出所扣了人，你们破命一条枪毙了就枪毙了，可污的是老娘的招牌，惹上这么一件事，以后谁还来我这里租房子？找死也不换个地方！"

小武被这么一骂，脑子突然清醒了许多，房东后面说什么他没听清，他只听见了嫖和扣人这几个字。心里一下子明白过来，老赵这么晚不回来，原来是又去了那个地方，而且最要命的是，他被派出所扣住了！

他一直觉得老赵和自己住了不短的时间，好歹也教过他那么多东西，他在心里已经有了些把他当作大哥的意思。当下有些着急，就问房东，老赵被扣在哪个派出所了？房东的反应却突然冷淡下来，淡淡地说，"还能是哪个？就是街尽头那个！"

匆匆收拾了一下，他数了数兜里的三百多块钱，保个人应该是够了，反正最后是要老赵还的，想想自己床底那个放钱的布袋，小武决定还是先不用了，等到不够再回来拿也不迟。他披了件衣服就匆匆上了街，顺着街上一排排路灯向后走着。

一条街十几个路灯，却只有两三个亮着光。正是闷夏的时候，那几个亮着的路灯头上杂乱地飞着一团飞虫，不停地撞着那一点光源，旋转着、翻腾着，在地上投射出许多紊乱的、虚晃的影。他有些着急地走着，走得满头大汗,直到看见那个派出所,推门进去的一刹那,才忽然想起来,这个派出所,就是老赵对他说过的,房东侄儿上班的那一个。

小武一推门,发现派出所里的一群人同时朝这边看来,站着的、坐着的、蹲着抱头的,全都扭过头来盯着他。紧张地扫了一眼,他从那里面看到了那天晚上门后面迎接他的那个女人,也看到了蹲在墙角的老赵,老赵只是偷偷地瞄了他一眼,而后把头埋得更低了。

他心里发虚,强撑着气对着坐在门口的警察说,我来领个人。那警察一听是领人,马上站起来,把他带到旁边一个小房间里。房间里空空的,只有一张桌子一把椅子,椅子上坐着一个精瘦的男人,正在眯眼抽着烟。

看到这个男人的第一眼,小武就不自觉地想到了房东,由此认定了他就是房东的那个所长侄子。小武看着男人的同时,男人也在看着他,只不过脸上露着虚假的笑。小武知道这笑容的意思,没有在他面前提房东,直截了当对走到男人面前,多少钱赎一个人?

男人掐灭了烟,玩味地看了一眼小武,伸出三个手指来晃了晃,"明白人啊兄弟,不二价,够数了就领走"。小武掏出三张来放在桌上,男人说,"爽快,没事了,人你带走,以后小心点"。拉开抽屉一划拉,三张钱都掉进去。关上抽屉的一瞬间,小武从缝隙里看见里面杂乱地散着好多张票子,花花绿绿的。

跟着门口的警察出来,穿过那些人蹲的地方,小武指着老赵说,他跟我走,那人把老赵的手铐打开,对他示意可以走了。小武看着老赵走过来,他的脸上一幅颓唐的神色,比平时显得更老了。当下不好说什么,只是拍了拍老赵的肩膀。

转身出门的时候,门口的警察正对着一个塑料筐点着里面的东西。小武朝里面看了一眼,皮夹、手表、烟盒……突然,他感觉有一件熟悉的东西经过那人的手里晃了一下,就像短短一道红影,揉揉眼睛再一看——自己床头的那个布包!

不会错!那个布包压在自己铺盖下三年,自己也摸了三年,就是闭了眼睛闻味道,小武也能清楚地认出来!那里面可是放了自己三年来赚到的所有的钱啊!小武什么也顾不上了,他大喊一声,冲过去从那人手上一把夺了下来。

干什么！别动！屋子里所有的警察都冲上去，把小武反手按在桌子上。可小武却什么也感觉不到了，他在一个瞬间里变得魂不守舍，任由一群人把他按住。

布包被他的手放开，轻飘飘地落在地上。

小屋子的门开了，小武的头被按着，他用余光看到那个瘦男人叼着烟从里面走出来，一个人松开按住小武的手，走过去对那个男人说，报告，这小子想抢赃物。

瘦男人走过来，示意那群人松开他，小武感觉身上的压力一轻，挣扎着又想冲上去。呼啦一声，那群人又把他按在地上。小武在地上嘶喊着，"那是我的钱！！！你们把我的钱弄到哪里了！！！"瘦男人蹲下来看着小武，冷笑道，"什么你的钱？那是赃物！懂吗？全是赃物！是嫖资！赶快走！再不走你也是嫖娼嫌疑人！"

小武突然不叫了，他愤怒地看着瘦男人，又扭过头来愤怒地看着老赵，牙帮咬得紧紧的，身子剧烈地抖起来。他咬着牙问，"老赵，那五十块钱是不是也是你干的？"

老赵低着头不说话，突然扑通一下向着小武跪了下去。瘦男人站了起来，把烟头扔到地上用脚捻灭。"走吧，"他冷笑着说。良久，小武像是想开了，把头在水泥地上拼命地一磕，闭着眼痛苦地喊了一声，"老赵——"。

八

小武觉得自己的全身都混沌着，翻腾着，自己像是一块砖头被突然砸在地上。头上一个地方痛得他直咧嘴。不知道过了多久，在他看来，也许是很长一段时间，也许是短短一瞬间。他颤抖着睁开眼睛，眼前模糊着，头顶上明黄色的灯晃得他只能看清轮廓，他茫然地转着头，却在墙边隐约看到一个影子，确切地说，是一个熟悉的影子。

迷蒙中，他突然想起了最开始的那天，自己在二十三楼的玻璃窗外，借着黯淡的夕阳看到的那个瘦弱而崎岖的背影。他曾经确定那是他认识的苏苏。

小武紧绷着的身子软下来，他嘴里含糊着对着按住他的人说，"大哥，我不敢了，你们放开我吧，那个布袋子不是我的，那是赃物，我不敢了，再也不敢了……"瘦男人招呼一声，按着小武的手一下子全部收了回去。他站起来，抹了抹眼睛，看着墙角那个渐渐清晰起来的影子，一步步走过去，蹲下来看着她。

"你把头抬起来，姑娘。"小武像是在自言自语着。"我……我能看看你……你么。"小武轻轻地蹲在她前面。那女人穿着一件薄衣，身上仍然留着那种小武熟悉的，轻浮的香气，她的头发披杂着，把头慢慢地抬了起来，对上了小武有些恐惧的眼睛。

轰，小武跌坐在地上，脑子里是一阵轰鸣，眼前的这张脸和他记忆里的那张脸重合着，这是苏苏！没有错！这就是他这些天来一直想找却一直找不到的苏苏啊！一时间，小武觉得天旋地转。

明白了，一切都明白了。小武在这座城市里混了三年，从他在那个午后看见苏苏的第一眼开始，就应该清楚地想到一个农家的女孩子要在这里正常生活下去的艰难，可偏偏他没有，还以为苏苏在这里活得丰衣足食。他感觉到一股巨大的悲哀在胸膛里炸开。手颤抖得几乎要撑不住地。曾经所有关于和这个女孩成家立业的美梦都被这一眼冲击的灰飞烟灭。可不知道为什么，他还是努力地强迫自己迎着女孩看来的目光，对上了她的眼睛。

小……小武？苏苏颤着声，突然微微睁大了眼睛盯着他，眼里是恐惧而又不可置信的神色，浓妆艳抹依然掩饰不住的苍白的脸上慢慢流下一行泪来。听到这一声熟悉的喊叫，小武在一瞬间里竟然有了种恍惚的错觉，仿佛小时的那个苏苏又站在了自己眼前，因为被其他男孩子欺负的缘故，正瘪着嘴向自己委屈地哭着。

而苏苏在这句话说完以后，却明显地意识到了不对，突然用手掩住脸，开始低低地抽泣，带着哭腔对小武说，"我不认识你，你快走，你快走吧。"说着还拼命地把自己的身子向后缩去，朝人群的缝隙里闪躲着。她的全身都在颤抖着，此刻跌坐在她面前的这个男人，正是自己曾经暗暗喜欢而又无比依赖着的小武啊！苏苏无论如何也没有想到，在这座城市的这几年里，自己曾经幻想了无数次和小武重逢，竟然偏偏在这样一种情形下发生。

小武知道这就是苏苏，但他难以接受这样的苏苏。记忆里的小女孩是那么灵动，她会跟在自己身后傻乎乎地叫着小武哥，也会站在村口那棵白杨树下一直看着自己走到很远的地方。可眼前的这个女孩却是这么麻木。小武直愣愣地盯着她迷惘而又无神的眼睛，徒劳地试图找出小时那个苏苏的影子。

可是，她的影子在哪里呢？

看着苏苏的哭泣，小武恍惚着，恍惚着，突然感觉到一股深深的无力感，小时候苏苏对着他哭泣，他还可以仗着自己的年纪教训那几个欺负苏苏的孩子。可现在的他只是他，只是流离在这座城市的，一个开始在生活里变得无能为力的小民工而已，面对着眼前瘦弱而颤抖的苏苏，他甚至连抬手为她擦一下泪的勇气都没有。

过了几秒钟，渐渐的，小武觉得自己似乎清醒了一些，挣扎着坐了起来。重新认真地看着苏苏。现在的她，是那么瘦弱，全身的皮肤都在苍白中泛着微红，暴露在一群人的视线中瑟瑟发抖。小武转过头，茫然地看着周围，站着的那些人盯着自己，脸上带着戏谑的笑容。

隐约间，仿佛从好远处传来，小武又听到苏苏对他喊叫着小时候的那些话。他的心里，突然像是被什么东西击打了一下。

小武突然站起来，徒劳地翻遍了身上的衣兜，颤抖着掏出身上剩下所有的钱，聚成杂乱的一堆，伸到瘦男人的面前。

大哥，小武仰着头，对瘦男人呢喃着，"我不敢闹了，对不起……对不起……他指着苏苏，我求求您，这些钱都给您，那个人我也不要了，只是求您行行好，让她跟我走吧，我只要她跟我走……"

苏苏抬起头，惊慌地看着众人面前这个佝偻着腰的男人，二十多岁的小武，背上像被什么无形的东西压着，他瘦弱的影子覆盖在苏苏单薄的身上，仿佛掩盖了所有人看着她的目光。

瘦男人看了一眼小武手里的钱，皱了皱眉头。犹豫了几秒，最终还是摆摆手，朝地下轻唾一口，"要什么不好，赎个鸡，快滚，到了外面要是乱说话，老子还抓你们进来！"

小武轻轻应着声，走到苏苏面前，蹲下来，像面对着一个易碎品一样,背起来,小心的,慢慢的,一步一步地向着门口走去。他满头大汗地喘着气,苏苏伏在他的背上,无声地啜泣着。

老赵看到,小武那件外套背后,两块水迹渐渐洇湿开来。小武!他突然仰起头来,痛苦地闭上眼睛,声音发着涩。我的枕头下面……拿着走吧……走吧!从哪里来的,就回哪里去!

小武的身子顿了顿,背着苏苏慢慢走了出去。

九

小武背着苏苏回到出租屋里的时候,已经是深夜了。他没有理会房东骂骂咧咧的声音,用一只手扶着背上的苏苏,勉强地用另一只手掏出钥匙开门,摸到墙边垂着的灯绳开了灯。

明黄色的灯光下,出租屋里的东西依然简陋着。高低床,凳子,做饭用的炉子。自己和老赵的行李杂乱地堆放在墙角,编织袋上面落满了灰。小武环顾着空空的房间,看着床上凌乱的被枕,下意识地想喊出一句老赵来,可话到一半,他只是张了张嘴,忍住没有叫出来。

小武回过头,苏苏已经趴在自己的背上睡着了,她一直蹙着眉头,苍白的脸上还留着些脂粉,黑色的眼影微微晕开,混着泪痕沾染在脸颊两旁。他轻轻地把苏苏放在床上,斜着让她躺下来。又拉过自己的薄被单盖在她身上。小武在做着这些事的时候,每一个动作都小心翼翼,生怕苏苏惊醒过来,而苏苏也仿佛极累,一直酣睡着没有察觉这一切。

小武把枕头向下拉了拉,让苏苏能够枕到上面去。他的手在伸到枕头下面时,碰到了什么东西,抽出来一看,自己手里捏着四百块钱。小武这才想起老赵对他说的最后一句话来,又想想这一年来和老赵住在一起的场面,心里突然觉得很不是滋味。

小武起身走到门边拉灭了灯,又回到床边坐着。一片黑暗里,他隐隐约约看到苏苏睡着的轮廓,她的身子微微起伏着,在一片寂静里发出轻轻的鼾声。小武不知道,现在的苏苏在他心里究竟是怎样存在着的,她是自己曾经最喜欢的人,是自己的妹妹,但是让他心疼的是,现在的她,也同样是一个几乎被所有人看不起的女人,小武实在是不愿意把苏苏和那两个字联系在一起。小时候的苏苏是多么得乖巧，那时候小武看着她就不知不觉地笑出来。可是现在一切都不一样了，假如她在这里做的事情被村里的人知道，那么她和她爹娘又会过着怎么样的日子呢？闭着眼睛，小武不忍心再想下去了。

小武渐渐适应了黑暗，苏苏的轮廓也渐渐清晰起来，他感觉到一点点光亮，于是把头转向窗外，夏天的夜晚，窗外的虫子不住地叫着，出租屋的窗户正对着街角，大街上那些霓虹灯的光彩从街口微弱地漫照进来一点点，混杂着天上同样微弱的的月光，在地上映出窗格淡淡的影子。他回头静静地看着苏苏，不知何时，她已经变了睡姿，瘦弱的身体在床上弯曲着，向着墙边，蜷缩成一团小小的影子。

小武的心里隐隐地痛了一下。小时候的那个苏苏，仿佛又出现在自己的面前，只是她变得很累，很累，连和自己说一句话的力气都没有了。小武的手紧紧攥着被单的角，心里的后悔又蔓延起来，如果自己当时不要为了那么一点点钱而不顾一切，而是一开始就找到苏苏，看她哪怕一眼的话，今天的这一切或许就都不会发生了。如果更早一点地听爹的话回家，当时就向苏苏提亲。那么现在的自己和苏苏早就应该有了一个之前自己一直向往的家。或许还会有一个儿子或姑娘现在正踢腾着小腿，笨拙地在地上学着走路。

一切啊！本来应该都是这样的，这些都是本来属于小武的，他一直向往着的幸福啊，可是老天偏偏和他开了一个这么大的玩笑。让苏苏和他在这座城市里彼此相对着越走越远。可面对这一切，他小武又能做什么呢？

小武盯着苏苏，颤抖的手抬起来，突然想摸摸她的额头，就像小时候那样。

……

苏苏躺在床上，慢慢地做了一个梦。她梦到自己刚刚来这座城市时的事情，用带在身上仅剩的五百块钱租住的那条狭窄小巷的尽头。虽然小巷子里坑洼不平，经常积着水，但是那时自己的心里却满是对于城市的期待和幻想，满心渴望着自己能在这个地方找到属于自己的一份生活。

她给一个裁缝老女人打下手，她也是她的房东。苏苏帮她量尺缝补，但更多是伺候的活计。以此能换来一点小小的收入。就这样早出晚归，一个人在那间幽暗的小房子里瑟缩了两个多月。有时觉得闷了就坐在小巷里看天，白天看头顶上线一样天空的两旁屋檐上立着的那些鸟儿，晚上，天气好的时候，头顶漆黑的缝隙里会掠过短短几十分钟的月亮。

这样的日子很累，但是她一直没有想过去找小武，尽管她知道小武也在这座城市里。可她还知道，小武也像她一样不容易，自己不忍心再去给小武加上一份拖累，所以也就一直忍着不说。直到在家里来电话的时候，她还在骗家里人说，她在一家人家里当着保姆，过得很好。

可是，仅仅是这么一份小工，几乎只够自己吃饱，眼看着交租的日子也一天一天临近，自己辛辛苦苦挣的钱转眼间就又要回到房东手里，而且渐渐有着入不敷出的趋势。这种情况下，她一个孤单的农村女孩子，又哪里还能分出另一份工作供养自己呢？

那天，苏苏在街上漫无目的地走着，心里想的全都是房租的事情，她忽然想起来有人和她说过这附近有招工的人，又叹了口气，知道自己找不到具体的地方。就这样不知出神地走了多远，也不清楚绕过了多少巷子，只记得回过神来的时候，自己已经到了一个陌生的小巷里，眼前的门口坐着一个浓妆艳抹的女人。

那女人看到苏苏一个人伫着单薄的身子局促地站着，土气的衣服上戴着两条袖套。又看到她有些泛红的脸上偶尔流露出生疏而胆怯的神色，当下心里明白过来，笑着主动走到苏苏身旁，对着她嘘寒问暖。

"姑娘，你来这里做什么？"女人拉着苏苏的手。突然被陌生人搭话，苏苏紧张得一句话都说不出来，一口气憋着好久，才吞吞吐吐地说："姨，您……您招工么？我来找个活计，看看……有什么能做的。""诶呀，你这个姑娘长得真俊俏，看得我真是喜欢，那女人笑着说这样吧，姐姐这里有一个活计，包吃包住，挣得还不低，你要不要来瞧瞧？"苏苏听到那女人这么说，以为是一份不错的工作，又想到自己的状况，她不想就这么回去，更不想去找小武，把自己的事情拖累给他。

苏苏有些动心了，她已经不记得那个女人紧接着对自己说了什么，也不记得自己后来是怎么走出那个地方的。朦朦胧胧间，好像是过了短短的几天以后，自己带着行李，又一次来到了这个巷子里。

苏苏以为一切都归于了平淡，她终于找到了属于自己的工作，她想，也许某一天自己能在这座城市里遇到小武，到时候，自己能开心地冲上去抱着他，再向着他喊一声小武哥。

直到那个夜晚。

啊！！！苏苏突然惊醒，扑起来一下子抱住小武嚎啕大哭。苏苏的这一声哭喊像是闪电一样劈中了小武。小武觉得，自己突然就像回到了小时候，那时听到苏苏被欺负的声音以后，自己不顾一切冲上前去的一瞬间，心里想的只有苏苏一个人。可现在的自己，面对着最喜欢的女孩，却在犹豫着那些其他人的看法，对苏苏变得这么冷，甚至连摸摸她的额头都在犹豫着。

小武愣住了，他瞪大了眼睛，一瞬间什么都不想了，别人的看法，曾经的苏苏，一切都去他的吧，他突然想通了，自己喜欢的只有苏苏而已。无论是小时候还是现在，苏苏还是苏苏，小武也还是小武！

苏苏在他怀里大哭着，哭得几近昏厥，也说不出话来，只是不停地哭。小武紧紧地抱着苏苏，把头埋进她的头发里。没事了，没事了。他不停地说着。

十

第二天下午，小武买好票，牵着苏苏的手走上了汽车。他抱着苏苏，坐在后排靠窗的地方，把一小包行李放在脚下。

车开了，从一条柏油马路出发，朝着远远的，坎坷的石子路上驶去。

满空的夕阳里，天上薄薄地拉扯着几片丝絮状的云烟，趁着南风变幻着形状，缓缓地向北飘动着。路旁的树也在窗外渐渐多了起来，只是不同于那些行道树般的整齐，它们生长得杂乱却自由。

小武扭过头，车厢里的人并不多，那些空着的塑料座椅有些光滑，散漫地反射着车窗外昏黄的光，苏苏靠在自己肩膀上安静地睡着，轻盈地呼吸着。夕阳透过几缕发丝，也在她的脸颊上映出淡淡浅浅的影子来。

他又看向窗外，太阳快要落山了，斜后方远远的城市里，霓虹灯已经亮起了一大片。他想起那个二十三楼的午后,眼睛渐渐模糊起来,朦胧间觉得记忆里的那个夕阳似乎燃烧着,灿烂着照进了眼前的空间,照进了村口的那棵白杨树。

　　苏苏,我们回家。闭上眼,小武轻声说。

鱼

云南大学　柳燕

十

　　林树回忆起半年前在市医院骨伤外科 7 病房的两个月护理生活，心里莫名地烦躁起来。他是文学专业的，不知道医院病房里那股让他反胃的味道，来自于一种叫来苏水的消毒液，别称甲酚皂溶液，回家后他看见药类就反胃，索性把家里所有的药，都收到一个铁盒子里密封起来。

　　林树从大学毕业后没直接参加工作，而是参加了研究生考试，第一次因为英语差两分败落，奔走也无济于事。同学们一个个传来喜报，有的考上公务员和事业单位，再差的也当了教师。林树有些不甘心，想再尝试一次。

　　那段时间他最烦的是看见手机屏幕的来电显示出现"爸爸"或"老妈"，有时他索性不接，有时干脆把电话接起来，听一段时间，然后把手机从耳边拿走，等"那边"唠叨完了再接过来，说一句："知道啦"。林树的父母不知道为什么自己的儿子非要考研究生，邻居家的孩子毕业后都考了工作，在乌蒙山腹地的农村，大学毕业后考上公务员、事业单位、教师都是很体面的。林树的父亲茶余饭后在村子里总是抬不起头，他的独子大学毕业不工作，赋闲在家也说不上，在城里租了个房子天天和那些死去的活着的外国的中国的作家打交道，这就算不务正业。

　　每次在村里闲荡，林树的父亲总是听到别人说谁家谁家的儿子考在县上或市里的某个单位，还找到了一个有后台的女朋友，林树的父亲心里像被谁塞了一颗石头。闲时几个老者坐在一起抽旱烟，别人总是会问：海，你儿子现在还没准备考工作？也老大不小的了，谈到女朋友没有？

林树的父亲这时别过脸，突突地抽着旱烟，一股浓烟从他的烟筒里冒出来，有时把他呛得满眼泪花。

林树的父亲是一个泥水工，平时在村子里给别人砌新房，砌砖的水平很高，甚至不用吊墨线，就能把平水掌握得很好。他的手艺在云冈村很出名，村里镇上的很多在外打工或贩毒发财的人家的二层三层小洋房，他都参与修建。林树就是靠他父亲的这一身手艺赚钱读完了大学。

老林打电话催林树考工作的那段时间，林树心情极其低落，整天在租来的房间里颓废，也不全是因为研究生没考上，他省城的女友刚一脚把他给踢了。林树感觉天就快塌下来了，他每天拉上窗帘，蒙头大睡，梦中尽是女友和他的欢乐时光。林树的房间里堆满了啤酒瓶，有时他半夜摸黑起夜，踢到那些满地的啤酒瓶，发出刺耳的乒乓声。

林树费了很大的劲从那样的忧郁的日子里走出来，有一天他拉开窗帘，发现窗外的爬山虎爬到了他的窗台，嫩绿的枝蔓大有继续向上爬的趋势。林树点燃一根烟，在窗台边站了半响，他决定去找一个兼职。

林树在一个琴行找到了他想要的工作，他的工作是负责给孩子们上课打卡，早晚开关门，打扫卫生，有时也和孩子的家长们聊聊天。琴行的工作清闲，可以继续复习，以备来年再战，最重要的是，琴行里出现了很多可爱的孩子，林树十分喜欢那些纯洁的精灵，她们脸上可爱天真的笑容让林树阴郁的心情逐渐转晴。工作之余林树静静地听着琴行里比较有艺术修养的小提琴老师拉一些肖斯塔科维奇的作品。林树没想到在这个城市竟然还有人会演奏肖斯塔科维奇的《第十四交响曲》的部分章节，他和那个留着长发的小提琴老师渐渐熟了起来，得知他曾差点去俄罗斯进修，据说因为生活作风出了点小问题就被取消了。这网络蓬勃似水葫芦的年代，生活作风问题有多少是真的呢，又有多少真正的作风问题藏在夜里呢，林树想。

九

林树坐在屋子里回想着他在琴行的快乐时光，那些懒洋洋的午后，他撕开一包速溶咖啡，放上少许白砂糖，慢慢地品味着咖啡中的苦涩，手里总是拿着一卷俄罗斯作家陀思妥耶夫斯基的作品,林树跟着作品去那个神秘的北方国度的异乡,仿佛他亲眼目睹了那些被侮辱与被毁灭的俄国小人物和大学生的悲惨人生。他午后坐在琴行的前台,看着那些被他擦得锃亮的钢琴,映出了他喝咖啡和读书的影子,好像他的生活出现在了银幕里一样。林树闻着制作钢琴的木材发出的淡淡清香,这些木材和钢琴的牌子KAWAI一样来自他喜欢的国家日本,他觉着自己守着的是一片森林。那段时间他与艺术和文学的距离很近,他仿佛觉到了西伯利亚的严寒,穿过了伊豆半岛长长的隧道。

十一月的云冈村气温骤降,空气干燥,乌蒙山的腹地,云层一天天加厚,山上的常绿针叶林青绿苍翠,流过云冈村的白河退去了它的泥沙,颜色逐渐变深,但河水再也不是那种无邪的绿色,而是绿中带黄,散发着一股恶臭——那是没经处理的生活污水和河水混杂的结果。这一带的人都把新的房子建在白河边,厕所不修粪池,山上的土地已经荒废大半,种上了一些果木,也没人打理。人和牲畜的粪便没有用途,再也不是以前云冈村每家每户都紧缺的农家肥,它们直接被排进白河,整条白河就是一条暴露在阳光下的下水道一条流动的粪沟,浩浩荡荡地奔向长江。

林树在这样的冬日的午后再次拿起半年前从市医院带回来的老林的CT,他仔细地数过那些固定着老林体内骨头的钢针和夹板,那些在激光透视下的白色金属,大大小小加起来刚好一百零八颗。一百零八颗钢针埋在了老林粉碎性骨折的体内,支撑着老林的断肢。林树觉得一百零八这个数字好像在哪里见过,他想了半天才记起来,梁山好汉也刚好是一百零八个。林树反复地看着那些CT片上白色的金属,好像他们是镶嵌在自己的肉里似的,总不是滋味。林树对比老林手术前的CT和出院时的CT,那些因高空坠落被重力折断的骨头被钢板和钢针固定着,缝隙越来越小,逐渐在恢复之中,他决定先把这事儿放一放,研究生考试只有一个月了,他想回到出租屋,闭关复习最后这一个月。

当林树告诉老林自己要回到市区的出租屋继续复习的时候,刚从轮椅上下地拄着拐杖走路的老林脸上明显带有怒色,但想到自己受伤这几个月林树一直侍奉在身旁,他没有理由对儿子发怒,只说了一句:"你看着办吧。"林树带着自己不多的行李走出了家门,临别时和妈妈说了一些煽情的话，母子二人眼里都噙着泪花。林树把自己这些年从父母这里得到的积攒下来的钱全部掏给了妈妈，背着书包走上了通往镇上的路。

林树走到老林出事的那家人门口时，停了一下。都是熟人，事儿主是他的小学同学，五年级没读完辍学了，一直在外面打工，具体做什么工作不清楚，也没见怎么发财，回到村里和另一个人合伙承包起了这一片的建房工程，他们负责把活从要修房子的人手里承包下来，再转手找工人替他们修，他们从中赚取差价。

"老三，我爸的事情你现在要私了我还可以撤案，别说我没给你机会。"

"你是大学生，你说怎么处理就怎么处理，我没文化，你有文化，想打官司你就打。你懂法律，我不懂法律。"

这已经是林树第五次和他商量怎么处理老林的事情，得到的答案一模一样，老三，俨然一副不关心的样子。老林受伤时，老三和他的另外一个叫虎子的合伙人看见老林的伤势太重，怕出人命会进去，不得不叫镇上卫生院的救护车把老林送去了市医院急救。一路上，两人吓得够呛，林树的几个叔叔也跟着救护车护送老林去市医院。

八

林树那晚从琴行下班回到出租屋已近九点，囫囵吃了一些东西倒头就睡，那是一个周末，学琴和练琴的孩子比较多，工作比平时忙。林树正在做一个梦，梦中他在一片浓郁的森林里来回地跑着，怎么也找不到出路。忽然，他的手机响了，林树拿起电话，屏幕显示已经午夜十二点半，是他母亲的号码。林树犹豫了一下，心想，家里要催他考试也不至于大半夜的打电话吧，他接起电话，只听见他的母亲在电话那头已经泣不成声，说了半天没说清楚发生了什么，另外一个人接过电话说："树，你爸爸给别人修房子从二层楼上摔下来了，伤得太重，有生命危险。"

"婶，我爸人呢？"

"两个包工头和你叔他们叫了救护车，正往市医院赶，你要有心理准备，你爸有可能挺不过去。"

"婶，麻烦你照顾我妈，这里有我。让她放心。"

林树挂了电话，朦朦胧胧地披上衣服，立刻赶去了市医院，提前挂了急诊科号。他在深夜的市医院焦急地等着，他想，如果他爸真有不测，这次他的一切梦想可能都要完了。

　　林树听着救护车的长鸣从城市深夜的街道上呼啸而来，急诊科的医生们已经准备好了一切，但从第一辆救护车下来的并不是老林，而是一个五十来岁的脑溢血患者，呼吸已经很微弱，林树看到这个男子苍白的脸，心里开始害怕起来。那个人被推进了急诊科病房，林树坐在病房的椅子外面，听见一个医师说："家属过来，现在我征求你们的意见，他已经没治了，能熬过今晚就不错，你们不要再花无谓的钱了，留着这些钱给他买一副好的棺材，不过如果你们坚持要我们医治，我们也会尽一些人道主义的义务。"病房里一个女的立刻就嚎啕大哭起来，大概是患者的妻子。过了十多分钟，医生们好像替他做了一些紧急的处理，患者的家属们就把他从病房里抬了出来，大概接受了医生的建议，几个女人扶着一个已经瘫软在地的中年妇女，簇拥着出了医院。

　　林树这才恍惚记起，云冈村离市区有两百多公里，怎么可能这么快就到呢？林树不知道在等候老林救护车的那两个小时是怎样过的，他隐约记得那个脑溢血患者被送走以后，又送来了一个披头散发、已经醉得不成人样的年轻少妇，穿着睡衣，一个男的背着。送进了病房，医生只是给挂了瓶解酒的盐水，之后那个女的就一直吐，整个一楼急救科都弥漫着酒臭味，那女的边吐边哭，嚷着要离婚。林树看了一下，似乎他的年龄比那个醉酒的女的还要大一些。

　　在浑浑噩噩中，林树又听到了急救车从远处呼啸而来，他看了下手机的时间，已经凌晨三点了。他走向了医院的急救通道，救护车上下来的确实是老林，脸已经完全肿了，血肉模糊。林树想揭开被子看看还具体伤了哪些地方，医生制止他不要乱动，以免加重伤势，林树眼泪一下子掉了下来。老林已经奄奄一息，医生让林树去预交一万，林树想都没想跑去就把钱交了。老林被推进急救室抢救去了。老三和那个叫虎子的包工头在一旁站着，吓得不轻。林树的三叔叔叔拉着他离那两个包工头一段距离，说："你傻啊，让他们去缴费啊，这件事情你不能出一分钱。"

　　"刚才我没想那么多，没事，以后的让他们出，不交钱不给医治，不能让我爸死在急救室外面把。"

"这种事情你每走一步都要想清楚，特别是关系到钱，等一下我和你四叔留在这里，你去告诉他们让他们把大哥医好了送到家里去，你就不要再管，直接走掉，这样他们只能乖乖地医。"

"我爸伤得那么重，生死不明，怎么也得等他脱离了危险再说。"

"你自己看着办吧，我只是给你提个醒，如果他们好好的出钱医治大哥还好办，如果他们赖账，很麻烦，我们也帮不上什么大忙，顶多也就是帮你照料照料。树，留个心眼。"

"三叔，谢谢你。"

林树和三叔走回急救室等候区，老三开口说："树，白天机器坏了，打板（浇浑泥土）灯光太暗，叔叔不知道怎么就掉下来了，我吓坏了。实在对不起，谁也不想发生这样的事情，早知道今天（事实上是昨天）早上就不打板了，我的眼皮一直跳，打板的时候机器也老是出问题，预兆不好……"

"是啊，干了这么多年还没遇见过这种事情，以前最多是工人受点小伤……"虎子附和着说。虎子是一个比老三大十来岁的男人，在村里的名声不好。

林树并不想和虎子这种人打交道，要不是因为老林的事情，他和虎子顶多也就是见面打个招呼的关系。

"现在说这些已经没有用了，先把我爸治好吧。"

"治，一定要治好，你放心，我们一定会把海叔治好。"

"那就好……"

三叔示意林树不要多说话，言多必失，林树心领神会，没再说下去。

两个多小时后，林海被医生们从急救室里推了出来，全身插满了管子。主治的医生说林海暂时脱离了危险，但需要立刻安排做CT，看看到底伤情有多严重。这已经不是急诊科的事情，医生把林海转给了骨伤外科。林树这才松了一口气，在推着林海的前往骨伤外科的路上，林树看着林海浮肿的脸，听着他微弱的呼吸，第一次感受到了死亡近在咫尺。

骨伤外科的医生们立刻给林海安排了CT，片子出来的时候林树也没听懂医生们在说些什么，那些专业的医学词汇翻译成大白话就是：两条腿粉碎性骨折，脚后跟粉碎性骨折，肋骨断了 6 根，头部间歇性骨折，胸骨断了 3 根，双手骨折。最重要的是，折断的肋骨威胁到肺，肺部已经积水，呼吸困难，威胁到林海的生命。骨伤科的医生们都替林树感到幸运，二层楼七八米的高度，摔下来没有头部着地，已经是万幸。

医生们建议立刻安排做一个引流手术，抽出压迫肺的液体。林海又被推进了骨伤外科的急救室。当林树再次看到林海时候，林海的腹部已经被安上了一根管子，从透明的塑料管里流出来的的液体，血色。林海已经疼得昏厥过去，只听到轻微的因疼痛而发出的呜咽声。尿道也被安插上了引流管，很显然，这样的伤势，不可能自己排泄了。

主治医生告诉林树，需要买来一种叫"包大人"的尿不湿、卫生用品等，旁边的老三和虎子听到后抢着去医院的超市买来了这些东西，林树心里安稳了许多，这两人到现在表现还算配合。林海这一个星期都只能在骨伤外科的急救室里度过，要等彻底脱离生命危险，抽掉了胸腔里面压迫肺的积液，消了肿才能安排手术，家属只能每天的十二点和下午的六点进急救室探望二十分钟。

两人去买"包大人"和卫生用品的当，三叔说："树，不要放松警惕，这两人在村里是出了名的无赖，很多人都吃过他们的亏。"

"叔，我知道，都是一个村的，跑不到哪里去，实在没办法，还有法律。"

"反正要多留个心眼。"

老三和虎子从超市回来，除了买了医生说的给林海用的卫生用品，还多买了一套毛巾和脸盆，说不知道要住多久的院，多买一套，一起使用。三叔和林树的其他两个叔叔给林树递了个眼神，示意林树去和他们谈治疗的问题。林树是第一次经历这种事情，没有经验，心里有些发虚，面对村里人人都谈虎色变的两个人，林树并没有多大的把握能占据优势。他怕说错话，一不小心就激怒两人，到时候他们甩手，就不好办了。

林树深吸了一口气，走向正在休息区抽烟的虎子和老三，三叔和他的另外两位叔叔也跟着走了过去。老三早就做好了准备，看林树走了过去，主动站起来说："树，啥都不用说了，我们是同学，又都是一个村的，抬头不见低头见，海叔的事，医就是，该出钱的我们出钱，该出力的我们出力。"

"对，一定把海叔医好，走回家，树兄弟，你放心。"虎子也跟着说。

"虎子哥，老三，既然你们都这么说，我林树不是不讲道理的人，先把我爸医好再说，你们先去交费，我估计我预交的一万支撑不了两天。"

"没问题，这钱不用你出，等回去以后我们算给你，不过现在我们身上也没带多少钱，刚才我和虎子看了一下，两人加起来只有两万，我们先预两万，再回家拿来补上。"二人说完就去前台办了缴费手续。林树看了清单，确实预交了两万。

骨伤科的患者和家属络绎不绝，又有两人被推进了急救室，那些急迫的家属们在急救室外面焦急地来回走着，从骨伤科十三楼的窗户玻璃里看见了城市边缘的远方出现了群山依稀的轮廓，天，已经蒙蒙亮了。林树已经很久没有这样一夜地折腾了，他在休息区的蓝色椅子上睡着了，依稀还做了一个梦，梦里他在一片森林里来回地转圈，怎么找不到走出森林的路。

林树从朦胧中醒来时，隐约听见他的几个叔叔、老三和虎子正在谈着昨天发生的事，说的是眼皮跳、机器坏、预兆不好之类的。林树旁边的椅子上放着两个包子和一杯粥。老三看林树醒来了，走过来把早点递给林树："树，趁热吃，刚才看你睡着了，没叫醒你，还是热的，我们都吃过了。"林树确实感到肚子有了饿意，接过包子吃了起来。

林树看了下手机才八点过，探望的时间还早，林树的眼睛被手机屏幕的亮光刺得生疼，他走向开水区，用老三和虎子买来的脸盆接了热水，捂了一下眼睛，洗了脸，还是觉得头晕目眩。

林树回到休息区，无事可做，他后悔没有带一本书到医院来，转念又想，即使带来了，怎么可能看得进去。林海坐在蓝色的椅子上，闭着眼，耳朵里全是医院里来来往往的急促的脚步声。

七

林树打开出租屋的门，虽然是十一月，但还是从屋里涌出来一股带着尘埃味道的热流，他索性把所有的门和窗子都打开通风，自己站在门外的走廊里远眺着这个城市。林树已经有五个月没有回到过这里，琴行的工作也辞了。在医院的每一天几乎都是灰色的，很像他现在的心情。

呆呆地看了半响后，林树清扫了五个月来屋子里堆积的灰尘，地上，窗子上，书上，甚至床上都积满了灰。林树索性把除了书以外的所有东西都用水洗了一次，地板也用水冲洗了一次，做完这些，看着出租屋又恢复了往日的样子，林树的心情好了许多。肚子也有了饿意，这是他这五个月来第一次感觉到肚子饿，他决定去附近的菜市场买些菜回来自己做。林树身上的钱不多了，还有一个多月研究生考试就要考了，这段时间他不能再去做兼职，想要支撑完这个月，必须精打细算。

菜市场离林树住的地方不远，顶多走十分钟。林树买了一些自己喜欢的菜，回来的时候经过一个摊位，发现有很多人围着，不知道在干嘛，林树慢慢地靠前，一股鱼腥味差点让他呕吐。很多人围着买鱼，但大部分人是在看这家鱼摊的老板杀鱼，据说速度很快，手法独到，弄好一条鱼不过两三分钟，有时鱼被花成两半装在塑料袋里，还活蹦乱跳。林树也想见识一下这个鱼贩子的手艺。

一个秃顶老头要了一尾三斤的江鲢，有点肥胖（这条街卖肉的屠夫都有点胖）的鱼摊老板一把从玻璃缸里利索地抓起一尾鱼，扔在电子秤上，三斤一两。接下来开始了他的杀鱼表演，只见他用一个特制的木榔头在鱼的头部敲了三下，鱼立刻晕厥了，他快速地用一把锋利的菜刀切开了鱼肚子，拿出了内脏和鱼鳔，打开水龙头冲洗了一下，问老头要不要切成块，老头叫装起来，鱼贩子便把两块鱼合在了一起，那条可怜的江鲢真的还在塑料袋里摆着被花成两半的尾巴。整个过程只用了两分多钟。又有人要了一尾罗非鱼⋯⋯

林树注意到，那条被装在透明塑料袋里的江鲢的眼睛，泛着白，刚开始似乎还在转动，最后保持一种恐怖的状态——它好像在盯着林树，那双眼睛在它白色的巩膜的衬托下显得十分震撼——它似乎对世界充满着仇恨。林树被吓得不轻，打了一个冷战，迅速地超过了那个秃顶老头，离开了菜市场。

林树准备选择性的遗忘这半年来发生的烦心事，忘记林海的受伤，忘记老三和虎子的赖皮，忘记在医院和老家照料林海时林海每天在他耳边叮嘱他考公务员和事业单位的事，忘记村里人的闲言碎语⋯⋯他只想专心地考试，他决定把的电话卡给抠掉，谁的电话也不接，谁也不联系，暂时和这个世界隔离，手机只当做一个闹钟和一块安排作息的手表。林树在朋友圈发了一条状态：近期闭关，勿扰。抠出了电话卡。

林树像条干涸已久的鱼，一头扎进书海。

六

探房的时候林树看到林海的呼吸逐渐恢复了平稳，心率也回到了90到110，但还在昏迷当中，护士说这是正常现象，他们用泵给他慢慢地注射着少量的止疼药，这样可以减轻痛苦。林树第一次见到一个人身上插了那么多的管子和传感线，仿佛整个人就是一些零件组成的，器官可以被任意切割开，插入一根管子，修复里面的零件。

林树的几个叔叔、老三和虎子也跟着进了急救室，护士示意不要大声说话，还有其他病人。林树试着叫了几声，没有叫醒林海，就放弃了。护士走过来说："现在病人是昏迷状态，叫也没用，他已经没有生命危险，等醒来消了肿，抽完肺部积液，就可以做手术，你们在里面也帮不上忙，出去吧，有什么问题我们会处理。"几人想想也对，走出了急救室。

接下来几天大同小异。那几天林树也不知道自己在医院里是怎么度过的，每天浑浑噩噩，头晕脑涨。有一天中午，一个护士从急救室探出头来对着外面喊："林海的家属，林海的家属进来帮忙。"

林树和三叔以为出了什么状况，立刻站起来冲向了急救室，老三、虎子还有林树的另外两个叔叔也紧跟着走到了门外。

"进来两个就可以了，病人要大解，太重，我一个人没法弄。"

林树悬着的心才落了地，三叔和林树走进了急救室，看到林海已经醒了，一直在呻吟。林树和三叔托起了林海，林海疼得头上直冒汗，蹦出了一句："你们要把我弄死！"

护士在一旁说："轻一点，他身上的骨头断裂太多。"又转头对林海说："老人家你也忍着点，那么重的伤，怎么可能不疼。"

林树、三叔和护士帮助林海在床上用包大人大完以后，林海在呻吟中又昏睡了过去，林树这才反应过来自己的爸爸完全无法动弹，直到骨头完全恢复，他都将以刚才的方式大解，吃喝拉撒都将在这张小小的病床上。林树以前没有照料过重伤病人，他没有意识到，刚才的十几分钟，只是他两个月医院陪床生活的一个预演。

情况一天天好转，一个周后，林海被从急救室转到了骨伤科的重伤病房，意识也恢复了，能流畅地说话。老三和虎子非常地配合，在林海面前保证了很多次，一定会负责把他医好，健康的从医院走着回到云冈村。他们这个周的表现也确实值得信任，医生说林海需要用什么他们抢着去医院的超市买，输液轮流着看护，到了饭点主动去医院食堂买饭……

主治医生观察了林海的肺部和胸腔积液，说还需要抽几天，消肿的效果也不是太好，手术只能推后一点安排。林海和几个叔叔请主治医生预算了一下，手术费和其他的医疗费用加起来，到出院那天大概要花费十五万。林树吓了一跳，他从来没有经手过那么多钱，也拿不出来，算上预交的三万，也还需要交十二万。还好老三和虎子在旁边拍着胸脯说："树，不用担心，这些钱我们出，隔天我们就回家去想办法，安心医，准备手术就是。"

林海的意思，只要老三和虎子配合医，医好了也就算了，毕竟出现这样的事情大家都不愿意，十五万也不是个小数目，只要他们出钱医好自己，也不会要他们赔偿误工费和其他的损失了。

老三深受感动地说："海叔，你不要担心其他的事情，你的任务是什么都不要想，好好养伤，医疗费用我和虎子会解决，一定把你医好走出医院。"

三叔和其他几个叔叔在林海搬离急救室的第二天因为家里有事都回去了，只剩下林海、老三和虎子，林海的母亲嚷着要来看一眼，林海制止了，因为家里的牲口没人照看，来了也帮不上什么忙，知道了脱离危险，林树的母亲也松了一口气。

三叔走的第二天早上，主治医生查完房后，老三和虎子坐在林海的床边，老三开口说："海叔，树，我们想今天回去一趟，准备手术费，我看您这两天肿消得不错，估计很快就会安排手术。"

"对啊海叔，十二万不是个小数目，我们家里的存款也没那么多，还差点，得回去凑，你们也知道的，医院钱不交够不给下药和手术。"

"你们走了怎么办，我一点也动不了，大解护士和树也搬不动。"林海的声音很微弱。

"是啊老三，你们也看到了，我爸有点重，两个人根本搬不动。"

"没事，我们刚在护理中心问过了，等一下请一个护理过来帮忙，树，这两天就辛苦你一点，我们去一天，拿着钱就回来。"

林树和林海父子没有更多的理由拒绝老三和虎子，毕竟一个村的，这几天他们很配合，不像传言中的那么油滑，林树心里还是相信天下好人居多，人得讲诚信，说出去的话泼出去的水，反正他做不到答应别人的事又反悔，说出去的话又吃回来。不让他们回去，林海和林树一时半会儿也拿不出十二万的手术费。

"老三，做人要厚道，说话要算数，我和我爸可等着你们带钱回来做手术。"

"树，你们就放心吧，我和你是同学，我会骗你吗？何况一个村子的，跑得了和尚跑不了庙，海叔，你好好养着，我们后天一定赶回来，等一下我们就去护理中心找护理过来。"

林树没有说话，只是把脸别到一边去，呻吟着，算是默许了。

老三和虎子去护理中心带回来一个叫老马的中年男子，一米七左右的个子，满脸的笑容，说起来和林树都是一个县的，算是老乡。

老三和虎子走了。

林树的心里空唠唠的，老马和林海闲聊了起来："大哥怎么受的伤？"

"替别人修房子，打板从二楼掉下来。"

"二楼，八九米的高度，幸亏不是头着地。"

"是啊，捡回了一条命。"

"少说话，多休息，才能恢复得快。"

"你是他儿子？"老马调转话头。

"是。"

"跟私人修还是给包工头做？"

"包工头。"

"人呢？"

"去请你的那两个，刚走，回去凑手术费。"

"可靠吗？"

"以前没太打过交道，不过很配合，说后天回来。他们请了你多久？"

"给了一个月的钱，钱交在护理中心的，我们是护理中心发工资，那边打电话说是一个月，我以为那两个是你们的家属。"

林海的心里咯噔了一下，隐约觉得不妙，但想着老三和虎子刚才拍着胸脯保证，又觉得自己太过敏感了。

老马告诉林树，护理他有经验，不用担心，他干这行都已经十多年了，他媳妇也在医院里干护理，都是轻车熟路。老马说的没错，他的业务很熟，对病人的态度也好，确实是个合格的护理，林海其实是一个脾气很倔的小老头，有时候一根经，他认为对的事情即使是错的也不愿认输，受伤以后有时候像个小孩子，这几天林树领教了他爸爸的脾气，心里一直不顺，但老马和林海相处的不错，可能因为年纪相仿。

傍晚，林树和老马配合着护士给林海换完了包大人，电话响了，林树看到屏幕上显示的是三叔，林树走出病房接起了电话，还没开口三叔就劈头骂道："你狗日的太憨了，你把他们两个放回来干什么，走的时候不是叫你防着这两个狗日的吗？这回你休想他们再回去了。"

"叔，没这么严重吧，他们说回去准备手术费，说家里的存款不够，要回去借钱，他们走的时候拍着胸脯保证后天一定带着钱回来。"

"你读的什么死书，你是不是读书读傻了，拍胸脯有个屁用，他们巴不得你放他们回来，甩手不管，你小子别把人都想得那么好，人家把你卖了，你还笑呵呵地帮忙数钱。不信我们就走着瞧，你小子赶紧想办法凑钱吧。我这里支持你三万，以后慢慢还我，先把大哥医好再说。你赶紧打电话催他们两个，看看他们能不能良心发现。"

林树心里开始发颤，挂了电话，拨了老三的电话号码，电话里传来移动客服的回答："对不起，您所拨打的用户已关机。"

林树知道什么都完了，差点瘫软在地，很多的电影诈骗镜头在他的脑海里闪过，他还是不愿相信自己被老三和虎子骗的事实，他们早上走的时候说得那样信誓旦旦，用自己的人格在担保。林树又拨了虎子的号码，得到也只是移动客服的回应。林海脑袋嗡的一下，瘫软在休息区的蓝色椅子上，他感觉自己的血液在上涌，头痛欲裂——三叔说的是真的！

良久，林树才恢复正常，三叔的电话又打过来了。

"怎么样？他们怎么说？"

"全部关机。"林树镇定了半天，才从牙缝里憋出这几个字。

"你小子就是读书读傻了。这件事不要告诉你爸爸，想办法凑钱，等做完手术再说，如果他问，就说两个狗日的工程忙不过来，钱已经打给你了。"

"好，三叔，听你的。"林树心里想的是那个惊人的数字，十二万，这对林树来说是个天文数字。像林树这样的读书人，对于钱没太多奢求，吃得饱饭，有衣服穿，手头不紧就是理想生活，还没有正式参加工作，没有工资，这笔钱只能去借！

林树在休息区的蓝色椅子上坐了十几分钟，搜索脑子里有没有可以参考的范例，那些他所看过的外国小说里，那些他所看过的中国小说里，那些他所看过的电影里，林树一时大脑空白，没有找到可以借鉴的故事。他忽然做了一个出乎意料的决定——这件事他不准备告诉任何人，他想一个人应对这件事。

林海还在床上躺着，这件事知道的人越少越好，天下没有不透风的墙，林树想。

林树拨通了三叔的电话："叔，别告诉我妈，也别告诉其他的亲戚，这件事我来处理，知道的人多了难免传到我爸的耳朵里，不利于恢复，钱我来想办法。"

"你小子行不行？别硬撑。"

"叔，放心吧，读了这么多年书，现在是该这些书发挥作用的时候了，实在不行，还有法律。"

"老三和虎子回来住在村里了，这件事传开也就是一下午的事，亲戚和你妈那里瞒不住的。"

"能瞒多久瞒多久吧。"

林树挂了电话，忽然镇定了许多——他已经接受了被老三和虎子骗的事实。三叔那里愿意借给他三万，还差九万。

林树来回地翻着手机的电话本，从 A 开头到 Z 一共 108 个联系人，他从这些名字中琢磨能借到钱的人，一个个地拨通。

林树大失所望，那些平时拍着胸脯告诉林树，有事说话的"朋友"，他们前一天还在微信朋友圈晒着旅行的机票，美照和刚买来的iPhone5，却没有一个愿意借钱给他，一个个都哭穷，各种各样稀奇古怪的理由，林树听着听着苦笑了起来。

最后林树只得到了三个铁哥们儿的帮助，他们是林树的高中同学，读高中时一起逃课打篮球，去县图书馆看小说，后来他们三个都没考上大学，毕业后几人合伙开了饭店。三人的饭店名字就叫"三人行"，林树每次放假回来都会去县城约他们打几场篮球。

林树从他们那里借到了6万，正愁剩下的三万从哪里借，电话响了，是他的二叔。

"你小子，要不是我下午在村里看见那两个狗日的，问你三叔怎么回事，还不知道发生了什么，你连你亲二叔都不信任了？"

林树一时语塞，几个叔叔中，他和三叔处得最好，比和林海的关系好，三叔和林树像朋友，林海和林树的关系像上下级，二叔和四叔和他的关系一般，林树没想到，关键时候二叔会站出来，林树的眼泪翻滚着唰地掉了下来，哽咽道："二叔，谢了。"

"先把大哥的手术做了，其他的以后再说，我这里借给你两万，你四叔也在旁边，他也借两万给你，你把卡号发过来。"

林树镇定地回到病房，老马和林海好像在聊些什么，他什么也没听见，林树拿出手机，登录了微信、QQ，清理了很多人。透过病房的窗子，林树看见外面的天就要黑透了，骨伤外科的病房在住院部的十三楼，半个城市都可以俯瞰，车水马龙的现代城市逐渐灯火通明起来。医院的清洁工们来打扫卫生和消毒了，从那天起，林树在医院里闻了两个月的来苏水。

主治医生没过几天就安排了手术，手术从上午十点一直做到下午六点，林海被从手术室推出来的时候麻醉药还没有失效。医生嘱咐林树，最近三天，无论病人说什么家属都不要和病人生气，这几天他有可能会一直胡言乱语，要有耐心。

林海的意识是清醒的，但不能动，忽然从嘴里冒出来一句："林树，你们一直在外面待着干什么，他们要把我弄死，他们拿我做实验……"

林树没反应过来，被这句话弄的哭笑不得。主治医生马上说："老人家，没人拿你做实验，我们是在给你做手术，过几天你就好了。"

医生们推着林海进了重伤病房，把他从滑轮车上抬到了病床上，护士撕了几包包大人，整个病床都被铺满了，林树看见林海身上所有刀口的地方都又安上了引流袋，那些袋子里已经有了一小部分血。

那几天幸亏有护理老马在，不然林树有可能控制不住自己的情绪，有可能是因为麻药的副作用，也有可能麻药早就过效，林海故意说给林树听，林海把对林树从小时候到现在的不满全都说了出来。

"老子养你白养了。"

"你为什么不去考公务员，考什么研究生，你干脆把我气死算了。"

"老三和虎子什么时候上来，赶紧去打电话，这两个狗日的，出点钱就人影都看不到了，回去我再找他们算账。"

林树有时候听得烦了，就躲到厕所或吸烟区去吸烟，林树没有想到，这几天他竟然在医院里有了烟瘾，以前他只是偶尔吸一两只，现在一根接着一根抽，他刚开始被呛得够呛，现在已经习惯了，用抽烟去打发这些压抑的时间。

林树不知道他是怎么挺过那两个月的时间的，他觉得老马这个护理不错，老三和虎子付给护理中心的钱用完了以后，林树又去补交了一个月。那段时间他和老马还有另外两床的家属，就在病房里打地铺，寸步不离地守候着他们看护的病人，有时也互相帮助大小解，渐渐熟悉起来。林树忘记了外面天空的样子，忘记了新鲜空气的味道，他觉得他的胃里肺里、衣服里、头发里，散发出的全部是来苏水的味道。

林树在医院和林海的交流很少，千依百顺，林海说什么就是什么，林树从来不反驳。那段日子林树感觉医院的空气都在发霉，他觉得这两个月过得比他从出生到现在都还长。窗台边的那张床上住的病人经常都把窗帘的纱帘拉下来，即使外面的太阳再大，房间里也是昏暗的，那两个月林树有一种错觉——外面不是在下雨就是阴天，他从来没见过晴天。

两个月里林海有时爱说浑话，有点倚病卖老的意思，林海一说浑话林树就跑去吸烟区吸烟。有时林海像小孩子一样不吃饭，林树只能随他的意。老马在这对父子中间竟然起了神奇的作用。

林树两个月期间总共给老三和虎子打了十八次电话，要么关机，要么无法接通。他把这些通话记录做了录像。林树的妈妈期间来过一次医院，她早就知道了老三和虎子赖账的事，在她进病房之前，林树嘱咐她什么都不要说，进去后看到林海也不能哭，不然林海见到后难免心里不畅，不利于骨骼的恢复。

　　从骨伤科 7 病房出来后，林海的妈妈在休息区嚎啕大哭，林树、老马、休息区其他的病人女家属也过来安慰，劝了好久才止住。林树送妈妈回车站时再三提醒她见到老三和虎子让他们来看看，其他什么也不要说。林树知道这样做不会有任何的作用，只是为了防止妈妈见到老三和虎子尴尬留的后招。

五

　　林海出院的那天是个大晴天，林树推着林海的轮椅走出医院的大门那一刻，眼睛被强烈的阳光刺得生疼，他像鱼获得水一样大口地吞噬着医院外面清新的阳光，他终于可以摆脱来苏水的味道，可以摆脱那个狭小的骨伤外科 7 病房了。林树发现以前和云冈村山的树上比起来只能算得上小树苗的城市绿化树，竟然在阳光下绿得如此妖冶，带着露珠的树叶上，阳光在自由地跳动。他的三个叔叔也来接林海出院。把林海抬上面包车后，林树下车和老马告了个别，老马这个中年男人这两个月虽然是收钱的，但帮了他大忙。坐上面包车后，林树最后看了一眼市医院显眼的那几个大字，心想：这辈子再也不要踏进医院了。

　　林树像坐牢一样的医院生活结束了。

　　回到云冈村，很多邻居和亲戚都来看了林海，平时和林海玩得好的几个人还买了炮仗，说是燃放一下给林海去去晦气。老三和虎子始终没有出现，据说那几天在给邻村的一家小暴发户修房子。林海不到一顿饭的工夫就知道了整个事情的始末，坐在轮椅上嚎啕大哭起来，林树的几个叔叔和婶婶，还有一些亲朋好友去劝，越劝林海越哭得厉害，哭完了在轮椅上大骂林树："你狗日的读的书白读了，连两个初中没毕业的人都骑在你的头上拉屎，现在借这么多钱的债，早知道你借那么多钱，当初老子就不做手术，绝食死掉算了。"

　　林树心里顿时火冒三丈，想要对林海发火，三叔看见林树脸色煞白，赶紧把他拉着去屋外，林树没忍住自己的眼泪，坐在一块大青石上唰唰地掉着眼泪，两个月来，他心里一直受着林海的气。林海哭了半天，三叔递过来一支烟："让他骂吧，你这个老爹脾气就这样，你小子在医院肯定没少被气。骂完就好了，钱嘛，慢慢赚。"

　　林树点燃烟猛吸一通，哭着哭着感觉眼泪干了，又发现哭着没什么意思。林树看着云冈村傍晚葱郁的群山，吐出了一串烟圈。

　　"我们回去吧三叔，没事，我已经好了，接下来的事我来处理，你们也帮不上忙了。"

　　"虎子和老三那里你怎么办？"

　　"我晚上先去和他们碰一面，我不信他们还连家都不回了。"

　　"别把事情搞僵，先套着他们，尽量把钱拿到再说。"

　　"我知道。"

　　林树看着那些苍翠的常绿乔木，眼神变得异常的坚定，是啊，是该他这个大学生出手了管事了，再怎么说，是林海养他上的学，读大学不就是为了不被别人欺负吗？林树想。夕阳像个蛋黄从最矮的那个山头滚下去了，晚霞也渐渐褪去。

　　林树和三叔回到屋子时，林海已经闹腾完了，坐在轮椅上和几个邻居说着话，好像是在说老三和虎子，林树不愿意多听。林海看见林树走进屋子，把脸别过一边去，没再说话。

　　林树打算去老三家的门口截老三，虎子回家要经过老三家的门口，截住了老三就等于截住了虎子。林树走到老三家门口时天已经全黑了，老三的媳妇正带着他的小儿子和女儿围在桌子旁吃饭。

　　"来啦，树，进屋坐。"老三的媳妇并不看林树，继续吃她的饭。

　　"老三，还没回来？"

　　"可能在路上，这几天工程忙？"

　　"我爸都在医院住了两个月了，忙就可以不送钱去医，连去看一眼的时间都没有，电话也关机？"

　　"那是他和虎子的事，我一个妇女，做不了主，也管不了他。"老三的媳妇吃完啪的一下把筷子拍在桌子上向她的两个孩子吼道："快点吃，吃个饭都那么磨蹭，长大能干什么事，能像人家一样考上大学？"

　　林树知道这话是说给他听的，并没有进屋，坐在了老三家门口的一张小板凳上，林树现在明白了老辈人"不是一家人不进一家门"这句老话真正含义。林树从口袋里拿出烟抽了起来，抽了半天，在微弱的月光中，他看见了老三和虎子两个人的摩托车从远处开来。终于来了，林树想。

　　老三和虎子倒是并不意外，下了车用一种很奇怪的眼光和林树打了招呼，那种眼光中带着不屑和不耐烦。

　　"来啦。"

　　"我爸的事情你们准备怎么办？说好的只回来一天，为什么两个月没见踪影，打了无数个电话也不接。"

　　"我们不是预交了两万吗？"老三说。

　　"你开什么国际玩笑，当时主治医生预算的时候你们没听见吗？做手术到出院要十五万！两万够？"

　　"不够关我们什么事？你爸又不是我和虎子给推下去的。要是我们给推下去的这钱不用你说我们也会付，何况我们还给了两万，对得起你了大学生。"

　　"我爸是不是你们请来干活的？"

　　"是又怎么样，请他干活我们付他的工资，我把工资算给你。"

　　"老三，我念你和我是小学同学我才一直让着你，你要是这么说别怪我翻脸不认人。"

　　"不认就不认，你是个大学生，我一个小学没毕业的包工头，高攀不起。"

　　"我最后问你们一次，老三，虎子，我爸的事情你们是不是想就这样赖账？"

　　"我们没说要赖账，你爸不是我们推下去的。"

　　"老三，什么都不要说了，经公吧！"

　　"经公就经公，反正你是大学生，有文化，经公你占便宜。"

　　虎子从头到尾没说一句话，脸上带着不屑的微笑。

　　林树知道说再多，在这两人面前也是秀才遇见兵，不打算再往下说了，林树的心里藏着一把刀，他在心里杀了这两人千百次。以前村里人的流传的都是真的,这两人确实是无赖。林树这些年一直在外读书,老三已经不是当年的老三了,早已变成了和虎子殊途同归的人,他们脑子里装着的东西林树怎么也弄不懂,林树弄不懂一个人可以无赖到这种程度,他们两人当初在医院的表演,国家一级演员可能都没那么惟妙惟肖。

虎子跟着老三他家屋里吃完饭去了,也没留林树,老三进屋的时候把门碰摔得砰的一声。

林树在朦胧的月光下沿着村子朝家走去,路上,有很多人坐在屋檐坎上和他打招呼,林树记不清他们打招呼说的是"吃了没有"还是"回来多久了"。到三叔家门口时,三叔把他拉了进去。

"怎么样?"

"一个都不认账,说我爸不是他们推下去的。"

"这两个狗日的。当初你就不该放他们回来。"

"当初我不知道会这样,我没想到他们那么坏。"

"现在你准备怎么办?"

"还能怎么办,打官司,只能依靠法律。"

"要不明天找几个村里的明白人一起坐下来谈谈,看看能不能私了?"

林树想了半天,同意了三叔的建议。林树在三叔家吃了晚饭,他和三叔喝了很多酒,却发现自己越喝越清醒,林树一杯一杯地喝着,他想要忘记这些烦心的事,他多想回到学校那些无忧无虑的时光。

林树回到家时已经十二点多了,林海已经睡了,林树的妈妈闻到林树身上的酒味,把他扶上了床。林树那一夜做了一个梦,他变成了一只鸟在森林里来回地飞,怎么也找不到出去的路。

第二天,林树和三叔去请来了云冈村里年长的辈分比较老的德高望重的几位老者,他们在村里的地位有点类似以前的族长,说话比较有分量,又请了村支书和其他的几个村干事,叫来老三和虎子说林海的事。地点约在林树家里。林树的妈妈做了一桌菜,十几个人围着圆桌入座后,林海给每个人都斟了一杯酒,林树说了一些感谢的话后一口喝完了第一杯酒,十几个人开始吃菜,圆桌谈判也正式开始了。

圆桌的后面围了很多人,都是来看热闹的,人们迫切地想知道这场谈判的结果。林树的妈妈给这些人打开了一袋瓜子,林树家的整个堂屋慢慢地闷热起来，人们嗑瓜子的咔咔声格外的响。

村支书首先发话："小树请我们来是信任我们，也希望海叔的事得到解决，今天几位长辈也在，村上的干部也全都在，还有这么多邻居，谁也不会偏袒谁，就事论事，老三虎子，你两有没有意见？"

老三和虎子看架势，不想得罪村支书和其他村里的长辈异口同声地说没意见。

"老三，你和虎子这件事做得没人性，大海在医院住了两个月，你们没去看一眼，钱也不给，于情于理都是错。"一个老者说。

"老三，大海是在你的工地上出事的，再怎么说你也有责任？乡里乡亲的，别把关系闹太僵。"又一个老者说。

"老三，你和虎子这些年没少赚钱，该陪多少赔多少，大家以后抬头不见低头见，都吃一泉水呢。"又一个老者说。

"老三，你和虎子逃避责任就是不对的，何况从法律上来说，你们两是主要责任人，法律可不是开玩笑的，到时候还得给你算误工费、伤残费、后续治疗费，精神损失费，一分都少不了，我看小树和海叔的意思，只是要你们出医药费，很厚道，你们已经占了很大的便宜了……"村支书还没说完，老三就把筷子重重地拍在桌子上。

"你们什么意思？不是说不偏向谁吗？我看你们就是和林树串通好的，专门针对我和虎子。怎么，林树是村里的大学生，以后能考公务员，你们都偏向他？看不起我小学没毕业？谈谈谈，还谈个球，大学生了不起啊，要钱没有，要命有一条，有本事把我球咬下来吃了。"

一个老者狠狠地拍了一下桌子："小狗日的，你爹都不敢和我这样说话。"

"他怕你我可不怕你，你年纪大你了不起啊？"老三说。老者气得脸通红，不想和老三争执下去。

"又不是我们把海叔推下去的，是他自己不小心摔下去的，该他自己负责。"虎子也应和道。

"虎子、老三，说话讲点良心。"林海在轮椅上怒吼道。

"我怎么不讲良心，不是还出了两万给你吗？"老三说。

"凭良心，良心值几个钱，是我把你推下去的？"虎子说。

林海在轮椅上到处左顾右盼，他在寻找可以抓住的东西，村支书知道要出事,赶紧按住林海的手:"海叔,没必要。"

几个老头也被气得脸色发紫。

林树一句话也没说,他知道,说什么都已经没用,这场和解结束了,老三和虎子赢了。

"小树,打官司吧,没必要再和他们浪费口水。"村支书说。其他几个老者赞同打官司。那几个老人的脸色非常的难看,在云冈村,这还是他们第一次没有给别人调解成功。

"好,打官司就打官司,我们等着。看你林树把我的球给吃了。"虎子趾高气扬地吼着。

"请你们两个从我家滚出去。"林树本来想说"请你们两个狗日的畜生从我家滚出去。"但他忍住了,他已经很多年没有使用过这些词语了,感觉这些词语从嘴里说出来是对自己的一种侮辱。老三和虎子噌地一下从长凳上站起来,头也不回地走出了林树家。围观的人们给他们让开了一条路,林树的妈妈已经在旁边泣不成声,林树的婶婶们在安慰着她。老三和虎子把摩托的油门开到最大,发动时还说了一句:"还要告我们,要告快点告。"围观的人们很多在叹息:"海哥家这次算倒了大霉,遇见这两个畜生谁都要倒霉。"

一桌菜没吃多少,人们都散了,只留下叹息,村支书和几个村干部走的时候告诉林树,不要怕,就和他们打官司,官司一定会赢,到时候让法院去找他们。

人们走后,又只剩下了林树、林海、林树的妈妈三人。

"树,你说怎么办吧,我现在只能靠你了。"林海说。

林树没想到林海会说这句话,林树顿时觉得林海就在刚才,把这个家交给了他。

"树,你爸供你学读了那么多年的书,学了那么多知识,希望这次能发挥作用,读书不就是为了不让别人欺负吗?"林树的妈妈抽泣着说。

"这件事你们不要管了,打官司我去处理,我不相信没有王法了。爸,再不顺都要先把伤养好,这才是最重要的。"

林树说完,林海老泪纵横,那一刻他和林树这么多年的父子隔阂竟然神奇地被化解了,林树和林海父子就着那些菜喝完了一瓶二锅头,一家人抱头哭成了一堆。

四

  林树咨询了一个朋友介绍的律师，律师告诉他这个官司属于劳动事故连带责任纠纷，老三和虎子应承担主要责任，逃离医院和不接电话属于逃避责任，这是个稳赢的官司，只需要开庭一次就能解决，律师费和诉讼费在上交的材料里可以写清楚，由输官司的一方出，但在这之前，律师费和诉讼费需要由林树先出，之后这些费用全部算在老三和虎子的赔偿里。

  在上诉之前，还有一道司法调解的程序，乡司法所的工作人员开着车进了云冈村，人们蜂拥而出，这是乡司法所的车第一次进入云冈村，以前这个村里的大小民事纠纷都能被几位德高望重的老者和村支书大事化小，最后和气地私了。人们想看司法所的同志怎么收拾老三和虎子。

  司法所的人打通和虎子和老三的电话，得到的答复是："调解，调解个球，我们的工程正忙，没时间回来，要打官司就打。"司法所的人做了笔录，没有见到人就开着车回去了，云冈村的人一阵失望。

  司法所的人过两天又来了一趟，还是没有遇见老三和虎子。林树招待了他们。司法所的所长火了，告诉林树没有必要再走司法调解，这两人的行为属于拒绝调解，直接上诉。

  林树把从市医院带来的所有片子，医生的诊断书和出院所有发票传给了律师，上诉材料没几天就上交了县法院。法院接案子的人说近期案子没处理完，全是腐败案，林海的案子可能要等两三个月才能开庭。

  林树只能在家等候开庭。在等待开庭的日子里，林树每天和林海都要喝上几杯，关系逐渐好了起来，能说的话也越来越多。林海慢慢地能从轮椅上下地倚着墙行走，有时他一个人拄着拐杖试着走得更远。林树用自己的手机查了很多关于法律的知识，林树是学文学的，对法律所知不多，但这段时间他几乎成了半个"法学专业生"，他从网上了解到律师并没有骗他，林海的官司必赢，而且会获得不错的赔偿，林树心里渐渐地好受了一些。

老三和虎子那段时间见着林树或者林海几乎横着走，在村子里见人就发烟，非要拉着别人聊上半天，说林树读了大学又怎样，还不是啃不动他们的"球"。村里很多人见了他两都想躲着走，但云冈村实在太小了，有人从对面走过来，没法避开，村里的人都不想得罪二人，只能强忍着听二人重复同样的话题。

很多人把虎子和老三聊给他们听的话又告诉了林树。林树第一次听的时候还觉得气不顺，后来听多了，就习惯了，他只是觉得虎子和老三可怜，这两人在他的意识里还不如两个虫，林树相信法律能还他爸一个公道。

那段日子林树喜欢坐在家旁边的一块大青石上听风的声音。林树发现风真有意思，看不见也摸不着，他们经过竹林的时候竹叶簌簌的响一阵，经过云冈村山上的松林时松针唰唰地响一阵，吹过白河的脏水河面时河面被吹起一道道皱纹。林树又很多年没有这样静静地观察过自己的故乡，那些荒芜的丘陵和梯田已经长满荒草，有些人家退耕还林的林木逐渐成了林。林树依稀记得，小时后云冈村周围的丘陵和梯田，一到这个季节就稻谷金黄，玉米也漫山遍野，如今，那些农耕时代的刀耕火种已经一去不复返，耕牛已被卖去远方屠宰，犁铧和犁挂在各自人家的半山腰的老瓦房窗台上已经生满了铁锈。云冈村的人大部分成为了外出务工的农民工，没有外出的也学起了手艺，不再种地。除了几个老人，很多人已经分不清到底是清明在前还是谷雨在前，很多人已经不再使用农历，有时记不得具体日子，问别人问的是今天几号，而不是今天初几。林树知道，云冈村的农耕时代结束了。

林树有时尝试着在午后拿出一本小说，坐在大青石上听着风阅读，但都失败了，有时还读不到两页，这几个月的烦心事又像虫一样爬进了他的思绪，让他觉得像做了一场梦一样。林树这时总是回到屋里，拿着林海的 CT 片反复地观看，他已经对那些断裂的骨骼的影像再熟悉不过，恍惚之间，林树感觉林海的骨骼很像一条被吃光了肉的鱼的鱼骨。

十月很快就要过完了。林树还没有收到县法院的开庭通知，他打电话去询问，得到的答复是再等一等，反腐案还没处理完。

有一天林树在大青石上听风的时候忽然记起来了好像还有什么事等

着他去做，想了半天才想起来原来自己还有个研究生梦，一看时间，快到十一月了，林树心里突然慌了起来。到底还要不要考研，他纠结了好几天，最终还是决定再试一次，了却自己的梦想，林树说不准自己为什么想继续考研究生，也许是为了留在相对单纯的高校工作，也许是为了他的作家梦。他决定忘记这半年来发生的事，回到出租屋，开始复习考试。

整个十一月，林树拔掉了自己的手机卡，没心没肺地在出租屋疯狂地背着英语单词和文学史，他忘记了林海，忘记了老三和虎子，忘记了甩掉他的省城女朋友，忘记了欠的债，忘记了官司。累的时候林树就去不远处的那个菜市场买菜，林树自从第一次见那个鱼摊的老板杀鱼以后，就绕开那个鱼摊走，可林树总能在菜市场的某个地方见到有卖菜的人用塑料袋提着刚杀过的鱼，那双白色的眼睛鼓鼓的，仿佛带着仇恨一样注视着这个世界，林树有时半夜做梦，也会梦见那些死鱼的翻着白眼眼睛，林树从那以后再也没吃过一块鱼肉。

考试时间越来越近，林树压缩了自己的睡眠时间，每天只睡五个小时，他甚至干脆不再自己做饭吃，研究生考试报名现场确认以后，他每天只在出租屋楼下的小巷子里吃两顿炒饭，度过了考试前的最后时光。

最后一科专业课考完以后，林树从考研的大军中摆脱出来回到出租屋已经是晚上七点过，他在楼下吃了一碗炒饭后直接倒在床上蒙头大睡。林树再次感受到这个世界的存在时是第二天的下午五点，他被自己的梦所惊醒，林树在梦里梦见自己参加考试，在考场里怎么也找不到自己的笔，或者写答案字老是写错，醒来以后林树惊出一身冷汗。他装上了将近两个月没用的电话卡，瞬间有很多短信闪出来，大多是无关紧要的问候语，只有一条是林海发的：法院通知一月开庭，考完试速回家。

林树打电话去县法院核实，负责案子的法院工作人员确认林海的案子在一月下旬开庭，他们会打电话通知被告。林树又联系了朋友介绍的律师，告诉了他开庭的时间，律师说已做好准备，让林树把心放在肚子里。

县法院准备把林海的案子当做一个例案，这些年这样的民事连带责任案让他们伤透了脑筋。

云冈村的人们该过年的还像往常一样过年，只有林树感觉不到年的味道。一到腊月二十几，云冈村的年轻人全都从外地回来了，安静的云冈村变得躁动起来，他们的头发染得花花绿绿，身上文满了各式各样的文身，有的人说话带着海腔，有的带着粤腔，有的说夹生的普通话。林海这些年一直在外读书，那些年龄比他小的小年轻们几乎他都不怎么认识，小伙子们在村里把摩托车的油门踩到最大，发动机的声音直上云霄。他们中有少部分人买了小汽车，去村里串门，本来步行几分钟的路，都要开上车，在人们羡慕的眼光下找到一丝的存在感。他们带来了枪，毒品和毒瘾，带来了一张张死亡宣告书和终身监禁通告。云冈村的很多十多岁没有上学的女孩，听传言，大半都去了东部的某地做了那行，赚钱快，又不用吃苦。她们带来了口红，高跟鞋，带来了面膜和香水，带来了外地女婿。林树猜想这传言是可靠的。

年三十的晚上，那些从外地赶回来度假的人家用从外地人手里赚回来的钱，买了烟花。夜幕降临的时候，他们仿佛把自己打工的城市也带回了云冈村，烟花和礼炮一直要炸到凌晨一两点，林海、林树和妈妈做了一桌菜，吃了年夜饭，喝了两杯酒以后，林树把林海的轮椅到门口，端了一条长凳，三人坐着看那些升空的烟花。看了很久以后林树的妈妈和林海去睡了，林树一个人坐在门口看着断断续续的烟花在空中炸开，那些绚烂的光点在空中停留一秒后，消失于黑夜，接着下一个又炸开。村里的年轻人们的摩托还在村子里呼啸，这注定是个不安的夜晚。

初四五，回来过年的人们都陆续回到了他们的城市，云冈村只是他们每年长假的狂欢之地，这些年轻人在村里待不住，疯狂的年不能带给他们持续的满足感和安定感，有的人这几天已经把去年赚的钱，全输光了。他们搭上了去往不同城市的车。云冈村又恢复了往日的安静。年轻人的父母们不知道怎么处理那些烟花放完后留下的烟花筒，他们首先想到的是白河，每年这几天，白河的岸边都会有很多的烟花筒盒子，要等到发春水，它们才会被河水带去其他的地方。

三

林海的案子在一月二十五号开庭了，村里很多闲着没事儿的人都买了车票去县法院旁听。案子审理的过程非常得顺利，老三和虎子对众人的指控和林海及律师提供的证据供认不讳，他们没有请律师，也没有做过多的辩护，法官提出的询问他们都承认是事实。在法庭上，老三和虎子没有向法官和旁听群众说那句他们在村里见人就说的话："人又不是我我们推下去的，凭什么让我们负责？"

开庭不到两个小时，法官就宣判了，林树赢了官司，根据有关法律林海获得了20万的医药和相关赔偿，旁听席响起了掌声。林树拿着法院的判决书，走出法院，他觉得阳光格外的晴朗，林树有大半年时间心情没有像今天一样舒畅过了，他站在县法院的门口，看着法院的外墙上挂着大大的庄严的国徽，他忽然想敬个礼。律师告诉林树不用再和老三和虎子多说，法院会通知他们赔偿损失。终于不用再和这两人纠缠了，林树庆幸。

回到云冈村，三叔告诉林树，他的一个外乡朋友昨天告诉他，老三和虎子在林海做手术的那段时间去外地花了一万块钱，咨询过官司的事，从律师那里回来以后，老三和虎子的态度就变得格外得嚣张，肆无忌惮，也再没去过市医院。

林树心里好像被谁种下了一颗雷，他真想找到那位出主意的律师。

老三和虎子输了官司在村里依然一副无所谓的样子，遇见林树一家还是带着不屑的微笑。林树不知道他们为什么这样轻松。

没过多几天法院打电话来了，告诉林树老三和虎子的电话一直处于关机状态，让林树看看这两人到底有没有在家。

一天下午，县法院和乡派出所车开进了云冈村，停在了老三家的门口，拷走了老三，又往村子深处去拷虎子，虎子本来想跑，没跑掉。

过了十来天，两人又吹着口哨回到了家里，惹上了官司，邻村邻乡搞修建的，再也没人把活包给这两人了。

两人整天在村里闲逛，逢人就说："林树赢了官司，还不是拿我没办法，有本事把我的球咬了，还大学生。"云冈村的人见着虎子和老三就躲，他们的小孩也被其他家的小孩孤立了，谁都怕惹上这两人，在家里嘱咐他们的小孩子远一点，老三和虎子到不意外，给他们的儿子买了很多玩具，遥控车、气枪、变形金刚，很多孩子经不住诱惑，偷偷地和老三和虎子家的孩子玩那些玩具，被大人发现后一顿打。老三这时在村里扯着嗓子喊:"有本事自己给他买。"

林树打电话给法院申请强制执行,法院批准了。

法院的人查了两人的银行卡、不动产,全是空的,老三和虎子把自己房子的归属权早在好几年前就转给了自己的父母,银行卡上的钱也转给了自己父母。

林树终于明白老三和虎子为什么这么肆无忌惮了。

法院告诉林树,强制执行只有等到这两人账上有钱的那一天,他们只有一套房子,还在他们父母的名下,即使将来转到他们自己的名下,一套房子法院也不能强制执行,执行了他们两家人住哪儿啊?不可能为了二十万对两家人赶尽杀绝吧,十来口人呢。

林树听懂了法院的意思,法院判给了林树一张老三和虎子的20万空头支票,这两人要是一辈子账户上没钱,林树一分钱都得不到,他倒贴了一万多的诉讼费和律师费。

林树感觉自己的头快要炸了。他准备最后一次去会会老三和虎子。

老三和虎子被关了十来天后,手机也不关机了,法院的电话他们也不接,等铃声空响一分多钟,之后对着电话骂:"操你妈,怎么不把我吃了。"

林树约了虎子去老三家见面,他倒是答应得很爽快。

"我爸的事,判决书上说得很清楚,我也不让你们出20万,付我医药费就行。"

"树,官司你赢了,你有理啊,你怕什么,放心等我有钱了一分都不会少你的。我们永远都欠着你的债呢,法律都认可的。"老三笑着说。

"对,一分都不少,20万,树,时间还长。你等着就是,你比我们年轻,我们会有钱的,再说了法院会帮你。"

"老三你和虎子不要欺人太甚了,做人留点余地。"

"树,看你说的,你是大学生,有知识有文化,又懂法律,我们文盲,不懂法,怎么欺负得了你,你说是吧。"

"就是。"

林树知道这次谈判又打水漂了,老三和虎子吃定了他。林树再没说话,从凳子上站起来就走。

"慢走啊大学生。"老三和虎子在屋里咯咯地笑了起来。

林树决定再也不会找他们谈了，林树回到家里，打燃打火机，烧掉了法院的判决书。林树没有把强制执行的事告诉父母，他怕他们没法理解，为什么官司明明都打赢了还得不到钱，为什么官司都赢了法院依然拿老三和虎子没有办法。林树的父母是老实巴交的农民，一辈子靠劳动吃饭，弄不懂什么叫法律的空子，天真地相信，只要官司赢了就能把医药费给要回来，林树决定一个人承受这些乱七八糟的事情。这几个月发生的事，已经超出了林树父母的承受能力，如果林海知道自己的伤白受了，搭进去十六七万，真有可能想不开喝农药。

　　在医院里医生告诉过林树，林海的伤痊愈后，脚也是跛的，林海在这场事故中，由一个正常人变成了一个残疾人，还白搭进去那么多钱。林海一想到这里头就开始疼，像要炸裂一样，吃了亏竟然找不到地方说理。

　　三月在不声不响中到来，燕子们也从更南的南方飞了回来，云冈村从冬天苏醒过来，山上的荒草开始变成嫩绿色，桃花、梨花和李子花们相继盛开在山上的那些梯田的砍上，春水带走了河岸留下的垃圾，白河干净了那么一两天，河水退却以后，又变成了云冈村露天的排污沟。

　　林树拿着林海的CT片在春光里对着太阳看，他发现透过那些黑色的片子，刺眼的太阳变得异常柔和，那些刺眼的光芒在CT片的过滤下神奇地消失了，他有时在想，要是CT片有放大的功能，说不定他能看清楚太阳上的太阳黑子和太阳风。看着看着林树的视线又回到了片子本身，那些林海的断肢在X光下呈现出显眼的白色，很像鬼片里坟地中的森森白骨，那些白骨中间镶嵌着一百零八颗钢针，林树甚至都能清楚地记得他们每一颗在骨骼上的位置。

　　林树认真地看着天空中飘来飘去的云，天那样的蓝，云那样的白，他们呈现出不同的形状，有时像一头鲨鱼，有时像一只狮子，有时像大象，那些小的密集的，像谁放养在天空中的绵羊，林树发现，这些云不管怎么飘，飘多远，始终飘不出天空的怀抱。

　　林海终于可以不用依靠轮椅，下地自由地缓慢行走了，林海的脚跛了，还好跛得不是特别严重。林树让母亲每天牵着林海去村子里走走，锻炼骨骼的柔和性，以免关节变僵硬，他们从不走到老三和虎子家的门口去。

林树终于可以放心地去做他心中的大事。

二

　　林树显得格外的镇定和坚决，他对完成这件事是如此的决绝和急迫，没有任何人能够把他从这种急迫中拉回来，他的心里全是梁山一百零八好汉的画面，他觉得自己就是武二爷。

　　林树到处在家里寻找着类似榔头的工具，林树忽然想起来，那天宣判的时候，法官手里用来敲桌子的法槌也很像榔头，林树找了半天没有找到榔头，问了母亲半天，母亲也想不起来自己家的榔头放哪儿去了。

　　"你找榔头做什么？那东西好久没用了。"

　　"去河里敲两块石头。"

　　林树正要离开家去三叔家借，忽然发现铁榔头躺在自己家门外堆煤炭的煤坑里，已经生锈。林树捡起榔头在石头上敲了两下，手柄还算结实，木头没有腐烂的痕迹。林树在水龙头上洗了洗榔头手柄上的煤炭，提着滴水的榔头向老三家走去。

　　林树戴着耳机，播放了肖斯塔科维奇的《第十四交响曲》，把声音开到最大，林海在村里走着，第一乐章《内心深处》开始演奏了，林树感觉到了男高音歌唱家和女低音歌唱家以及弦乐队的演奏家们音乐中的忧郁。那是个慵懒和春日的周一午后，云冈村的人们很多都养成了午睡的习惯，林海忘记了有没有人和他打招呼。

　　林海走到老三家门口时发现老三家的门是开着的，老三靠在自己家的沙发上打着盹，没有见到他的妻子，林树举起榔头的时候，耳机里的演奏家们正在敲击着各种打击乐器，好像有三角铁和鼓，乐章进行到了第四章《自杀者》。林树的手发着抖，有一瞬间他可怜了老三，老三忽然在沙发上动了一下，像是要睁开眼睛，林树以为老三感觉到了他的到来。耳机里的鼓声越来越密集了，林树的榔头从高高的空中砸了下来，林树感觉到了老三的头把他的榔头反弹了回来。他没有听清楚榔头和老三的头接触的那一刻有没有发出闷响，林树又举起榔头，第二下，第三下。黑色的血从老三的脑袋里汩汩地流出来。林树像那个菜市场杀鱼的鱼贩子一样，只敲了老三的头三下。

老三的眼睛睁开了，林树看见老三的瞳孔迅速收缩，自己的影子留在了老三的瞳孔里，他在老三的眼睛里看到了大小不同的三个自己，最后林树看见老三的巩膜一翻，定型在一个白眼上面。老三的脚迅速地抖了几下，从沙发上滑到了地上，鲜血像一朵花一样在他家的客厅里蔓延开去，林树觉得老三的眼睛似曾相识，他在往虎子家走的路上半天才想起，那是在城里的菜市场看到的被杀死鱼的眼睛。老三的媳妇在里屋午睡，闻到了一股恶心刺鼻的腥味，睡眼迷西的揉着眼睛从房间走出来，她感觉脚下黏黏的，定神一看，是血！本来想大骂"老三你这狗日的弄些什么"，却看见老三翻着白眼躺在了血泊里，顿时吓晕过去，倒在了血泊中。

林树提着榔头走到虎子家时，虎子正在一个人喝酒，已经脸红耳赤，虎子的妻子儿女去给他的丈母娘买过寿的衣服去了，老父亲老母亲和几个老头在村里坐着闲聊，看到林树提着榔头朝他们家走去，好像还打了招呼，林树没听清楚。

"哟，大学生，来啦……"虎子还想说什么，林树的榔头砸向了他，虎子被砸第一下的时候大叫了一声，林树隔着耳机也被吓到了，林树砸虎子的时候，耳机里的演奏会进行到了第十章《诗人之死》，林树再次举起榔头，第二下，第三下。虎子再也没有喊出来，他的呼救被林树的榔头卡在了喉咙里，虎子最后翻着白眼，抖了几下脚，像市场上被杀的鱼，躺在了地上不动了，鲜血像蛇一样在地上爬行，它们在寻找着更矮地方，想要尽快地远离虎子的尸体。

听到了大喊的虎子的父母赶回去时，林树已经完成了他的杀鱼动作，虎子像躺在案板上的鱼一样躺在了地上，那些从他身体里逃走的血液挥发着腥味，林树后来怀疑，人就是靠那股腥味维持生命的。虎子的父母趴在儿子的尸体上哭成一团，他们忘了报警。

林树从容地从虎子家里走出来，他的脸和衣服上溅了很多的血，他像个英雄一样提着榔头镇定地在村子里走着，耳机里的乐章演奏到了最后一章《结尾》。云冈村的人们从春困中醒来，不再种地的他们，闲聊成了唯一的工作。他们看到林树提着滴血的榔头慢慢地向家里走去。肖斯塔科维奇的《第十四交响曲》演奏完了，四十四分钟，林树的耳机里安静了下来，他对着那些看热闹却还不知道他做了什么的邻居们镇定地说："快报警，我把老三和虎子杀了。"

三叔赶来时林树还没走到自己家，三叔让林树快逃。

"三叔，下辈子再来还你和几位叔叔的钱。"

"你个狗日的，老子让你跑，能跑多远跑多远。"三叔在林树的脸上扇了两巴掌。

"我没想过要跑。"

"你狗日的太傻了，钱可以赚回来，杀人干什么。"

"不是钱的问题，真的不是钱的问题。帮我劝劝我父母，我怕他们受不了。"

"你狗日的杀人的时候怎么不想他们受不了呢？"

"没想那么多，先杀了再说，这两人不配活在世上。"

三叔傻傻地站在原地。林树想到自己现在不能回家，他不想看见林海和自己的妈妈痛不欲生的样子，干脆往回走，在村口去等警察。

林树没有看到林海和妻子痛不欲生的样子，他们的独子，他们的骄傲，小时后到大学一直那么听话，那么孝顺，那么忠厚，怎么会杀人。没有人想到平时作为全村人的用来教育孩子的榜样的林树，会用榔头杀死了两个人。

派出所的警察开着吉普车来的时候林树没有反抗，他的父母被隔离在人群的外围，林海的几个弟弟和弟媳妇正在劝阻他们夫妻，林树被铐上了吉普车，他在吉普车犯人的位置最后看了一眼父母和云冈村，最后看了一眼三叔。

重大杀人案乡派出所处理不了，林树当天下午就被送到了县公安局，县公安局有个干警是林树高中的同学，见到林树在审讯室坐着顿时傻了眼：

"多大的仇恨，树？"

"他们不配以一个人的身份活在世上。"

林树没有辩解，承认了所有杀人事实，他没有犹豫就在笔录口供上按上了自己右手拇指的指纹手印。林树的审讯像林海的案子一样，只是结果不同，林树得到的是死刑立即执行。中级人民法院把审判结果报了最高院，等待批示。

　　林树在监狱的那两个星期，林海和妻子来探望他，林树最不想见的就是林海夫妻，想到可能是最后一次见面了，林树忍着剧痛坐在了探视区的隔音玻璃后，林树的母亲已经哭得不成样子，林树不忍看下去，示意狱警把他带回牢房，林树从椅子上站起来后走了两步，转身跪在了地上，给父母磕了三个头。

　　县城的三个高中哥们来探视时，林树流了泪："你们的六万块钱，兄弟我下辈子再来还。"

　　几个哥们也在玻璃外看着林树痛哭："树，安心去吧，能照料的我们尽量帮忙。"

　　最高院的死刑批示一个星期之内下来了，允许中级人民法院执行死刑。法院向林树宣读了死亡公告。林树觉得人生很荒诞，几个月前他还是原告，没有拿回自己的利益，现在自己成了被告，将要和这个世界永别。

　　林树对死亡没有感到恐惧。

　　在被告知自己在一个周内将被执行死刑时，林树的内心很安静。他像监狱提了一个要求：他想在最后的一个周再读一遍陀思妥耶夫斯基的《罪与罚》。看守所的人费了九牛二虎之力才从一个大学的图书馆借来了这本书。

　　林树觉得那一刻他就是书里的主人公——拉斯柯尔尼科夫，可没有一个可以拯救他的索尼娅。

　　林树在监狱里忘记了时间，他反复地读着《罪与罚》，内心渐渐地获得了安宁。

一

　　那一年安乐死正进行试点，林树所在的省也是试点之一，中级人民法院向林树宣布，他将于两天后被执行安乐死。

　　林树心里忽然好受了一点，自己至少不用死的那么面目全非。

　　被执行死刑的那天深夜，验明正身后，林树对狱警和法院的工作人员提了他在这世上最后的一个请求：他想在腰乐队的《世界呢分钟》这

下编：小说　　　　　　　　　　　　　　　　　　　　263

首歌中完成和世界的告别。

他们批准了。

林树躺在执行死刑的特制的床上，等待着死亡的到来，执行者一共打了三针，音乐开始了：

我很想把　对乐观的理解　深深的　插进你的喉管
每个黑夜来临　你那永远不变　低收入的镜头里　永远是春天
你微笑　在破床边　仿佛永远　也喝不醉
这一年来　我冷漠得　你没法相信　我转过身去　因为　因为没种
面对安格斯　小牛肉扒　和我所有　爱领导爱打狗的　同龄人
我安详　安详地在克拉玛依先走的阳光下　歌唱今天的　恋人
我不介意她爱吃内脏　喜欢阳台　并热爱　保养和文艺
我依然认为　草根不是民主　草根是庸俗　很庸俗
说白了　就是网民　网民当然是国民　无耻并热闹
是这世上　最难唱的一曲悲歌　快乐中国　的喇叭花
你爱八十年代　你想操　最后操不了今天
你在这一切的一切都发生　发生在中国后　孤独地醒来
没有了　早就没有人孤单　没有人不爱捐助　没有人　无心睡眠

林树听到一半，感觉自己的心跳越来越快，呼吸越来越急促。

两千年的偶像　人民的女王　把神经官能症
和中国精神　变成一头牛梦游在　梦游在工地和晚会里
淹没了　去年　每一首爱情歌的　下流前奏
这多么像个　这其实这就是个　渴望乱来的生意场
你的歌声　你的歌声　像泉水样甘甜
可我们的伤啊　要色情才可以抚平　抚平　你渴望被幸福摧毁的心肝
请允许我　请允许我用这彩铃般歌声　换你
换你那　永远不倦　永远不倦　永远不倦　的心
命运　像一朵云　飘过世界上　所有　的早晨
我们楼顶　优酸乳的孩子　的孩子　你只能被这一代　最糟糕的父母

毁于钢琴
　　你不会了解　我只是爱天空中的骑士　爱从不开百合　的西部
　　在安分繁荣　的路灯下　昨夜我们　总算度过最委屈的　那几年
　　我忘了摇滚　却忘不了你眨拉拉　的眼睛
　　那是充满责备的眼睛　仿佛能把人的心儿看穿
　　我的听众朋友　晚是全世界的晚　安是你的
　　晚安　我的听众朋友　晚是全世界的晚　安是你的

　　歌声和旋律越来越小，渐渐地消失在林树的听力之外。执行人员确认了林树的死亡，关掉了腰乐队沙哑的歌。林树完成了他和这个世界的告别。那是三月下旬的一个深夜，杜鹃和布谷鸟在云冈村的山林里叫了一夜

零

　　林海夫妻领了林树的骨灰，他们的独子，一米七的个子，被装在了一个小盒子里。

负一

　　几天后，林树的电话在桌子上响了起来，林海吓了一跳，他接起电话，电话的那头传来的是标准的普通话：
　　"喂，是林树同学吗？你准备一下过几天来学校参加研究生复试，具体程序会发到你的邮箱。"
　　"他来不来了。"
　　林海用在电视里学来的夹生普通话说完，挂掉了电话，抠出了林树电话卡，坐在椅子上长哭了起来。

晚　晚

燕山大学　徐皎月

她常对我说的一句话是，子君，我要是年轻上五岁，肯定嫁给你。

我说，就算你再年轻上五岁，我也没打算娶。

她就笑着扑过来打我，眼角的细纹都媚人得很。

我那时以为我们能永远这样没心肝地过下去，所以我从来没告诉她——你在我心里永远二十。永远春光明媚。

一

我是大二认识绾绾的。其实她不叫这个名字，她原来的名字叫林晚。林晚跟我们讲，她最喜欢一句诗——"长发绾君心"，就要求我们这些个朋友在所有需要书面写她名字时用这个"绾"字。绾绾，晚晚，其实读起来都一样。

认识绾绾时，我二十，她二十三。我刚念大二，但她已经是在学校的最后一年。那时绾绾算是我们学校的"风云人物"，连续两年的"群众推选"的校花比赛，她都得票最高。

若是要让一众男人喜欢，说来不难——漂亮就行。但若是同时让女孩子们也喜欢，才是真的本事。绾绾便是如此的"有本事"的校花级的人物，总是有一众小姑娘待在她身边，绾绾姐长绾绾姐短，黏她得很。她待人接物甚好，对谁都是温柔有耐心，既聪明，又懂分寸。

说来绾绾唯一可值得诟病的，或许就是对感情不认真——这似乎也是那些美丽女孩子常犯的毛病。与她相识几年，冷眼看着她身边的人换了一个又一个，她却从来没有把心安定下来的意思。流连过一个又一个日夜，辗转过一个又一个人的身旁，似乎一直是游戏般漫不经心。我自然也知道，朋友之间，无须管得太多，因此我也不好对她多劝说什么，只是由着她玩乐便好。

我第一次碰见林晚是在学校门口的超市，我在她身后结账，同来的友人悄声跟我说："看你前面那个，就是林晚——条子还真是正。"我顺着他诡秘的眼神看去，便见到了她——那些传言确实不虚，的确算个美女。她那日未施粉黛，只穿着条浅蓝的衬衫裙，头发在脑后松松挽了个发髻，皮肤白得发光。收银员问她会员卡号，她报出一串数字，我在心里迅速记下来。她走出超市门口时，我拿手机试着拨了那串号码，果然，她拿出了手机接通。

"林晚姐姐，交个朋友嘛。"我不怀好意地笑着说，"你转身，我在你后面。"

她转身看看我，然后挂了电话走过来，歪着头笑笑："你？——我认识你，你是学校相声社的吧？我常去听你的相声。"

我倒是受宠若惊起来，一时间颇显得局促："是，我叫梁子君，经济学院的…"

"我知道的嘛。好了，不是说交个朋友么？那帮我把这些拎到女寝楼下成不成？"她笑得得意——还真是自来熟。

如此，我便与林晚相识了。后来常常闲聊，偶尔一起吃饭闲逛，竟发现两人诸多方面出奇得默契。如此，一来二去倒成了密友。友人们都爱调侃我说，你在绾绾姐身边晃了这么久怎么也不表白，怂什么？我只是洒脱磊落地笑，把手搭在她肩膀上说："我如果想追她早就追了，有什么可怂的？绾绾在我心里就是个男人，我可不喜欢男人——"她便大声笑着扑过来打我，力气大得惊人。我便反抓住她的手，指着她笑："你看看你的鱼尾纹吧姐姐，笑的时候能不能别这么夸张？"

那时候我觉得，我和绾绾是可以这样插科打诨过很多年的。

二

绾绾说她成绩不好，看到书就头疼，因此没有跟大家一同考研。秋招时她找了份推销楼房的工作，早早便开始实习，我常称她是售楼小姐。她和闺蜜在学校外面租了间不大的两居室住在那儿，偶尔应付学校检查才回宿舍睡。她那时工作得辛苦，靠业务量算工资，因此每天要很晚才回来。时常是她夜里十点多打电话叫我去学校后边一条街上吃宵夜，有时有其他人，有时没有。如果只有我们两个人，吃完后就嘻嘻哈哈地各自拿着瓶啤酒往回走，没边没际地吹着牛逼。

有次她嚷着脚疼，新买的高跟鞋走着累，要我背。我跟她讲了半天条件，她才应着要请我一个月的夜宵。我蹲下，她伏在我背上安静地搂住我的脖子。橘黄的路灯寂寞地亮着，我和她的影子便一同被拉得很长。我觉得氛围过于静默，便随意地问着她："售楼小姐，你现在工作累不累？"

她软软的声音听起来很是懒散："累啊。有什么办法。我倒是打算去傍个有钱人。"

"想得挺美，你还是好好卖你的楼吧。"

她轻声不屑地哼了一声，没有言语。想是累了。

巷子将尽时，我略停了停，拿出在心里排练了半天的半玩笑半真诚的语气跟她说："你要是实在觉得累，就别工作了。我养你吧。"

说出这话我顿时觉得耳后都紧张得发烫，不知道下一句如何挽回来才不至于尴尬。却不想半晌没有回音，我转头看看背上的她，不知何时已经安静地睡着。

轻手轻脚把她带回她的住处，那个闺蜜尚未回来。我知道她睡着时怕光，便没有开灯，凭着身体的记忆把她放到床上，给她盖好被子。窗帘拉着一半，月色落在她的床头，映着她安恬平静的睡颜。我趴在床边，把她看了又看。最终是没有吻下去。

回学校的路上，起了风，夜已经深了，路上行人无几。我想，今夜必然是难眠了。

也罢。林晚，她是个没心的人。我也是个没心的人。在一起玩闹一日便算一日，又何须渴求其他。

三

夏天过半时，绾绾毕了业。她朋友多，大家商议了一天都去她的公寓，说是庆祝她毕业，其实只是寻个由头一齐聚聚——毕竟日后，人再难如此全了。

那夜大家喝酒唱歌，一轮轮玩儿着桌牌游戏。我虽然素日爱热闹，那天却始终恹恹地缺了兴致，目光始终若即若离地浮在绾绾身上，看着她跟那些人兴致勃勃地说笑，心里觉得落寞不堪。这屋子里每个人都爱她——我如此想着——我在她心里，也无非是轻飘飘没有分量。

心里有了事，便格外容易醉。我迷迷糊糊地躺在角落一个沙发上，昏沉沉地睡过去。过了一会儿，觉得有人揽着我的头，放了一个枕头，又给我铺了条毯子。我醉得厉害，睁不开眼，但闻着熟悉的香水味儿，知道是绾绾。由着醉意，我摸索到她的手攥在手心里，在梦境和清醒的边际挣扎着说："绾绾。"

她趴在我耳边："嗯？"

"我喜欢你啊绾绾。"我含糊不清地嘟囔着，想必她是没有听清，只是给我往上拉了拉毯子，柔声说："睡吧乖。怎么喝那么多酒。"

第二天清早醒来，大家都歪七扭八睡在沙发上和床上，还没有醒来。天还没有大亮。我头痛欲裂，跌跌撞撞往卫生间去洗脸，推开门，看到绾绾已洗漱好，正站在镜子前吹着头发。我不知怎的，万分委屈地自身后抱住她的腰，把下巴抵在她颈窝里，一句话也说不出来。

她摸摸我的下巴，带着笑意和疲惫说："该刮胡子了，胡茬扎得我脖子疼。"

"昨天你明明听见了我说的那句话，是么。"

她一根一根掰开我缠着她的手指，扭过身子看着我。她没化妆的脸带着几分疲态，但我仍觉得比素日更好看。她收起笑意，看着我说：

"子君，人跟人之间，感情浓了就没有意思了。你不要跟他们一样。我们……还是不要在一起的好。"

我垂下眼，心下了然。不经意扫到她化妆台上放着的半包烟，随手拿起来，点了一根抽了几口，又倦倦地掐灭。我没头没脑地说了句："以后少抽烟吧。"她也只是笑："现在不怎么抽了。"

客厅里有人醒来交谈的声音，我便转身打算出去。绾绾突然喊了我一句，子君。

嗯？

她犹豫了一下，叹口气说："没事儿。我想说，我要是年轻上几岁，肯定嫁给你。"

我故意轻松地笑笑说："行了姐姐，就算你再年轻几岁，我也没打算娶你。"

我知道她的忧虑，她是怕我们日后关系变得疏远。无妨，出了这间逼仄的盥洗室，我还只当你是最亲近的朋友。

不在一起就不在一起吧，反正……反正一辈子也没有多长。

可我明白，自己却是在认真地爱着她了。

四

绾绾毕了业，没过几个月便被升了销售部的领班。我在外租了房子准备考研，与她见得逐渐少了。我时常坐在图书馆里看书，却什么也看不进去，会无谓地想着，她如今在做什么。在公司里辛苦，她的脾气必是不肯与人抱怨的，什么事也自己咽下便是，如此更觉得担心。思念得厉害了，便去她住处看看她，给她带点零食或是带瓶花放在屋里。见了她也只是淡淡地聊聊天，开开玩笑。与她说好了做朋友，自然是要守着本分。

过了半年，她交了新男朋友，那人是她们公司的领导，我见过几面，没有太深的印象。她却第一次显出认真的模样来，言谈间常常提及他们如何如何。我虽然心里失落，同时也觉得，她若是就此安定下来倒也好。有时去公司找她，看着那个男人早一步开车来接她，她挽着他的胳膊，笑得轻盈快乐，自己的心气便萎了大半。

那天夜里读书读到这样的句子："我用什么才能留住你？我给你瘦弱的街道、绝望的落日、荒郊的月亮。我给你一个久久地望着孤月的人的悲哀。"久久动容，难以自持。忍不住把这句话编辑到信息里发给她。想了想，又发去一条：

"绾绾，你常说如果你再年轻几岁肯定嫁给我。其实我知道，即使真的如此，你也不会履行这句话。你心里是没有搁过任何人的。"

放下手机，觉得疲惫不堪，合衣睡下。夜里朦朦胧胧醒了数次，总觉得是她回了我的消息，却每次都只能看到安静死寂的屏幕。

她始终没有回复我。

也是。我又希望她回复我什么？我们如今这样便是最好。我便后悔起自己的鲁莽来——何必给她造成困扰。我心里有她，不过是我自己的事，她从没要求过什么。是我习惯了。

五

初冬的一天，我正在教室上晚自习，忽然接到绾绾的电话。她语气悲戚又无力，只说她在公司附近的医院，要我快来。我来不及收拾东西，便焦急地叫了车赶去医院。绾绾坐在输液的地方倚着靠背闭着眼，脸色苍白，额角渗着冷汗，粘着几缕发丝。刚在护士台问过，知道她是急性阑尾炎，医生正给她准备手术。我走过去，把她按进怀里，她安静地缩成一团，枕着我的手臂。我安慰她别怕，忍不住问："你那个男朋友呢？怎么也不来陪你。"

她苦涩笑笑："别问了。"

护士喊她的名字，她应着走去了准备室，留下我在走廊等着。几分钟后被推出来，她抓了下我的手，带着委屈地说："虽然知道是小手术，但还是害怕，所以才叫你来。"我点点头，摸摸她的头发："你别怕，我在外边等你。"

一道门将手术室里外隔成了两个世界，我的手机没了电，震了两下才不甘不愿地自己关了机。我坐在长椅上，仰头看着廊顶柔和的灯。夜已深了，医院里的病患也都睡了，偶或有一两声哭喊从紧闭的病房门里传来——想来是因某个因疼痛难以入睡的人。因此更让人觉得心有戚戚。

手术不长，一个小时左右便结束。她被推进病房住着，需挂一夜吊瓶。我在旁边守着，她不多时便睡着了，不知梦到了什么，一皱着眉头。

但我知道，梦里应该是没有我了。

后来我才知道，她那阵子过得不好。一同住的闺蜜正好不在，她和家人闹了矛盾，与男友也时常冷战。那天她身上所有钱也只够交手术费，再住院都已经支付不起。第二天早上，我去替她交了余下的费用，回到病房，见她已经醒过来。

我帮她把床摇高些，让她可以坐起些。我坐在她身边问她："麻药过了，疼得厉害么？"

她摇头，然后摸摸我的脸，带着愧疚说："又让你熬了一夜。看眼里这血丝。"

我笑笑："没事，反正平时打游戏或是复习，也时常通宵。"

她笑了笑："还是你最好啊，子君。还是你对我最好。"然后手却垂落下去，放在雪白的床单上。她低着头，长发散下来遮住脸。

我喊她："姐。"

她没有回应。

"绾绾姐。"

仍是没有回应。我强忍着情绪，喊她：

"绾绾。绾绾。"

她转头看我，泪落了满颊。我觉得怆然，含泪吻了吻她的额头："如果你愿意，我可以一直对你这么好的。如果你允许。"

她在我怀里摇摇头，轻声说：

"可是我不愿意。子君，找个和你差不多大的女孩子，好好谈场恋爱吧。"

六

绾绾最终还是和那个男人和了好。为了赔罪，他给绾绾开了间小店，就在我们大学附近。绾绾收拾了两个月，楼下用来卖衣服和包，上面是试衣间，有张沙发床，可以睡人。她从学校里招几个小姑娘来看店，招不到人时我就来帮她看着。如此倒好，我便可以时常见到她。

有天傍晚下了雨，我便想等着雨停再离开。把店门落了大半，躺在店里沙发上看书，不知不觉竟睡着过去。朦胧中听见有人拍门，我直觉是绾绾，赶快过去给她开门。她没带伞，立在黑暗里，身上淋透。我赶快让她进了门，问她怎么没带伞，怎么这时候来这儿。她显然兴致不高，怏怏地不愿多说，我也就不问。她要去楼上洗澡，随手从架子上拿了条裙子。我撑着伞出去给她买了点吃的带了回来，她正好洗完出来。我站在楼下笑着看她下来。绾绾边擦着头发边往下走，拖拉着一双旧拖鞋，穿着条吊带裙子，裹着玲珑有致的腰身。她走到镜前看看，掐掐自己的腰，漫不经心地说："最近胖了，不能再吃了。"她说这话时微微撅着嘴，神色与那些仍在读书的小女生一般无二。大领口的裙子露出玲珑纤细的锁骨，长长的大波浪卷垂在她胸前，还滴滴答答地滴着水珠。她这样站在我面前，交织着性感和天真两种矛盾的特性，目光澄澈地看着镜子里的自己。

　　她的眼睛里，没有疲惫和沧桑。来人去事，并没有多少可以留在她眼眸中。她天生是个又天真又放荡的女人，天生只会索取爱而不会给予。也许感情会消磨她的生命力和鲜妍明亮，因此她从不言及感情。也许她，早就忘了那些读书时苦恋她的小男孩，忘了第一次教她抽烟的男友，忘了曾经性骚扰她的远方叔父，忘了大学时要一个月三万块包养她的中年男人……甚至，她早晚有天会忘了今天这个让她黯然伤神的、她觉得自己深爱的男人。

　　她会忘记我么？我这么想着，苦笑地对自己说——或者，她不忘了你。因为她心里根本不曾有过你。如此想来，倒不知该悲还是该喜。

　　绾绾走到窗前去接电话。窗子开着一半，风涌进来，带着潮湿的雨的气息。她的声音没入风声里，时有时无。我拿衣服过去给她披上，坐在一旁听她拿着软软的调子跟那个男人聊着什么，过了一会儿她挂断了电话，略带着不好意思地对我说：

　　"子君，我得走了，他马上来接我……明儿我跟他去玩儿，这几天应该回不来了，还得麻烦你——"

　　我冷冷看着她说："你别走。"

　　"嗯？"

　　"绾绾，为什么这么轻贱自己？他根本就是拿你当个玩意儿，腻了就丢了，你图什么？"

　　她没料到我会突然说这些话，错愕地看了我一会儿，然后轻轻地一笑，低头把玩了一会儿自己的发梢，然后抬头轻蔑地看着我说：

　　"我图他的钱啊。怎么？你是第一天认识我么？"

我攥紧了拳头,忍着怒火看她:"你跟我说这种气话羞辱自己有意思么?"
　　"我说什么气话了?你自己喜欢演情种,就非要让我陪你一起么?我不像你,还是小孩子,我哪来那么多感情可给人?他拿我当个玩意儿,我图他的钱,我不觉得有什么丢脸的。"她捋了把头发,平静了一下,继续说,"店里没伞,你今儿就睡这儿吧。我走了。"说罢她把我披给她的外套脱下来塞给我,转身出了店。
　　你走吧。今天你出了这道门,我从此便不再执恋你。
　　是,我是小孩子。我的感情在你眼里不过是过家家的儿戏,不过是一时兴起的角色扮演。林晚,你走吧。从此往后,我再也不会这么爱你。
　　林晚,你走吧。他能给你头等舱,给你昂贵的酒店,给你美丽的衣裳,给你衣食无忧做梦的权利。
　　林晚,如果我再老上几岁该多好。我最一无所有的年纪,偏偏遇着这么爱繁华的你。你走吧。你走了,也就再没人知道我这份可笑的心思;你走了,我才能正常地生活。
　　我踢碎了墙角的几个啤酒瓶子,颓然蹲在地上放声哭起来。雨声仍是淅沥不停。
　　这是雨水中一座荒凉的城。除了那些路过的、和居住的夜晚。我两手空空,悲痛时握不住一颗泪滴。
　　……姐姐,今夜我不关心人类。我只想你。

七

　　打定了主意想离开她的生活,却发现彼此交织的痕迹已经太多。我空出了一个上午,想去店里把我自己的东西取回来,于是打开了店门。自从那夜争执后,这间店应该就没开过了。我收拾着东西,进来几个结伴逛街的女孩子,她们随便试着衣服,闲聊着,忽然几句刺耳的八卦入了耳:
　　"你们听说过么,这个店的老板以前是咱们学校的学姐,特别漂亮。"
　　"诶,我见过我见过,确实特别好看,但她好像不怎么来啊?这店也是开几天关几天的。"

"你们不知道？这个学姐是被人包养的！那个男人有老婆，给学姐开了这个店，金屋藏娇呗。学姐肯定也不在乎开店挣得这几个钱……别说这个了，你们看看我试的这条裙子怎么样？"

我走过去，见她身上试的裙子正和那夜绾绾穿的那条一模一样，忽得满是怒火，冷冷地说："这裙子不卖，店要关了，你们走吧。"

那女孩子白了我一眼，进去换回自己的衣服，把脱下的裙子往我脚下恨恨一扔，轻蔑地说："我说老板娘的那几句话你听得不舒服了？你挺喜欢她吧？傻逼。"然后和另几个女孩子离开了店。

傻逼。连个买衣服的女孩子都看得出来你喜欢她，她怎么可能不知道。所有人都笑你是个傻逼，你还惦记她什么？

我关上店门，把收拾出的东西随手扔在不远处的垃圾桶里。绾绾……说到底，我仍旧是没办法恨你。

没了我，你也能好好生活，我是知道的。可没了你……罢了。没了你，我也不过是像没遇见你之前一样。

八

终究她还是出了事。过了几个月，我在自习室看书，突然楼道一阵嘈杂，好些人出去看什么热闹。有人惊呼一声："那不是以前那个校花林晚么？"我心头一惊，跑出去，见她被一个三十多岁的女人扯着衣服领子骂，脸上有红肿的被打过的印。人群里议论纷纷，多得是小姑娘说着，让她拆散别人家庭，就该打。我看她的样子，觉得不忍，想上前去拉她。没来得及上前，她被那个女人用高跟鞋的细跟踢中膝盖，跪在地上，痛得直不起身子。那女人趾高气扬地啐了一口："亏你还是这正经大学毕业的，让你的学弟学妹看看，学校教出了什么样的婊子。"然后扭着身子上了车，离开了混乱的现场。四周的人议论纷纷地散开，她坐在地上，长发垂落遮着脸，久久没有动。我走过去，蹲在她面前，心内的动容、悲怆、疼惜、羞耻、疲倦……一时交织在一起，竟是什么也说不出来。她躲着我的眼睛，面上没有泪，也没有任何的表情。只是空洞地看着地面。我颤抖着手去拉她，对她说：

"咱们走吧。我带你回去。"

她躲开我的手,摇摇头,然后艰难地站起身,一瘸一拐地朝着门口走。慢慢离开了我的视线。

几天后,那间店重新开了门。但已经成了一家美甲店,店主虽不是个美女,但生意却不错。那场图书馆门前的闹剧转眼便被人忘了,大家的生活还是像以往一样,按部就班,忙忙碌碌。没人会想,那个被拖到学校打的女人,如今去了哪里。她又怎么样。

而我从那以后,也再没有见过林晚。

那年我考上了理想的学校,成绩还算不错。读研时结识了同校一个学设计的女孩子,相处得很投机,于是她不久便成了我的女朋友。现在我还有三个月毕业,不出意外,我们毕业就会订婚。房子首付由双方父母各出一半,以后每个月我们自己还贷。

我如今才真心实意地觉得,没了林晚,我的日子才算回到正轨。而我本来就是个懦弱胆怯、害怕冒险的人,这样的日子,反而叫我心安快乐。

晚饭后打开电脑,我的邮箱提示我有一封新的邮件。我点开,寄件人的 ID 却叫我的心漏了一拍。

WANWAN.

绾绾。晚晚。

我往下看,是她短短的邮件。

子君,最近过得还好么?我去了北京找了份新工作,感觉还不错,只是这儿的空气不太好,所以我感觉这几年皮肤老得很快。

对了,我下个月要结婚了。老公是相亲认识的,真没想到我有一天真的会去相亲。他也是咱们学校的,巧吧?

子君,你以前追问我的那些问题,我一直没有回答。现在想想,说了又有什么呢?我当然喜欢过你。其实喜欢谁,的确没什么丢人的。可是咱们不会有结果,所以我当时懒得讲这些。

子君,如果我再小几岁,咱们早遇见几年,该多好。

好弟弟。祝你幸福。

晚晚

  这女人。我合上电脑,轻轻笑了笑,然后走到阳台想点一根烟,但找不到火。想了想,是我的女朋友那天来,说要监督我戒烟,把它们都收走了。也就懒得再找,只是立在阳台看了一会儿夜色。

  什么也不必说了。我之前想,一辈子也没有多长,不在一起就不在一起吧。如今才知道,一辈子其实还是挺长的。长到终于有一天,我听到关于她的事,心里再也起不了波澜。

  我点开一直存着的,换了几次手机也没舍得删的她的照片。不甚清晰的图上,她立于晚春的花荫下,穿着长裙子,笑靥如花。

  我凝视了很久。终于还是按下了删除键。

  一连下了几天的雨今天终于停了。傍晚时天边浮起了几朵绯红的云,想必明天会是个晴天。

  晚晚,你那里天气又怎样呢?

  晚晚,祝你幸福。

  祝你幸福。

留　仙

北京师范大学　丁蕾

第一部分

一

　　白小雨跟着父亲白墨润搬进蒲院是在五年前的一个黄昏。

　　院子紧挨着柳泉、蒲亭，那两处是清代蒲松龄老先生收集民间奇闻轶事常常待的地方。四方周正的柳泉长年涌水。蒲院门口的小道上，每隔半里就有一个茅草亭。亭盖下放着一张方桌、两把长椅，长椅上有草编就的坐垫。亭子一侧挂着已斑驳的木牌，泛黄的牌子上用行楷依次写着聂小倩亭、婴宁亭、连锁亭……草菇状的蒲亭沿着蜿蜒的山路往蒲老先生的坟茔处漫溯。

　　蒲院依山傍水，但却荒芜了许多年。蒲庄本地的人家没有敢搬到院里来住的。庄里人私下传言，几年前这大院里是住着几户人家的，日子过得如同门前流淌了几百年的溪水一样波澜不惊。但临近新年，仅仅一个月的时间里，蒲院里却接连死了七八个人，算命先生围着蒲院的地基转了两圈，阴沉的脸色如同夜晚蒲亭上亮起的煤油灯，幽幽暗暗，不甚分明。临走时，他声音低沉地告诉庄里人，这个院子被北山的狐仙姑儿看上了，它们一家正住在院中，就让仙家留在这长住吧，人都挪挪地方。蒲院的门口，摆上了一张赭色的桌子，桌子上摆着果盘和香炉。紫铜香炉里插着三只高香，香头在夜空下发出明明灭灭的光，像是狐仙儿在夜里探出的眼睛。燃烧的纸钱吐着橙红色的火舌，舔红了蒲院的脸，那些藏匿着的黑色的角落像是被扯下了遮羞裤，在火焰中炙烤。蒲院的上空似乎有一个无形的黑洞，不断地吸吮着黑暗中的点点光亮。

蒲院荒芜的头几年里，杂草从砖缝里钻出来，蓬勃地生长，院子里长满了大块大块的苔藓，像是皮肤病人裸露在空气中的胳臂。蒲庄里开始流传着一种说法：蒲院留仙不留人。

六年后的一个早晨，白小雨背着书包走出屋子。东方的天空红得醇厚。天刚蒙蒙亮，院子里已经站满了人，他们都是来找白家隔壁的医生看病的。医生妻子面无表情地打开门闩，她的左眼如同凝结了的豆腐脑，苍白而浑浊。许四娘在蒲院一角的灶边熬着中药，药香在清晨的空气里如同阳光一般地弥漫到医生的屋前。阳光从东方照过来，白小雨看到神婆那干瘪的手伸向灰色的窗帘，而后，灰色的窗帘就完全阻隔了正在蔓延的阳光。独身男教师锁住了门，他的目光瞥向院门口，那儿此刻并没有什么人，白小雨看到教师的脸似乎又苍白了一些。他同白小雨同行，走出院子。在院子门口，他们遇见了一个长发女人，她单薄的衣衫贴在身上，显出丰满的轮廓。额角有几丝垂下来的长发，衬的眉眼越发清秀。许四娘端着药渣出来，她把砂锅里的药渣都倒在街道中央。白小雨回过头来跟她打招呼，一枝槐花正从墙上探出枝丫来，映着白小雨微笑的脸颊。白小雨看见长发女人的眼睛正盯着许四娘平坦的小腹。

二

许四娘是在白小雨失踪三年后走入神婆家中的。尽管五年多的时间以来，许家和神婆家同住在一个院中，但她在此之前从未踏进过神婆那终年昏暗的小屋。神婆的屋子坐北朝南，每日清晨阳光变得逐渐强烈时，正对面的许四娘透过贴着婴儿图的窗户看见一只干瘪而苍白的手正将窗帘徐徐拉上，灰色的窗帘如同蔓延着的尘土，生硬地隔开了院子里闪闪发亮的阳光。

许四娘轻轻地推开了斑驳的褐色木门，门吱吱呀呀地响。她在走进屋里深处的过程中，闻到了一股浓烈的香燃烧时发出的味道。这味道十分醇厚，令许四娘觉得自己正身处北山的寺庙之中。但她依然在这令人镇定的气味中嗅到了几丝若有若无的、断断续续的气息。这气息里有被褥久潮的霉味，也有年迈人的尿骚味道，甚至还有尸体行将腐烂的气味。

许四娘因这气息突然打了个寒颤时，神婆已经站到了她的面前。神婆的目光在昏暗的小屋里闪闪发亮，她的脸上没有皱纹，头发却白得彻底，是经历了打击后一夜便愁白了头。她似乎早已知道许四娘将会虔诚而无奈地走进她的小屋。许四娘跟在神婆身后，穿过水泥铺就的外间，走向里屋。屋里空间不大，灰土般的窗帘是未到正午就拉上了的。许四娘站在里屋里，显得有些局促不安。神婆在一张八仙桌旁坐下时，许四娘的屁股也坐到了正对面的一张小木床上，坐下的那一刻，她看到里屋北面还有两扇门，门都上了锁。

那张床是给蒲院里的仙家坐的。你坐在上面，仙家会怪罪的。神婆那两道绿荧荧的目光定格在许四娘那坐扁了的屁股上。

许四娘腾地就从床上站了起来，并立刻离开了那张床，她在神婆白骨似的食指的引导下，坐到了一只圆面高脚的凳子上。

许四娘颇带几分尴尬地向神婆倾诉自己的苦恼。神婆默然无声地坐着听，脸上的表情如同已经死去一般，偶尔眨动的眉梢向上的眼睛，证明她还活着。

房事一日几次？神婆开口问道。

每日一次。许四娘耳根赤红。

女上男下？神婆的话像一些灰尘，在屋里低低地飞舞。

许四娘看了一眼挂在斜对面那厚重的窗帘，目光转向神婆。不，我在下面，腰下面垫着麦麸皮填的枕头。

火柴盒被取出，神婆用藤蔓一般的手打开了火柴盒。三枚布满尘垢的圆形方孔古钱被递到许四娘面前。

晃三次，扔六次。神婆的声音带着灰色的尘土扑面而来。

古钱在合拢的手掌中相互碰撞，发出清脆的响声，像是三年前的每个黄昏时分，白小雨跑进院子时，书包上的红铃铛叮叮当当地响。

许四娘看着神婆用白瓷碗从水缸里舀了半碗凉水放在桌上，又从抽屉里取出一个火柴盒，小心翼翼地从中捏出三枚酸枣枝上的短刺放到碗里，一枚扔进水中时，立刻沉到碗底去了。另外的两枚则悬在水面上，像两个飘忽的尸体。

神婆点燃一张黄表纸，用手拎着一角，置于瓷碗上方。纸灰簌簌地落到水中去了。在这之后，神婆端起碗，含了半口水。许四娘听见神婆嘴里呼呼的声音，像许老四早上漱口的声音。

神婆把水吐到地上。水被灰尘裹着，如同一个个油珠子躺在地上。神婆踩在拳头大小的双脚上，弯下朽木般的身子，捡起一枚酸枣刺放在桌上，对许四娘说，种子没成器，对你是好事。你还是早些离开这，往南头去吧。

好事？许四娘不解。

好事。神婆道。

往南头去？许四娘又问。

南头。神婆点点头回应。

南头正是我的娘家。

许四娘带着几分狐疑从昏暗的屋里走出来，像是神婆嘴里吐出的那枚酸枣刺。她不懂什么周易八卦，但她记得，神婆用蘸了水的手指在布满灰尘的桌上从上到下画了六根线，一五是两根断线，其余则圆润而完整。

许四娘走回自己屋时，看到白家紧锁的屋子里仍然亮着灯。北边紧挨着神婆家住的医生与白小雨几乎是同时失踪的，医生的妻子每日清晨坐在院子里的石阶上发呆已经有三年。紧挨着许四娘家住的独身教师几乎同时与许四娘并排站到自家门前，他们之间隔着一个人横躺下的距离。这让许四娘想起这半年来，一到晚上躺在院门口大青石上的长发女人，她总对许四娘投来带着敌意的长久凝视。独身教师的脸色近来越发苍白了，像是刚从墙壁中走来，他朝许四娘微笑地点点头，身影闪入了隔壁屋里。

三

五年前，医生和妻子搭着一辆蓝色卡车，携带着破旧的家具住进了蒲院。他们住在了神婆隔壁的屋子。医生长得清瘦，但是双目炯然有神，年逾四十的脸庞上呈现出桃粉色肌肤。他是中医，自学成才。平日里都是他望闻问切后，开出一张龙飞凤舞文，由他的妻子从墙上立着的一排排抽屉中取药。医生妻子的左眼呈现出豆腐渣般的浑浊。她的左眼是瞎的，五年前的除夕之夜，她失去了那只原本明亮的左眼，那时，她的脚边有一只烟花棒正喷涌着金黄的焰火。

医生来到这院子里，不到一年的时间，蒲庄便陆陆续续有前来问诊的病人。蒲院留仙的传说再加上多年行医的经验使医生很快在庄里拥有了良好的口碑。医生那仄狭的小屋里每天都站满病人。小屋里挤不下了，便向院子里吐出几个。再后来，院子里也开始站满等候看病的人。医生在门口贴了一张纸，上面用黑笔赫然写着：星期一全天不看病。

白小雨是在两年前跟着父亲白墨润走进医生的小屋的。那时，小屋里站满了人，白小雨走进屋里的时候，恰好碰见许四娘，她的手里提着几包中药，脚底生风一般地从医生屋里走出来。白小雨和父亲站在靠近门口的位置，医生朝白墨润微笑着点点头，这算是邻居之间打过了招呼。白小雨穿着一件粉色的外套，在一众沉闷灰暗的屋子里，她站在那儿，像是一棵正在扎根的桃树。

医生正在给一位从四十里外慕名而来的中年妇女看病。女人的皮肤黄中沉淀着黑色。她的手腕向上放在一个拳头大小的淡蓝色麻木面枕头上。医生修长的手正放在她的手腕上。

上次开的药回去用完有什么不适吗？

药洗完了以后多少有点痒。

起红疹子了吗？

有。

我看看。

医生让中年女人躺到门口的一张小床上去。床面是皮革的，女人坐上去时，床发出了噗噗地两声响，那是裤子摩擦皮革发出的。医生走近小床，伸出两只骨节突出的手扯住窗帘。微黄色的窗帘徐徐拉开。白小雨的目光跟着窗帘的运动转了半个圈，而后目光便被锁在了那单薄的窗帘上。

裤子再往下褪一点。

医生的声音从窗帘后悠悠地飘了出来。屋里的空气沉闷而安静。一个男人开始剧烈地咳嗽，他的脸通红，手放在胸口轻轻拍打，像是要把那负重的肺咳出来。他身旁坐着一个少妇，少妇怀里一个脑袋硕大、脸色黝黑的婴儿正闭着眼睛沉沉地睡。那个男人开始咳嗽以后,少妇的脸上生出几分嫌恶,她的身子生硬一扭,扔给男人一个后背。

　　两分钟以后,医生从床帘后面走了出来。他摘下自己白色的手套,洗了洗骨节突出的双手,重新坐回到桌旁。

　　女人一边系着裤带,一边坐回到医生身边的凳子上。

　　回去接着药洗,每天洗濯两次。医生递过一张写着字的甘草纸。

　　女人点了点头。

　　对了,药洗这段时间不能行房事。

　　女人又点了点头,拿起药方,走了。

　　白小雨坐到医生身旁时,周围又是满满一屋子等待的人。医生仄狭的小屋里,从来不会缺少排队等候的病人。

　　哪儿不舒服呢?医生的眸子闪闪发亮。

　　小屋里的目光来回碰撞,白小雨却并不理会。她的脸上挂在天真的笑意。与医生对望中,她说道,从过了年到现在来过两次月经。头一次是刚过完年,量很多,颜色鲜红,当时觉得肚子疼得厉害……

　　白墨润的脸已然同炉里烧红的铁块,他轻声说道,闺女你小点声说。

　　医生笑笑说,没事,看病就得说清楚症状。

四

　　独身教师这半月来总是恶梦连连。

　　这一日,天还未亮,他再一次大汗淋漓地从梦中醒过来。坐在床上,他像是一根刚被从地里拔出来的胡萝卜。这样持续的梦魇,于他,已经是第二次。第一次是在五年前,那时他的妻子躺在医院的重症监护室里,他是从签下病危通知书的那晚开始每晚的恶梦的。恶梦一直持续到他从与妻子同住的那个小屋里搬出来。来到蒲院之后,有近五年的时间,他的睡眠是安稳的。可是,自从半月前的一个夜晚开始,恶梦又每晚侵入他的睡眠,令他苦不堪言。

　　他坐在床上,掀开窗帘的一角,东方的天空已经有些泛白。他下床,穿好鞋子,步伐沉重地叩响了神婆的屋门。在门口,他碰见了正从神婆屋里走出来的白墨润。白小雨失踪已有两年的时间,白墨润在这两年里迅速地衰老,此时,独身教师看着他,就像看着一个七八十岁的老人。

神婆早已起床。他在那个圆木面板凳上坐定。桌上上放了两碗稀饭,两根香椿芽咸菜,两个鸡蛋,两双筷子,两把汤匙。

还没吃饭?

正要吃,一份是我的,一份给院里的仙家吃。

神婆敲开了蛋壳。他开始讲述近半月来他的恶梦。我总梦见有个长头发女人掐住我的脖子。有两次,我感觉自己就快要被掐死了。醒来之后,我一整天都感觉胸口闷得厉害。

你看清她的脸了吗?

没有,她总在我身后。

早上醒来,有晨勃吗?

有,每次醒来,床单都腻湿一片。

神婆把筷子伸进鸡蛋壳里,饱满的鸡蛋正被她用筷子一点点地掏空。她把鸡蛋壳放在桌上,他看见,蛋壳里干干净净,没有一点阴影。

你现在就像是一颗鸡蛋。神婆说着,又拿起碗里剩下的那个鸡蛋,磕破了顶端的蛋壳,用筷子剜了一块蛋白出来,说,这样下去,不出一年,你的大限就到了。

他惊慌地问神婆有没有什么办法。神婆把两个蛋壳放在一起,用藤蔓一般的手指指向第一个蛋壳。

农历四日,去北山看望故人。带七十五炉香,百张黄表纸,黄表纸用百元钞票打一遍。

然后,藤蔓蔓延到第二个蛋壳。

遇到长发女人时,不要回头,不要停下。

独身教师从神婆家里出来时,脸色红润了许多,他的手里拎着裁得齐齐的褐色香和一沓黄表纸。

他往自己的小屋走去。这时他看到从院子外面走来一个女人,已是初冬时节,她却只穿着单薄的衣衫。长长的头发胡乱扎在脑后。这两年来,他总碰见她。但是他说不上她的名字。从她的打扮上看,他认定那是一个可怜的女人。皱皱巴巴的衣服紧贴在她丰满的肌肤上,乱发下却生着一张极为清秀的脸庞。快到门口时，他忍不住想再回头看她一眼，但神婆的告诫此时在他耳边如同风一般呼啸起来，他打开了屋门，快速地走了进去。

五

  三年前的一个星期一，白小雨没有去学校。她遭遇了人生之中的第三个经期。每当红色温热的液体澎湃汹涌而来，她都觉得自己就像是站在血红的腥气的江水中，江水越涨越高，直漫过她的脖子。她的身体站不稳，一次次地呛水，挣扎。偌大的天地间，她发疯似地喊痛，但却孤独而无助地一次次沉溺下去。

  这一次，绞痛的来袭是在凌晨。她在疼痛中醒来，辗转反侧。漫长的黑夜里，她睁开潮湿的双眼，眼前是死一般的黑暗。血红色的潮水向她一波波地涌过来，她惊恐地发现自己就要被这片血红色淹没了。她睁大了双眼。持续的腹痛使她低低地呻吟，汗水从她紧蹙的额头上流淌下来，濡湿了白色的被头。

  白墨润给女儿做完红糖蒸蛋便出门了。他对女儿的痛经无能为力。女儿第一次痛得在床上打滚时，他仿佛看见了妻子生前每次痛经时候的挣扎情状。妻子是在十八岁那年嫁给他的，他至今仍能清楚地回忆起妻子痛经时额头蜿蜒爬动着的青筋。对女人的这种事情，他无能为力。他想起母亲还在世时那张爬满皱纹的脸，母亲曾告诉他，女人痛经死不了，等生了孩子就没有那么痛了。他对母亲的话深信不疑。婚后的第二个月，他就使妻子怀了孕，十个月后，在一个小雨缠绵的湿冷的夜晚，妻子死于难产，留给他的是一个嗷嗷待哺的婴孩。

  白小雨在床上挺尸一般地挨到中午。她的脸色苍白，如同练习簿上的白纸。坐在床上，她看见医生家的窗户上挂着厚厚的窗帘。

  她在单薄的睡裙外披了一件棕黄色的外套，趿拉着毛茸茸的拖鞋，敲开了医生的屋门。门被缓缓地打开，许四娘手里提着包好的一串中药从屋里走了出来，她鬓角的黑发被开门时的冷风吹得凌乱。

  "今天没去上学？"医生的声音带着几分缥缈混杂在白小雨的耳朵里。

"肚子疼得厉害。"白小雨在医生对面的太师椅上坐下。

"每次来这个都痛得想死。"白小雨脸色苍白,像是刚从身后的白色墙壁中走来。

医生拉开小桌一侧的抽屉,一个褐色的粗糙纸包被取了出来,医生骨节突出的两只手打开了纸包。

这是布洛芬,止痛效果比中药快。

一杯温热的水被推到白小雨面前。

她把两片没有温度的药片放在舌头上,轻轻吞咽,像是咽下一口唾沫。

你不用温水就能把药吞下去?医生盯着白小雨那张苍白的脸。白小雨咧开嘴巴冲他笑了,脸颊有绯红的光。

白色的药片变成粉末在她身体各处游走,不到一刻钟,她就觉得疼痛确实减轻了很多,像是柏树上密密麻麻站着的嘶叫的乌鸦一哄而散了。

医生打开液化气,煮了两碗面。

吃吧,我也没吃早饭。医生把面条端到白小雨面前。

婶子不在吗?

她去北山了。

第二部分

一

这一日,是白小雨母亲的忌日。白小雨从来没有见过自己的母亲,她啼哭着来到这个世界的同时,她的母亲正艰难地咽下最后一口气。

白墨润在这天的清早走向庄里的门市部,他回来时手里拿着两包油光纸包装的桃酥。父亲出门后,白小雨也出了门。她手里攥着五块钱,推开了神婆家那两扇厚重的木门。木门吱呀吱呀地往两侧后退。几只灰色的麻雀应声匆促地飞远了。屋子里弥散着一股香火燃烧的气息。白小雨走进了烟雾缭绕的小屋里,一边轻声唤道,阿婆,你在家吗?

无人回应。此时,院子里的公鸡还昏昏欲睡,初冬的清晨,天透着蒙蒙的灰黑。

她穿过外屋，直走到里屋去。里屋的八仙桌上摆着鲜果，谷色的三个香炉里，几根细长的香正齐齐地燃烧，香头明明灭灭，如同躲在暗处一直眨动的眼睛。白小雨坐在圆面凳子上打量屋里的摆设，这屋里收拾得再简单不过了：靠近门口的是一张破旧的木床，床单是青色的，长年的搓洗使那青色淡得发蓝。床对面摆着一个八仙桌，桌子已经破旧，看上去像是已经用了几十年。桌面上整齐地摆放着香炉、果盘、火柴盒。桌子旁边立着一个半人高的碗柜，黄漆已经斑驳。柜面上凌乱地摆放着一双筷子、一个瓷碗、一把汤匙。

　　白小雨等了近半个小时，神婆依然没有出现。白小雨突然发现里屋的墙上有两扇一米高的小门，门半掩着。她猜想神婆此刻可能在里面睡觉。想起父亲交给她的事情，她还是决定叫醒神婆。她站起身来，双手伸向那两扇紧闭的屋门。

　　推开门的瞬间，一股厚重的霉味扑面而来。神婆坐在一张小木床旁，正给一个全身赤裸的少年擦身子，她佝偻的背在十五瓦的灯光中显得越发变形，如同一个移动的坟包。男人看上去尚未成年，一节竹竿似的脖子顶起一颗硕大的脑袋，他的皮肤苍白，毫无光泽。两腿间的生殖器如同三个正在腐烂的鸟蛋裸露在空气之中，瘦小而畸形。

　　白小雨此刻站在门口，她感觉到自己是这般不合时宜。她看着神婆那藤蔓般的双手伸入冰冷的不锈钢盆中，毛巾在水中渐渐舒展开来，如同少女的白色胴体漂浮在水面之上。神婆面无表情地拧着毛巾，拧着少女洁白的胴体。毛巾上的水分渐渐失去，变了形的躯体被放到赤裸男子的身上，一寸寸地亲密接触着那毫无生机的病体。自上而下，从左到右。毛巾抚过丑陋的生殖器，男子躺在那儿，一动不动，眼皮并没有因为被触摸而眨动一下，他如同一具正在腐烂的尸体。

　　阿婆，我来买上坟用的香和黄表纸。

　　躺在床上的男人在黑暗里向白小雨投来几丝暗淡的目光。白小雨看到那虚弱的游离着的目光触碰到自己时闪闪发亮。

二

　　许老四是许四娘的丈夫。他是村里地地道道的庄稼汉。五年前，他带着许四娘从二百多里外的村庄来到这大院里，搬家是在一夜之间。许四娘不明白丈夫为何那么急切地要离开。对这件事她只开口问过两次，每次丈夫的回答都带着浓郁的不耐烦，如同夏日午后的声声闷雷。

问问问，成天问这么多干啥，说了你也不懂。

许四娘不想引出闷雷之后的风雨交加，于是她始终得不到答案。

许老四想要个儿子。

他跟许四娘相好时，就成天把"给我生个儿子"这句话挂在嘴边。结婚后，他们天天晚上云雨，许老四不曾偷懒耍奸，许四娘也正是如狼似虎的年纪。尽管如此，许四娘的肚子却始终没有动静，平坦如故。许老四带着许四娘去县城医院看病，中药西药买了一大堆，钱花了不少，两人依旧没日没夜地拼命，然而，许四娘每月的例假依然准时来到。

一天夜里，许老四瘫软地躺在床上。许四娘脑袋搁在他胸口。

这就是我许老四的命。

你别灰心，上次咱们去县城里拿回来的中药还有四包没喝了。

你喝了那药，有啥感觉没有？

感觉身子重了些。

你这月那个来了没有？

没有。

迟了几天了？

有半月了。

真的？

许老四突然就从床上坐了起来，他的双手轻轻抚摸着许四娘光滑柔软的肚皮。

我许老四耕的地终于要长苗了。

许四娘从睡梦中醒来时，屋里弥漫着一股浓重而又熟悉的中药味。破天荒地，许老四已经早早起来，蹲在灶边，用柴火慢慢地熬着中药。熬中药须得耐心，药材洗净，放到砂锅中去，加入一锅的清水，用小火熬得只剩下一碗时，往锅里加满水。待砂锅里的药汤又只剩了一碗时，再把锅加满水，依旧用小火熬，熬到锅里只剩下一碗药汤。这时，倒在白瓷碗里的药汤便是浓稠的了。

许老四往灶里添柴火，许四娘搬来一个凳子坐在他身边。

就像熬中药一样，他许老四终于熬出个孩子来。许四娘看他，他素日里写在脸上的暴脾气都消失得无影无踪了。

许老四用抹布握住砂锅的短柄，侧锅倒出酱色的中药汤。他没有熬药的经验，所以在倒完整整一碗后，药锅里还剩下半碗药汤。

趁热喝了它。

许四娘把药碗端在嘴边，平日里，她都是一仰头就喝得光光的，这一次却犹豫着，皱着眉头道，中药苦得很。

"良药苦口。"许老四语气出奇的温和。

汤药喝到一半，许四娘觉得温热的药汤正在她体内的游走，从咽喉直蔓延到全身的各个角落。忽然，下体有一阵热流涌出，她扔下药碗往厕所跑去。

许老四见她愁眉苦脸地回到院子里来。

"来事了，晚了半个月。"

许老四站起来，一脚踢翻了地上的药锅，出门去了。

剩下许四娘和淌了一地的汤渣站在一起发愣。

她决定去问问神婆。

三

医生妻子在三年前的一个黄昏走向神婆的小屋。也就是在那个黄昏，她第一次看见一个长发女人向她走过来。那女人清瘦，长发随意地披在肩上，面容清秀。医生妻子看到她的小腹微微隆起，像侧卧的一座山丘。

长发女人如风一般地和医生妻子擦肩而过。她是来找谁的呢？医生妻子看见那个女人在院子中央站住了。她似乎在犹豫，忽然她又转身，同来时一样，风一般飘出了院门。医生妻子眨了眨那只看得见的眼睛，突然她预感到，这个女人的到来只是个开始。

在那张圆面凳子上，医生妻子絮絮叨叨地讲出她的苦恼。

神婆的目光落在医生妻子那只浑浊的瞎掉的左眼上，她的眼中突然有火花一闪而过。医生妻子用右眼清楚地看到了一丝微笑出现在神婆那光滑紧致的嘴角。

你的丈夫将离你而去。

医生妻子的脸阴沉得像是要下雨。她似乎印证了自己之前的所见。她语气出奇平静地问神婆，是不是将有什么不好的事情发生在她和她丈夫身上。神婆沉思片刻，点了点头。神婆注视着医生妻子的左眼，嘴角翕动。

只有两种可能，你将被你的丈夫赶出家门，或是你的丈夫将离你远去。

医生妻子并不感到意外。从结婚那天起，她已经强烈地预感到她和丈夫终将分道扬镳。刚过去的这个春节，蒲庄的夜空绣满了绽放的烟花。刹那间的美艳，转瞬即逝。丈夫吃过晚饭就上床躺着了，他用厚重的婚被赌气似地蒙住了自己的脑袋。她站在床边，看着他蜷缩在被子里。这个场景在每年的除夕夜都会重复一次，这是第三次。

刺耳的鞭炮声震得屋子持续不断地颤抖，医生妻子浑身颤抖着走向那张床。

他和她，因为烟花而被捆在了一起。三年前，她还没有"医生妻子"这样一个身份。那时，她和她年迈的父亲生活在鲁南小镇，父亲唤她"木香"。她的家在小镇里是最为贫寒的，二十多年来，她和父亲一直生活在一座名叫"百草坪"的大山中。家里没钱，几十年来，都没能去山下盖一座房子。

三年前的一个夜晚，山里刮起了大风。那时，木香在院子里生火做饭。当她把手里最后一根柴火添到灶里时，突然听到仄狭的屋里传来沉重的一声闷响。她跑进屋里，发现年迈的父亲已经倒在地上了。她大声地唤他，但父亲毫无知觉。惊慌中，她只得使出浑身的劲儿把父亲挪到床边。清冷的夜风中，她穿着单衣，往山下的麻子大夫家跑去。

她敲开了麻子大夫家的门。开门的是一个二十出头的小伙子。他睡眼惺忪地告诉木香，他的父亲下午就出诊去了，这么晚没回来，应该是住在小镇外了，天明才能回来。木香感到绝望，她问有没有什么方法可以联系到麻子大夫。小伙子摇摇头说，他也不知道父亲今天去的是哪户人家，不过他可以跟她回家看看，也许能帮得上忙。木香无奈，只得点点头，在门外等着。

不多时，小伙子背着药箱出来了。往回走的路上，她问他，你学过医？小伙子笑笑答，我高中毕了业没考上大学，这几年在家里看我爹给镇上人开药，也学到一些。木香又问，你叫什么。他回应道，叫我阿松吧。

他们回到木香家时，木香的父亲已经没了呼吸。

那一晚，阿松陪在木香身边。他对木香说，我会帮你的。

从此，阿松一得闲便会到木香家里来。他总从山下买些肉菜上来。木香不爱说话，阿松来的时候，她便在灶边忙个不停，炒菜熬粥样样拿手。倘若是阿松几天都没有来，她便一个人坐在院子里发呆，有时也跑到山崖边去望山路上有没有阿松的身影。

木香父亲去世后的第一个春节，阿松从山下买了烟火棒来找木香。他来时，木香正坐在院子里，看山脚下的夜空。一朵朵绚烂的烟花在天空中绽放，映红了木香的脸颊。

阿松陪着木香吃完了年夜饭，在院子里燃起烟火来。木香从未燃放过烟花。阿松便手把手地教她。阿松把一个烟花筒放到地上，用香头点火后跑开。然而，烟花筒却没有动静。木香这时走过去，低下头看那烟花筒。阿松还没来得及走近，烟花筒突然喷射出火焰来，木香惨叫一声倒在了地上，她的手一直紧紧地捂着左眼。

阿松把木香带到了自己父亲身边。麻子大夫看了木香的伤，叹气道，苦命的孩子，这只眼睛算是掉了。

在那天的深夜，麻子大夫把阿松叫到屋里。

你让我娶了她？阿松突然变大的声音在小屋里游荡。

你做的错事你得负责。麻子大夫的话像是一缕青烟，从小屋中飘出来。

可我一直拿她当妹妹。阿松辩解道。

甭管你拿她当啥，出了这事，你不要她，她还嫁得出去吗？再说了，以后村里人怎么看咱家？

木香左眼上的纱布被一圈圈揭下后的第三天，阿松和木香结婚了。

从此，阿松极厌恶烟花。

四

那个黄昏，天空中突然飘起雨来。白小雨放学回来时，白墨润还没回家。她敲开了医生家的门。门打开时,许四娘手里提着几包中药走了出来。

小屋的角落里,放着一只药锅。药锅里的热气正氤氲着四散开来。

医生给白小雨递过一个干净的白毛巾,说,擦擦头发上的雨水吧,省得着凉。

白小雨从医生那白皙的手中接过毛巾,昏暗的屋里,她看到医生的侧脸格外俊朗。

婶子又出门了?白小雨问道。

刚出去。医生回应着,目光仍然盯着桌上摊开的杂志。

白小雨放下毛巾,走到门口张望。

白叔应该快回来了,你再等等吧。医生说道。

那婶子什么时候回来?白小雨问。

她刚出去,还得一会吧。

白小雨这时走到医生家的床边,床铺没有叠,被子散乱地堆在一角。她开始解自己的外衣,然后脱掉了毛衣。医生转过头来看她时,白小雨已经赤裸着上身了。

你这是干什么?快穿上衣服!医生有些慌张。

白小雨脱衣的动作却并不停止。接着,她脱掉了裤子。

当所有的衣服如同落叶一般躺在地上,白小雨平躺在床上。她的话语如同窗外的雨水一般清凉纯净。

阿松哥,我喜欢你。从我第一次找你看病,我就喜欢你。你能回头看看我吗?白小雨的脸上有一抹干净的笑容。

医生背对着白小雨,慌乱中,他走向门口,把门闩合上了。

他缓缓地转过脸,面对着白小雨,她的胴体在昏暗的小屋里闪闪发光。在此之前,他见过许多女病人的私密之处,但却从未动心过。再就是他的妻子,她脱光后浑身苍白,像是一条死去许久的鱼,肌肤早已失去了营养和光泽。然而此刻,他看着一丝不挂的少女,少女的身体像是一尾纯白的鱼,鱼儿在床上游弋,他自己的身体也变得不自由起来。火一般的欲望从下体汹涌着冲往全身。他走向白小雨。

医生妻子从神婆家回来时,身上沾满了雨珠。她出门时还没有下雨。

她走到自家房门前，推了推门，门没有开。

她正纳闷着丈夫居然在下雨天出门去了。她一边从口袋里掏出钥匙，却突然发现，门是从里面反锁了的。

她站在雨水中，一滴眼泪从那只浑浊的左眼中流淌出来。

半个时辰后，房门打开了。白小雨面色苍白地从医生屋里出来。走出门时，她看到医生妻子全身都被雨水打湿了，她的目光比雨水还要冰冷。

白墨润看到白小雨，招呼了一声，小雨，来家吃饭了。

白小雨背着鲜艳的红色书包，走向自家房门。

那一晚，大雨瓢泼中，许四娘听见医生家里传来瓷碗摔碎时的声音，她对丈夫说，医生家里不知道发生了什么事。压在她身上的许四郎说道，你咋不专心，这样能怀上娃吗？

医生妻子敲开白家屋门时，白小雨还在床上酣睡。

医生妻子带着不可遏止的怒气，对一头雾水的白墨润说，把你闺女叫出来。

医生披着一件褐色大衣匆匆走来，一边拉扯着妻子，说道，你别闹了行不行，跟我回去。

独身男教师被院子里的吵闹声惊醒，他惊慌地站到院子里时，医生妻子正扯着白小雨的长发，一边泼妇似地骂着，小小年纪不学好，勾引我男人！男教师看到只穿了件单衣的白小雨在医生妻子手中被甩来甩去，像是一只快要死去的瘦弱的小鸡。

医生这时走上前去，对着自己的妻子，狠狠地甩了一个巴掌。妻子的手终于放开，她瘫坐在地上，目光呆滞。

白墨润站在一边，流着眼泪叹气道，家门不幸！教女无方！

五

白小雨和医生共同消失一年后，独身男教师仍然住在蒲院中。尽管从搬到蒲院来的第一天，他就觉得院子里有一种说不出来的诡异气氛。他渐渐开始相信蒲院留仙的说法。随着白小雨和医生的失踪，独身男教师觉得蒲院里是越来越荒凉了。早上他出门时，在院门口碰见了正要去城里抓药的许四娘。这几年来，许家两口子因为怀不上孩子，三天两头地吵架。医生消失之后，许四娘在村里别处的医生那儿拿了药，但整天吵着说不管用，后来就每个月去城里两次，说是城里的药管用。每次她从城里回来，脸上都神采奕奕。

男教师在院子门口又遇到了那个长发女人，她现在几乎日日守在蒲院门口了。她的长头发油腻腻地黏在一起，发梢垂到腰部。独身男教师每次忍不住打量她的背影，她的个子高挑，没错，在他眼里，女人的身材很好。

男教师只去过神婆家一次。按照神婆的话做了之后，他果然不再做恶梦了。之前他的恶梦里频繁出现的女人是他已经故去的妻子。他忘不了结婚时，妻子在婚帖上写下的"喜今日赤绳系定，珠联璧合。卜他年白头永偕，桂馥兰馨"。妻子临终时，他在床边守着，妻子看着他，眼神里充满了嫉妒，她说道，这辈子你与我为夫妻，我去了以后，也不希望你再找别的女人了。妻子咽下最后一口气时，他答应妻子，这辈子绝对不再碰其他女人。

神婆并不常出门，她在屋门口的泥地上种了些蔬菜。此外，她还养了两只鸡，一只肥硕又傲娇的公鸡，另一只则是总跟在公鸡身后啄食的母鸡。神婆是在五年前的一个清晨来到蒲家庄的，那年她二十四岁，背着一个破旧的双肩包，小腹微微隆起。那时她已经怀有三个月的身孕。

在来到蒲院之前，神婆有一个世俗的名字，叫王西岚。五年前的一个黄昏，小雨飘飘洒洒。天空被一片氤氲的幕布遮盖，王西岚背着一个鼓囊囊的双肩布包，撑着把灰色的伞，来到蒲庄里。

她向身边经过的人询问，附近可有便宜的住处。直到深夜，她也没能安顿下来。在冰凉的雨水中，她经过蒲院。那时的蒲院已经荒芜了许久，院里杂草丛生，不时有野猫出没。她穿过深深浅浅的绿色蔓草，走到院子最边角的一处房屋前，轻轻推开了木门。

她刚来到蒲院的几个月，经常在式微时分出去买菜。那时，见到她从蒲院里走出来的庄里人总用一种好奇的目光上下打量着她。某天的黄昏，当她挺着沉重的肚子走出蒲院，她听见街边的两个女人正窃窃私语，那时，她才明白，原来，蒲院是庄里人口中最不祥的地方。

在她住进蒲院的第六个月的正午，她躺在屋里的木板床上，痛得死去活来。那是她分娩的日子。她早已经为自己的分娩准备好了工具：热水盆、毛巾、剪刀。在躺下之前，她在床边放了一只火盆，火盆里的木炭足够燃烧一个下午。

分娩的过程比她想象得要艰难得多，院子里的野猫似乎嗅到了血腥的鲜味，它们聚集在门口，诡异地发出叫声。她听见木门被野猫划得嘶嘶地响。每一次来自身体内部最遥远处的疼痛都让她想起那个狠心的男人。那个男人大她整整十岁，在一起的时候，他曾用他的语言勾勒出一幅美满的婚姻生活情景，涉世不深的她很轻易地陷入其中，难以自拔。当她发现自己怀孕了的时候，那个男人也从此消失。她于是开始生活在村里人的指指点点中，她的父亲觉得家门蒙羞，在她怀孕的第二个月，喝药自杀了。她带着肚子里的孩子，那也是她唯一的希望，离开了村子。

整整一个下午的挣扎，当她颤抖着摸过床头的剪刀，咬牙剪断了脐带，最疲乏的困意袭来，她终于昏睡过去。

她醒来时，发现自己的儿子眼神涣散，他的四肢竟然毫无知觉。

分娩之后，她不再出门。

五年过去了，躺在床上的儿子从未开口说过一句话。唯一让她感到欣慰的是，当儿子看见闯进屋里来的白小雨时，他的目光竟然闪闪发亮。

第三部分

一

独身男教师再次陷入恶梦之中。这次的恶梦来得更加激烈。恶梦是从三天前的那个晚上开始的。他是蒲庄中学的生物老师，每天下课，他离开学校的时间总比别的老师要晚上一两个时辰。他总是主动留下来给学生做辅导。当然，他最喜欢留下来的学生都是女孩。

他总在下课时拿出名单，点出那几个长相清秀的女孩子的名字。他还撤掉了之前班主任选好的生物课代表，他在班里打量了几圈，就把最漂亮的女孩选出来了。放学之后，他坐在办公室里靠窗的位子，不时伸头看看被他点名的几个女生有没有来。妻子还在世的时候，他就是这样，他的妻子性格又剽悍，所以经常不修边幅地跑到学校，破口大骂着把他弄回家去。

女学生到来之后，他总拿一把椅子放到自己身边，让女孩子紧贴着他坐。他经常给学生辅导同一个问题，那就是医生打针的时候为什么选择注射臀部。不论学生是否能够答得出来，他总是要把道理再讲一遍。他的手伸向女学生的大腿，他一边微笑，一边讲，要是注射在大腿这里，会怎么样呢？或许注射在手上是什么后果呢。他的手从女生的大腿移向女学生的手。

三天前的那个夜晚，他给学生辅导完，看着那个漂亮的课代表离开时候的背影，他突然觉得自己身上一阵燥热。经过蒲院门口时，他又看见了那个披着长发的清秀女人，她正坐在门口朝蒲院里张望。尽管此刻，神婆的告诫又出现在他的耳边，但是他的双脚却还是不听使唤地走向了那个女人。

夜色渐渐沉寂下来。女人的眼睛里突然充满了发疯一样的愤怒。然而，她终究还只是个女人。神婆在昏暗的房屋里听到了来自门口的女人的呻吟，她知道这呻吟来自谁，她的手里端着簸箕，里面放着三碗刚熬好的南瓜粥，打开了里屋门上的锁。自从两年前，她满足了儿子闪闪发亮的眼神时，她的心情突然变得空前的轻松。白小雨失踪之后，白墨润来找过神婆几次，每次都是问她，白小雨是朝哪个方位走了。神婆也总是深思熟虑一番说，应该是下了南方。两个人。当白墨润拖着沉重的脚步走出神婆的小屋，神婆的脸上露出一丝狡黠的笑。最近一次神婆看着白墨润离开屋子时，她用余光看到正走入院子的许四娘。许四娘的腹部微微隆起，她走路的姿态也显得越发沉重。

许四娘每个月都要去城里两三次。每次出门时，她的打扮总与往日在家时不同。她总换上新鲜的衣服，头发梳得熨帖才出门，完全不是平时趿拉着拖鞋，不修边幅的样子。她每次回来时也是容光焕发，脸上的神采总比往日更好看些。

神婆把发生在院子里的事情都归结为蒲院里的狐仙儿。她不止一次地告诉医生妻子，院子里一旦留了仙，各种诡异事情的发生都不足为奇了。医生妻子对神婆的话深信不疑，她认定院子里一定是留了狐仙，所以才让自己的丈夫五迷三道地跟一个黄毛丫头跑了。许四娘对医生的失踪也有自己的看法，她常对许老四说起，也不知道白家丫头和医生到哪儿定居去了。

二

白小雨消失之后，白墨润陷入了深深的自责之中。他经常在难以成眠的夜里想起五年前他带着女儿搬到蒲院时的情景。他是个文人，搬到蒲院里来，本想寻求一个安静的环境，却不承想，犯了庄里人说的忌讳。他明知道蒲院里留仙的说法，但在女儿失踪之前，他从来都不相信。女儿一直很听从他的话，她是乖巧天真的，从来不曾令他灰心失望。他仍旧记得妻子难产死去的那一晚，他陷入了深深的绝望中，直到看见床上女儿的那抹干净的笑容，他才从绝望的深渊中爬出来，他伸手抱起了微笑着的女儿。

白小雨一天天地长大，她似乎从来没有生活的烦恼。直到有一天，她开始痛经。但除却痛经之外的日子，她还是快乐的。那抹干净的微笑始终绽放在她的脸上。

白小雨消失的两年里，白墨润去南方找了许多次，但总是无功而返。他开始相信神婆的话，供养狐仙，或许白小雨还能回来。白墨润请了神婆，他们在院子里摆上八仙桌，桌子上放满果盘和香炉。神婆嘴里咿呀哇呀地嘟囔着，一边烧起黄表纸。轻盈的灰烬随着秋风直上天空，白墨润坐在台阶上看着神婆，眼神迷茫而空洞。

许四娘的肚子一天天膨胀起来。她仍旧每个月要去城里，回来时手里提着几包草药。她说是安胎的药。独身男教师的身体一天天垮下去，在许四娘去城里的一天早晨，他也悄悄地跟着她出了门。许四娘坐上了去城里的那般公交车，独身男教师也跟着上车，坐在她身后隔几排的位子上。

许四娘一路婀娜地走进了城里的一户平房。一个多小时之后，她才提着药出来。独身男教师站在墙角，等着许四娘走远后，他才准备去进去看病。但是，许四娘的身后还跟着一个男人，这让独身男教师觉得诧异，那男人竟然是蒲院的医生。

男教师自己乘车回到了蒲庄。他搞不明白的是，为什么医生居然陪着许四娘出来了，而且他看到医生的手搂住了许四娘的腰。男教师刚走近蒲院门口，远远地就看到那儿围了一些人。他走上前去，看到许四娘趴在地上，身子旁边有几滴血。再看时，许四娘穿着的白色裤子上有一大团正在散开的鲜血。

许四娘的眉头蹙到一起了，她的身边站着那个披着头发的女人，女人伸出的双手依旧还保持着推倒许四娘时的姿势。围观的人中突然有个中年男人说话了，唉，早就说这蒲院留仙，不能住人，偏偏有人还是要住进去。

许老四这时从院子里冲出来，抱起还在流血的许四郎，人群中分出一条路来。长发女人的目光紧紧地盯着许老四。许老四在看到长发女人的一瞬间，突然有些慌乱，他的目光闪躲着，抱着许四娘走远了。

男教师听见人群中的窃窃私语：这不是邻县许家儿子吗？以前有个相好的，结婚的时候，许家儿子跑了。听说是相好的怀不上孩子呢。那个相好的女人长得还怪俊！

神婆在小屋里盛好了三碗米饭，她早就从长发女人那幽戚又带着些许嫉妒的目光里读到了些东西。她拿出镜子，打量着自己的脸，让她欣喜的是，她的眉梢越来越像狐狸了。

每天晚上，恶梦依然进入男教师的睡眠之中。恶梦之中掺杂着回忆。那一晚黑夜降临时，独身男教师在蒲院的门口的青石上扒掉了长发女人的裤子。这个场景开始进入他的恶梦中，他总是梦见自己走向长发女人，女人的脸被头发遮盖得严严实实，他看不清她的表情。他把她按在青石上，动作粗鲁地脱去她的裤子，分开她的腿。就在他觉得欲仙欲死的时候，女人突然伸手将自己的长发一拨，露出脸来。那分明是他妻子的脸！妻子去世已经五年了，她的面目似乎也发生了些许变化，她的眼角出现了细密的鱼尾纹，她的长发里夹杂着不少的白头发。妻子的脸出现时，他突然醒来，身下是冰凉的一滩潮湿。躺在床上，他看着周围无尽的黑暗，黑暗里，似乎有狐狸眼睛正在窥视着他，那一刻，他只觉得自己呼吸急促，快要昏死过去。在无垠的恐惧中，他突然听见院子里传来扑通一声闷响。他想起身去看看，但是那一刻他感觉到自己的心脏正加速地跳动着，他没法起来，一旦起来，没准就会猝死。

凭着声音的方位，男教师觉得，那声巨响来自神婆屋里。

三

又是一年春节，蒲院里却早已经没有往年的热闹。许四娘因为宫外孕受到撞击死在了医院里，许老四收拾了东西之后就离开了。随着许家人的消失，长发女人再也没有出现过。医生妻子在台阶上坐了三年之后，终于在一天的夜晚，她看到了天空中绽放的烟花，于是她面带笑容地走出了蒲院。白小雨失踪之后，白墨润长年不在家中，白家门上的锁已经生了一层厚厚的锈。独身男教师依旧恶梦缠身，他已经被学校辞退了，终日躺在床上，不再出门。

蒲院里开始弥漫着一股腐烂的臭气，气味的源头来自于神婆的小屋。独身男教师卧床之后，没有人来蒲院，自然也就无人帮忙去神婆屋里探看究竟发生了什么。白墨润直到除夕的晚上才回到蒲院里来。他刚走进院子，就闻到了一股腐臭。蒲庄的烟花持续不断地绽放，白墨润只觉得伤感，他独自走进了屋里，从包里取出一张放大的黑白照片。上面是他的女儿白小雨，照片上女儿依旧带着干净的笑容。

在他最后一次离开蒲院前，神婆告诉他，如果此次去了南方寻找依旧找不到，白小雨很可能已经不在这个世界上了，毕竟她是狐仙儿看中的人。他在女儿的相片前放了一个果盘，一只香炉。然后他走向神婆的屋子。

推开门时，一股强烈的败肉腐烂的味道袭来。他强忍着走向屋子深处。

神婆倒在地上，睁大了双眼，脑袋附近有一大滩血渍已经干结成纸片状。她似乎直到死去那一刻还不敢相信自己会以这样的方式离开人世。白墨润走近她身边时，发现里屋的床上还躺着一个男人的尸体，他依旧睁大着眼睛，他的身上已经皮包骨头，几只肥胖的蛆在他的耳廓絮絮爬动。白墨润看到里屋的床边拴着一根生锈的铁链，铁链一侧曾经系在床头，另一端则已经断裂，不知所踪。

白墨润突然间觉得这蒲院确实是留仙的地方，普通人根本就不应该住在这里。他走出门去，准备叫人来帮忙。当他走到门口时，肩膀突然被人拍了一下。

"爸。"身后有声音道。

他回过头来，眼前是一个生着一头白发的女孩儿，凌乱干燥的白发遮住了她的脸颊，瘦弱的躯干像是一张白纸，门口有风吹来，女孩的身子摇摇欲坠，似乎要摔倒。她的手腕上有一截锈迹斑斑的铁链。

白墨润轻轻地把女孩眼前的头发拂到一边去，他看到了白小雨的脸。依然是那张清秀的脸庞，虽然上面沾满了灰尘和泥垢。

深夜，白墨润打来清水给女儿洗脸，洗头发。

洗漱完的女儿依旧美丽，但是脸上却再无笑容。

木碗匠

中国戏曲学院　林瑶

　　很久以前，西南边陲的某个角落里隐着一个小村庄。连绵起伏的雪山山脉拥抱着它，仿佛将熟睡的婴儿裹在襁褓里一般。

　　在这片土地上，天空的蓝是深不见底的蓝，悠悠飘荡的白云好似从远古而来。大风起，经幡扬，金光乍泄，圣洁的光芒照着山腰下一个个手持经筒、身着酒红色僧袍的身影转山转水……

　　这里是农区，日出而作，日落而息。虽然远比不上牧区富庶，占据着得天独厚的优势，有大片的丰美的草地可以饲养牛羊。但他们不缺肉食，跟那头的牧民常有往来，他们会定时拿些新鲜的牛羊肉过来换粮食回去。

　　每逢节庆，他们会从囊中掏出各自随身携带的木碗分享酒食，将碗底剩的那一点也舔食干净。篝火锅庄上大伙儿高兴起来也是不分彼此，载歌载舞，不亦乐乎。

　　"次仁！次仁多杰！"

　　这一天，就在日头即将要从山腰上落下去的时候，次仁听见远处有人喊自己的名字。从田间抬头一看，只见几条汉子驾马而来，那为首的衣着鲜艳，胸前挂着好些珠串，尽是上了年份的蜜蜡和天珠。次仁见状便知道这是牧区的朋友带着新宰的羊羔来了，忙去迎接。那几个人翻身下马，两下交货。

　　末了那人说，"次仁，我添了女儿啦，这次来还打算从你这里挑个木碗回去呢。"

　　原来，农区这边的人也不只是务农，他们中的大部分都会一门手艺，那就是制作传统的藏族木碗。

在这个小村庄里，几乎每家每户之间都至少能挨得上一点稀薄的血缘关系。而制作木碗的手艺则都是从祖上传下来的，至于从哪一代开始传，最正统的祖师爷是谁，这些问题都由于藏人无姓，且也不像汉人有制定家谱的习惯，所以无从查起、无人知晓，似乎也从未听说过有谁去深究。

可别小看这只是区区一只碗，它对藏族人来说意义太重了。出去游牧或者农垦的时候把它放在胸前宽大的囊内，再带一点青稞面粉或者别的干粮，吃的时候加点水一和，一餐饭就这么解决了。说开去，艺人讨赏，僧众化缘，乞丐求施舍，哪个离得了它？

"必得是最好的，"那汉舔了下干涸的嘴唇，笑笑说，"咱们藏族人的碗可都是要用一辈子的啊。"

但凡外乡人来买碗，只要还没穷到日子过不下去，都会说要买个好的。而有钱的人，则更是要"最好的"。无论谁遇到有人要"最好的木碗"，都会下意识地推荐他到索朗那里去看看。他们也从不嫉妒索朗的木碗生意比谁都好，相反，他们还时常为自己的家乡出了索朗这样的手艺人而感到骄傲。

次仁领着那汉去到索朗家，却见木门紧闭。次仁拍着门叫了几声，里面传出小锤子敲敲打打的声音，但无人应答。

"唔，索朗就是这样的，"次仁有些尴尬地笑了笑，"他平时也不太搭理人，就爱把自己关在屋里头捣鼓木碗。"

"他一个人住吗？"

"十年前他妻子死后，他基本就一个人了……哦，他好像还收了个汉族的小伙子当学徒，名字叫什么来着，黄……黄复新？"

"哈哈，Fu-xin！汉族人的名字可真奇怪！等等，这么说来，他没有儿女吗？"

"想听故事？那可是说来话长了……"

夕阳的余晖有如残血，映照着远方高耸的雪峰成一道俊朗的风景。反正闲着无事，次仁也有兴趣跟眼前这个外乡人讲讲他知道的关于索朗的故事——

索朗今年五十岁了。十几年前,他的妻子央吉玛离开人世的时候给他留下了一个女儿。说来也是可怜,索朗这么多年来都没续娶,——他爱他的央吉玛爱得太深啦,——一边还要把女儿拉扯大。可怜他的女儿也不能常伴他左右,好像一两年才回来一次……

那会子他还年轻的时候,也是给人当学徒来着,他比谁都肯下功夫,他师父自然也最器重他,据说还留了一只神秘的小木箱子给他,至于里面装的是什么,谁也不知道。大家都猜是独门秘籍,——别看不起木匠这一行,里面可有些门道,外行人看着简单,实在是参不透罢了。我们这个村,虽说每家每户都会做木碗这门手艺,可跟索朗比起来,都只能算是外行……

次仁说到这儿,又想起一件不太相干的事儿来,

"曾经有一个夜晚,——正好还是个雷雨天,有这么一个赶路的路过索朗窗前,大概是外乡人,没见过索朗。据他说那天晚上真是瘆的慌,

'我就看到窗户里头点着盏酥油灯,明明灭灭的,好像随时都要吹熄过去。屋里有人在说话,但窗户纸上映出来的明明只有一个人!我听见那个人好像在说,你好走吧,嗯,她很好,在外面,你看见她了吗……是的我没听错,那人好像能看见我,或者说,他感觉得到外面有人,——隔着一层窗户纸哪!——他看到我了,便不说话了……这时候天上刚好有一道闪电劈了过去!我那时候真是起了一身鸡皮疙瘩,钉在那里动不了了……'

一传十,十传百,越传越邪乎。我们也不好去问索朗这到底是怎么回事。大抵某方面比较突出的人都会有些古怪吧。后来,我们村几个不信邪的年轻人就趁着夜色偷偷跑到索朗家门口来看,都没发现什么异常,就是普通木匠家里该有的声音,——叮叮当当、咣咣唪唪,——他为什么睡得那样晚?不知道,许是赶工吧,他在外面名声很好的。听说有不少老拉萨专程来我们这个山沟沟,只为了求他做木碗,——拉萨人哪,城里人!人家要的碗可大不一样,最少也要在碗底镶上一圈银子的……"

那汉一听拉萨人喜好这个,便说:"唔,那我也要一个镶银子的好了!"

次仁越说越欢,正开了话匣子要说下去,这时候门吱呀一声开了,只见一个穿着黑色氆氇长袍(上面还沾着零零星星的一些小木屑,黑色

的布料把它们衬得十分明显），蓄着及肩长发的男子，脸部的线条像刀削一般的锐利明朗，两道浓浓的剑眉下，目光阴沉而冷静，让人联想到草原上高高飞翔的雄鹰。

索朗看了他们一眼，说道，"进来吧。"

次仁便领着那牧人进去了，——屋里的东西真叫那牧人大开眼界！

只见十来个两米高的大架子上，满满当当地摆的全是木碗，在屋里不那么明亮的光照下显现出古朴柔和的光泽。这些木碗有的大，有的小，各式各样。有的通体雕着纷繁的花样，比如藏传佛教八宝或者经文，有的镶嵌了松石、朱砂、琥珀等宝石，样子都极具贵气，华美而不张扬，没有一丝一毫的俗华，全是精工细作、匠心独运的上乘之作。

牧人已看得呆了，此前竟不知自己和家人日日使用的木碗还能有这样多的款式。这时他看到适才次仁说的那些拉萨的客人要的镶了银子的木碗了，它们就放在角落里等人来取，和屋里的极品相比起来显得是那么的不起眼。

至于样式普通的木碗，一来索朗不屑在这上头花时间，二来毕竟那些简单的工艺别人家也会做，所以每次有活儿他都会尽量地把机会匀给其他同行，——这也是虽然他表面对人冷淡但全村人依然十分尊敬他的原因之一。

那牧人很快挑中了一个上面用松石镶成格桑花图案的小木碗，不巧这只碗正好是先前别的客人订下的。牧人便再三央索朗按样子再做一只。索朗不肯，"我不做重复的，"他说，"这很没意思。"

全天下有个性的匠人大概都这样想的吧。有意思的是这脾气还是索朗的师父传给他的。

这时门外进来一个二十出头的青年。青年似乎旁观已久，只是现在大家才注意到他。他说，师父，要不这项工作就交给我吧。

牧人打量那个青年时，那青年面目俊秀，透着一股子机灵劲儿。他穿着一领和他师父一样款式的藏袍，但比他师父的要干净一些。虽然在藏区生活得久了，饱受高原烈日的"恩宠"，皮肤已然变得和本地人一般黝黑，但看五官便知明显不是正宗本地人。

这个青年正是次仁和牧人在门口外等候时聊起的那个汉人学徒，黄复新。

在村里人看来，黄复新幼年的命运可说得上有些悲惨，也有些传奇色彩。关于他的来历，在他刚来到这里时大家都猜测过，但无论哪一方都找不到什么证据来支撑自己观点，那么也就只好不了了之。

那时候黄复新看样子都四五岁了，却还只会说几句磕磕巴巴的汉话，比如自己姓什么叫什么，显得有点呆呆笨笨的——也许这就是走丢的原因？或者是被父母遗弃的原因？无人知晓，而且总有点说不过去。如此黄复新的来头便成了一个谜，一度成为了这个偏远的小村庄茶余饭后的谈资。

说来也巧，这孩子好像是命中注定要当木碗学徒。十年前的那天早上，天刚蒙蒙亮，索朗一开家门就愣住了，——只见自家门外站着一个四五岁大的小男孩，正傻傻地看着自己，问他也不说，赶他也不走。索朗的妻子央吉玛听见动静，忙挺着大肚子出来看。

这个即将做母亲的女子看了看他身上挂着黄鼻涕的脏脏旧旧的小棉袄，觉得这孩子能来到这里是上天的安排，实不忍心让这个小小的人儿继续漂泊。

"也许真是缘分，就留他一口饭吃吧，也当给我们未出世的孩子积点德。"

于是这个来路不明的小男孩就这样留在了索朗家当学徒。不幸的是……唉，央吉玛的事是后话了，暂且按下不表。

"你能行吗？"几束光从窗外斜射进来，照在索朗的侧脸上，使他阴沉的气质显得更加阴沉，令人有些捉摸不透。

"我可以的，"青年挺了挺胸膛，"就让我试试吧！"

"让你试试？"索朗不禁皱了下眉头，语气顿时严厉了几分，"小伙子，人家为了我们的碗远道而来，是来给你练手的吗？"

气氛一下凝固了。

黄复新意识到自己说的话有些不合适，但师父的反应确实使他在外人面前有些尴尬。他朝后摸了一下头发，正不知说什么好。还是那个牧人帮他解了围，

"索朗师傅，我看您的手艺不同凡响，这位小兄弟又是自幼就跟着您

的，想必也差不了，就给他个机会吧。"

黄复新感激地看了那牧人一眼。那牧人摘下一枚硕大的蜜蜡戒指递给他作为定金，说自己还要赶路回去，便走了。

当晚，黄复新点了盏酥油灯坐着，手里捏着那枚蜜蜡戒指对光看。这无疑是一颗货色上等的"金绞蜜"，而且，从它细腻的包浆也不难看出它已有些年份了。

他不禁心中暗喜，由衷地赞叹了一句："牧区的人真有派头！"

这是大实话，全村人都是这样认为的。

"你是没见过外面的世界，就光觉得牧区这也好那也好。这次收了人家东西，可别马虎！"索朗一边说道，一边忙着给手头的工件抛光，"别老是依赖你师父，这回我可真不打算帮你。"

"知道啦，这还用说，"黄复新把那枚蜜蜡戒指随手放在了灯旁。

索朗见了，说，"不要放在这里，这样贵重的东西你应当把它供到佛前去！"

黄复新只好照做。又不经意似地一问，"师妹在外头怎么样呢，她什么时候回来？"

黄复新是索朗唯一的徒弟，他所说的"师妹"其实是索朗的女儿。黄复新虽然比她大个四五岁，私下里也叫她名字，但在索朗面前则一贯管她叫"师妹"。至于为什么，黄复新自己也想不明白这是为什么。

索朗的女儿并没有继承父亲的手艺。一来女孩子家不爱捣鼓那些笨重的木头玩意儿，二来索朗也不舍得让女儿干这些粗活，她可是央吉玛给自己留下的礼物啊。再者，也是最重要的一点，那就是索朗的女儿在很早的时候就到"外面"去了。

索朗虽然身处在环境闭塞的小村庄，但到底也是个远近闻名、时常有人找上门来的手艺人，——他见过的人物多了，对外面的世界也就比旁人多了解一些。

省吃俭用地把自己的孩子供到内地读书上学，在这个小村庄里索朗是头一份，——而且，供的是唯一的女儿。

把时间再往前推个十年，这里的学生大都不怎么把学习当回事儿，不仅学生如此，家长和老师也都是的，——"有那闲工夫，还不如上山多挖几颗虫草呢。"

这连绵的雪山啊。

到了近几年来，这样的情况才有所改观。上头一直在倡导让孩子们接受更好的教育，支持他们走出去，到内地去。而索朗的女儿则是最好的正面教材，——人家已经在外头上了至少六年学啦，去年拉着个行李箱回家的时候简直叫人认不出来！

索朗家的女儿什么样呢？那天村里头见到过她的人都表示至今难忘。

只见她面容白净，眉眼之间流露着一种别样的风情。小时候黝黑的肤色和高原红已不见踪影，取而代之的是恰到好处的精致妆容。她穿着一件卡其色的呢子大衣，里面是一条人们没见过的格子式样的短裙（其实就是学院风的苏格兰格子裙），脚上则蹬一双跟高十厘米的黑色高跟鞋。

她拉着行李箱"骨碌碌"地走，从村口走到家门口，一路收获了各种各样的眼光。

有的人觉得这姑娘变得真有派头，再也不是从前那个撒着欢儿满地乱跑的疯丫头了。但也有不少人是这样想的：怎么把头发剪了呢，还剪得那样短？这哪还有个藏族姑娘的样儿！

那天她的两个发小远远的一眼认出她，高兴得把背上的筐子往路边一撂就上前去和她拥抱。曾经熟悉而如今业已陌生的汗味和沾着土的袍子使她在突然之间有些反应不过来。她本能地躲了一下，而后又对这一举动感到抱歉似的，将她的朋友抱得很紧。

锅庄舞会上，她在人群中显得尤为突出。甚至有不少牧区的青年听说这边有这么个姑娘后也慕名赶来看她。他们抢她的东西，围巾、包包、水瓶，——原来在藏区，如果一个男孩想表达对一个女孩的喜欢就会去抢她的东西，要是女孩也看得上他，就按他约的地点去见面；若是看不上便马上抢回来，两下也就当玩闹，不碍颜面。

但索朗的女儿却完全不知道有这么一回事儿，当下就恼了。

"莫名其妙！"，她说。

她已经几乎快把藏语忘光了，开口之前总得想一会儿才能说出那么几句。倒是普通话她说得十分流利,村里人都听不大懂,但就是莫名地觉得很好听,很有韵味,他们觉得读过书的人就是不一样。要不要送自己的孩子去内地读书,家长们都各自有杆秤,也就是在看到索朗女儿的时候,心里会不禁一动。

……

索朗在脑海中搜捕着这些记忆,他说不清女儿的变化到底是好,还是不好,也许这些也并不能单纯地用"好"与"不好"去进行界定。

在这间不怎么明亮的屋子里,师徒默契地将谈话顿了顿,各自怀着心事。灯影摇曳,酥油燃烧产生的一缕黑丝从灯罩内探出来,在半空中缓慢升腾着,有如一声幽微的叹息。

索朗从胸前宽大的囊中摸出一只轻巧的小匣子来,里面装着二十几封女儿寄回来的信。有的信纸已经泛黄起皱了,折叠的痕迹磨损严重,看得出它们时常被拿出来阅读。

"达瓦卓玛……"

二人的心里在默念着同一个名字。

当年,索朗的妻子在床上生下女儿时,床褥早已被鲜血迅速地湿透。红色的液体淅淅沥沥,滴落到地上,漫漾开去。

清冷的月光从窗外面飘洒进来,薄纱一般地笼罩着她疲软的身体。

接生婆面色凝重地从里屋走出来,摇了摇头,而后默默地把怀里的婴儿抱到别处去擦洗身体。索朗一愣,完全无心去看新生的孩子。

他疯了似地扑了过去,——

"央吉玛!央吉玛!"

他的妻子听到呼唤,吃力地睁开眼睛看他,成一条缝。

她的眼角先是有些潮湿,渐渐汇成一滴晶莹的泪,在她长长的睫毛上挂着。月光把她憔悴的面容映得惨白,使她好似一个幽灵一般。

索朗把她拥在怀里,亲吻她已然冰凉如月的耳垂。

他颤抖着,低声呼唤着怀里的妻子。嗓音嘶哑,仿佛这一瞬间他便已苍然老去,

"央吉玛！央吉玛！"

央吉玛好像要说点什么，她微微地张了张嘴。但，已经来不及了。

索朗没有哀嚎，没有流泪。四下里静悄悄的，连同新生儿的啼哭似乎也离他很远。

他想起从前自己在师父家当学徒的时候，央吉玛还是个害怕打雷的小妹妹。每当电闪雷鸣的时候央吉玛便会跑过去找他，而他就是这样将她抱在怀里给她讲故事，直至她入睡的。

他抱着她坐了许久。这是最后一次了，他想。

月色缥缈有无中。思绪有如一匹脱缰的野马，宁静又疯狂——

央吉玛尚在师娘腹中的时候，索朗也还年幼，大家原以为他只能给师父打打下手。可他说，他要给师娘腹中的这个"小妹妹"做一个木碗。大家都问他，你怎么知道师娘肚子里的是妹妹而不是弟弟呢？小小的索朗答不上来，但他就说，一定是妹妹！

结果师娘果然诞下一女婴，而索朗也真的做出了人生第一只木碗，这件事在当年一度传为美谈。从设计、选材，到做坯、水煮、修整……将近二十道工序，全部亲力亲为。要知道，那时候他才七岁。

虽然那只碗的样子十分笨拙，碗口也不太圆，但当索朗将它递给央吉玛的时候，央吉玛一下就把它抱在怀里了，——她目不转睛地瞧着他，仿佛两人在前世就认识一样。后来索朗的师父也想过给央吉玛换一个做工精美的碗，好配得上她木碗匠女儿的身份，但央吉玛就是不要，——拿别的碗装糌粑糊糊给她吃，她都会生气地把小脸扭开的。

……

可是就在刚刚，他的心爱的蝴蝶飞走了，朝着人们传说中的那片西方净土飞去。

满床温暖的鲜血包裹着她，飘忽游移的月光将她轻抚。

央吉玛的双眸并没有完全闭上，映照之下，里面是清明透澈的汪洋一片。索朗看了她一眼，又一眼。

他掀开帘子从里屋走到厅前，怀抱婴儿的接生婆等候已久。

索朗把孩子抱过来端详的时候，手上和皮袍上还满沾着妻子的鲜血。那接生婆说，逝者已往，你就给这个可怜的女娃娃起个名字吧。

门外月色凉如水，一如央吉玛的双眸。

"那么，就叫达瓦卓玛吧。"他望着那轮明月说。

达瓦，就是月亮的意思。

……

酥油灯明明晃晃地燃着，挑动着黄复新的思绪。他想，此时此刻，达瓦在做什么呢？

上次达瓦卓玛回来的时候，专门从内地给他带回了一把电钻，这礼物真有些特别，她想的是这样一来他做木碗的速度就能快一些了，省时省力。可惜村里通电情况还不太好，那把电钻每一接上，屋里就跳闸。达瓦有些失落，黄复新忙安慰她道，没事的，再过几年也许就能用上了，我先把它收起来。

"电……"收下电钻的那天夜里，黄复新躺在床上，脑海里全是这个字。

达瓦还告诉他说，"外面"的人用的碗既轻又薄，都是工厂里造出来的，每天唰唰地能造成百上千个！黄复新的心里有个小念头动了一下，但是第二天天一亮，他还是得跟着师父到林子里去了。

藏族木碗的制作工序较为繁杂，讲究的工匠在砍下树瘤之前还要先进行一套敬神的仪式。索朗就是这样做的，——他的师父从前是要求他，现在他同样也会这样要求他的徒弟，"山有山神、水有水神、树有树神，只有毕恭毕敬，神灵才不会降罪。"

同时索朗还觉得，心怀虔诚做出来的作品才具有灵性，而灵性是很难传授给徒弟的，一切只能等黄复新自己去悟。

当然，除了虔诚，支撑索朗倾其一生专心制碗的，还有更重要的东西。心之所向，往往隐匿极深，轻易不肯表露于人。

达瓦心疼自己的父亲，每每看着他在一堆木头跟前忙碌的时候，她的鼻子就忍不住泛酸。昔日那个身躯伟岸的男人啊，几年不见，他已花白了头发。

"叮叮当当！咣咣哐哐！……"

那是时光流逝的声音。

而她从中似乎也看到了黄复新别无二致的未来。

深受现代教育的她十分懂得什么是效率。她把她所想的、她的忧虑，一股脑儿全部告诉给了黄复新。

听着达瓦对"外面"的描述，黄复新有些陶醉了。

而在很多时候，他认为自己根本就不属于这里。这么多年来，从名字、长相，到思维方式，他都和这里的人不太一样。他原本就是"外面"的人，由于年幼无知才流落到这里，——这倒也是事实。

包括师父那套敬神的仪式，他虽然向来都顺从地照做，但也只是为了不惹师父生气，实际上他打心里不认为这种行为存在任何意义。

有好几次，他因为弄不明白问题去请教师父，师父却是一副讳莫如深的样子。想必是不愿把真本事传给自己，"教会徒弟饿死师父，肯定是这个理！"

还有，师父有只神秘的小木箱子，从来不让人动。十五岁那年他问师父道，为什么那个小木箱子连碰都不能碰？里面是什么，独门秘笈吗？正好赶上索朗在气头上，心里正烦得很，便直接甩了他一句："别指望我会给你什么秘笈！"

他的作品始终做不出师父的那种大巧若拙、古朴亲切的感觉，索朗见他失于甜俗的雕工，总要恨铁不成钢地讥刺他：小情小调，果然外人终归是外人。

好一句"外人终归是外人"！这么多年，黄复新始终忘不掉他师父说这话时的神情。

回想起这些，黄复新心里那个小念头就如同火苗一般，摇了一下。

索朗从追忆亡妻的思绪中抽了回来，但依旧没有回答黄复新的问题。他默声地展开其中一封信——他女儿用漂亮的汉文给他写的信。信上有一段的大概意思是说，某某镇有个很大的工厂专门批量地做木碗，以供给来旅游的人们当纪念品，现在厂里缺一个在做木碗方面有经验的师傅，女儿的言外之意其实已经十分清楚，——她就是想说，阿爸，人要知道变通的呀！

其实那些厂主、头头，也不是从没上门来找过他。

他自己自然是不愿意的。从小小的央吉玛一把将他做的第一个木碗抱在怀里的时候、他和她彼此凝视的时候，到他师父将她许配给他的时候，再到最后那个听得见心碎声的月夜，他始终觉得有些东西值得为之坚守一生而不需要任何理由。手工木碗已然成为他生活的全部，人生不过一场梦，而央吉玛也从未离开过。

黄复新则大不一样，他希望去当这个"师傅"。他要走出去，回到他原来的地方去（虽然他也不知道那地方在哪里，但唯一能确定的就是不在此处）。"外人终归是外人"，说者无意，听者有心。

在黄复新为牧人做出那只木碗后的十年间，进藏旅游的人越来越多了。导游挥舞着小红旗，开着高分贝的大喇叭，这个小村庄已然失去了往日的宁静。村里肯耐下性子来做手工木碗的人家也越来越少，毕竟这本身也是个枯寂的活儿。

终于，在一个黄昏，他毅然决然地离开了他又爱又恨的师父和这片土地，带着二十几年来学到的技艺和自己攒的一点财产加入了一家工厂。和达瓦卓玛一起。

不久后，黄复新带路，轰隆隆的大卡车开进了那片树林。

年逾花甲的索朗听说消息，把手头的木头一撂就跑着去了。去到那儿一看，顿时傻眼了——只见粗壮的百年老树横平竖直倒了一地。索朗的心头咣咣直跳，耳边全是机器轰鸣的声音，好像恶魔在欢呼！

他摇晃了一下，竭力保持着想让自己站稳，胸膛里好像有滚烫的熔浆在涌动，上升……突然，耳边的轰鸣声消失了，他感到头盖骨上迸射出一种银元抛向空中，并在空中旋转的声音：嘤——嗡——嘤——嗡——仿佛就是魂魄被抽离的声音，随之眼前一黑。然后，他就什么也不知道了。

索朗大病了一场。面对来自徒弟和女儿的共同叛变，他无力抵抗。

当达瓦卓玛和黄复新听说他重病在榻的时候急忙赶了过去，但已有些晚了。他们推门进去的时候，只见屋里点着一盏油即将耗尽的灯，其光如豆，昏弱地照着床上气若游丝的索朗。

索朗一见到他们，心头顿时百感交集。而后三人沉默良久，竟不知该说些什么好。

终于，还是老人先开的口。他说，"我就要走了……"

"阿爸！"达瓦蓄积已久的泪水顿时间夺眶而出，她冲了过去，扑在老人的身上。

黄复新也走过去，但他在尽力地控制着自己的情绪。

黄复新看着眼前这个老人，突然觉得有点陌生，甚至有些怀疑这不是自己的师父，——那个阴沉而严厉的男人呢，哪里去了？

"我知道，你一直想要秘笈，"索朗的嘴角哆嗦着，喉结上下滚了几下，"其实哪有……该教你的，我早已倾囊而出！我做了一辈子才达到这个水平，你还年轻，你……"

说到这儿，老人停下来喘了几口气。黄复新紧紧握住他的手，已是哽咽难言。索朗接着说道，

"一直以来……我做出，做出有所保留的样子……只是怕，怕你一旦知道真相……就会，就会离我而去……"老人说了这么多，已然呼吸艰难。他长长地，长长地呼出一口气，

"没想到啊，你，你……"

黄复新涕泪俱下长跪不起，他被一种什么力量所深深震撼了。

……

木碗匠死了。他的女儿和徒弟帮他收拾遗物。别的也没什么，无非就是一批客人尚未来取的木碗、几块未成器的树瘤和各种各样的工具。到底还是数那只神秘的小木箱子最要紧，——是时候一探究竟了。

不是秘笈，也不会是金银财宝，却是老人倍加守护的秘密。他们怀着复杂的心情撬开了那只小箱子。

只见里面赫然摆着一只木碗。开口不圆，无饰无华。

他们很讶异，为何一代名匠会收藏这样一只其貌不扬的木碗？

翻过来，只见底部用藏文刻了四行小字，——那是央吉玛走后索朗才刻上去的。黄复新虽通藏语，但并不曾于文字上下太大功夫，而达瓦则仅存小学时从藏文课本上得来的那点模糊记忆。

所幸的是，这四行字里也没有太生僻的词，二人拼凑半天，终得大意——

美丽的姑娘啊
你若是木碗该多好
时刻揣在怀里头

这首歌谣从前在藏区流传得很广，但不知为什么，现在的年轻人都已很少听到了。

小屋里是长久的静默。

屋外月色澄明如水，窗纸上映出了枝桠错落，仿佛平静的湖水中交织的藻类，——一如央吉玛死去的那天夜里。

一路向西

赣南师范大学　吴文星

一

　　事是以前的事了,得从大半个世纪以前说起。民国三十一年,也就是公元一九四二年,众所周知,中原地区的河南,遭了旱灾,大旱,照某前辈的说法是,发生了吃的问题。

　　在十六岁少年谷雨的眼里,灰白的天空,和破碎的大地一样,充斥着饥饿和死亡的气息,在那个小县城,不管是乡下还是城区,整个城市像个把木板拿开而现出原形的蚂蚁窝,人们在连滚带爬地乱跑。家乡,就像一个暴晒在沙滩上的空螺壳,干涩,空虚,永远翻不了身。

　　在某个昏黄的早上,当谷雨端着一碗把自己映得亮晃晃的稀饭时,他已经隐约感觉到什么了。其实他早该察觉的,他那精瘦的父亲,在周围的人刚开始饿的骚动起来的时候,似乎一直在准备着什么。现在,眼前这碗清澈见底的稀饭告诉他,他确实是要离开家乡,奔赴一段未知的旅程了。

　　这是他第一次出门远行。

　　谷雨预感到,这也许是他在家里吃的最后一顿早饭了。他的眼前,出现了一条灰白的大道,嗞嗞冒烟的庄稼地,密密麻麻的人群,许多深陷瑾骨的眼睛和麻木的眼神,还有一条灰白的地平线,不知道落到了哪里。果然,在那碗清水一样的早饭还没来得及从喉咙流到胃里的时间里,父亲用平淡而俭省的语句通知了他,我们要去逃命了。

　　他想起去年春天的时候,地里的麦子,整片整片地枯黄,渐渐地被渴死,那个样子,就像一群被圈在一个地方的犯人,被人放了一把火,火里有撕心裂肺的嘶喊,有惊慌失措的不安、挣扎乃至绝望,却怎么也逃不出去。谷雨想，现在，自己是要逃出去了。

当谷雨真正踏上那条灰白的大道时，故乡却变得举棋不定起来，他明显感觉到，在铺天盖地的灼热之中，有一丝微微的湿润正在流淌。身后那一坨天幕般的烧得通红的朝霞，不知道是在欢送他，还是像张牙舞爪的火一样，驱赶着他离开。

不管怎样，他想自己终于是在路上了。走在密密麻麻的人群中的时候，尽管饿着肚子，谷雨仍然有一种莫名的兴奋。他和姐姐走在后面，在他们前边的是一辆双轮板车，车上坐着他九岁的妹妹，一些锅碗瓢盆和仅剩的一点小米，再往前是他拉车的父亲，母亲在车子一侧搭把手。全家人凑齐了在一起赶路，在从未出过远门的谷雨眼里，不像是逃荒，更像是一场远足旅行。或者说，是一次迁徙，像非洲大草原的食草动物一样，现在家乡的水草已经不再丰美，是时候换块地方觅食了。至于目的地，向西，一路向西，向西就对了。

向西！父亲这样说的时候，带着不容置辩的坚决。这或许是一种习惯，每逢遭灾，家乡的人们都不约而同地向西逃窜，逃往陕西或者甘肃，已经成为一种约定俗成的习惯。是该相信父亲的，逃荒对父亲来说也不是第一次了，谷雨这样想，民国九年①的时候，那时候也是大旱，十七岁的父亲就跟着祖父一起逃到陕西去了。回到河南时，父亲已经是这一带小有名气的木匠了，要不是大旱，自己家也算是家境殷实的一户，所以说，在逃荒这方面，相信父亲是不会错的。

二

十六岁的谷雨，在父母的带领下，走在浩浩荡荡行军般的队伍里，第一次走出了家乡，走出了那个叫做许昌县临河镇的小地方，第一次看到了外面的世界。在这之前，他只是跟着父亲，在财主于大嘴家里干了七年杂工，从未踏出过许昌县，现在，当他踏上那条灰白大道时，他感觉那种日子，连同以前的回忆都在慢慢消散，将要一去不复返了。现在

---

① 公元 1920 年。

他可以用自己的眼睛仔细看看这个世界，尽管这个世界并不完美，可是他对他们的旅途抱有希望，他觉得这支浩浩荡荡的队伍就像一支未经武装的军队，他欣赏着这支队伍，感觉是在巡视自己的"军队"，如果把他们武装起来，这肯定是一支所向披靡的军队，又何愁会战胜不了饥荒呢？他相信他们终究会到达一个新的家乡，温暖、富足，一个能吃饱喝足的地方。

事实上，谷雨的乐观很快就不复存在了。随着那条灰白大道在天边虚无的延伸，和一天天瘪下去的肚子，以及这支"军队"不断地非战斗减员，让谷雨之前对这趟旅程所有的幻想慢慢从脑髓里脱落下来。

离家第十天的时候，谷雨第一次看见了死人。那天天气很好，只是不见云雨，他第一眼看过去的时候，金灿灿的阳光正照在那具尸体的背上，她的脸正贴着皲裂的土坷垃，像是被大地吸干了水分，又像是她太累太饿了，倒下去睡着就不愿意再醒来。她就那样躺在那刺眼的阳光下，没有坟茔，也没有棺材板，他第一次知道，原来人可以死得这么赤裸裸，这样肆无忌惮，想到这，谷雨不禁一阵后背发凉，看着身后那些轻飘飘的脚步，他感觉到，自己和他们一样，正在逐渐地靠近这种死亡。

不久之后，死亡更加近距离地触摸到了谷雨。那些日本轰炸机在上空盘旋、俯冲、投弹的时候，这支"军队"再一次地显示了它的臃肿不堪、一击即碎，人群惊慌失措的样子，活像一群马蜂在折腾一只萎靡的鼹鼠，一个晴朗的早晨，母亲就死在这样的折腾下。母亲躺在他脚下的时候，谷雨忽然回忆起出发之前的一个早上，那时候家里已经吃不饱了，母亲从米缸里盛出缸底的半碗小米，手停在半空，自顾自地说，人要是像条鱼就好了，快活自在，每天在河里吃点泥巴就能活。说这话的时候，母亲又把碗里的小米抖回去一部分。现在，母亲静静地躺在他脚下，身体干瘪松弛，像一尾风干的鱼，谷雨想，现在，她总算实现了这个愿望。

母亲的离开，并不是最让谷雨感到悲伤的，更令他难以接受的是，父亲说过，往西就能活命，这是一个微妙的希望，而现在，随着越来越多的人死去，谷雨越发怀疑起脚下的路来，他们这群人，并不是在奔赴一段旅程，而是在奔赴一个不存在的希望，而这个希望的终点，将把他们引向死亡，这取决于希望破灭的速度和力量。

当然，死亡对这群人来说也不见得是最坏的结果。当你长时间地因为啃树皮而头晕脑胀、飘飘忽忽，甚至连树皮草根都没得吃的时候，那时候你的精神已经漂浮不定，死亡对你来说已经不是一个冷漠寡淡的词，它比以往意蕴丰富得多，具体得多，那不是一种难以避免的消逝，而是可贵而顺畅的抵达。

当然人毕竟不会坐下来等死，这不是人类历经千万年进化而保留的本能，只要人还在路上，他们必定会望着前方。路连接着家和前方，他们借着路，向前寻找一个"家"，而对于这群已经奔波了几百里的人来说，命运把他们抛到了路上，因此，在这个"家"还没有找到之前，这场流浪就不会停止，也就是说，谷雨往西的路，还得走下去。

所幸谷雨避开了日本轰炸机的炮弹，躲过了国军溃兵的枪子，拖着干瘪的身体，硬是从死人堆里爬出来，没有被凶饿极了的狗畜生撕碎，在离家三十七天的时候，他终于来到了洛阳这个城市。那些路上的狗畜生，到现在谷雨仍然忘不了它们不顾一切撕扯死人肉的样子，灾荒来临之前，它们原本是地主家看家护院的畜生，虽然凶恶，倒也不敢明目张胆地欺负到他们身上来。可是现在，天灾人祸一起来，地主们也是死的死，逃的逃，这些没人管的野畜生，又现出了它们隐藏了千百年的穷凶极恶的本性。它们在俗世人间潜藏了这么久，从地主老财那里完全学会了欺负贫弱的本事，现在，它们学着原本主人的样子，也在这群落难的人身上用起了噬骨喝血的利齿。谷雨看着那些畜生撕咬那些尸体的时候，就像在撕咬一捆贫瘠的干柴，他突然发现，原来一个高高大大的人，可以在那么短的时间里就蒸发一般在这个世界消失，毫无痕迹。那一刻，饿得没了人样的谷雨，胃像吃撑了一样翻江倒海。

站在洛阳高大古朴的城墙下，谷雨觉得，和老家许昌相比，这个城市并没有什么不同，以至于他一见到城墙的时候，就像走入了一种回忆，那熟悉的感觉，像是自己并没有从老家逃出来，脑子里那种可怖的凌乱，让谷雨很长时间忘记了饥饿。

洛阳这座古城，在历史的上游，一千五百年的时间里，它被统治者御用，成为皇城，如今，面对这群从四面八方涌过来的贱民，它仍保存着昔日的威严。当谷雨这些人认为这巍峨的皇城可以容纳他们的时候，它和它的统治者一起发出了驱逐的声音，谷雨看着那些守在城门口拿枪驱赶他们的士兵，看着那高大斑驳的城墙，感觉时间像是倒退了几千年。禁卫手中亮晃晃的银枪，让这古城的料峭春寒更加冷峻了几分，它在告诉他们，这里并不属于他们。

谷雨知道他们的西行之旅远没有结束。他现在要做的，是拦下一辆从洛阳向西开的火车，纵身跳上去，去更西的地方寻找一个能容纳他们的地方。

三

在城墙脚下等火车的时候，谷雨的爹，谷德顺，卖掉了自己的女儿，谷雨的姐姐。或者说，姐姐摆脱了他们，摆脱了饥饿，在这场迁徙，或者说这场突围中，姐姐自愿掉了队，其实这也算是突围成功了，姐姐卖掉了自己，其实也赎回了自己，不这样做，姐姐便没有了自己。尽管她知道这样做无法预测自己未来会在哪里，在窑子里、地主家、还是某个阴暗的角落度过余生。谷雨忘不了，父亲拿着那用闺女换来的七斗小米回来的时候，脸上那怪异的表情，有点悲伤、有点无奈、有点欣喜、又有点贪婪，那种表情，挂在父亲蜡黄而干柴一般没有水分的脸上，竟显出一种狰狞。这样的表情，在父亲做农民做木匠的大半辈子，直到他死，谷雨也没有见到过第二次。

那些买走姐姐的人贩子，就像一群嗅觉敏锐的猎人，他们瞅准了机会，在这群猎物最虚弱疲累的时候出手，甚至都不用出手，猎物走投无路的时候，就乖乖缴械投降了。他们在人群中挑选年轻漂亮的姑娘，只需用最廉价的诱饵吸引他们，即使这样，姑娘们也心甘情愿钻入他们的圈套，因为她们并没有更好的选择。

那一刻，谷雨试着说服自己，姐姐找到的何尝不是一种归宿。

谷雨记得母亲说过，谷雨之所以叫谷雨，并不是因为自己出生在谷雨时节，父亲应时而作，而是因为父亲想起民国九年的那场大旱，希望以后能年年风调雨顺，不管是"谷"还是"雨"，都能来的及时而丰盈。至于姐姐谷青，也是父亲曾经的一个祈愿，有一年，地里的庄稼不知道害了什么病，几天之内全都枯黄衰败，导致那年几乎没有收成，恰逢那年姐姐出生，父亲希望地里的庄稼能够无病无灾，长青不败，才有了这名字。现在看来，父亲并未因为这两个名字如愿以偿，姐姐和母亲都离开了他，这个家崩离的速度远超过当年庄稼的凋敝，谷雨没有带来"谷"也没带来"雨"，一切是那么的讽刺。

　　因为姐姐的离开，让两个多月没有进食过有机物的谷雨，第一次感觉到肚子的存在，吃过这顿饭，在一个灰蒙蒙的黄昏，谷雨跳上了一辆从洛阳开往西安的列车。是的，谷雨终于坐在了这趟列车的车顶上，还有身边的妹妹，当他被人潮推挤到车顶的时候，那一刻的谷雨觉得他是坐在了堆满粮食的谷堆上，可是一回头，父亲没有上来，父亲永远地留在了火车出发的地方。在如潮水般涌向列车的人群中，这群人占领了列车的车顶、车厢，甚至火车边缘也挂满了人，父亲奋力把他们兄妹托举到车顶，用他那双厚实的大手，还没等谷雨攀上车顶，火车就开动了，谷雨只觉得屁股后面的力道一松，再回头，就没了父亲的踪影。谷雨不知道发生了什么，他只是隐隐中听到，火车开动时，许多撕心裂肺的哀嚎此起彼伏在耳边嗡嗡作响，像是从屠宰场传出来的牲畜的叫声，那声音被列车的鸣笛声掩盖住，就像宰杀牲畜时放的炮仗一样，预谋了一场悄无声息的屠杀。可是谷雨仍然听到了，那声音，说不出是低沉还是响亮，急促还是悠长，虚无还是真切，是痛苦还是快乐。总之，在那声音萦绕在耳边的时候，谷雨很肯定，那其中也有父亲，尽管它一闪而过，谷雨还是捕捉到了，父亲的声音不难辨认，浑浊而短促，不算铿锵有力，有点低沉。不过那一刻，谷雨意识到，那是他最后一次听见父亲的声音了，那声音永远地留在了那车轮下，铁轨上，在屁股上的那股劲松开的时候，父亲也松开了自己，像一片凋零的树叶，任风把他吹到车轮底下。

　　列车从屠宰场一般的铁轨上向前挪动的时候，谷雨看见，天边那片如血的残阳，有一股诡魅的晕色正在飘散开来。

四

　　火车在夜色笼罩下的黄土高原穿行，暮春的晚上气温很低，寒冷刺骨。谷雨举目望去，清冷的月色撒遍了这寸草不生的荒漠地，也洒在了这一整车的人身上，列车像一只在地里默默拱土的蚯蚓。列车上十分安静，整个夜晚静悄悄的，风夹杂着砂砾从耳边呼啸而过，谷雨感觉到，他们这群人，潜伏在夜色里，正偷偷地靠近一个离家乡更远的地方，至于，那里是这趟旅程的终点，还是他们生命的终点，他们谁也不知道。

看着身旁沉沉睡着的妹妹，她时不时剧烈颤动的身体，不知道是因为寒冷还是糟糕的梦境，看着她娇弱不堪，瑟瑟发抖的样子，谷雨越发觉得自己已经是一个人走在这条西行的路上了。现在，父母和姐姐都不在身边了，妹妹还小，谷雨觉得，这场逃荒，对他们来说，到现在已经算是结束了，这已经是终点，他无法预知自己下一刻会在哪里，也不知道明天会怎样，他已经彻底厌倦了这逃亡的日子，讨厌这种行尸走肉般的生活。他想到嗷嗷待哺的家乡，想到灾荒之前的日子，他记起许多明媚的早晨，母亲早早起来为一家人准备早饭，想起和姐姐一起玩的纸风筝，想起父亲为他做的木头人小玩意儿，想起他为东家放过的那头老黄牛，想起前些年下过的大雨，想起镇上街市尽头的那所小学，想起去年春天，他躺在柳树下编的草蚱蜢……想着想着，又一阵难忍的饥饿袭来，他竟沉沉地睡了过去。

在苍白的月光下，铁轨十分犹豫地向前延伸，火车慢慢向前挪动，艰难地跨越一道道黄土梁子，潜伏在远处黛色山脉，像口袋一般，把大地封的严严实实，不放出一丝光亮，让这夜显得更加漫长。

火车一制动，晃荡一声，停住了，像一头疲惫不堪的老牛趴在那喘着粗气，一车的人从梦中被拉回到现实。谷雨揉揉迷糊的双眼，怔怔地望着这个陌生又熟悉的地方。不远处，是一片荒芜的景象，远处地里的麦子半死不活地耷拉着脑袋，毫无生气，时值暮春，城墙外的田野却连杂草也无返青的意思，仿佛一切都在沉睡，不愿醒来。城门紧闭着，火车前方灰压压立着一排戴着青天白日徽章帽子的兵士，他们表情凝重，手中的步枪倒十分干净。不远处，镶着"西安"两个金色大字的城门威严地矗立着，有不容侵犯的气势，谷雨不知道青砖黛瓦的城墙里面是个怎样的世界，那里的人们有没有饭吃？他们是不是像自己一样都逃走了？他们今年的收成怎么样？他们知不知道城外有一群嗷嗷待哺的难民？他们的命运会是怎样？有时候一座城就是一个希望，对谷雨他们这群满世界抓救命稻草的人来说，城里藏着的，要么是希望，要么是绝望，至于绝望的顶点是不是死亡，他不知道。

　　肥硕的列车长和领头的军官一番交涉，得到的命令是——西安已经容纳不下了，把灾民遣返。这句话一从列车长的嘴里吐出来，穿过干燥的空气传到他们耳朵里的时候，原本像一潭死水的难民列车瞬间就成了一条溃了堤的河。在列车妄图转头逃跑之前，人潮就像山坡上翻滚的木头，争先恐后地涌下来，跑的跑，爬的爬，跳的跳，以亲吻大地的姿势栽下来，要在这土地上扎了根，似乎这土地能长出香喷喷的白面馒头来。看着周围像水花一样落下去的人群，谷雨回过神来，他别过头，想要叫醒妹妹，和她一起涌进这人海，可这回头令他失望了，妹妹昨晚蜷缩着睡觉的地方，已经不见人影，只有中间空出那块没有沙尘干净铁皮，显示出这里曾经有人睡过，还有半布袋的小米，孤零零地躺在那，那是昨晚攥在妹妹手里的，爹把姐姐卖了换来的半袋粮食，可是妹妹呢，就这样凭空消失了吗？是昨晚睡着了从火车上滚落下去了吗？谷雨不敢多想，他感到脑袋一阵阵痛楚袭来，最后一个激灵，撞到了一片冰凉……

　　谷雨醒来的时候，周围的人已经在城墙下安顿好了，他们正喝着热腾腾的白米粥，谷雨是被热粥的香气给呛醒的。他在那铁轨旁睡了大概有一个上午，并没有人认为那是个活人，也没人愿意去管他，死人对这群人来说是最不奇怪的了。谷雨现在仍感觉浑浑噩噩的，他还有许多事情没想清楚，被人推下来的时候，他感觉自己正在向无底的深渊坠落，黑暗的，急速的，没有尽头，没有东西可以抓住，没有方向可以分辨，那种轻飘飘的感觉，让人感觉下一秒就要从世界蒸发了。他把思绪暂时收起来，他感觉有必要为肚子找点填充物了，不然在想明白之前他就要饿死了，他循着炊烟升起来的地方挪过去，果然，那里有人在施粥，一条横幅上写着"陕西省政府灾民救济点"，旁边两个当兵的站得大义凛然，陕西政府虽然以各种借口拒绝让灾民入城，但还是稍作妥协让灾民在城墙下安置下来，慷慨施粥三天，这才有了眼前这一幕。

　　谷雨现在才发现人活着其实是多么简单的一件事，柴米油盐不必俱全，只需取其一，填饱肚子就能活命，可以没有家，没有爱，没有情，没有理想，没有信仰，没有多余的欲望。原来人，真的可以活得这么简单！

谷雨看着眼前这碗粥，又陷入某种回忆之中，仿佛又回到那个昏黄的早上，那碗映照人影的稀粥又渐渐浮现，所不同的是，那是灾荒来临时他吃过最差的一顿饭，而现在，这是他这段时间吃的最好的一顿。其实，正是这种回忆支撑着谷雨走在这条路上，人很多时候都是靠回忆而活，那些渐渐枯萎的老人，不都是从丧失记忆开始的么？可是，走到今天这一步，再五彩缤纷的记忆也略显苍白无力了，他们透支了所有的记忆之后，不得不求助于其他，现在，他们活着，也就仅仅是活着了，精神领域的活动好像都与他们无关了，他们活着，更像是靠着一种兽性的本能，要不然，怎么会有易子相食的事发生。

即使是在这条路上走了这么久，谷雨仍然难以相信这样的事会发生在自己身边，他想，人为了活着，其实是可以做任何事情的。那些把自己的孩子相互交换烹食的人，他们固然可恨，其实也是可怜的，在这样的末日环境里，许多寻常时期被文明所掩饰的卑劣人性，在此刻开始显出原形来，其实这又能怪谁呢，到底是他们造成了一场人祸，还是人祸成就了他们，谁能说得清。

五

从谷雨到达西安这座城市的那一刻起，这场逃荒已经成了他一个人的旅程。他就像大地上随处飘荡的一阵野风，没有依靠，也没有束缚。可是他还得继续走下去，他不能停下，尽管他没有目标，也不在乎方向，方向已经不再指引着他，可是他还是打算向西走走看，不为什么，他只是想走一走先祖们走过的路，父亲走过的路。

很快，谷雨又再次回到路上，西安只是漫长旅途中的一个站点，谷雨并不留恋这里。省政府为了表明立场态度，只是敷衍地施了三天的粥，国民政府也有更重要的事要忙，因为对于世界上每天发生的事来说，他们这几百万人实在是太不起眼，太渺小了。几百万人饿着肚子，这听起来像一个了不得的事，可是你把它往世界地图上一扔，它实在是太小了，小得根本就难以找到。就这一年来说，我们领导人要关心的事实在太多了,《联合国宣言》的发表,蒋委员长参加同盟国会议,英国扣押了圣雄甘地,中国远征军开赴缅甸,汪精卫访问日本……这些事任何一件事摆到蒋委员长的办公桌上,都远比喂饱这几百万人重要,都比这些"琐碎"吸引眼球。所以说,谷雨和他的乡亲们,完全没有理由去抱怨政府,这么多的事要忙,我们的委员长很难有时间腾出手来管这几百万人的死活,我们实在不能拿这样的"小事"去给他添乱。

这样,这几百万人就只能自求多福了,尽管这样,这几百万人也并非一条心,他们各使本事活命。一开始,他们有的北上,有的南下,有的往东,虽然绝大部分是往西去了,但这并不表明他们是拧成一股绳的洪流,往西的这部分人,到达西安之后,他们又开始了分流,有的表示再也不想走了,只想在这听天由命,有的继续往西去,往西去的也是各自分流,原本一支浩浩荡荡的人流就七零八落地散开了。

不过这并不让谷雨感到有什么惋惜,人在路上漂泊得久了,眼里就只剩下无尽延伸的路,路是你一个人的。或许你身边会有很多人相伴,但你仍需要用自己的脚去丈量这脚下的土地,你不是孤单的,可你必定的孤独的。一个人赶路的好处是,谷雨可以更加真实地感受到自己,更加清醒地面对现在,以前走在一股巨大的人流之中,谷雨有一种很难找到自己的感觉,面对周遭的喧嚣,他感觉自己就像一件衣服一样在飘荡,漫不经心又随波逐流。现在,他一个人行走在江河湖泊、大道幽径,走在晨光熹微、暮色黄昏,逐渐地,他把这场逃荒走出了一些朦胧的色彩,他感到,不知不觉中,他在不断地错过着什么,又不断地接近些什么,他很期待。

在谷雨离开西安的第三天,也是他在路上的第一百零九天,这一天,他正在西安城郊一处野地里挖野草根吃,这里相对湿润一点,有一些草已经发芽返青,谷雨对哪一种草根容易煮烂,是什么味道已经烂熟于心。这时接近傍晚,可是天空依旧一片刺眼的白,太阳好像无心回家。这时候,那个卷金发、高鼻梁、带铜框眼镜、穿着黑衣长袍的洋人忽然就出现在谷雨视线里,他没理由的出现,就像他的离开一样突兀。在谷雨眼里,他很特别,这是他上路以来看见的唯一一个不疯狂逃命的人,也是和他说话最多的一个人,其实也不算多,就是简单的几句话,可是仍然比以往在路上说的多。以前在人流中的时候，没有人和谷雨说话，不是不愿意，只是没力气，他们每一次进食，都不愿多呼出一口气，因为没人知道他们下一顿饭在那里。这是个洋人，谷雨看得出来，这是他见过的第一个洋人。他小时候听爷爷说洋人都是身长一丈多高，满身红毛，尖牙利齿，可以生吃牛肉的怪物。他记得小时候淘气时，母亲总用"不听话，再闹，叫红毛鬼给你抓了去"这样的话吓唬他，他还喜欢听母亲讲红毛鬼吃人、红毛鬼大战海妖之类的故事，母亲讲完故事总爱一本正经地告诫他：以后遇到红毛鬼不能讲出自己的真名，不然要被抓了剥皮吃掉。可是眼前这个洋人却没有爷爷口中那般的凶恶面貌，他穿着修长的黑袍，连胡子都刮得很干净，一眼看过去竟有点教书先生的样子。

"你要去哪？"他操着有点生硬的中文问谷雨。

"不知道"

"你为什么离开家？"他再问。

"家里没吃的了，为了逃命"

"上帝会保佑你的"他略带悲戚地安慰谷雨。

"上帝就是你们中国人说的神，就是菩萨"他看着谷雨目光呆滞的样子，认为他没明白，又补了句。

"哦，对了，你叫什么名字？"他似乎突然记起什么来似的。

"毛蛋。"说这两个字的时候，谷雨痴痴地望着来时的方向，他的思绪沿着那条灰白大道往回溯，母亲躺在他脚下一动不动的样子重新灌入脑海，他收了目光，犹豫了好一阵子，挤出了这两个字。

这个回答明显背离了他的真实想法，虽然他并没有说谎，"毛蛋"确实是他的名字，可是只有母亲和父亲这样叫他，说是给孩子取个小名好养活。可是如今，谷雨觉得好养活的可能只有那群狗畜生和人身上的蛆虫了吧。现在，谷雨心里并不信母亲那一套，那吓不着他，可是那时候，他突然有一种不可抑制要说出这两个字的冲动。这之后，他感觉那些走过的衰败的庄稼地、那些黛色的山、那些黑压压的人群，那些明媚的早晨，还有他脚下的母亲，倏忽一下明朗起来，像常年深埋的古井呼吸到一口新鲜空气。

洋人得到这个回答，就像完成了一件任务似的，既没有惊喜，也不见得有什么失落，因为他一路上已经遇到无数个像谷雨这样的孩子，问过无数个同样的问题，也得到无数个不同的回答。他的脑海里装了好几个名字，而他的任务就是找到一些回答和这些名字对上号，现在，他已经在脑海中把眼前这个男孩从他的名单中划去。

在确定没有得到想要的答案之后，他给谷雨留下一些西式饼干就离开，往东去了，但是他对谷雨说，你往西去，西边有东西吃，你们的蒋委员长也在那里。

往西去，谷雨听到这句话，忽然就有一种熟悉的感觉。往昔父亲向他讲述他以前向西逃荒故事的日子，像从河流的上游飘到下游，重新浮现在眼前，不过，父亲并未提到过蒋委员长，父亲只讲如何吃饱，怎样的野草根可以食用，怎么用柴火填肚子，哪里可以领到救济粮……对谷雨来说，蒋委员长只是大人们茶余饭后谈资中的一个模糊的概念，至于他住在哪，他是怎样的一个人，谷雨从未想过，想了又怎样，他就能帮助谷雨填饱肚子活下去么？所以谷雨并不关心这些。

至于他讲到的神、菩萨，谷雨是有印象的，记得灾荒刚刚发生的时候，在许多个明媚而热烈的早晨，谷雨陪着母亲去灵安寺烧香，祈求降雨，粮食丰收。那时候日子已经过得很拮据了，可母亲还是会把家里仅有的能吃的东西都带上，一边是嗷嗷待哺的乡民，一边是香火旺盛，供品摆满香案的菩萨，可是菩萨吃饱了喝足了，还是滴雨未见，庄稼地里还是枯黄一片。那时候谷雨就知道，菩萨帮不了他们的，至于洋人的神，谷雨就更没抱什么希望了。

当谷雨继续在莽莽苍苍的黄土地上漫游时，他再没有遇到多余的关心。他不知道的是，在他刚离开不久的西安城，他的姐姐，谷青，正端坐在一座温暖富足的大宅院里，盼望着他的到来。

原来谷青在被七斗小米交易走之后，并没有像许多人一样被卖到窑子里沦落为风尘女子，人贩子见她长得还算水灵，就打算自己留着做老婆，可这事被他以前的东家发现，他拗不过老东家财大势大，只好把她用高价卖给了在西安的老东家。这财主已经有了正妻，还有两房姨太太，可是都没能给他生个儿子，他仔细打量了谷青的身子，觉得她能给他添个大胖儿子，所以现在每日好吃好喝供着她，准备娶她做第三房姨太太。

这财主对谷青倒还不算差，除了不愿意让谷青跑了之外，其他的，他都尽量满足她。谷青虽是被卖到这来的，可她也觉得比起那些到窑子里为娼的，自己的命已经算好的了，她还能奢求什么呢？她唯一的愿望只是能够再次见到自己的家人，让他们有口饭吃。

　　一天，财主宴请了当地的一些名流官僚，中间有一个洋人传教士，谷青从他们谈笑当中得知，洋人还有一个身份，叫记者，老爷（谷青已经接受了这么称呼他）告诉她，记者就是到处跑，到处照相写新闻的人。他还说，这个洋人记者是从重庆那边过来的，要顺着灾民逃荒的路线到河南去采访实录。虽然不太明白他为什么愿意去那个地方，谷青几乎是逃离噩梦一般从那里逃了出来，但谷青不在意这些，她关心的是她一家人的死活。她和老爷说，希望能请洋人记者帮帮忙，打探家人的下落，并转述自己的境况。洋人也并非刁难之人，倒是乐于帮忙，于是，谷德顺、谷雨、谷香莲这几个名字，随着洋人往东路上一次次的问询，渐渐在他脑袋里扎下根来。

　　在这几个名字在洋人记忆里安下家的时候，这之前他已经得到无数否定的答案了，所以这次与谷雨的邂逅，没有从他身上得到答案，他一点也不意外，就像用手去试水温一样稀松平常。况且这个男孩也实在不符合他要找的那拨人，他只是孤单单的一个人，而他要找的明显是一家人。对于谷雨，他同样只是一个发发善心的陌生人，或许他只是好奇，总之，这次相遇在他的西行之路上并不值得一提，它没有在谷雨那些模糊的记忆中再次出现过。

六

　　之后的日子，谷雨继续在这苍白的大地上游荡，他遇到的那些十字路口，和他遇到的人一样多，遇到十字路口，并不比单纯的直道让谷雨犹豫，他会踏上一条往西边去的路，然后继续行走和选择。

　　这样的日子持续了一段时间，这段时间有多长，谷雨已经记不清了。之后在一个阳光刺眼的午后，谷雨再次靠近了城市，他来到一个叫宝鸡的地方，在某些凌乱的记忆中，谷雨依稀记得，这是父亲来过的地方，父亲当年同样在这片土地上找回了生活，他恍惚觉得，他即将要停止漂泊，也就是说，他就要找回生活。

那个叫临河镇的地方，谷雨感觉他再也回不去了，这是他和父亲的不同，那个叫家乡的地方，已经淹没在那些无尽延伸的大道和黑压压的人潮里，消失得毫无踪影，现在，他走到哪里，哪里便是家。

这个城市是真正没有被饥荒染指的地方，地里的庄稼长势很好，城里的粮仓余粮富足，面对这个充满生机的城市，邋遢而落魄的谷雨就像长势很好的庄稼地里的一株病苗。可是谷雨知道，这个有"谷"有"雨"的地方，马上就要让他这个假的"谷雨"重新焕发生机。

在谷雨还没有准备好开始新生活的时候，新生活真的猝不及防地找上门来了。

那天，饿了很多天的谷雨在街上漫无目的地游荡，虽然到了一个全新的世界，可眼前最要紧的还是找点果腹的东西。这时街口一个围满人的地方把他吸引过去，挤入人群，他看到一些戴青天白日徽章帽子的士兵和一堆随意码放的粮食，一条写着"支援抗战，踊跃参军"的横幅在空中耀武扬威，谷雨隐约觉得这里可以吃到一顿饱饭。

那个操着浓重陕北口音黑瘦的军官慷慨激昂地说了一通，他许诺去参军就可以领粮食，吃到最好的饭菜，用上最好的装备，拿到白花花的大洋，这对谷雨来说的确是个选择。可是他记起那些溃败的兵痞对他们抢夺掳掠的时候，谷雨就觉得那军官的慷慨陈词都变成了横飞的唾沫星子，上下翕动的肥厚嘴唇，他的愿望就降低为吃一顿饱饭。

谷雨最终吃上了这顿饭，他之后还会有许多顿这样的饭，他基本告别了饥饿，但是他是在军营里吃上了这顿饭。那军官的一番慷慨陈词并没有奏效，并没有多少人报名，于是他用上了更为直接的办法——抓壮丁，他用这种这支军队扩充力量最有效的办法，替那些驻足观望、踌躇不前的围观者做了决定，谷雨也是其中一个。

一段时间之后，在军营里谷雨渐渐接受了自己就要成为那些兵痞的同类的事实，他唯一庆幸的是他终于逃了出来，逃出了家乡，逃到了那些梦魇够不着的地方，他已然准备好要开始一段新的人生。

七

  可他不知道的是，一段新的旅程正在接近他。后来他得到的命令是，为了准备即将到来的豫中会战，新兵将开赴河南进行操练驻防。
  半个月后，谷雨坐上了从宝鸡开往河南的兵车专列。
  夜色下，火车小心翼翼地在朦胧的关中平原向东挪动，十分犹豫地朝着匍匐在前方的黄土高原驶去，窗外，零星杳然的灯火像幽灵一般没方向地在远处徘徊，田地里，许多稍稍抽穗，还没来得及扬花灌浆的麦子，耷拉着脑袋，就那样胎死腹中。透过不清不楚的黑，谷雨听见，一阵阵密集而空灵的脚步声，正从四面八方涌向这趟火车。
  闭上眼睛，谷雨的思绪变得凌乱起来，在一片混沌之中，他看见自己在一个昏黄的早上，从母亲手里接过那碗映照人影的稀粥，接着，一条灰白的大道映入眼帘，顺着那条向前无尽延伸的大道，他看到密密麻麻的人群，看到马蜂一样的日本战斗机，看到睡着一般躺在自己脚下的母亲。看到父亲走向自己，手里拿着那袋卖了姐姐换来的小米，脸上带着一种怪异的表情，之后他又消失在列车的车轮下。妹妹在疾驰的火车上翻滚下去，落到一片浓稠的黑暗中去。之后他看见那个在旷野里和他相遇的洋人，他的长袍在黄昏里泛着幽幽的光，还看见那些把他摁到地上不断踢打逼他就范的士兵。现在，他睁开眼睛，这些人通通离去，只剩下窗外标注着"许昌"两个字的站牌，伶俜地躺着，在风中瑟瑟发抖。

后　记

"积水成渊，蛟龙生焉。"昭通学院秉承"以德育才，以文化人"的育人理念，铸造人文基地，构建人文平台，改良人文土壤，培育人文新人，已先后建成云南省"文学创作人才培养基地""青年评论家人才培养基地"和"云南省昭通文学创作研究院"三个省级文学育人基地，校内文学活动、文学竞赛、文学沙龙、文学讲座如雨后春笋，生机蓬勃，化人如风。从《野草》到《守望者》，文学社团以及社团刊物历经风雨30余年，仍生生不息，昭通学院先后走出了夏天敏、雷平阳等一批知名作家和诗人。为培养文学新人，昭通学院从2013年发起并连续举办了五届全国大学生"野草文学奖"征文大赛，参赛学生涉及全国1000多所高校，昭通校园文学真正走向全国。

在获奖作品选编出版之际，衷心感谢全国大学生文学社团联盟、云南省作家协会、昭通市文学艺术界联合会的大力支持；感谢著名作家赵德发、甫跃辉，著名评论家张定浩、项静不远千里为学生颁奖；感谢云南大学文学院院长、博士生导师、著名诗人李森先生为本书作序；感谢昭通作家群的朋友们的倾情帮助，特别是著名评论家宋家宏、著名作家胡性能、著名诗人雷平阳、文联主席吕亚平先生长期无私的支持；感谢人文学院教师和野草文学社社员们的共同努力和辛勤劳动；感谢学校党委行政的高度重视，特别要感谢学校党委书记邬永飞、院长马丽娟教授对文学青年的真诚关爱！

由于编者水平和能力有限，本书难免存在不妥之处，恳请作者和读者谅解和指正。

编　者

2017年6月28日